Dirk C. Fleck
Das Tahiti-Projekt

PIPER

Zu diesem Buch

Im Jahr 2022: Cording, Journalist bei dem internationalen Reportagemagazin »Emergency«, ist müde von den vielen Recherchereisen an die zerstörten Orte der Welt. Als er den Auftrag erhält, in Tahiti über das dortige Projekt eines radikal ökologischen Lebenskonzepts zu berichten, sieht er darin zunächst nichts als eine wohlverdiente Auszeit. Doch schon bald lässt er sich vom Idealismus des jungen Präsidenten Omai anstecken und ist beeindruckt vom harmonischen Zusammenspiel zwischen wieder entdeckter Tradition, Natur und neuester Umwelttechnologie. Aber die Idylle trügt, denn Tahiti ist einer der letzten Orte auf diesem Planeten, die noch über Rohstoffreserven verfügen, auf die es die kollabierenden Supermächte USA und China abgesehen haben. Cording wird in eine Affäre ungeheuren Ausmaßes hineingezogen, deren Spuren bis ins Weiße Haus führen. Wird es den Tahitianern mit Cordings Hilfe gelingen, ihre Insel zu retten? Ein spannender Öko-Thriller und ein realistisches Bild unserer Zukunft.

Dirk C. Fleck, geboren 1943 in Hamburg, studierte an der Journalistenschule in München. Er war Lokalchef der Hamburger Morgenpost, Redakteur bei Tempo, Merian und Die Woche. Seit 1995 ist er als freier Autor unter anderem für Spiegel, Stern, Geo und die Welt tätig. Neben »Palmers Krieg« veröffentlichte er »GO! Die Ökodiktatur« und zuletzt den Öko-Thriller »Das Tahiti-Projekt«, die beide mit dem Deutschen Science Fiction Preis ausgezeichnet wurden. Dirk C. Fleck wohnt in Hamburg.
Weiteres zum Buch: www.tahiti-projekt.org

Dirk C. Fleck

Das Tahiti-Projekt

Öko-Thriller

Piper München Zürich

Mehr über unsere Autoren und Bücher:
www.piper.de

Alle mit einem * markierten Begriffe werden im Glossar erklärt.
Mehr über die Entstehungsgeschichte des Buches und den Equilibrismus erfahren Sie im Nachwort.

Ungekürzte Taschenbuchausgabe
Februar 2010

erschienen im Verlagsprogramm Pendo
Umschlaggestaltung: semper smile, München
Umschlagfoto: Lorentz Gullachsen / Getty Images
und mauritius images / Oxford Scientific

Autorenfoto: Hauptmann & Kompanie
Satz: BuchHaus Robert Gigler, München
Druck und Bindung: CPI – Clausen & Bosse, Leck
Printed in Germany ISBN 978-3-492-25362-8

Für Michael

Emergency!

24. Mai 2022: Die vier Männer hinter den schwarz getönten Scheiben des Lieferwagens, der im Schatten einer Wacholderhecke unweit der Küstenstraße parkte, hatten keinen Sinn für die landschaftliche Schönheit Bornholms. Sie würdigten die sanft geschwungenen Hügel mit den leuchtendgelben Rapsfeldern keines Blickes. Ihre Augen waren auf die Monitore gerichtet, wo die Bilder ihrer Überwachungskameras darüber Aufschluss gaben, was sich im Inneren des Fachwerkhauses tat, das am Ende des Hohlweges auf einem Fundament aus schwarzem Granit thronte.

In einer Stunde, also Punkt zweiundzwanzig Uhr, würden sich Professor Thorwald Rasmussen, seine Frau und die beiden Kinder schlafen legen. Dann gingen im Haus die Lichter aus. Das nervöse Geflacker aus dem Fernseher, das anschließend durchs Geäst der alten Eiche huschte, erstarb in der Regel wenige Minuten später.

Im Lieferwagen waren die Gespräche nach und nach verstummt. Die Art, wie die Männer ihren Pistolen die Schalldämpfer aufsetzten und sich die Gesichter schwärzten, verriet, dass sie nicht zum ersten Mal ausgezogen waren, um im Auftrage der Firma zu töten. Die Akkuratesse, mit der dieser Wissenschaftler seinen Alltag gestaltete, machte den Job für das Spezialkommando diesmal zum Kinderspiel.

Die Monitore gaben nichts mehr her, lediglich im Flur oberhalb der Treppe brannte noch Licht. Der Professor und seine Frau hatten sich vor wenigen Minuten hingelegt, die Kinder schliefen nebenan. Außer dem monotonen Geräusch der Wellen, die am Strand über die Steine schwappten, war nichts zu hören. Bäume, Büsche und Blumen standen starr. Die Zeit schien eingeschlafen zu sein, kein Windhauch traute sich, sie zu wecken.

Die Entfernung bis zum Haus legte das Kommando im Schutze der Bäume zurück, die die Zufahrt säumten. Dann ging alles sehr schnell. Einer der Männer trat die Haustür ein, die anderen stürmten an ihm vorbei die Treppe hinauf ins Schlafzimmer.

Professor Thorwald Rasmussen gefror das Blut in den Adern. Er war kurz zuvor noch einmal ins Badezimmer zurückgekehrt, weil er vergessen hatte, seinen täglichen Thrombosehemmer einzunehmen, als er plötzlich einen lauten Knall vernahm. Seit seiner Flucht aus dem Geheimlabor in Boston hatte er in ständiger Angst gelebt, entdeckt zu werden, doch jetzt, da man ihn offensichtlich aufgespürt hatte, war er nicht vorbereitet. Seine Familie! Sie würden es nicht wagen, ihr etwas anzutun, sie waren doch seinetwegen da, versuchte er, sich zu beruhigen. Er öffnete das Fenster, quälte sich über den Sims und ließ sich aus drei Metern Höhe zu Boden fallen. Während er in den Schutz der Rhododendronhecke kroch, hämmerte es ihm durch den Kopf: Nicht die Familie! Nicht die Kinder!

Im Schlafzimmer über ihm eröffneten seine Häscher ein lautloses Sperrfeuer auf die Bettdecken, die unter den Einschlägen kurz aufhüpften, als hätten sie ein Eigenleben. Die Männer hörten erst auf, als zwei kleine Gestalten in Nachthemden im Türrahmen erschienen und sich verwundert die Augen rieben. Für einige Sekunden standen sich die Killer und die Kinder fassungslos gegenüber. Der Schütze, der schließlich das Feuer auf sie eröffnete, hastete als Erster ins Freie.

Thorwald Rasmussen lag währenddessen zitternd unterm Blätterdach und betete. Was war mit seiner Frau und den Kindern? Warum war er weggelaufen? Er drückte seine Stirn ins feuchte Erdreich, als bäte er Gott um Verzeihung. Ich war nicht bei ihnen! Der Gedanke machte ihn fast wahnsinnig. Die halbe Nacht hockte er in seinem Versteck, unfähig, die Qualen seiner erwiesenen Feigheit zu ertragen. Er hatte Schmerzen im Bein, er hätte schreien können vor Schmerzen, aber irgendetwas schnürte ihm die Kehle zu. Es war diese Stille im Haus, diese absolute Stille …

Cording hielt beim Rasieren inne und starrte in den Spiegel. Der Anblick irritierte ihn. Das hatte nur bedingt mit seinen Haaren zu tun, aus denen die natürliche Färbung während der letzten Reportagereise auf wundersame Weise verdunstet war, auch nichts mit den Falten auf Stirn und Wangen, diesen veritablen Runen der Hoffnungslosigkeit. Ihn irritierte etwas anderes: sein Spiegelbild reagierte nicht! Die Augen sahen ihn unerbittlich und regungslos an. Schau hin, sagten sie: du bist ausgebrannt, stumpf, gefühllos. Eine arme Sau, die sich zu lange im Elend anderer gesuhlt hat. So etwas geschieht nicht ungestraft, so etwas fordert seinen Tribut …

Er tupfte sich den Rasierschaum vom Ohr. Du wirst 47, dachte er, was erwartest du? Im Übrigen hatte er nicht gerade das hinter sich, was man eine friedvolle, von süßen Träumen durchwebte Nacht nennt. Das gesamte Elend der Welt war im Schlaf bei ihm vorstellig geworden. Ein endloser Treck schlurfender, zerlumpter Gestalten hatte sich an ihm vorbeigeschleppt, während er die Parade bei glühender Hitze auf einem rostigen Ölfass abnahm und artig salutierte. Aber niemand in dem Zug der Geknechteten hatte ihn auch nur eines Blickes gewürdigt, dabei gab es keinen Zeugen außer ihm.

Er schob die Rüschengardine beiseite und blickte hinaus auf die Mainstreet von Alderpoint, an deren Ende sich die alte Scheune befand, die schon im legendären ›Redwood-Summer‹ von 1990 als Pressezentrum gedient hatte. Dort ging es in diesen Tagen zu wie in einem Bienenstock. Fernseh- und Zeitungsreporter buhlten vergeblich um ein Interview mit Amerikas Umweltschutzikone Nummer eins, Judi Henson. Die zierliche, charismatische Frau wehrte die Wünsche der Medienmeute kategorisch ab. Sie verwies auf die Erklärungen, die ›Earth First!‹ zweimal täglich über das Geschehen am Kriegsschauplatz veröffentlichte. Dass Judi ihm gegenüber eine Ausnahme machte, zeigte Cording einmal mehr, welchen Stellenwert das EMERGENCY-Magazin inzwischen besaß, für das er seit vier Jahren arbeitete.

Es klopfte an der Zimmertür. Die brüchige Stimme der alten Dame, die Zimmermädchen und Pensionsleiterin in einem war, riss ihn aus seinen Gedanken. Judi Henson wartete in der Eingangshalle auf ihn. Also auf in den Krieg um Kaliforniens letzten Wald! Eine vergleichsweise harmlose Aufgabe, wenn er der Schrecken gedachte, die ihn zuletzt in den afrikanischen Dörfern entlang der Giftmülldeponien begleitet hatten, auf denen die europäische Entsorgungsmafia sich ihres chemischen und radioaktiven Drecks entledigte.

Judi schlenderte mit ihm die Dorfstraße hinunter in das lang gezogene Tal, in dem Tausende bemooster, mannshoher Baumstümpfe in Reih und Glied standen wie Grabmale auf einem Heldenfriedhof. Irgendwann blieb sie stehen und deutete auf die kahlen Hänge.

»All das hier war vor vierzig Jahren noch mit majestätischen Urwäldern bedeckt. Bis zu zweitausend Jahre alte Redwood-Riesen ragten über hundert Meter hoch in den Himmel. Zwischen Platt Mountain auf der einen und und Wool Mountain auf der anderen Seite lebten unzählige Vogelarten, Reptilien und Wildkatzen. In den Bächen tummelten sich Forellen und Lachse. Dort drüben rauschte ein Wasserfall in die Tiefe …«

Sie ging in die Hocke und ließ eine Handvoll staubiger Erde durch die Finger rieseln. Cording stand betreten daneben. Ein kalter Luftzug fuhr in die Niederung. Judi hakte sich bei ihm ein, als wollte sie sich stützen. »Wo sind die Pflanzen und Tiere?«, fragte sie mit brüchiger Stimme, »wie können wir es nur aushalten ohne sie?«

Am Himmel kämpfte der Halbmond mit dem Abendrot um die leuchtende Vorherrschaft. Cording fiel auf, dass er noch keine einzige Frage gestellt hatte. Es war einfach nicht die Situation dafür, er hatte Respekt vor der Gemütsverfassung dieser Frau.

Während sie das abgewrackte Sägewerk von Alderpoint passierten, erzählte ihm die Amerikanerin von dem erfolglosen Kampf gegen Kaliforniens Holzindustrie, dem sie fast ihr ganzes Leben gewidmet hatte. Die Medien sprachen 1990 vom ›Eco-War‹, vom Öko-Krieg. Damals hatten die Umweltaktivisten riesige Nägel in die Stämme der Sequoias getrieben, damit sich die Motorsägen daran die Zähne ausbissen. Nachdem sich die ersten Sägewerksarbeiter an den gespickten Mammutbäumen verletzt hatten, wurden

Judi und ihre Mitstreiter in der Öffentlichkeit als Terroristen gebrandmarkt.

Was Judi Henson zu Cordings Überraschung nicht erwähnte, war das Attentrat, das auf sie verübt worden war. Damals war in Oakland eine Autobombe hochgegangen und hatte die Gewerkschafterin und den ›Earth First!‹-Sprecher Darryl Sloane schwer verletzt. Polizei und FBI hatten behauptet, es habe sich um einen Unfall gehandelt, die Bombe sei beim Transport zu dem Ort eines geplanten Terroranschlags explodiert. Es war jedoch ein offenes Geheimnis, dass die Lumber Companies hinter dem Attentat standen.

Amerikas Holzindustrie kam die Auseinandersetzung mit den Umweltschützern gerade recht. ›Wenn Sie Amerika ruinieren wollen, unterstützen Sie eine Umweltschutzgruppe!‹, hieß es in einer von ihr finanzierten landesweiten Anzeigenkampagne. Die Redwoods, so war zu lesen, seien keine ›Kathedralen Gottes‹, sondern bestes Bauholz, das den amerikanischen Lebensstil erst ermöglichte.

»In den Vorstandsetagen der Holdings redeten sie nur noch von der Baumernte«, sagte Judi um Fassung ringend, »als würde es sich um den Ertrag eines Maisfeldes handeln. Spätestens 1985 hätte allen Menschen bewusst werden müssen, dass Amerika schon sehr bald ein kahl geschorenes Land sein würde. Damals übernahm Maxxam Inc. die Pacific Lumber Company. Maxxam tätigte den Kauf mithilfe von hoch verzinsten, drittklassigen Obligationen, den sogenannten Junk Bonds, und wies Pacific Lumber umgehend an, die Holzernte zu verdreifachen, um die Schulden zu tilgen. Jetzt ging es nicht nur den verbliebenen Altforsten an den Kragen, sondern auch dem erst vor fünfzig Jahren gepflanzten, gerade mal beindicken Nachwuchs.«

Seine Begleiterin drängte zur Umkehr, sie hatte keine Lust, noch weiter in die schummrige Ödnis zu dringen. Sie führte Cording in ein abseits gelegenes Blockhaus, wo ein Mann am Kamin saß und ins Feuer starrte. Er hatte eine Gitarre auf dem Schoß und hielt das Griffbrett umklammert, als seien ihm beim Spielen die

Akkorde abhandengekommen. Cording betrachtete das Poster an der Wand, welches ihm schon im Pressezentrum aufgefallen war. ›Auf dem Holzweg‹ lautete der Titel. Unter einem strahlend blauen Himmel schleiften fünf schwer bewaffnete Polizisten einen nackten Demonstranten davon, der mit weit geöffnetem Mund einen Schrei ausstieß, den man bis nach Alaska gehört haben musste. Im Hintergrund wurde eine frisch geerntete Fuhre Redwoods abtransportiert. Harz perlte aus den Schnittflächen der Stämme. Die Tropfen funkelten wie Diamanten in der Sonne. Seltsam, dachte Cording, wie es die Natur versteht, selbst die grausamsten Momente ästhetisch zu veredeln …

»Das dünne Bürschchen auf dem Poster bin ich«, hörte er den Gitarrenspieler sagen. »Die sind nicht gerade zimperlich mit uns umgegangen. Aber das ist nichts gegen das, was uns morgen erwartet. 'tschuldigung, hab mich noch gar nicht vorgestellt. Ed. Ed Denson.«

Er reichte Cording die Hand. »Ich habe Ihre Reportage über die staatlichen Babyfänger in China gelesen. Kompliment. Diese Art von Journalismus gibt es nicht mehr in Amerika.«

Cording waren derartige Schmeicheleien unangenehm.

»Wie viele Leute haben Sie am Park auf die Beine gebracht?«, fragte er, um das Thema zu wechseln

Ed blickte Judi fragend an: »Hunderttausend? Was meinst du?«

»Mehr«, antwortete sie. »Allein im Hoopa Valley zelten über 80 000 Leute.«

Cording wusste, dass die Abholzung der letzten Redwood-Bestände die amerikanischen Umweltschützer mehr erregte als jedes andere Thema zuvor. Er fragte sich nur warum. 1990 hatten gerade mal 5000 Aktivisten gegen den Kahlschlag aufbegehrt, obwohl damals immerhin noch zehn Prozent der ursprünglichen Wälder standen. Jetzt verschwand mit dem Redwood National Park eine letzte, kaum messbare Größe von der Landkarte, und die Menschen setzten sich aus allen Bundesstaaten in Bewegung. An der Grenze zwischen Kalifornien und Oregon tobte ein Glaubenskrieg zwischen Zerstörern und Bewahrern, obwohl es kaum noch etwas zu zerstören, geschweige denn zu bewahren gab. 40000 Nationalgardisten hatte die Bundesregierung in dieser absurden Auseinandersetzung gegen die Ökokrieger in Stellung gebracht. Zwischen den beiden Städtchen Klamath im Norden und Trinidad im Süden herrschte Ausnahmezustand. ›Earth First!‹ sprach von 23 Aktivisten, die bislang im Wald gefallen waren. Cording war sich also darüber im Klaren, in welche Hölle ihn Ed Denson führen würde.

Um zwei Uhr morgens brachen sie Richtung Eureka auf. Um keine Aufmerksamkeit zu erregen, schaltete Ed die Scheinwerfer aus, die Straße glänzte im Mondlicht hell genug, um sich zurechtzufinden. Sie passierten das Städtchen Loleta, das wie ausgestorben dalag. Die Fenster der Häuser waren verdunkelt wie im Krieg.

Ed zog es vor, Eureka zu umfahren. Das Risiko, in eine Straßensperre zu geraten, war ihm zu groß. Der Pick-up quälte sich über die schmalen, unbefestigten Schotterpisten ins blanke, kalt ausgeleuchtete Gebirge. Cording hielt das Armaturenbrett so fest umklammert, dass seine Knöchel weiß wurden. Er war nicht schwindelfrei. Eigentlich war einer wie er gar nicht reisefähig. Ein Wunder, dass er es trotz seiner Tunnel- und Brückenphobie, trotz seiner Höhenangst bisher immer wieder geschafft hatte, heil nach Hause zurückzukehren.

Ed Denson schien von seiner Qual nichts zu bemerken, er suchte im Radio nach guter Musik. Der Empfang war erheblich gestört, was Cording eine weitere, kaum zu ertragende Vorstellung davon gab, wie hoch sie inzwischen geklettert waren. Endlich hatten sie den Scheitelpunkt des Gebirges überquert, ab da ging es nur noch bergab. Das war der Moment, in dem sich die Verkrampfung löste, in dem er vor Erleichterung zu plappern begann wie ein Wasserfall. Aus dem euphorischen Redefluss entspann sich eine Unterhaltung, die die nächtliche Fahrt ein wenig unterhaltsamer gestaltete und ihnen beiden half, die Anspannung wegen der bevorstehenden Aktion kurzzeitig zu vergessen.

»Es ist das erste Mal, dass sich amerikanische Ureinwohner offen auf die Seite der Umweltschützer geschlagen haben«, bemerkte Ed stolz. »Sie stellen uns ihr Land als Basiscamp zur Verfügung. Die Regierung wird es nicht wagen, Soldaten ins Reservat zu schicken.«

Bei Willow Creek erreichten sie den Highway 96, dem sie die verbliebenen zwölf Meilen nach Hoopa folgten. Die Erschütterungen, die ihnen die letzten Stunden durch Mark und Bein gegangen waren, hatten endlich ein Ende.

»Callenbach hatte es kommen sehen«, sagte Ed, »er hatte prophezeit, dass wir es in unserer Gesellschaft mit völlig neuen Allianzen zu tun bekommen werden, dass der Umweltschutz seine Verbündeten vor allem bei den Ureinwohnern, den Religionsgemeinschaften, unter Farbigen und Gewerkschaftern finden würde. Er hatte auch die Eskalation der Gewalt vorausgesehen – als logische Folge eines nicht mehr aufrechtzuerhaltenden Lebensstils.«

»Callenbach?«, unterbrach Cording.

Der Amerikaner blickte ihn ungläubig an. »Ernest Callenbach, Autor von *Ökotopia*. Nie von ihm gehört?«

»Tut mir leid, nein.«

»Der Mann hat schon vor fünfzig Jahren für eine internationale ökologische Bestandsaufnahme plädiert. Er appellierte an die großen Konzerne, sich von innen heraus umzustrukturieren und sich als in die Natur eingebettete Unternehmen zu verstehen. Callenbach war der Ansicht, dass die Menschheit nicht zur industriellen Produktion bestimmt sei, sondern dazu, sich einen bescheidenen Platz im ausgewogenen Gewebe des organischen Lebens zu suchen. Das würde zwar einen gigantischen Konsumverzicht bedeuten, aber zumindest ihr Überleben garantieren.«

Cording fühlte sich nicht wohl in seiner Haut. Der Optimismus solcher Gutmenschen wie Ed Denson ging ihm auf den Geist. Jede seiner Reportagereisen bestätigte ihm auf fatale Weise, dass das Urteil für die Menschheit längst gesprochen war: lebenslänglich Treibhaus. In den einst gemäßigten Klimazonen der Erde tobten Tropenstürme von solcher Wucht, dass die Rückversicherer ihre milliardenschweren Finanzpolster aufgezehrt hatten und keine Policen mehr ausstellten. Hinzu kam, dass sich die Unfälle aus der aufgerüsteten Atomindustrie aneinanderreihten wie Perlen auf einer Kette. In Europa und den USA registrierte man die Rückkehr von Seuchen, die längst besiegt schienen. Die sintflutartigen Sommerregen in England führten regelmäßig zu Cholera- und Typhusepidemien, die ebenso regelmäßig auf den Rest des Kontinents übergriffen. Auch in Asien und Südamerika waren ganze Regionen durch die extreme Verschmutzung des Trinkwassers unbewohnbar geworden. Hungersnöte und Aids hatten auf dem afrikanischen Kontinent für verheerende Zustände gesorgt. Die Gesundheitssysteme funktionierten nicht mehr, nirgendwo auf der Welt. Gigantische Finanzströme flossen unkontrollierbar um den Globus, weil sich die Börsen in Tokio, London und New York beständig neuer Virenattacken zu erwehren hatten. Die Genmanipulation an Tieren und Pflanzen war längst aus dem Ruder gelaufen und produzierte eine Monsterspezies nach der anderen. Nach einer jüngsten UN-Studie glichen die leer gefischten Weltmeere riesigen Giftmülldeponien und in den aufgeblähten Megacitys rund um den Globus herrschte das pure Chaos.

Cording hätte das Horrorszenario beliebig fortschreiben können. Alles was er sah, war auf Zerstörung ausgerichtet. Anzeichen dafür, dass die Menschheit zur Besinnung kam, konnte er nicht entdecken. Vor diesem Hintergrund mutete jede soziale, religiöse oder wie auch immer geartete Auseinandersetzung lächerlich an. Heute spielten ganz andere Dinge eine Rolle: Verteilungskämpfe um die letzten Ressourcen, verbunden mit einem unvorstellbaren weltweiten Elend. Diese Gewissheit setzte ihn außerstande, den politischen Debatten zum Umweltschutz noch irgendeinen Reiz abzugewinnen, solange sie nicht die Bereitschaft zur Radikalität erkennen ließen.

Er wandte sich erneut an Ed.

»Wann ist Callenbachs Roman erschienen?«, fragte er.

»1975.«

»Und? Hat sich seitdem irgendetwas in die gewünschte Richtung bewegt?«

Er wunderte sich selbst über den scharfen Ton in seiner Stimme. Ed Denson war ein liebenswerter Mensch, er hatte es nicht verdient, dass man ihn auf diese Weise anging. Also zwang sich Cording zur Mäßigung.

»Um die Welt noch vor dem Kollaps zu retten«, fügte er etwas versöhnlicher hinzu, »müsste augenblicklich eine Weltregierung ausgerufen werden, die über genügend Rückendeckung und militärische Präsenz verfügte, um ihr drastisches Schutzprogramm durchsetzen zu können. Dazu müssten die Interessen des Kapitals gebrochen und die sozialen und militärischen Konflikte auf der Erde sofort befriedet werden. Die großen Weltreligionen müssten unter einen Hut gebracht werden, man müsste die Erdbevölkerung auf eine erträgliche Zahl begrenzen und die Menschen dazu zwingen, den Raubbau an der Restnatur sofort einzustellen.« Er hatte sich erneut in Rage geredet. »Hältst du das vielleicht für möglich, Ed? Ich nicht. Die Geschichte ist längst geschrieben, glaub mir.«

Über dem Salmon Mountain stieg die Sonne auf und überflutete die schlafende Zeltstadt im Valley mit einem leuchtenden Rot. Mehr Frieden ging nicht auf diesem nordkalifornischen Kriegsschauplatz, über dem sich die Vision von Ökotopia verflüchtigen sollte, wie ein laues Lüftchen vor dem Sturm … Cording konnte ihn förmlich riechen, diesen Sturm. Aber davon sagte er Ed nichts, der ausgestiegen war, um die bewaffneten Straßenposten von ›Earth First!‹ in die Arme zu schließen.

Das taktische Konzept der Umweltschützer war denkbar einfach. Sie nutzten ihre numerische Überlegenheit, um den Truppen am National Park jeden Tag an anderer Stelle auf die Pelle zu rü-cken. Die Konzentration von Zehntausenden friedlicher Demonstranten an einem willkürlich ausgesuchten Punkt entlang der Ostflanke des Parks band jedes Mal einen Großteil der Armeeeinheiten, sodass es den Sabotagetrupps von ›Earth First!‹ relativ leicht fiel, fernab der errichteten Scheinfronten in den Wald zu stoßen.

Cording begleitete einen Trupp von zwölf Aktivisten in Tarnuniformen, die sich unter Führung Ed Densons in dem weit verzweigten Höhlensystem versteckten, das unterhalb des Hupa Mountain am Schnittpunkt zweier Forststraßen lag, auf denen die gefällten Baumriesen abtransportiert wurden. Heute war der Tag, an dem Pacific Lumber drei weitere Rodungsmaschinen anlieferte. So jedenfalls lautete die Information, die der Kommandozentrale von ›Earth First!‹ vom Shasta Lake zugespielt worden war, wo die Maschinen bisher gewütet hatten. Die ›Killa Godzillas‹, wie sie von den Umweltschützern genannt wurden, befanden sich kurz hinter Willow Creek. Wie Ed Denson über Mobilfunk erfuhr, bewegten sie sich im Schutze eines Panzers direkt auf sie zu. In zwei Stunden würde es an dieser Stelle zum Showdown kommen …

Die Anspannung unter den Ökokriegern wuchs. Gesprochen wurde kaum. Noch waren die selbst gebastelten Bomben mit den Fernzündern auf der Piste nicht installiert, noch zogen die mit Baumstämmen beladenen Trucks im Minutentakt vorbei. Aber irgendwann würden die Verantwortlichen die Schotterstraße sperren. Es galt, das Zeitfenster von der Straßensperrung bis zum Eintreffen der ›Godzillas‹ zu nutzen. Die Aktion war mit einem hohen Risiko verbunden. Die Kontrollflüge der Helikopter würden eher noch verstärkt werden, und die Piste war von oben gut einsehbar.

Cording lauschte dem gespenstischen Geräuschpotpourri, das wie ein akustischer Nebel aus dem Wald stieg. Über allen Wipfeln ist Ruh … Von wegen. Allein das hysterische Geschrei der Vögel hätte ausgereicht, ihm den letzten Nerv zu rauben. Aber die tierische Verzweiflung verschaffte sich nur bedingt Gehör. Am Himmel die schmatzenden Schläge der Rotorblätter, am Boden das schrille Gebrüll der Kreissägen, gewürzt mit den dumpfen Vibrationen, die vom Aufprall der niedergemetzelten Redwoods rührten. Und als ob die Untergangssinfonie noch eines burlesken Tupfers bedurft hätte, schleuderte ein Ambulanzwagen den zum Tode verurteilten Bäumen seinen Sirenengesang um die Stämme.

Cording blickte zu Ed hinüber, der kreidebleich auf sein Handy starrte.

»Sie machen ernst …«, stammelte er.

»Was meinst du?«, fragte Cording.

Ed antwortete nicht.

»Was ist los, Mann?«, rief jemand.

»Sie haben Richard erwischt«, erwiderte Ed wie in Trance. »Bill und Tommy auch. Die anderen sind abgestiegen und verhaftet worden.«

Cording konnte sich keinen Reim darauf machen. Schließlich erfuhr er, dass die Waldarbeiter wohl Anweisung erhalten hatten, auch jene Bäume zu fällen, in deren hohen Kronen ›Earth First!‹-Aktivisten ihr Leben verpfändeten. Ein Quantensprung der Gewalt. Für Eds Leute bedeutete die Nachricht, dass sie ihren Anschlag auf die ›Killa Godzillas‹ unbedingt erfolgreich gestalten mussten. Eine einzige dieser Maschinen kostete über zwei Millionen Dollar und legte pro Tag bis zu tausend Bäume um. Wer ein solches Monstrum ausschaltete, erregte Aufmerksamkeit. Und nichts brauchten die Ökokrieger zurzeit dringender, als einen symbolträchtigen und medienwirksamen Erfolg.

Seit fünf Minuten hatte sich auf der Forststraße nichts mehr bewegt. Die beiden Helikopter, die flach über den Bäumen ihre Kreise gezogen hatten, stoben mit tief hängender Stirn in östlicher Richtung davon. Für einen kurzen Moment wurde es still, als hätte jemand dem sterbenden Wald das Leichentuch übergeworfen. Doch die Stille währte nicht lange. Aus der Ferne drang das quietschende Geräusch von Panzerketten an ihre Ohren.

Ed gab das Zeichen. Neun seiner Männer stürmten in Dreiergruppen den Hang hinunter. Die Aufgaben waren genau verteilt. Der Erste einer jeden Gruppe wickelte die Zündschnur von der Spule, ein Zweiter hob mit dem Spaten zwei Löcher aus und der Dritte buddelte die Tellerminen ein. Am Ende schlummerten sechs hochexplosive Zwillingsbomben im Abstand von zwanzig Metern in der Piste. Die ganze Angelegenheit hatte keine drei Minuten gedauert. Als die Helikopter zurückkamen und das Kettengerassel anschwoll, lagen die Ökokrieger längst wieder in Deckung.

Cording robbte an den Rand der Höhle. Im selben Moment packte ihn jemand bei den Füßen und zerrte ihn zurück, sodass er nur einen kurzen Blick auf die herannahenden Maschinen werfen konnte. Groß waren sie und breit, ihr Anstrich giftig gelb. Sie leuchteten in den Abgasschwaden des vorausfahrenden Panzers wie Phosphor auf dem Grund der Hölle. Und oben im Führerhaus thronte ein Menschlein, das vermutlich Familie und eine gute Meinung von sich hatte. Das gleich dran glauben musste … Er wunderte sich, dass ihn die Vorstellung nicht schreckte. Diese dienstbaren Kreaturen in ihren Cockpits waren in der Lage, durch eine geringfügige Drehung des Joysticks den Schleier der Schöpfung zu zerreißen und Paradiese in Parkplätze zu verwandeln.

Wieder einmal überkam Cording ein nicht zu bändigender Hass auf die Spezies, der er angehörte und deren einzige Bestimmung die Zerstörung des Planeten zu sein schien. Irgendwann würde er an dieser Erkenntnis zerbrechen. Vielleicht hätte er seine Sensibilität im Widerstand ersticken sollen, er hätte zum Beispiel einer von diesen Guerillatypen werden können. Einer, der bereit war, guten Glaubens einen Forstarbeiter zu erledigen, bevor der letzte Baum zu Boden fiel. Der bereit war, sich selbst zu opfern, falls es notwendig sein sollte. Aber er war nun mal keiner, der klaglos seinen Ameisendienst verrichtete, nicht einmal in einer moralisch hochgerüsteten Armee. Außerdem war er zu feige für den Kriegsdienst. Er hatte sich für ein Reporterleben entschieden. Als Reporter blieb er unangetastet und wurde doch Zeuge all der Tränen, Ängste, Missverständnisse und Vergewaltigungen, Zeuge von Gewalt und Verbrechen, Zeuge für das gesammelte Aufgebot gegen die Lebensfreude. Auch keine einfach zu ertragende Aufgabe.

Ein ohrenbetäubender Knall holte ihn in die Gegenwart zurück. Es fühlte sich an, als sei sein Kopf in tausend Stücke zerplatzt. Zwei weitere Detonationen folgten, sie machten nur noch leise ›puff‹. Scheiße, dachte er, ich höre nichts mehr! Während sich die Jungs um ihn herum in den Armen lagen und ihre Münder Jubelschreie artikulierten, hielt sich Cording die Nase zu und presste Luft in die Ohren. Vergeblich.

»Was ist passiert!?«, schrie er, als Ed ihm triumphierend auf die

Schulter haute. Er verstand seine eigenen Worte nicht, Eds Antwort verstand er schon gar nicht. Dass er nahezu taub war, hatte er einer Unachtsamkeit zu verdanken. Während er die vom Mittagsregen gereinigte, vom Duft der Kiefern schwer gewordene Waldluft inhalierte, hatten die anderen die Abgase des Panzers geschnuppert, den Befehl zum Sprengen der Minen abgewartet und sich zur rechten Zeit die Ohren zugehalten.

Cording kroch erneut aus der Deckung. Da er schon nichts hörte, wollte er sich zumindest einen Überblick verschaffen. Auf der Forststraße sah es aus wie nach einem Bombenangriff. Der Erste der gelben ›Godzillas‹ lag brennend auf der Seite. Er hatte seinen Fahrer unter sich begraben, von dem nur die Hand hervorschaute, die in diesem Moment aufhörte zu zucken. Der Zweite war auf den rußgeschwärzten Bauch gefallen und dem Dritten fehlten Schnauze und Führerhaus. Der Begleitpanzer zerrte an den Ketten wie ein gereizter Kampfhund. Sein Geschützrohr schwenkte hektisch auf und ab, aber ein Ziel fand er nicht. Auch die beiden Helikopter standen hilflos im aufsteigenden Rauch, denn noch gab es hier Bäume, die sie an einer Landung hinderten.

Cording stellte erleichtert fest, dass er das Schlagen ihrer Rotorblätter vernehmen konnte, nicht sehr laut, aber immerhin. Die Maschinengewehrsalve, die kurz darauf neben ihm einschlug, hörte er schon beträchtlich deutlicher. Diesmal brauchte man ihn nicht an den Füßen in die Höhle zu zerren, diesmal sprang er von selbst in Deckung, als hätte man ihm einen elektrischen Schlag verpasst. Über der Plattform, auf der er eben noch gelegen hatte, stürzte die Decke ein. Kopfgroße Felsbrocken hagelten auf die Männer nieder. Die beiden Ökokrieger, die neben ihm auf allen vieren den schützenden Katakomben entgegenkrochen, wurden von der Bühne geschossen wie Blechenten auf dem Jahrmarkt.

Cording lag mit geschlossenen Augen auf dem Bauch. Er kannte diesen Moment, in dem sich die Zeit extrem dehnt, in dem eine Gewehrkugel mit der Grazie und Geschwindigkeit einer Daunenfeder angeflogen kommt, in dem man ohne Gefühle und ohne Angst ist. Dies ist der Moment der Aufgabe. Das Leben lässt einen los und plötzlich ist alles im Lot und alles geschieht zur rechten Zeit …

Als er aus der Starre erwachte, musste er feststellen, dass das Leben ihn nicht etwa losgelassen, sondern fest im Griff hatte. Jemand schleifte ihn am Gürtel über den staubigen Boden ins Dunkel. Es war Ed, der ihn aus der Schusslinie zog. Über dem Höhlenausgang lag ein Vorhang aus schwarzem Qualm. Immer noch schossen die Helikopter ihre Maschinengewehrgarben hinein und der Panzer legte wuchtig nach, als wollte er den Berg verrücken. Ed zündete ein Feuerzeug an. Gemeinsam ertasteten sie den Weg in das Höhlenlabyrinth, das ihnen hoffentlich einen Ausgang bescherte.

»Wo sind die anderen?«, fragte Cording, während er sich im Halbdunkel hinter Ed an der Wand entlangtastete. Er hörte immer noch schwer und war nicht sicher, ob Ed ihm überhaupt geantwortet hatte. Den ganzen Weg über quälte er sich mit Schuldgefühlen, schließlich war er es, den die Soldaten als Erstes entdeckt hatten. Das gestand er Ed auch ein. Der winkte nur unwirsch ab

»Es ist Jacks Schuld«, sagte er, »Jack hätte nicht auf den Helikopter schießen dürfen.«

Cording versagten die Beine. Die Anspannung der letzten Stunden fiel mit einem Schlag von ihm ab. Es war nicht er, der die Schießerei ausgelöst hatte, es war Jack! Jack hatte auf den Helikopter geschossen! Cording hatte es nur nicht gehört! Da hatten sie bei dem Einsatz vermutlich neun Tote zu beklagen und alles, was er jetzt spürte, war ein Gefühl der Erleichterung.

In den nächsten Stunden war es Cording, der die Führung übernahm. Er war es, der die dunklen Gänge des Labyrinths auskundschaftete und in die Stollen kroch, bis es nicht mehr weiterging. Der umkehrte, sich um Eds verletztes Knie kümmerte und erneut Anlauf nahm. Irgendwann, es war noch dunkel, witterte er Morgenluft. Waldluft, um genau zu sein. Vom Duft der Sequoias schwer gewordene Waldluft. Er ging zurück und holte Ed. Gemeinsam standen sie am Höhlenausgang und blickten ehrfürchtig an den

Stämmen der Mammutbäume empor in einen funkelnden Sternenhimmel. Cording legte seinem Begleiter den Arm um die Schulter. Eigentlich konnte er zufrieden sein, er hatte seine Story. Und er würde wie immer das Beste daraus machen …

David Apfelbaum, Inhaber des ›Hotel David‹ in San Francisco, war extra aus seiner Penthousewohnung heruntergekommen, um sich von seinem deutschen Gast zu verabschieden. Sie setzten sich abseits des hufeisenförmigen Tresens ins Séparée des hauseigenen Restaurants. Vor dem Eingang pöbelte ein hagerer Mann Passanten an. Er hatte sich Lappen um die Füße gewickelt und steckte in einem zerrissenen Armeemantel. Nach einigem Zögern trat er ein. Seine stechenden Augen bewegten sich wie Suchscheinwerfer im Raum. Als er David entdeckte, marschierte er direkt auf ihn zu.

»Erinnern Sie sich an mich?«, fragte er. »Vor fünf Jahren haben Sie mir angeboten, dass ich jederzeit zu Ihnen kommen darf, wenn ich hungrig bin …«

David bedeutete der Kellnerin durch eine unauffällige Geste, dass der Herr zu speisen wünsche. Der kleine Tiger, wie der *San Francisco Chronicle* den untersetzten Mann mit dem schütteren Haarkranz einmal genannt hatte, galt unter den Obdachlosen des Theatre Districts als Wohltäter. Aber nicht nur die Obdachlosen kamen gerne hierher, auch für die Prominenten der Stadt hatte das Restaurant einen besonderen Reiz. Sie fanden Gefallen an dem perversen Vergnügen, der Fütterung der ›menschlichen Raubtiere‹ beizuwohnen. Der Laden gehörte zur Stadt wie die City Hall, Alcatraz oder die eingestürzte Golden Gate Bridge.

Die Telefonistin kam an den Tisch und teilte Cording mit, dass ein Anruf aus Hamburg in der Leitung sei. Es war sein Chefredakteur. Mike bestand darauf, dass er den Flug nach Deutschland cancelte, und sich stattdessen nach Baja California aufmachte.

»Kann das nicht New York übernehmen?«, fragte Cording genervt.

»Nichts da. Es ist unsere Geschichte und damit basta!«

»Was machst du denn für ein Aufheben um die paar Wale, Mike? Ich versteh das nicht.«

»Die paar Wale?! Es sind Hunderte, die sich da unten an die Strände werfen. Das ist kollektiver Selbstmord!«

»Das ist doch eine typische TV-Geschichte, so was transportiert sich über Bilder und nicht über Worte. Oder soll ich die Viecher etwa fragen, was sie sich dabei gedacht haben?«

»Hör zu, ich hab keine Zeit, weiter mit dir zu diskutieren. Wenn du an deinem Job hängst, dann fährst du da jetzt runter. Mach's gut.«

Was blieb ihm anderes übrig, als den Heimflug zu stornieren und beim Autoverleih in der Geary Street vorstellig zu werden? Er entschied sich für ein weinrotes BMW-Cabrio. Das würde zwar Ärger mit der Buchhaltung geben, aber er könnte einfach behaupten, dass sie etwas Billigeres auf die Schnelle nicht parat gehabt hätten. Wer wollte ihm das Gegenteil beweisen? Hinter Monterey stellte er mit einem zufriedenen Grinsen fest, dass diese ungeplante Verlängerung seiner Dienstreise durchaus auch angenehme Seiten hatte.

›Hier also hält sich Gott versteckt!‹, hatte D. H. Lawrence entzückt notiert, als er 1925 die unwegsame mexikanische Halbinsel Baja California besuchte. Cording hielt den Kopf in den Fahrtwind, um der brennenden Stirn Linderung zu verschaffen, aber ebenso gut hätte er ihn in einen Hochofen stecken können. Wenn Gott diesen Wurmfortsatz Kaliforniens tatsächlich zu seinem Versteck erkoren hatte, musste er verdammt hitzeresistent sein. Zuzutrauen war es ihm. Damit wäre er wohl der Einzige, der alle Voraussetzungen mitbrachte, die vom Menschen verursachte Klimakatastrophe zu überleben.

Baja war ein widerstandsfähiges Fleckchen Erde, das es verstanden hatte, sich die Menschen vom Hals zu halten. Die erfolgsverwöhnte Spezies des Homo sapiens scheiterte bis heute an der grandiosen Feindseligkeit des Landes, das in der Mitte des amerikanischen Kontinents noch immer zu den am dünnsten besiedelten Gebieten der Erde gehörte. Seine von der Sonne gebackenen Gebirge, seine weiten Sandwüsten und abgrundtiefen Canyons duldeten den Menschen allenfalls als Gast. Die erst 1973 gebaute Mex 1, auf der sich Cording jetzt bei geschlossenem Dach Richtung Süden bewegte, war die einzige Zivilisationswunde, die man der Halbinsel hatte zufügen können. Sie schlängelte sich 1700 Kilometer von Tijuana nach Cabo San Lucas. Wie gelassen Baja das asphaltierte Implantat zur Kenntnis nahm, ließ sich aus den Trümmern entlang der Strecke ablesen: blutrote Splitter von Rücklichtern, geborstene Windschutzscheiben, bis zum Dach verschüttete Autowracks und rostige Auspuffrohre, die aus dem Sand ragten wie die Arme von Ertrinkenden – das alles zeugte davon, mit welcher Souveränität der Wüstenstrich sich der Automobilmachung zu erwehren wusste. Wo ein Fahrzeug stecken blieb, lag es für immer.

Mit jedem Kilometer, den Cording in diese unwirtliche Landschaft vordrang, verstärkte sich der Eindruck, auf einem anderen Stern unterwegs zu sein. Sämtliche Farben wirkten wie auf Schwarz gemalt, dies war der dunkelste Sonnenhimmel der westlichen Hemisphäre. Die Temperaturen erreichten 55 Grad im Schatten, aber wo war schon Schatten? Immer schienen die hintereinander gestaffelten Bergrücken zum Greifen nah, so klar war die Luft. Allmählich entwickelte er ein Gefühl für die erhabene Schönheit dieses gnadenlosen Paradieses. Er war überwältigt von den Cardón-Kakteen, die als gigantische Zeigefinger oder mächtige Kandelaber bis zu zwanzig Meter in den Himmel ragten. Gelegentlich witterte er das Parfüm des Meeres.

Er fuhr rechts ran und studierte die Karte. Den Abzweig nach Bahia de los Angeles hatte er gerade passiert. Bis zur Lagune Ojo de Liebre waren es noch etwa fünfzig Meilen. Als er vom Standstreifen auf die Straße zurückkehrte, hätte er fast einen Campingbus gerammt, der von dem plötzlichen Ausweichmanöver aus der Bahn geworfen wurde und nun heftig schlingernd in die Spur zurückfand. Es handelte sich um eine ganze Kolonne solcher Gefährte, in die er geraten war.

Ziel dieser Untergangstouristen waren die warmen Salzwasserlagunen bei San Ignazio, Guerrero Negro und Bahia Magdalena. Vor langer Zeit waren sie schon einmal Schauplatz eines tierischen Massensterbens gewesen. Die Lagune Ojo de Liebre, wo sich die meisten Wale an Land warfen, trägt im Englischen den Namen ›Scammon's Lagoon‹, benannt nach dem Walfängerkapitän Charles Melville Scammon. »Die Küsten von Baja sind voller riesiger Knochen«, notierte er vor zweihundert Jahren in sein Tagebuch, »es ist nur noch eine Frage der Zeit, wann die Grauwale nicht mehr unter den lebenden Rassen weilen werden.« Da auch seine Nachfolger in seinem Sinne wüteten, war der weltweite Bestand auf 250 Exemplare geschrumpft, bevor man die Tiere 1937 endlich unter Schutz stellte. Heute schätzte man ihre Zahl auf 30 000.

Seit Urzeiten zogen die Grauwale in immer gleichen Formationen aus den arktischen Meeren in ihr pazifisches Winterquartier. Auf der zehntausend Kilometer langen Wanderung legten sie täglich 200 Kilometer zurück. Cording hatte sich die Bilder der gestrandeten Wale vor seiner Abreise aus San Francisco noch einmal im Fernsehen angesehen. Er glaubte nicht an die Mär vom kollektiven Selbstmord. Für ihn war das nichts weiter als ein Mediencoup, ein Verkaufsschlager, der das Mitleidspotenzial eines Massenpublikums bediente. Seiner Meinung nach musste es eine logische Erklärung für das Verhalten der Tiere geben. Der Mensch funkte im Meer inzwischen auf allen Frequenzen. Allein das Unterwasserradar der Militärs dürfte ausreichen, das sensible Ortungssystem der Wale außer Kraft zu setzen. Wieso sie trotzdem in ihre Kinderstube zurückfanden, um zu sterben, blieb ihm allerdings ein Rätsel.

Das Klingeln des Handys riss ihn aus seinen Gedanken. Es war sein Chefredakteur, wer sonst. Wie immer war er sehr kurz angebunden.

»Sorry«, sagte Mike, »die Londoner haben umdisponiert. Sie haben nun doch ein Fernsehteam runtergeschickt. Müsste schon vor Ort sein. Tut mir leid. Wo bist du gerade?«

»Kurz vor der Lagune Ojo de Liebre.«

»Na ja, dann schau dir das Spektakel halt an, wenn du willst, aber komm so schnell wie möglich zurück nach Hamburg.«

Er hatte es Mike ja gesagt, dies hier war eine TV-Geschichte.

Um Himmels willen! Was tat sich denn da vorne in den Dünen? Sah aus wie bei einem Freiluftkonzert oder Rodeo. Autos, Wohnwagen und Zelte, so weit das Auge reichte. Auf der Straße war kein Durchkommen mehr. Cording setzte den BMW zurück und parkte am vorläufigen Ende der Blechschlange. Dann griff er nach dem Strohhut, den er sich in Tijuana gekauft hatte, und stapfte auf glühend heißem Untergrund auf jenen langen Kamm zu, der ihm auf den letzten Kilometern den Blick aufs Meer beharrlich verstellt hatte.

Dahinter ging es sanft bergab. Der Ozean glitzerte in der Mittagssonne. Er lag da wie gebügelt. So regungslos wie die schiefergrauen, zehn Meter langen gestrandeten Kolosse, die im flachen Wasser dümpelten, während Hunderte mit Eimern bewaffneter Helfer versuchten, ihre austrocknenden Körper feucht zu halten. Auf den sandigen Rängen dieses absurden Theaters hockte das ehrfürchtige Publikum. Viele Menschen hatten Tränen in den Augen, viele beteten. Über ihnen kreiste surrend ein Zeppelin mit roter Aufschrift: EMERGENCY TV.

Cording stand eine Weile ratlos auf der Stelle, bevor er sich seinen Weg an den Strand bahnte. Er schritt die Front der grauen Kadaver ab. Zwischen all den erloschenen Augen, die er auf seinem Weg links liegen ließ, war eines, das ihn erwartete. Sie blickten sich an. Er ging nicht in die Knie, er streichelte das Sterbende nicht, wie so viele andere um ihn herum, er stand aufrecht und blickte ihm ins Auge. Es war, als schaute er in ein warmes, gleißendes Licht. Im Blick des sterbenden Wals war mehr Frieden und Liebe, als er unter Menschen je finden würde.

Er hatte noch den Jetlag in den Knochen, als die Chefredaktion ihn zum Rapport bestellte. Cording rief ein Taxi. In der Bogenstraße wütete das in leuchtende Overalls gekleidete Kettensägenkommando des städtischen Gartenbauamts. Die Männer arbeiteten schnell. Er war gerade zwei Monate fort gewesen, und schon standen statt der vertrauten Bäume nur noch Stümpfe in den Straßen seines Viertels. Seit Holz extrem knapp geworden war, machten sie mit ihren Motorsägen nicht einmal mehr vor den Alleen halt.

Er lehnte den Kopf an die Scheibe und schloss die Augen. Er vermisste das Lichtgeflacker auf seinen Lidern, wenn die Sonne durchs Blätterwerk der Kastanien brach, die im Mai weiß aufschäumten. Noch vor zehn Jahren hatte er ihre herabrieselnde Blütenpracht vom Balkon aus mit Händen greifen können.

»Was ist los?«, fragte er, als der Fahrer den Motor abstellte.

»Polizeikontrolle«, antwortete der Mann und trommelte mit den Fingern ungeduldig aufs Lenkrad. »Das ist schon das dritte Mal heute, dass ich in so eine Scheißkontrolle gerate!«, schimpfte er.

»Nach wem suchen die denn?«

»Nach Arbeitslosen.« Der Fahrer blickte Cording im Rückspiegel prüfend an. »Sie haben wirklich keine Ahnung, oder?«

»Sagen Sie es mir.«

»Sehen Sie die Tankstelle da vorne?«

»He! Was ist denn mit der passiert?!«

»Da ist gestern jemand reingedonnert. Ein illegaler Taxifahrer, ein Arbeitsloser. Das Ding flog innerhalb von Sekunden in die Luft. Peng! Zwölf Tote. Darum die vielen Kontrollen. Also bleiben Sie lieber sitzen. Zu Fuß geht es auch nicht schneller.«

Cording sank in den Sitz. Er fühlte sich einfach nur noch müde. Als der Senat vor fünf Jahren das Umsiedlungsgesetz verabschiedete, hatte er für seine damalige Zeitung einen Kommentar geschrieben, der ihm eine Menge Ärger und schließlich die Kündigung eingebracht hatte. Damals betrug die Arbeitslosenquote in Hamburg fünfunddreißig Prozent. Wer in einer solchen Situation den gesamten Stadtkern für ein Drittel der Bevölkerung sperrte, provozierte genau das, was er verhindern wollte: den Bürgerkrieg. Die Befürworter des Gesetzes behaupteten, dass man die Infrastruktur der Stadt vor Anschlägen schützen müsse. Die Masse der Beschäftigungslosen berge zu viel Gewaltpotenzial, als dass man die Durchmischung zwischen arbeitender und nicht arbeitender Bevölkerung weiterhin akzeptieren könne. Bis zum Jahre 2025 sollten alle Hamburger Betriebe, die mehr als zwanzig Mitarbeiter beschäftigten, in der City konzentriert sein. Unter City verstand der Senat nicht nur den eigentlichen Innenstadtbereich, sondern auch die angrenzenden gutbürgerlichen Wohngegenden Harvestehude, Winterhude und Eppendorf. Wer hier lebte und seinen Job verlor, wurde in die Trabantenstädte verbannt und durfte sich an alter Stätte nicht mehr sehen lassen, nicht einmal zu Besuch oder zum Einkaufen. Es sei denn, er verfügte über ein Bankguthaben von mindestens 100 000 Euro. Es war also nur eine Frage der Zeit, wann die Zweiklassengesellschaft explodierte. Was hatte das Millionenheer der Ausgegrenzten schon zu verlieren?

»Die Ausweise bitte!«

Das war kein Polizist, es war ein Soldat, der die Hand durchs Fenster streckte! Er fuhr ihnen mit einem Lasergerät über die Augen, verglich die Ergebnisse mit den biometrischen Daten auf den Ausweisen und winkte sie durch. Cording ließ sich an der Staatsoper absetzen und schlenderte Richtung Gänsemarkt. Früher spielten hier Straßenmusiker, zauberten Pflastermaler die Mona Lisa aufs steinerne Parkett, surften Kinder auf Skateboards durch die Menge. Heute war der Platz tot, heute huschten die Beflissenen über ihn hinweg in die Bürohäuser, als könnten sie nur dort den Beweis ihrer Existenz erbringen. Cording fragte sich, wer wirklich im Getto lebte: die Arbeitslosen oder die Beschäftigten? Waren diejenigen, die ihr Leben nur noch über ihre Arbeitsleistung definierten, nicht genauso gefangen?

Die Sicherheitsvorkehrungen im Verlag wurden immer aberwitziger. Sie filzten nicht nur das Gepäck, jetzt durfte das Wachpersonal den Angestellten in eigens errichteten Kabinen sogar stichprobenartig an die Wäsche. Natürlich traf es mal wieder ihn.

»Machen Sie sich nichts draus«, bemerkte Dr. Werner vom Aufsichtsrat, als sich Cording in der Empfangshalle das Hemd in die Hose stopfte, »mich hat es gestern ebenfalls erwischt. War übrigens hervorragend, Ihre Reportage über die Babyfänger. Was stellen die chinesischen Behörden eigentlich mit den zweitgeborenen Babys an?«

»Das wollten sie mir nicht sagen …«, entgegnete Cording ironisch.

Dr. Werner stutzte kurz, dann begann er zu lachen. »Die bringen sie doch nicht tatsächlich um, wie behauptet wird, oder?«

Cording zuckte mit den Schultern und ging zu den Fahrstühlen. Vierzehnter Stock. Er marschierte den langen Flur hinunter, vorbei an den gerahmten Reportagen, die das EMERGENCY-Team im letzten Jahr zustande gebracht hatte. Die Tür zum Sekretariat stand offen. Betty, Mikes Sekretärin, saß an ihrem Schreibtisch und spielte gedankenverloren mit einem Bleistift. Als sie ihn entdeckte, huschte ein Lächeln über ihr Gesicht.

»Schön, dass du wieder da bist«, sagte sie.

Cordings Blick glitt unter den Schreibtisch, wo eine kugelsichere Weste sowie ein Stahlhelm mit der Aufschrift ›Presse‹ deponiert waren. Betty war sein prüfender Blick nicht verborgen geblieben.

»Wen schickt ihr denn als Nächsten ins Gefecht?«, fragte er.

»Der Set ist für dich«, sagte Betty.

»Für mich?! Was soll das?!«, schimpfte er, »ich bin gerade mal seit 24 Stunden zurück!«

Betty zuckte nur mit den Schultern.

»Das musst du schon mit Mike klären.«

»Wo soll es denn hingehen?«

»In den Senegal. Du fliegst morgen von Frankfurt aus mit der Bundeswehr nach Agadir. Von dort geht es mit dem Jeep weiter.«

»In die Flüchtlingscamps?! Weißt du, was der nordafrikanische Staatenbund dort veranstaltet? Organisierten Massenmord! Sie lassen die Flüchtlinge in die Falle laufen und hungern sie aus. Dort krepieren Hunderttausende. Frauen, Kinder, Greise. Die senegalesische Grenze ist ein einziges Massengrab. Mein Gott, Betty, ich habe genug Scheiße gesehen die letzten Monate. Das reicht für ein ganzes Leben!«

Betty antwortete nicht. Cording hielt nun ebenfalls die Klappe. Er würde da nicht hinfahren, so viel stand fest.

»Bestell Mike, dass er mich sonstwo kann«, sagte er und verschwand leise fluchend aus dem Büro. Diesmal verzichtete er auf ein Taxi und nahm die U-Bahn. Das Risiko, seiner angestauten Wut an unpassender Stelle Luft zu verschaffen und möglicherweise in einer weiteren Polizeikontrolle Amok zu laufen, war ihm zu groß.

Als er am nächsten Morgen aufwachte, traute er seinen Augen nicht. Die Mansteinstraße lag unter einer dichten Schneedecke begraben. In der Nacht war die Temperatur um zwanzig Grad gefallen. Und das Anfang Mai! Er lehnte an der offenen Balkontür und hielt sein Gesicht in die Sonne. Unten hatte jemand den Namen ›Anna‹ auf ein verschneites Auto geschrieben. Der Anblick versetzte ihm einen Stich.

Anna. Elf Monate war es her, seitdem sie ihm beim Frühstück in zärtlichster Manier zu verstehen gegeben hatte, dass sie ihn verlassen werde. Er hatte ihre Entscheidung akzeptiert wie einen Richterspruch. Die Zeit mit ihr war ihm ohnehin als etwas erschienen, das er noch nicht verdient hatte – ein Wechsel auf die Glückseligkeit sozusagen, den es irgendwann einzulösen galt. Er kramte nach ihren Fotos. Anna erinnerte ihn an ein Taipi-Mädchen, von denen Herman Melville berichtet hatte. Die Taipi waren Südsee-Insula-ner. Ihre Mädchen wuchsen frei und ungezwungen auf, sie waren von jeder gesellschaftlichen Pflicht entbunden, körperliche Arbeit war ihnen bis zu ihrem achtzehnten Lebensjahr untersagt.

Doch er kam nicht dazu, lange in Erinnerungen zu schwelgen. Der Wandbildschirm signalisierte den Eingang einer dringenden E-Mail. Die Chefredaktion zitierte ihn ins Haus, das war zu erwarten gewesen.

»Er telefoniert noch«, sagte Betty, die über seinen schnellen Abgang, den er sich das letzte Mal geleistet hatte, immer noch verärgert zu sein schien.

Cording blickte in den Innenhof, der sich unter einer stürmischen Wolkenfront verfinsterte, als sei die Welt beleidigt.

»Kannst reingehen, er hat aufgelegt.«

Als Cording eintrat, ließ Michael Kühling, deutscher Redaktionsleiter des internationalen Reportagemagazins EMERGENCY, die rechte Hand über die Sessellehne fallen, als biete er sie zur Maniküre dar.

»Siehst beschissen aus«, bemerkte er. »Was war los mit dir gestern? Warum bist du nicht in den Senegal geflogen?«

Cording antwortete nicht. Stattdessen sah er sich in aller Ruhe um. Sie hatten den Chefsalon renoviert. Neue Möbel, neuer Teppich, neue Gemälde.

»Der Kandinsky ist echt«, bemerkte Mike, als wollte er der Nachfrage zuvorkommen. »Aber zur Sache: was war los?«

Cording betrachtete seinen Vorgesetzten wie eine Naturerscheinung. Der Mann war innerhalb kürzester Zeit zu einem strahlenden Erfolgsmodell mutiert. Mike war nur noch ein Schatten seiner selbst, bis unter die Haarspitzen von Machtgeilheit und klammheimlicher Lust erfüllt. Wie sollte er diesem gekauften Freund seine Lebensmüdigkeit erklären? Cording fragte sich, was er hier zu suchen hatte. Jedes Mal, wenn er diese gesicherte Trutzburg des Journalismus betrat, hatte er das Gefühl, dass die Selbstzufriedenheit, die an diesem Ort vorherrschte, in keinem Verhältnis zur Realität stand. Die Leute hier hatten doch keine Ahnung, wie es da draußen wirklich aussah.

»London hat sich nicht gerade erfreut darüber gezeigt, dass du den Auftrag abgelehnt hast«, hörte er Mike sagen. »Wenn sie der Meinung sind, dass jemand ihrer Angestellten ausgebrannt ist, reagieren sie humorlos. So ist das Geschäft. Ich habe deine Tochter sterben lassen. Das haben sie als Grund akzeptiert.«

»Meine Tochter? Ich habe keine Tochter!«

»Du hattest eine uneheliche Tochter und damit basta.«

»Hätte es eine simple Krankschreibung nicht auch getan?«

»Bist du naiv, mein Lieber! In welcher Welt lebst du eigentlich? Du bist fast fünfzig! Da kommt eine Krankschreibung überhaupt nicht gut.«

Tja, in was für einer Welt lebte er eigentlich? Das hätte er manchmal selbst gerne gewusst.

»Wie lange ist es her, dass du deine letzte Reportage geschrieben hast, Mike?«, fragte Cording. »Fünf Jahre? Zehn?«

»Acht, um genau zu sein.«

»Lass mich überlegen. Es war der Bericht über den dioxinverseuchten Familienvater, richtig? Ich kann mich noch gut daran erinnern, wie du gelitten hast damals. Diese Anteilnahme machte die Faszination deiner Reportage aus. Sie war großartig, wirklich. Kein Mensch hat verstanden, dass du anschließend mit dem Schreiben aufgehört hast. Ich nehme an, dass du dir darüber selber nicht im Klaren bist.«

»Was wird das? Hör auf, den Psychiater zu spielen!«

»Entschuldige.« Cording legte sich mit im Nacken verschränkten Armen auf die Besuchercouch. »Wir beide wissen doch, worin das Erfolgsrezept von Emergency besteht«, sagte er, »in der bedingungslosen Hingabe des Reporters an seine Geschichte. Fernsehteams haben an den aktuellen Brennpunkten kaum noch eine Chance, sie fallen zu sehr auf, sind zu unbeweglich, sie werden verprügelt und davongejagt. Sie können meist nur noch aus der Luft berichten. Aber die arme Sau, die sich am Boden den katastrophalen Verhältnissen stellt, die oft genug mutierten Monstern begegnet statt Menschen, die jede Form von seelischer und körperlicher Verkrüppelung vorfindet – diese arme Sau zahlt mit dem Verlust ihrer letzten Hoffnungen, wenn sie denn bei der Wahrheit bleibt und sich nicht als routinierter Kriegsberichterstatter entpuppt. Manchmal habe ich das Gefühl, dass ich das alles nicht mehr lange aushalte …«

Kühling langte in die Schublade und warf ihm eine Orange zu.

»Dafür zahlt euch der Verlag aber eine ordentliche Stange Geld«, bemerkte er ungerührt. »Unsere Reporter gehören zu den Topverdienern der Branche, vergiss das nicht. Was den Erfolg von

EMERGENCY angeht, so trägt die Qualität der Beiträge nur bedingt dazu bei. Sicher, die Reportagen sind unser Markenzeichen. Aber gute Reportagen alleine finanzieren ein so aufwändiges Produkt nicht. Das Magazin erscheint in fünfzehn Sprachen, wir verkaufen über zwölf Millionen Exemplare. Der Verkaufspreis deckt aber nur ein Zehntel der Kosten. Also bedarf es potenter Anzeigenkunden: der Global Player, wie du weißt. Das Rezept ist einfach: EMERGENCY liefert den gnadenlosen Zustandsbericht, und die Multis, die ihn zu verantworten haben, versichern an gleicher Stelle, dass nur sie es sind, die Abhilfe schaffen können. Für diese Imagepolitur zahlen sie horrende Summen. Das funktioniert, das ist genial.«

»Das ist nicht genial«, antwortete Cording resignierend, »das ist pervers.«

Auf dem Wandschirm wurde die Videokonferenz mit London angekündigt. Cording wollte sich verdrücken, aber Kühling gab ihm zu verstehen, dass er bleiben solle. Da saßen sie also in trauter Teerunde, die Verantwortlichen aus der Zentrale von EMERGENCY. Chefredakteurin Lydia Parker begrüßte die zugeschalteten Außenredaktionen.

»Bevor wir zur Blattkritik kommen«, sagte sie, »möchte ich unserem Verleger das Wort erteilen, der uns heute mit seiner Anwesenheit beehrt.«

Rupert Matlock erschien auf dem Schirm, der Mann, von dem nicht ein einziges Foto in der Öffentlichkeit kursierte. Matlock war es in den letzten zehn Jahren gelungen, die zwölf potentesten europäischen Verlagshäuser unter einem Dach zu versammeln. Damit hatte er die Pressefreiheit in Europa praktisch außer Kraft gesetzt. Cording starrte gebannt in dieses britische Bauerngesicht mit der knubbeligen Nase.

»Meine Damen und Herren«, begann Matlock mit überraschend heller Stimme, »ich möchte die Gelegenheit nutzen, um Ihnen meinen Dank auszusprechen. EMERGENCY hat sich unter Ihrer Führung in nur vier Jahren auf dem weltweiten Pressemarkt etabliert. Und nicht nur das: Unser Magazin ist zum Marktführer avanciert. Das gilt fürs Internet wie für den freien Verkauf. Die Wirtschaft hat das Konzept angenommen, darüber freue ich mich. Um ehrlich zu sein hatte ich auch nichts anderes erwartet ...«

Die am Konferenztisch Versammelten lachten artig.

»Wie Sie wissen, funktioniert die Anzeigenakquisition deshalb so erfolgreich, weil wir die Inserenten ein halbes Jahr im Voraus mit unseren Themenplänen versorgen. Damit geben wir ihnen genügend Zeit, angemessen reagieren zu können. Seit einigen Monaten aber fragen immer mehr Unternehmen von sich aus bei uns an, ob wir ihnen nicht ein geeignetes redaktionelles Umfeld zur Verfügung stellen könnten. Aktuell gilt das für Airbus Industries, Global Oil und Merck. Natürlich werden wir nicht jedem Wunsch nachkommen können, aber wo es möglich ist, da sollten wir es tun. Ich wünsche Ihnen einen guten Tag.«

Cording lag wie betäubt auf der Couch. Die anschließende Diskussion, ob man die vom Elektrosmog in den Wahnsinn getriebenen Eskimos auf den nächsten Titel nehmen sollte, den bolivianischen Bürgerkrieg um privatisiertes Wasser oder die Massenevakuierungen an den indonesischen Küsten, nahm er kaum wahr. Er schützte sich mit einem Zitat des spanischen Kulturphilosophen Ortega y Gasset gegen das Gezerre der Redaktionshyänen um ein sattes Stück verlagsinternen Renommees: »Ich leugne rundum, dass heute in irgendeinem Winkel der Erde eine Gruppe existiert, die ihr Gesetz von einem neuen Ethos empfinge.« Cording musste schmunzeln.

Als die Konferenz beendet war, wurde der Bildschirm wieder matt und blind. In den letzten zwanzig Minuten war Cording einmal mehr bewusst geworden, dass es den Verlag einen Dreck interessierte, wie sich seine teuer bezahlten Edelfedern fühlten. Auch sie waren nur Rädchen im Getriebe und jederzeit austauschbar. Die Fluktuation im Reporterpool hätte ihm schon lange zu denken geben sollen. Von den achtunddreißig internationalen Topschreibern, die Rupert Matlock mit enormem finanziellem Aufwand und unter großem Propagandagetöse bei der Blattgründung rekrutiert hatte, waren siebzehn nicht mehr dabei. Sie waren entweder freiwillig gegangen oder aussortiert worden. Es war wohl einzig der Gnade von Mike Kühling zu verdanken, dass sich Cordings renitenter Charakter bisher noch nicht bis nach London herumgesprochen hatte.

»Ich habe den Eindruck«, hörte er Mike sagen, »als seist du dir immer noch nicht im Klaren darüber, dass wir in erster Linie ein Geschäft betreiben. Es gibt ihn nicht mehr, den edlen journalistischen Ritter, der für nichts anderes als die Aufklärung streitet. Das bildest du dir ein, weil dich in diesem Hause niemand daran hindert, die Wahrheit zu schreiben. Aber die Wahrheit, von der du dir so viel Wirkung versprichst, ist Teil eines ausgeklügelten Deals! Sie ist ausschließlich dazu da, den Schuldigen Absolution zu erteilen. Dafür zahlen die sich dumm und dusselig. EMERGENCY fungiert in diesem Drama als Domina. Wir peitschen die Mächtigen bis an die Schmerzgrenze und darüber hinaus und sie versprechen reumütig Abhilfe. So funktioniert das …«

Cording hatte das Gefühl, dass ihm das aberwitzige Lächeln, das er seit einigen Minuten zur Schau trug, langsam zu einer Maske gefror.

»Wir machen Folgendes«, sagte Mike, »die nächsten zwei Wochen wirst du ausspannen. Leg dich in die Sonne oder organisiere eine Schlittenfahrt auf Grönlands letztem Gletscher. Ist mir wurscht. Danach erwarte ich wieder vollen Einsatz!«

»Theodore Kaczynski ist tot«, warf Cording unvermittelt ein. »Nach 26 Jahren Haft im Knast gestorben.«

»Sagt mir nichts der Name.«

»Kaczynski, ehemaliger Harvard-Professor, besser bekannt als Unabomber. Der Mann war in den Neunzigern der meistgesuchte Terrorist in den Staaten!«

Kühling lud die Daten auf den Bildschirm. »Achtzehn Jahre lang terrorisierte der Unabomber die Repräsentanten der technischen Welt«, las er laut. »Er verschickte fünfzehn Briefbomben. Das Ergebnis: drei Tote, 23 Verletzte.« Er blickte Cording irritiert an: »Was willst du mir denn damit sagen …?«

»Ruf sein Manifest auf. Kaczynski hatte dem FBI ein Jahr vor seiner Verhaftung einen Deal vorgeschlagen. Er versprach, seine Aktivitäten einzustellen, wenn eine überregionale Tageszeitung sein Manifest drucken würde. Die *Washington Post* und die *New York Times* haben es getan. Titel: ›Die industrielle Gesellschaft und ihre Zukunft‹. Los, ruf es auf. Wenn du darin nur einen Satz findest, den du nicht unterschreiben kannst, vergessen wir die Angelegenheit …«

Kaczynskis Manifest leuchtete wie ein Menetekel an der Wand dieser frisch renovierten Schaltzentrale medialer Macht auf: »Die Folgen der Industriellen Revolution haben sich für die Menschheit als eine Katastrophe erwiesen. Das Leben wurde unerfüllt, die Menschen gerieten in eine unwürdige Abhängigkeit, diese Entwicklung hat zu weit verbreiteten psychischen Problemen geführt und der Natur wurde unermesslicher Schaden zugefügt. Die kontinuierliche Entwicklung der Technologie wird die Lage weiter verschlimmern. Mit Sicherheit wird die Menschheit in noch größerem Maße abhängig werden und es werden noch gewaltigere Naturschäden auftreten. Unser Ziel wird nicht darin bestehen, Regierungen zu stürzen, sondern die wirtschaftliche und technologische Basis der gegenwärtigen Gesellschaft zu zerstören.«

Cording registrierte mit Genugtuung, dass sein Freund den Text offensichtlich ernst nahm.

»Die *Washington Post* und die *New York Times* haben das Manifest 1995 gedruckt«, wiederholte er. »Ich stelle mir eine Serie unter dem Titel ›Helden‹ vor. Da wäre Kaczynski dabei und Paul Watson, der mit seiner ›Sea Shepherd‹ auf offenem Meer Walfänger rammte. Dave Foreman natürlich, Gründer der radikalen Umweltschutzgruppe ›Earth First!‹. Jaime Lerner, Bürgermeister der brasilianischen Millionenstadt Curitiba*, der trotz explodierender Einwohnerzahlen immer wieder unkonventionelle Konzepte im Kampf gegen Smog, Verkehrsinfarkt, Müllchaos und Verbrechen fand und der das Kunststück fertigbrachte, mit seiner ökologisch ausgerichteten Politik die Favelas zu befrieden. Nicht zu vergessen Edward Abbey, Autor des Romans *The Monkeywrench Gang*, in dem eine Bande Ökokrieger durch den Südwesten der Vereinigten Staaten zieht und Anschläge auf die technischen Einrichtungen der Montan- und Schwerindustrie verübt. Auch Heimo Schulz-Meinem gehört dazu, der in der Lüneburger Heide eine ›Naturbefreiungsarmee‹ rekrutierte. Vielleicht mögen wir uns sogar an Miguel Gonzales erinnern, den portugiesischen Michael Kohlhaas, der jahrelang erfolglos gegen die Agrarbestimmungen der EU kämpfte, oder an den sturen Bock aus Frankreich, Jose Bové, der mit seinem Traktor McDonald's-Filialen aufmischte.«

Mike hörte ihm schweigend zu.

»Nicht zu vergessen Ophelia Mendez, Gründerin des Internationalen Öko-Tribunals«, legte Cording eindringlich nach. »Wie hatte Dave Foreman gesagt: ›In vierzig Jahren werden die Regenwälder von der Erde verschwunden sein. Wir sind die letzte Generation, die das verhindern kann. Notfalls werden wir es mit Gewalt tun.‹ Helden … Ihr Widerstand hat zwar nichts gebracht, aber ich finde schon, dass sie ein Denkmal verdient hätten.«

Kühling klopfte kaum hörbar mit dem Kugelschreiber auf die Glasplatte seines Schreibtisches. »Die Idee ist interessant«, sagte er schließlich. »Ich kann mir zwar nicht vorstellen, wen wir für dieses Thema als Inserenten gewinnen wollen, aber Serien-Inserate sind ohnehin die Ausnahme. Gut, ich kümmere mich darum.« Er blickte auf die Uhr. »Tut mir leid, ich muss gehen … Ach, fast hätte ich es vergessen: Gestern rief mich ein Mann an, der behauptete, Thorwald Rasmussen zu sein. Du weißt schon, der dänische Professor, dessen Familie auf Bornholm abgeschlachtet wurde. Er sagte, er würde über Informationen von solcher Brisanz verfügen, dass ganze Regierungen vor ihm zitterten. Will sich wieder melden. War vermutlich nur jemand, der sich wichtigmachen wollte. Sollte an der Sache aber etwas dran sein, hole ich dich aus dem Urlaub zurück.«

Cording umarmte Mike zum Abschied. Er war abhängig von diesem Mann, wenn er nicht auf der Straße landen wollte, das wusste er. Aber auch Mike brauchte Cording. Durch ihn verlor er auf seinem Höhenflug durch die Verlagsetagen das freie Leben, dessen größter Verfechter er einmal gewesen war, nicht gänzlich aus den Augen.

Cording ging nicht mehr aus dem Haus, seitdem die USA Kirgisien mit Krieg drohten. Offiziell hieß es, dass die acht kirgisischen Hochschulen getarnte atomare Forschungsstätten seien, an denen mithilfe pakistanischer Wissenschaftler der Bau einer eigenen Neutronenbombe vorangetrieben werde. In Wahrheit ging es um die neu entdeckten Ölvorkommen im Ferganabecken. The same old story. Jeder wusste es, niemand sprach es aus. Stattdessen spielten pensionierte Generäle wieder einmal auf allen Kanälen den zu erwartenden Erstschlag durch. In Computersimulationen und an Taktiktischen wurden Raketen abgeschossen und die Zahl der Opfer kalkuliert.

Cording war sprachlos geworden, er verzichtete sogar auf seinen täglichen Spaziergang. Die Einsamkeit war zu seinem natürlichen Klima geworden. Die meiste Zeit lag er auf der Couch vor der Videowand. Wenn er per Sprachbefehl die Nachrichtensendungen aufrief, um sich über den Stand der Mobilmachung zu unterrichten, war ihm, als schrumpften Arme und Beine zu Wurmfortsätzen und der Kopf wäre nur eine Plastik aus aufgeblähtem Informationsmüll. Er fühlte sich ohnmächtig, wie betäubt angesichts dieser Diskussion, bei der die Mediengesellschaft das Wort Krieg in ihren Händen wog wie einen Kohlrabi auf dem Gemüsemarkt.

Von den zwei Wochen Urlaub, die Mike ihm zugestanden hatte, war eine bereits verstrichen. Von Erholung konnte keine Rede sein. Mit jedem Tag hatte er das Gefühl, sich von seiner Arbeit ein Stück weit zu entfremden. Wenn er nicht die Kurve kriegte und sich nach seiner Rückkehr willfähriger denn je zur Verfügung stellte, lief er Gefahr, dass man ihn rausschmiss.

Vor ein paar Tagen hatte ihm sein ehemaliger Kollege Helge Zimmermann eine Expressmail geschickt. Helge war einer von den siebzehn EMERGENCY-Reportern der ersten Stunde, die entlassen worden waren. In der Mail bat er dringend um ein Treffen, er hätte ihm etwas Wichtiges mitzuteilen. Da der Mann zu Übertreibungen neigte, hatte es Cording nicht für nötig befunden, sich zu melden. Warum sich Helge ausgerechnet an ihn wandte, wollte Cording nicht einleuchten. Sie hatten während ihrer gemeinsamen Zeit bei EMERGENCY keinerlei vertraulichen Umgang gepflegt, im Gegenteil, ihr Verhältnis war eher unterkühlt gewesen. Aber plötzlich fiel ihm die Adresse ein, unter der sein ehemaliger Kollege zu erreichen war: Osdorfer Born. War das nicht eine jener Trabantenstädte, in die man die Arbeitslosen abschob? Konnte die Information, die ihm Helge stecken wollte, etwas mit der Situation der Ausgemusterten zu tun haben?

Er nahm die U-Bahn. Mit dem Auto konnte man sich am Osdorfer Born nicht sehen lassen, wenn man auf allen vier Rädern zurückkommen wollte. Die trostlose Vorstadt war nicht nur jenen vorbehalten, die aus dem Arbeitsprozess ausgestoßen worden waren, sie galt auch als Hamburgs Drogenhochburg. Auf zehntausend Quadratmetern rund um den Ole-von-Beust-Platz war ein Mikrokosmos entstanden, in dem der Überlebenskampf der Crackjunkies seine eigenen Gesetze schrieb. Die Bewohner dieses gespenstischen Reiches bewegten sich wie in schweren dunklen Wassern. Aufflammende Pfeifen illuminierten die Hauseingänge, als hätten die Glühwürmchen den Drogensumpf zu ihrem Dorado erkoren. Die flackernden Augen in den jungen Pergamentgesichtern waren Ausdruck eines absurden Alltags zwischen Paranoia und Gier, wobei die Gier immer die Oberhand behielt. Die Cracksüchtigen vegetierten am Rande der Erschöpfung, ihre blaustichige Haut spannte auf den Knochen.

Grell geschminkte, ausgemergelte Prostituierte säumten Cordings Weg, die Köpfe geneigt wie Blumen, die zu lange im modrigen Wasser gestanden hatten. Er beschleunigte seine Schritte, bis er den elenden Bannkreis durchquert hatte. Helge wohnte am Bloomkampring. Die Fassaden der hohen Häuser bröckelten, viele der

Fenster waren geborsten und notdürftig mit Pappe, Zeitungspapier oder Sperrholz geflickt.

Vor der Eingangstür der Nummer neunzehn hockten zwei Kinder nebeneinander und rührten apathisch im Matsch. Das Treppenhaus stank nach Urin. Der Fahrstuhl war außer Betrieb, also musste sich Cording die zwölf Stockwerke zu Fuß erobern. Oben angekommen, stützte er sich erschöpft auf die Knie und schaute sich um. Zimmermann. Während die Namen der übrigen Hausbewohner auf die Türen geschmiert waren, wies sich Helge durch ein blitzblankes Messingschild aus.

Cording klingelte. Zweimal lang, dreimal kurz, wie vereinbart Er hörte, wie an den Schlössern gefummelt wurde. Das dauerte. Schließlich ging die Tür auf. Vor ihm stand ein junges Mädchen in einem zerschlissenen Bademantel. Sie wischte sich die fettigen Strähnen aus dem Gesicht und fixierte ihn aus halb verhangenen Augen. Dann wich sie zur Seite. Sie wusste offenbar von seinem Besuch. Die Bude war geschmackvoll und teuer eingerichtet. Weiße Couchgarnitur, Acryltisch, Perser, Musikanlage und an der Wand Helges Samuraischwert. Für einen Arbeitslosen, der keinerlei finanzielle Unterstützung vom Staat bezog, war das ein erstaunlich hoher Lebensstandard. Arbeitslose wohnten umsonst in diesen Buden, sie bezogen eine limitierte Menge Strom zum Nulltarif und bekamen täglich drei kostenlose Mahlzeiten in den Gemeinschaftsküchen. Über eigene Mittel verfügten sie in der Regel nicht.

»Helge ist nicht da«, nuschelte das Mädchen. »Wir können ihn aber besuchen gehen. Ich bin übrigens Piroschka …«

Sie streckte Cording zur Begrüßung ihre schlaffe Hand entgegen und verschwand im Bad. Nach zehn Minuten kehrte sie zurück, wach und blühend, die Füße in Schnallenstiefeletten, die dürren Schultern von einer schwarzen Lederjacke gnädig verhüllt.

Sie führte ihn ins ›Chatte Noire‹, eines der zahlreichen Stundenhotels rund um den Ole-von-Beust-Platz. Die Rezeption war verlassen. Im Flur hing ein Zettel an der Wand: ›Handel und Konsum jeglicher Drogen verboten. Die Geschäftsleitung‹. Darunter schlief ein Mädchen, den Strohhut ins Gesicht gezogen, eine Crack-Pfeife in der Hand. Cording schaute sich unbehaglich um.

»Ach nee!«, hörte er Helge sagen, der mit einer Kiste Bier vor dem Bauch die schmale Stiege hinterm Tresen emporgestiegen kam. »Du bist also doch noch gekommen. Schön! Moment, bin gleich bei dir.«

Er begann das Geld in der Blechkassette zu zählen. Anschließend klemmte er die Liste mit den säumigen Mädchen an die Wand und nahm auf dem Barhocker hinter dem Empfangspult Platz. Von hier aus hatte er alles im Blick. Eingang und Treppenaufgang über einen Monitor, den Flur über einen runden Spiegel.

»Meine Schicht fängt gerade an«, entschuldigte er sich. »Geh doch mit Piroschka schon mal voraus, ich komm gleich nach.«

Als das Mädchen die Tür zu einem der Steigenzimmer öffnete, löste sich die goldene Sieben und fiel zu Boden. Cording hätte am liebsten auf dem Absatz kehrtgemacht. Die zerrissenen Tapeten, der vom Schmutz festgebackene Linoleumboden, das demolierte Waschbecken, die herumliegenden Spritzen, Pfeifen, Messerchen, das schimmelnde Mauergerippe rund um den Türrahmen, der grässliche braune Vorhang, der tropfende BH am Handtuchhalter, das eindringende Geschrei von Straße und Flur – das alles ekelte ihn an. Es bedurfte schon einer speziellen Neigung, um diesen Platz freiwillig aufzusuchen.

Piroschka warf sich aufs Bett.

»Hast du ein bisschen Geld für mich?«, fragte sie gurrend. »Ich gebe es dir nachher wieder, ehrlich. Wenn du willst, können wir heute Nacht schön zusammenbleiben.«

Cording reichte ihr einen Fünfziger.

»Hier, aber mehr gibt's nicht.«

»Mehr gibt's nicht, mehr gibt's nicht!«, äffte sie ihn nach. Dann quälte sie sich hoch. »Du bist ein Schatz«, sagte sie, »lass niemand rein, bin gleich zurück. Nicht weglaufen!«

Cording schaute aus dem Fenster. Vor dem Eden-Hotel legte ein breitschultriger Mann eine dürre Frau auf den Stufen ab. Ein vergitterter Mannschaftswagen fuhr im Schritttempo vorbei.

Kurz Zeit später war Piroschka zurück. Er hatte sie nicht kommen hören. Sie zog die Spritze auf, band sich den Arm ab und suchte in gekrümmter Haltung nach einer geeigneten Einstichstelle in der vernarbten Vene. Nach einer endlosen Stocherei, deren Anblick er kaum ertrug, ließ sie sich rücklings auf die Matratze fallen. Cording hatte genug. Er wollte gerade gehen, als Helge im Zimmer erschien.

»Die Weiber sind dermaßen blöd«, sagte er mit Blick auf seine schwer atmende Freundin, »die denken nicht von hier bis an die Wand.«

»Was machst du hier?«, fragte Cording. »Ich meine, was hast du in diesem Dreck zu suchen?«

»Geld verdienen«, gab sein Ex-Kollege grinsend zur Antwort.

»Als Wirtschafter eines Stundenhotels?«

»Als Wirtschafter und als Hausdealer. Ich hab heute mehr Knete in der Tasche, als mir der Verlag jemals bezahlen konnte. Fang jetzt bloß nicht an, moralisch zu werden.«

Er kramte ein Kochgeschirr aus einer Plastiktüte hervor.

»Da drin ist Erbseneintopf. Verabreicht in der Gemeinschaftsküche. Vielleicht ist dir aufgefallen, dass die Leute hier wie betäubte Zombies durch die Gegend schleichen, als sei ihnen die Antriebsschwäche mit Beginn der Arbeitslosigkeit eingetrichtert worden. Piroschka war genauso, als sie noch in der Gemeinschaftsküche gegessen hat – und glaub mir, das lag nicht an den Drogen!«

»Woran dann?«

»An diesem kostenlosen Fraß.« Er hielt er den Topf triumphierend in die Höhe. »Ich hab einen Freund, der ist Chemiker. Der hat das Zeug untersucht. Sie mischen da irgendwas rein. Ich komm jetzt nicht auf den Namen … jedenfalls macht es die Menschen hochgradig apathisch. Ich sag dir, da läuft eine Riesensauerei! Die Volksspeisung ist in erster Linie dazu da, den Protest dieser Leute im Keim zu ersticken, sie kollektiv ruhigzustellen.«

Er angelte die Plastiktüte von der Matratze, steckte das Kochgeschirr hinein und überreichte sie Cording.

»Lass das untersuchen und dann rede mit Mike. Du bist der

Einzige, auf den er noch hört. Wir müssen diese Bombe unbedingt zum Platzen bringen! Halte mich auf dem Laufenden, okay?«

Cording wunderte sich, warum ihm dieser Mann eine solch brisante Story anvertraute, ohne dafür die geringste Gegenleistung zu verlangen. Ausgerechnet Helge, der die Schwäche der Menschen in diesem Revier schamlos ausnutzte, sollte sich plötzlich zu ihrem Anwalt aufschwingen?

»Die Leute hier sind meine Familie«, grinste sein ehemaliger Kollege süffisant, als könnte er Gedanken lesen. Dann verschwand er nach nebenan, wo man bereits verzweifelt nach ihm rief.

Cording verabschiedete sich, Piroschka interessierte das wenig, sie stocherte wieder in der Vene. Der Ole-von-Beust-Platz war jetzt menschenleer. Nur das Mädchen mit dem Strohhut huschte ihm mit spastischem Schritt hinterher, bis er sie mit unwirschen Handbewegungen verscheuchte wie ein Huhn. Sieben Ampeln kreuzten seinen Weg zum Taxistand. Sobald er den Fuß vom Gehweg auf die Fahrbahn setzte, sprangen sie auf Rot – als löste sein Schritt einen elektrischen Impuls aus.

Helges Verdacht hatte sich bestätigt. Cording mochte das Untersuchungsergebnis kaum glauben. Selbst das Labor zeigte sich über die Zusammensetzung der Essensprobe verblüfft. Offenbar hatte man den Bakterien ein artfremdes Gen eingepflanzt. Heteroeloge Übertragung nannte man das. Die Genmikroben produzierten dabei eine seltene Aminosäure, wie sie eigentlich nur in Schlafmitteln enthalten war. Alles deutete darauf hin, dass die Arbeitslosen in Hamburg ohne ihr Wissen als staatliche Versuchskaninchen missbraucht wurden.

Cording war bewusst, dass es heute kaum noch eine Nutzpflanze gab, die gentechnisch nicht verändert worden wäre. Nicht umsonst waren die Umsätze der Biotechkonzerne in den letzten dreißig Jahren explodiert: von fünf Milliarden auf 300 Milliarden Euro pro Jahr. Die gewaltigen Gewinne waren möglich geworden, weil die Regierungen diese Zukunftstechnologie durch immer freizügigere gesetzliche Regelungen abgesegnet hatten, um im internationalen Wettbewerb bestehen zu können. Inzwischen waren die Manipulateure in der Lage, Geschmack, Konsistenz und Nährgehalt von Pflanzen und Fleisch gezielt zu verändern. Über die Risiken wurde nicht diskutiert. Dabei beklagten Mediziner seit Jahren, dass die verspeisten Gen-Organismen den Krankheitserregern in der Darmflora die Abwehrformel gegen Antibiotika verrieten und damit neuen Krankheiten Tür und Tor öffneten. Im vorliegenden Fall handelte es sich allerdings nicht um einen der üblichen Betriebsunfälle, wie sie die Branche immer wieder zu verzeichnen hatte, sondern um einen gezielten Anschlag des Staates auf seine Bürger!

Cording rief seinen Chefredakteur an und informierte ihn in aller Kürze über die ungeheuerliche Entdeckung. Zu seiner Überraschung war Mike sofort bereit, ihn in seiner Privatvilla an der Elbchaussee zu empfangen. Er hatte sie im vergangenen Jahr von einem bankrotten Reeder erstanden, dessen Schiffsflotte durch Piraterie erheblich dezimiert worden war.

Im Haus verstummte das Geräusch eines Staubsaugers. Eine untersetzte Südamerikanerin in blau-weiß karierter Schürze und gelben Gummihandschuhen öffnete die Tür. Mike empfing ihn in der Bibliothek. In Häusern wie diesem waren Bibliotheken Pflicht. Während sein Gastgeber die Drinks mixte, setzte Cording den antiken Globus in Bewegung und überlegte, wie es ihnen gelingen könnte, die Schweinerei rund um die Volksspeisung so hieb- und stichfest zu machen, dass man damit im großen Stil an die Öffentlichkeit gehen konnte. Immerhin legten sie sich mit Kalibern wie der GENius Corporation an, die am Medienkonzern Matlock einen zwanzigprozentigen Anteil hielt.

»Ich will dir nichts vormachen«, sagte Mike und prostete Cording zu, »die Geschichte, auf die du gestoßen bist, ist mir seit Langem bekannt.«

Cording verschlug es die Sprache. Hatte er richtig gehört?

»Beim Osdorfer Born handelt es sich um ein Pilotprojekt, das im Erfolgsfall auf ganz Deutschland ausgedehnt werden soll«, fuhr Mike ungerührt fort. »Natürlich ist garantiert, dass die Betroffenen keinerlei gesundheitliche Schäden davontragen werden.«

Cording musste lachen. Was war in seinen Freund gefahren? Er hatte offenbar seinen skurrilen Humor wieder gefunden, den er nach der Ernennung zum Redaktionsleiter verloren zu haben schien.

»Vor drei Jahren«, hörte er Kühling sagen, »kurz bevor die Gettoisierung der Arbeitslosen in Hamburg per Gesetz beschlossen wurde, hatten sich Vertreter der Pharmaindustrie mit hochrangigen Politikern und Medienvertretern an einen Tisch gesetzt, um ein Projekt abzusegnen, das nur in einer konzertierten Aktion zum Erfolg führen konnte. Damals haben sich die großen deutschen Verlage dazu verpflichtet, Stillschweigen zu bewahren. Diese Verpflichtung gilt bis heute. Am besten ist es, du vergisst die Angelegenheit.«

Da hatte Helge Cordings Einfluss auf Mike aber gehörig überschätzt. Und auch Cording hatte sich in Mike getäuscht, der Mann war Teil dieses ungeheuerlichen Deals. Kühlings Worte taten ihm körperlich weh – als würde jemand den Resonanzboden seiner Seele mit der Spitzhacke bearbeiten. Das Blut pulsierte in den Schläfen. Cording beobachtete den endlosen Sturz des Whiskeyglases, das ihm aus den Fingern geglitten war. Mit sanftem ›Plopp‹ landete es auf dem Teppich. Es war nicht umgekippt, es stand da wie abgesetzt.

»Warum?«, unterbrach Cording seinen Redaktionsleiter, der einfach nicht aufhören wollte, sich zu rechtfertigen. »Warum machst du diese Sauerei mit?«

»Das versuche ich dir doch gerade zu erklären: wenn es uns nicht gelingt, das immer größer werdende Potenzial der Frustrierten und Betrogenen in diesem Land zu befrieden, fliegt uns unsere zweigeteilte Gesellschaft in Kürze um die Ohren. So gesehen kommen die Medien nur ihrer gesellschaftspolitischen Verantwortung nach. Betrachte es mal von der Seite.«

Cording schüttelte nur fassungslos den Kopf. Er hatte keine Lust, auf diesen Schwachsinn zu antworten. Mike wusste sehr genau, dass das Stillschweigeabkommen nichts anderes bedeutete, als die endgültige Kapitulation der freien Presse vor dem großen Geld. Eine hundsgemeine Komplizenschaft hatte sich da gebildet. Während er diesem Gedanken nachhing, glaubte er aus Mikes andauerndem Redeschwall mehrmals das Wort Tahiti herauszuhören.

»Was ist mit Tahiti?«, fragte er.

»Mein Gott, hörst du mir überhaupt zu! Du fliegst nach Tahiti! Dein nächster Job! Tahiti! Ökoparadies! Klingelt's? Sie laden eine ausgewählte Schar internationaler Journalisten ein, um sie von den Vorzügen ihres neuen Gesellschaftsmodells zu überzeugen. In Wirklichkeit geht es wohl darum, durch eine positive Berichterstattung Druck auf die EU auszuüben. Du weißt, dass Brüssel die Zuschüsse für das Tahiti-Projekt einfrieren will. Lass dich aber nur nicht einlullen. Ich erwarte eine überaus kritische Auseinandersetzung mit dieser Politsekte, die sich in der Südsee mit unseren Geldern durchs Leben schmarotzt.«

Tahiti. Cording war vor neun Jahren schon einmal auf der Insel gewesen. Es war die Zeit, als Französisch Polynesien seine Unabhängigkeit erkämpfte. Die Spätfolgen der Atomversuche hatten Frankreich an den Rand der Zahlungsfähigkeit gebracht, die Regressforderungen der einheimischen Opfer waren in ungeahnte Höhen geschossen. Um ihnen weiterhin nachkommen zu können, hatte die französische Regierung den Verkauf der Inseln Raiatea und Bora Bora an einen chinesischen Konzern erwogen, der auf ihnen ein Ferienparadies für Geschäftsfreunde errichten wollte. Als die Pläne bekannt geworden waren, sah sich Paris einer Protestbewegung ungeahnten Ausmaßes gegenüber. Raiatea gilt den Polynesiern von jeher als heilige Insel. Zuvor waren bereits zwei kleinere Eilande an amerikanische Milliardäre verscherbelt worden. Nach und nach drohte den Gesellschaftsinseln der totale Ausverkauf.

Zentrum des erbitterten Widerstandes war Tahiti gewesen. Als den Franzosen nichts Besseres einfiel, als ihre im Südpazifik stationierten Truppen gegen die Aufständischen in Stellung zu bringen, kam es im Hafen von Papeete zum alles entscheidenden Eklat. Eine französische Fregatte pflügte vier Kanus unter, 23 tahitianische Demonstranten starben. Obwohl die Regierung in Paris nicht müde wurde zu betonen, dass es sich um einen tragischen Unfall gehandelt habe, führten die weltweiten Proteste und Solidaritätsbekundungen dazu, dass sich Frankreich aus Polynesien zurückzog und die Inseln 2013 in die Unabhängigkeit entließ.

»Du fliegst über London«, sagte Mike und händigte Cording einen Aktenkoffer mit Unterlagen aus. »In London nimmst du den Sohn unserer Chefredakteurin in Empfang. Lydia Parker ist schwer erkrankt, sie macht es vermutlich nicht mehr lange. Sie möchte nicht, dass der Junge sie leiden sieht. Gib ein wenig auf ihn acht.«

Na toll. Jetzt hatte er auch noch einen achtzehnjährigen Jungen am Hals. Er konnte mit Teenagern nichts anfangen, und die Vorstellung, für den verwöhnten Zögling das Kindermädchen zu spielen, schreckte ihn. Aber was sollte er machen? Er würde sich mit dem Knaben irgendwie arrangieren müssen.

Es kam nicht häufig vor, dass NSA-Chef Francis D. Copland das Hauptquartier in Fort Meade/Maryland ohne Leibwächter verließ. Um genau zu sein, war es erst einmal vorgekommen, vor einem Jahr. Damals war er ebenfalls inkognito nach Dallas unterwegs gewesen. Und wie heute hatte er auch damals den Zug anstelle des Flugzeugs genommen. Er konnte es sich nicht leisten, eine Datenspur zu legen.

Copland starrte in Gedanken versunken auf die vorüberziehenden Weizenfelder. Beim letzten Treffen in Dallas hatte er sich kaufen lassen. Er hatte sich dazu verpflichtet, einem geheimen Projekt von Global Oil den Schutz der National Security Agency angedeihen zu lassen, ohne Wissen des Präsidenten. Zwanzig Millionen Dollar hatte er dafür kassiert. So weit, so gut. Aber bereits der erste Einsatz war gründlich in die Hose gegangen. Robert McEwen, Präsident von Global Oil, war darüber sicher nicht erfreut. Warum sonst hätte er ihn nach Dallas zitieren sollen?

Copland trat wie verabredet auf der Westseite des Bahnhofs ins Freie, wo sich für ihn die rückwärtige Tür einer heranrollenden Stretchlimousine öffnete.

»Die Züge sind pünktlicher als die Flieger«, bemerkte die füllige Erscheinung auf der Rückbank und bedeutete ihm, Platz zu nehmen. »Hatten Sie eine gute Fahrt?«

»Alles bestens«, brummte Copland und stieg ein.

Der Wagen glitt durch das Gewirr von übereinandergestapelten Freeways Richtung Stadtgrenze. McEwen sagte kein einziges Wort, er verstand es, eine unerträgliche Spannung zu schüren. Aber plötzlich brach es aus ihm heraus:

»Was für ein Mist ist da passiert auf Bornholm?!«, schrie er Copland an. »Können Sie mir das erklären?! Da stürzen Ihre Killer in ein Schlafzimmer, bringen eine Frau und ein paar unschuldige Kinder um und machen sich vom Acker. Aber keiner Ihrer Mitarbeiter ist auf die Idee gekommen, die Bettdecken mal anzuheben, um sich zu vergewissern, dass sie den Richtigen erwischt haben. So viel Dilettantismus ist mir in meinem ganzen Leben noch nicht untergekommen. Sie sollten Rasmussen erledigen, Francis! Niemand hat Ihnen den Befehl gegeben, seine Familie abzuschlachten!«

Erst jetzt gab McEwen seinem Fahrer das Zeichen, die Trennscheibe hochzufahren. Copland rieb sich die verschwitzten Hände. Er hatte seine Ehre und somit die Autorität des Amtes an diesen Mann verpfändet, er war nicht mehr Herr seiner selbst.

»Ich warte immer noch auf eine Erklärung!«, hakte McEwen nach.

»Unsere Agenten sind eben auch nur Menschen«, antwortete Copland kleinlaut. »Wir töten normalerweise keine Kinder. Aber dass man in einem solchen Fall schon mal die Nerven verlieren kann, ist doch nachvollziehbar. Okay, Sie haben recht, das ändert natürlich nichts an den Tatsachen …«

Robert McEwen atmete tief durch.

»Ich kann Ihnen nur eines raten, Francis«, sagte er schließlich, »finden Sie diesen Rasmussen. Finden Sie ihn, bevor er unsere Unterlagen in der Chefetage eines großen Fernsehsenders ausbreitet. Ich lasse Sie erbarmungslos hochgehen, wenn das passiert, mein Lieber.«

Er klopfte mit dem Whiskeyglas gegen die Scheibe, der Wagen fuhr rechts ran.

Copland verstand nicht, was das zu bedeuten hatte.

»Hier trennen sich unsere Wege fürs Erste«, sagte McEwen, ohne den Chef der mächtigen NSA auch nur eines Blickes zu würdigen. Der Fahrer stieg aus, ging um den Wagen und öffnete die Tür.

Im nächsten Moment fand sich der mächtige Geheimdienstchef inmitten einer trostlosen Industrielandschaft wieder. Er straffte die Schultern, als müsse er sich erst einmal wieder sammeln. Dann schritt er fröstelnd zur gegenüberliegenden Bushaltestelle.

Cording öffnete den Aktenkoffer und breitete den Inhalt vor sich auf dem Boden aus. Er studierte den Flugplan, den das verlagseigene Reisebüro für ihn zusammengestellt hatte. Donnerstag ging es los. Das war übermorgen! Hamburg–London, London–Auckland, Auckland–Papeete. Insgesamt 22 Stunden Flug. Rechnete man die Umsteigezeiten dazu, war er gut 30 Stunden unterwegs. Er wunderte sich, warum sie nicht über Los Angeles flogen, war aber wegen der extremen Kontrollen im dortigen Transitbereich ganz froh darüber. Die Amerikaner verhafteten einen ja schon, wenn ihnen der Name der Zahnpasta nicht geläufig war, die man bei sich trug. Das Rückflugticket war auf den achten September datiert. Die Redaktion gab ihm also volle drei Monate auf Tahiti! Drei Monate! Natürlich war Cording bewusst, dass es Mike in erster Linie darum ging, ihn für eine Weile aus der Schusslinie zu nehmen, aber das war ihm egal. Er freute sich auf die Reise. Gab es einen besseren Weg, dem komprimierten Wahnsinn seines beruflichen Alltags wirkungsvoll zu entfliehen, als drei Monate Südsee?

Cording erinnerte sich sehr gut an den allgemeinen Freudentaumel, den die Proklamation der Unabhängigkeit auf Tahiti ausgelöst hatte. Er war damals mit einem der Wortführer des Widerstands bekannt geworden, einem jungen charismatischen Mann namens Omai. Omai war trotz seiner 27 Jahre mit erstaunlicher Weitsicht ausgestattet. Er begriff sehr schnell, dass nach dem ersten Schritt ein zweiter, viel weitreichenderer folgen musste, wenn man sich nicht erneut in die Abhängigkeit einer fremden Macht begeben wollte. Nach Abzug der Franzosen explodierten die Energiekosten, die Arbeitslosigkeit stieg sprunghaft an, das Müllproblem geriet außer Kontrolle, die Infrastruktur drohte zusammenzubrechen und der Tourismus tendierte gegen null. Zu allem Überfluss machte sich ein kriminelles Milieu breit, das man auf Tahiti so noch nicht kannte. Die Entschädigungszahlungen der Franzosen hatten eine Kluft in die Gesellschaft geschlagen, das Gefälle zwischen Arm und Reich war einfach zu groß geworden.

Cording war gespannt, wie Omai und seine Mitstreiter mit diesen Problemen fertig geworden waren. Mikes abfällige Meinung über den Lebensentwurf der Tahitianer teilte er ganz und gar nicht.

Er betrachtete die Einladung, die vom Präsidenten persönlich unterzeichnet war. Der Text klang außerordentlich herzlich und er hatte den Eindruck, dass es sich um mehr handelte als das bloße Standardschreiben, das außer EMERGENCY noch fünfzig anderen Redaktionen in aller Welt zugeschickt worden war. Er freute sich, dass sich Omai offenbar trotz der langen Zeit, die seit ihrer letzten Begegnung verstrichen war, an ihn erinnerte. Er legte die Musik auf, die ihm dieser damals zum Abschied geschenkt hatte.

»O'Tahiti, here here vau ia oe«, murmelte Cording in den wiegenden Rhythmus hinein. »Je t'aime, Tahiti«, wiederholte er leise. Sein Französisch war recht gut und ein paar Brocken Tahitianisch konnte er auch noch. Er würde sich mit den Menschen am anderen Ende der Welt ausgezeichnet verstehen …

Die Ankunft

Cording hasste Wartezeiten auf Flughäfen. Und dabei war dies erst der Anfang der Reise, er war gerade mal in London, einen Katzensprung von Hamburg entfernt. Immerhin durfte er Businessclass fliegen. Das hing vermutlich damit zusammen, dass sie ihm den Sohn der Chefredakteurin aufs Auge gedrückt hatten. Dem verwöhnten Zögling war die Billigklasse nicht zuzumuten. Gut so.

Er suchte die Lounge auf, in der er seinen jugendlichen Begleiter in Empfang nehmen sollte. Aber selbst hier entging er den nervenden Lautsprecherdurchsagen nicht, wenn sie auch in etwas gedämpfterer Form daherkamen. Als besonders abstoßend empfand er die Aufrufe an verspätete Fluggäste, die im barschen Befehlston aufgefordert wurden, sich endlich zum Check-in zu begeben. »Your aircraft is ready to depart, and all other passengers are waiting for you!«

Zum Glück verfügte die Lounge über eine Raucherzone. Er kramte die Schachtel hervor: drei Zigaretten waren übrig. Die würde er sich noch gönnen und dann war Schluss mit der Qualmerei. Eigentlich hatte er schon vor Tagen aufhören wollen, um den Entzug während des Fluges erträglicher zu gestalten, aber dazu war er nicht in der Lage gewesen. Er inhalierte so tief, dass selbst sein Nachbar mit der dicken Zigarre irritiert aufblickte. An den Panoramafenstern zogen die bunt bemalten Heckflossen der Verkehrsmaschinen vorbei wie in einem Haifischbecken. »Mrs. Elisa Wallace from Birmingham, Alabama, your aircraft is ready to depart, and all other passengers are waiting for you!«

»Mr. Cording?«

Vor ihm stand ein Mann in grauer Livree, der eine Chauffeursmütze in seinen Händen hielt.

Cording drückte die Zigarette aus. »Ah, Sie bringen mir den Jungen, richtig? Wo ist er denn?«

»Er sitzt dort drüben, Sir. Er kann den Qualm nicht vertragen.«

»Asthma?«

»Nein, Sir, Mr. Steve Parker ist Nichtraucher.«

Warum nur bewegte sich die Sachlichkeit der Engländer immer an der Grenze zur Arroganz? Er stand auf, nahm die letzten beiden

Zigaretten aus der Schachtel und warf sie in den Aschenbecher. Dann folgte er dem Chauffeur am Buffet vorbei bis in den letzten Winkel der Lounge, wo ein schlaksiger Bursche vor seinem Laptop hockte.

»Hi!«, sagte Cording.

»Hi!«, antwortete der Junge ohne aufzublicken.

Der Chauffeur wünschte einen guten Flug und verabschiedete sich.

»… and all other Passengers are waiting for you!«

Cording warf einen Blick auf den Laptop.

»Was für ein Spiel ist das?«, fragte er.

Steve strich sich die Strähnen aus der Stirn und blickte ihn spöttisch an.

»Sie müssen sich nicht krampfhaft um eine Unterhaltung mit mir bemühen.«

Das fing ja gut an.

»Ich würde mich aber gerne mit dir unterhalten«, entgegnete Cording, »immerhin habe ich dir meine letzten beiden Zigaretten geopfert …«

Der Junge ignorierte die Bemerkung. Er starrte auf den Schirm, als erwarte er eine verschlüsselte Botschaft. Cording zuckte mit den Achseln und ging hinüber zum Kaffeeautomaten. Mit der Tasse in der Hand drehte er noch eine Runde ums Buffet und betrachtete seinen seltsamen Begleiter aus der Ferne. Schöne Augen hatte er. Schöne Hände auch. Seine Haltung war nicht ohne Anmut. Die schroffe Art, mit der Steve ihm begegnete, war zwar gewöhnungsbedürftig, hatte aber durchaus ihre Vorteile. Immerhin war er soeben davon befreit worden, lästigen Smalltalk betreiben zu müssen.

Cording setzte sich wieder zu ihm und schwieg. Er hatte den Eindruck, dass er sich in diesem Schweigen schwerer einzurichten wusste, als Mrs. Parkers Sohn, der eine fabelhafte Fähigkeit bewies, die Außenwelt auszublenden. Nach einer Stunde wurde ihr Flug endlich aufgerufen. Die Stewardess, die ihnen die Plätze zuwies, schenkte dem gut aussehenden jungen Gentleman an seiner Seite ein strahlendes Lächeln. Cording hingegen nickte sie nur flüchtig zu, obwohl auch ihm laut Dienstvorschrift ein Lächeln zugestanden hätte …

»Wie lange fliegen wir nach Auckland?«, fragte Steve, als er sein Gepäck verstaute.

»Siebzehn Stunden«, antwortete Cording.

Manche Dinge offenbaren ihren wahren Schrecken erst, wenn man sie ausspricht. Die Vorstellung, die nächsten siebzehn Stunden mit achthundert Menschen in zehntausend Metern Höhe gefangen zu sein, war ihm ein Gräuel. Außerdem wusste er nicht, wie er mit den heftigen Entzugserscheinungen fertig werden würde, die sein zickiger Nikotin-Dämon für ihn bereithielt. Cordings Füße fühlten sich schon jetzt an, als seien sie mit explosivem Sternenstaub gefüllt. Er versuchte zu lesen, legte das Buch jedoch schon kurz darauf frustriert beiseite. Seine Augen fraßen Zeilen, deren Inhalt sich ihm nicht erschließen wollte.

Steve ließ sich nichts anmerken, wenn sein Begleiter wieder einmal zu einem seiner zahlreichen Spaziergänge aufbrach. Auch die Passagiere aus der Economyclass hatten sich längst an den seltsamen Wanderer gewöhnt. Manch einer der Eingepferchten fragte sich vermutlich, was den Mann, der da auf Socken durch die Gänge schlich, dazu bewogen haben mochte, sein komfortables Refugium zu verlassen, um sich ihre Ellbogen in die Seite rammen zu lassen. Inzwischen hatten die meisten ihre Augenmasken aufgesetzt und quälten sich durch einen unerquicklichen Halbschlaf.

Trotz aller Nervosität wuchs bei Cording die Vorfreude auf Tahiti. Er freute sich auf das Wiedersehen mit Omai, der das Heft des Handelns damals so entschieden in die Hand genommen hatte. Kurz vor seiner Machtergreifung hatte der junge Rebellenführer die Bekanntschaft zweier Reisender gemacht, einem Elsässer und einem Deutschen, die ein sozioökologisches Wirtschaftsmodell entwickelt hatten, das sie ›Equilibrismus‹* nannten. Omai war fasziniert gewesen von den aufgezeigten Möglichkeiten, die für eine autarke Inselgesellschaft wie geschaffen schienen. Grundgehalt für jeden Bürger, Arbeitsplatzgarantie, ein preiswertes Transportsystem, billige Energieversorgung auf regenerativer Basis – das waren die Eckpunkte seines Programms. Sie klangen utopisch, doch da die Lage prekärer kaum noch werden konnte, stellte er das Projekt in einer Volksabstimmung zur Wahl. Mit dem Ergebnis, dass er zum Präsidenten der neu ausgerufenen ›Ökologischen Konföderation Polynesiens‹ gewählt worden war, ausgestattet mit allen Vollmachten und auf zehn Jahre. Seine erste Amtshandlung hatte darin bestanden, die Franzosen aus ihrer Zahlungsverpflichtung zu entlassen.

Der Schachzug war genial. Dadurch, dass Polynesien auf weitere Entschädigungszahlungen verzichtete, sorgte Paris im Gegenzug dafür, dass sich die EU des Inselprojekts annahm und es auf neun Jahre großzügig unterstützte – ohne zwischenzeitliche Kontrollen über den Verbleib der Gelder. Diese neun Jahre waren nun um. Polynesiens Regierung lud zur Besichtigung ein. Sie wollte Rechenschaft ablegen – wie seinerzeit mit Brüssel vereinbart.

Cording betrachtete die Weltkarte auf dem Videoscreen, auf der ihre Position verzeichnet war. Sie befanden sich über der Südspitze Indiens und nahmen Kurs auf Sri Lanka, diesem ausgebrannten, vom Bürgerkrieg zerstörten Land. Er mochte sich kaum vorstellen, welche Tragödien sich in diesem Augenblick unter ihm abspielten. Der kollektive Tod, das Aus für alle, für Opfer und Peiniger, für Gerechte und Ungerechte, für Reiche und Arme – das war wohl der Lauf, den die Menschheitsgeschichte nehmen würde.

›**Aotearoa – Land der langen weißen Wolke**‹ leuchtete es an der Stirnwand der Gepäckausgabe. Steve wartete bereits am Zoll, während sich Cording weiterhin in Geduld üben musste. Das Leben hielt für jeden Menschen einige ungeschriebene Gesetze bereit, und für Cording galt, dass sein Gepäck immer als Letztes aufs Förderband verladen wurde. Das Dumme war nur, dass er sich daran nicht gewöhnen mochte. Wieder einmal starrte er ungläubig auf die Gummilaschen, unter denen ein nicht abreißender Strom von

Reisetaschen, Surfbrettern und Rucksäcken zum Vorschein kam. Und wieder einmal hatte er das Gefühl, vom Schicksal verarscht zu werden. Dass er sich vor Erschöpfung kaum auf den Beinen halten konnte, machte die Sache nicht besser. Als sein Koffer endlich kam, zerrte er ihn mit solcher Wucht vom Band, dass der Griff aus der Halterung riss.

Die Hartgummirädchen quiekten erbärmlich, als Cording den Koffer hinter sich herzog und quer durch die Halle Richtung Zoll marschierte. Warum mussten sie überhaupt durch den Zoll? Wieso lud man das Gepäck nicht einfach um? Er hatte nicht die Absicht, im Land der weißen Wolke zu verweilen, weshalb also mussten sie diese Prozedur auf sich nehmen?

Man drückte ihnen einen Stoß Formulare in die Hand und forderte sie auf, die Papiere Punkt für Punkt auszufüllen. Er hatte von dem Wahn der neuseeländischen Behörden gehört. Nichts fürchteten diese mehr, als das Eindringen sogenannter ›Bio-Terroristen‹. Damit waren Leute gemeint, die – meist unabsichtlich – fremde Pflanzen oder unerlaubtes Saatgut einführten, eben alles, was das ökologische Gleichgewicht der beiden Inseln aus der Balance bringen konnte.

Vierzehn klein gedruckte Seiten umfasste der Fragebogen. Es wurde nach der Krankengeschichte des Reisenden gefragt, danach, welche Länder der verehrte Gast in den letzten fünf Jahren besucht hatte und zu welchem Zweck. Mit welchen Tieren und Pflanzen er während dieser Zeit in Berührung gekommen war. Ob er je Pflanzen oder Tiere im- oder exportiert hätte und wenn ja, welche. Sogar die Essgewohnheiten mussten offengelegt werden. Vegetarier oder Fleischesser? Natürlich wurde nach dem Zweck der Reise gefragt, nach Kontaktpersonen im Lande, dem Aufenthaltsort und der voraussichtlichen Aufenthaltsdauer. ›30 Minuten‹ trug Cording ein, setzte seine Unterschrift unter das Ganze und schenkte seinen Kugelschreiber einem Japaner, der auf der Suche nach einem Schreibgerät durch die Gegend irrte.

Sie gaben die Fragebögen mitsamt den Pässen wie vorgeschrieben am ›Welcome-Counter‹ ab, wo man ihnen eine horrende

Flughafengebühr abverlangte. Cording hatte mittlerweile resigniert, ihm mangelte es einfach an der nötigen Kraft, um gegen die Demütigungen, denen sie hier ausgesetzt waren, aufzubegehren. Sie folgten den gelben Pfeilen, die im Boden eingelassen waren, und gelangten in den Terminal 1, der in Hüfthöhe von weißen Bändern durchzogen war. Die Bänder markierten schmale Wege, auf denen sich die Reisenden im Zickzackkurs den Abfertigungsschaltern näherten. Jeder dieser Wege war andersfarbig gekennzeichnet. Wer in die Vereinigten Staaten flog, musste den roten Pfad wählen, Blau stand für Europa, Grün für Asien, Weiß für Australien, Orange für Afrika und Lila für Mittel- und Südamerika. Aber dann gab es da noch diese reizenden, aufs schwarze Linoleum geklebten Abbildungen der Hibiskusblüte, die eine ganz andere Richtung wiesen. Sie führten im sanften Bogen an dem absurden Labyrinth vorbei, in dem die schwer bepackten Fluggäste wie Vieh verladen wurden.

In der Abflughalle wurden sie von einer jungen Tahitianerin empfangen, deren Lächeln die Strahlkraft des Blumenschmucks, den sie im Haar trug, noch übertraf. Das Mädchen hängte ihnen einen köstlich duftenden Kranz aus weißen Tiaré-Blüten um den Hals und hieß sie in ihrer Landessprache willkommen.

»Maeva!«

In dem Raum hielten sich etwa vierzig bis fünfzig Personen auf. Ihrem Habitus nach zu urteilen, handelte es sich um Kollegen, um jene Journalisten also, die außer Cording ebenfalls eingeladen waren, das Tahiti-Projekt zu begutachten. Zu seiner Überraschung waren erstaunlich wenige Frauen darunter.

Aus den Deckenlautsprechern plätscherten sanfte Südseemelodien. Eine Dame in Uniform fragte höflich nach den Tickets und kam wenig später mit den Bordkarten und den Pässen zurück.

»Ihr Gepäck ist bereits verladen«, sagte sie. »Wünschen Sie eine Entspannungsmassage vor dem Weiterflug?«

»Gern«, antwortete Cording.

»Und der junge Mann?«

Steve errötete, schüttelte verlegen den Kopf und öffnete seinen Laptop.

»Was ist das für eine Massage?«, fragte Cording.

»Eine ›Romi Romi Nui‹-Massage. Wird Ihnen guttun nach der langen Reise. Ich sage Ihnen Bescheid, wenn Sie an der Reihe sind.«

Die Wartezeit verbrachte Cording damit, sich am Früchtebuffet zu bedienen. Steve wusste ja nicht, was ihm entging! Das köstliche Aroma von Ananas und Papaya weckte die Lebensgeister. Mit einem Schlag sprengten seine Geschmacksnerven sämtliche Fesseln, die ihnen der genmanipulierte Dreck aus den heimischen Supermärkten jahrelang auferlegt hatte. Wenig später geleitete ihn die uniformierte Dame nach nebenan, wo er von einer jungen Masseurin erwartet wurde.

Cording entledigte sich der Kleider, duschte und legte sich auf die mit bunten Tüchern abgedeckte Massagebank. Seine Knochen fühlten sich an wie geschreddert. Die Tahitianerin verrieb ein herrlich duftendes Öl auf seiner Haut. Dann begann sie, seine Zehen auseinanderzuziehen, sie zu kneten und zu streicheln, bis sie ihr ursprüngliches Bewusstsein wiedererlangt hatten, welches ihnen sagte, dass sie mehr waren, als unbedeutende Mitglieder einer geknebelten Fünferformation, die dazu verdammt waren, ihr Leben in engen, spitz zulaufenden Schuhen zu fristen. Die Masseurin drückte fest auf die Fußballen, aus denen ein verkappter Schmerz entwich. Sie strich die Mulden links und rechts der Sehne aus, als säubere sie sie von lästigen Ablagerungen. Er inhalierte den kühlen, duftenden Film auf seiner Haut und registrierte, wie die Finger der Tahitianerin, einer Egge gleich, tiefe Spuren in seine Waden zeichneten. Anschließend bearbeitete sie die Oberschenkel und wirbelte dabei ganze Brocken aufgestauter Energie auf. Die frei gewordenen Elementarteilchen schienen sich mit der lieblichen Musik zu vermählen. Dies war der Zeitpunkt, da sich Cording endgültig seinen Träumen ergab. Die herrlichsten Landschaften taten sich vor ihm auf, er spielte auf Instrumenten, von denen er gar nicht wusste, dass es sie gab. Gedanken formulierten sich in seinem Kopf, die auf immer unaussprechlich bleiben würden, weil sie das Wort nicht ertrugen. Er träumte von Tahiti. Als er schließlich sanft an den Schultern gerüttelt wurde und über sich das lächelnde Antlitz der jungen Frau entdeckte, war er mit der jüngsten Tochter eines stolzen Häuptlings verheiratet, hatte zweimal den Dorffrieden gerettet und war drauf und dran, den Heiligen Berg zu besteigen …

Die meisten Journalisten, die dem Bodenpersonal der tahitianischen Airline ›Tahiti Nui‹ über das Rollfeld folgten, quittierten den Anblick der viermotorigen Propellermaschine mit der weißen Tiaré-Blüte auf der blauen Heckflosse mit hämischen Kommentaren. Nach dem Motto: Seht her, so sieht die Zukunft der Menschheit aus! »Ich will zu meiner Mutti!«, schrie jemand, als der Kapitän erklärte, dass die Maschine mit kalt gepresstem Pflanzenöl* flog. Die beiden Stewardessen sahen lächelnd über diese Unverschämtheit hinweg.

Cording und Steve hatten es sich in den hintersten Reihen bequem gemacht. Das Flugzeug war nur zur Hälfte besetzt und so war es möglich, Distanz zu dem lästigen Reporterpack zu wahren. Wie lange würden sie unterwegs sein? Als Cording das letzte Mal auf Tahiti gewesen war, wurde Papeete noch von Großraumjets angeflogen. Aber selbst damals hatte der Flug von Auckland mehr als fünf Stunden gedauert. Er schaute auf sein Ticket. Die Ankunftszeit war mit ein Uhr nachts angegeben. Das wären dreizehn Stunden! Dann fiel ihm ein, dass sie die Datumsgrenze überflogen, daher die große Zeitverschiebung. Er blickte aus dem Fenster. Draußen ertrank die Sonne goldspeiend im Meer und machte einer rotglühenden Dämmerung Platz.

Während er das verglimmende Farbenspektakel betrachtete, hörte er sich Gauguins *Noa-Noa*-Geschichte an.

»Nach einer 63-tägigen Reise, 63 Tagen fieberhafter Erwartung, bemerkten wir am 8. Juni in der Nacht seltsame Feuer, die sich im Zickzack auf dem Meere bewegten. Von dem dunklen Himmel löste sich ein schwarzer Kegel mit zackigen Einschnitten. Wir umschifften Moorea und hatten Tahiti vor uns!«

Er beugte sich über die Sessellehne zu Steve. »Den Wievielten haben wir heute?«, fragte er.

»Den 8. Juni.«

»Hör dir das an«, sagte Cording und reichte ihm den earPod. »Nur die ersten Sätze.«

Steve horchte kurz in den Text und gab das Gerät zurück. »8. Juni. Na und? So etwas soll es geben.«

»63 Tage waren die damals unterwegs. Und wir meckern schon über eine Reise von 30 Stunden!«

»Ich meckere nicht«, antwortete Steve und ließ den Curser über den Bildschirm gleiten, »Sie sind es, der meckert …«

Cording ließ sich entnervt zurückfallen. Das Verhältnis zu diesem Jungen war ein einziges Missverständnis. Er schaltete den Recorder wieder ein, diesmal verzichtete er auf die Ohrstöpsel. Das Propellergeräusch war laut genug, dass sich niemand durch den Text gestört fühlen musste. Als sich Gauguin in den Bergen beim Fällen eines Rosenholzbaumes den Zivilisationsfrust von der Seele kloppte, schlief Cording ein. Der Recorder lag neben ihm und erzählte die wunderbare Geschichte des Malers, der nach Tahiti aufgebrochen war, um endlich unter Menschen zu sein. Der Text wiederholte sich, denn er hatte aus Versehen auf Autoreverse gedrückt …

»Stehen Sie auf!«, rief Steve und rüttelte an Cordings Schulter. »Wir sind da!«

Cording reagierte nicht. Steve drehte den Ton lauter.

»Wohin willst du?«, fragte mich eine schöne, etwa 40-jährige Maori.

»Ich will nach Hitiaa.«

»Wozu?«

»Um dort eine Frau zu suchen«, antwortete ich.

Die Journalisten im hinteren Bereich klatschten Beifall.

»Lauter!«, brüllte einer.

Steve tat ihm den Gefallen.

»In Faaone gibt es viele und hübsche. Willst du eine von ihnen?«

»Ja.«

»Wohlan. Gefällt sie dir, so will ich sie dir geben. Es ist meine Tochter.«

»Ist sie jung?«

»Ja.«

»Ist sie hübsch?«

»Ja.«

»Ist sie gesund?«

»Ja.«

»Gut, so bringe sie mir.«

Der Junge stellte den Recorder aus und Cording schreckte hoch.

»Ach, so geht das«, kommentierte Steve lachend. Die Mitreisenden erhoben sich und klatschten Beifall.

»Ist sie jung?«, rief der Schreihals von vorhin.

»Ja!!!«, antworteten andere im Chor.

»Ist sie hübsch?«

»Ja!!!«

»Ist sie gesund?«

»Ja!!!«

»Gut, so bringe sie mir!«

»Wir sind da«, wiederholte Steve, dem das von ihm inszenierte Spektakel nun sichtlich peinlich war. »Wir müssen uns anschnallen …«

»Hab ich etwa die ganze Zeit gepennt?«

»Ja. Sie haben sogar die Zwischenlandung auf Rarotonga verpasst.«

Cording blickte aus dem Fenster. Außer den regennassen Schlieren auf der Scheibe war vom Südseeparadies nichts zu entdecken.

Seit fünf Jahren war der Airport von Papeete für den internationalen Luftverkehr gesperrt. ›Tahiti Nui‹ hatte jetzt als einzige Gesellschaft das Recht, auf der Piste von Faaa zu starten und zu landen. Von hier aus wurden die Inseln im Südpazifik angeflogen und sonst nichts. Es gab weder Pass- noch Zollkontrollen auf Tahiti, stattdessen Blumengebinde und einen Begrüßungstanz. Cording war zu erschöpft, um seiner Freude über den Empfang Ausdruck zu verleihen, aber eines spürte er ganz deutlich: er war aus der Kälte getreten, und dies hatte nichts mit der schwülwarmen Luft zu tun, die ihm das Hemd auf den Körper klebte.

Ein Bus brachte sie nach Arue, dem Bezirk im Norden Papeetes. Die Hauptstadt lag fast vollständig im Dunkeln. Wo waren all die bunten Leuchtreklamen am Boulevard Pomare, wo waren Coca-Cola und Konsorten? Der Quai d'honneur lag wie verwaist da, kein illuminiertes Kreuzfahrtschiff steckte seine Nase in die Stadt. Bis auf wenige Taxis bewegte sich nichts auf den Straßen, auf denen vor neun Jahren noch der Dauerstau herrschte.

Ihre Hotelanlage grenzte direkt ans Meer. Es war ein großzügiges Areal mit dreißig Bungalows, in denen jeweils zwei Wohneinheiten untergebracht waren. Das Einchecken zog sich in die Länge. Zum Glück besaß Steve genügend Standfestigkeit, um wenigstens den Platz im hinteren Drittel der Warteschlange zu verteidigen. Als sie endlich an der Reihe waren, mussten sie erfahren, dass ihr Bungalow zurzeit wegen eines Rohrbruchs unbewohnbar war. Man arbeitete aber daran, gegen sechs Uhr, versicherte der junge Mann hinter dem Computer, wäre der Schaden sicher behoben. Er schlug vor, dass es sich die Herrschaften so lange auf den Liegen am Pool bequem machten. Dieser befände sich jenseits des künstlichen Flüsschens am Ende des Parks.

Kein Problem. Sie waren lange genug eingesperrt gewesen, da ließ man die müden Blicke doch gerne unterm Kreuz des Südens schweifen … Dies war Tahiti! Was sollte noch passieren? Cording registrierte mit Genugtuung, dass sich Steve ebenso klaglos in sein Schicksal fügte wie er selbst. Sie passierten den kleinen Steg über dem Gewässer und steuerten auf den Pool zu, in den sich ein künstlicher Wasserfall ergoss. Die Liegen befanden sich unter einem halbkreisförmigen Baldachin, der aus geflochtenen Pandanusblättern bestand. Die Decke in dem Empfangsraum bestand aus dem gleichen Material. Das beige glänzende Dach wirkte äußerst ästhetisch, es atmete, anstatt die geplagte Besucherseele unter Mörtel und Spannbeton zu begraben.

Cording rückte seine Liege einige Meter vor, er wollte den Himmel sehen. Es war eine mondlose Nacht, die Milchstraße hatte sich gewaschen, ihre Nebel schwebten so klar und deutlich im Raum, dass er glaubte, sie einatmen zu können. Er hatte Lust zu schreiben, Lust, die frischen, belebenden Gedanken festzuhalten, die ihn so unversehens anflogen. Aber er hatte weder Papier noch Bleistift zur Hand. Die Sternschnuppe, die eine lange glühende Spur in die Atmosphäre fräste, behielt er für sich. Einen Wunsch vermochte er ihr nicht anzuhängen, er war wunschlos glücklich in diesem Moment …

Er streifte die Schuhe von den Füßen, zog die Socken aus und lief durch das feuchte Gras Richtung Meer. Der Rasen war von gänzlich anderer Konsistenz als daheim. Es waren keine Halme, die seine Sohlen kitzelten, sondern ein dichtes Geflecht flacher, kleeblattähnlicher Pflänzchen, die einen federnden, weichen Untergrund ergaben. Er blieb stehen und lauschte den Wellen, die hinter der Natursteinmauer leise gurgelnd den schwarzen Strand beleckten. Zwei Meter neben ihm klatschte eine Kokosnuss zu Boden. Sie hätte ihn erschlagen können, aber eigenartigerweise beunruhigte ihn das nicht. Er fühlte sich frei in dieser herrlichen duftenden Nacht, er würde den Tod in diesem Augenblick so klaglos akzeptieren wie das Leben. Das Bedürfnis des verbildeten Menschen, alles und jedes zu hinterfragen, erschien ihm lächerlich angesichts dieser unendlichen Weite, in der man Sterne pflücken ging, anstatt sein Gottvertrauen zu untergraben.

Am Horizont schimmerte ein weißes, phosphoreszierendes Band. Es war die Brandung, die sich an den Korallenriffen die Zähne ausbiss und deren gedämpftes Getöse er bis ans Ufer vernahm. Er blickte in die Dunkelheit, umschmeichelt von der seidenweichen Luft der Südsee. Wie privilegiert dieses Inselvölkchen doch war! Ein Regentropfen klatschte auf seine Schulter. Sekunden später, gerade so, als hätte jemand den Reißverschluss der schweren Kumulonimbus geöffnet, die sich unbemerkt vor die Milchstraße geschoben hatte, stand er in einem Sturzbach warmen Wassers, der ihn bis auf die Haut durchnässte. Büsche und Bäume begannen zu rauschen und zu singen. Nach zwei Minuten war der Spuk so abrupt beendet wie er begonnen hatte. Triefend und tropfend trottete er zu seinem Liegeplatz zurück. Steve hatte sich unter dem Baldachin schlafen gelegt. Auch Cording suchte dort jetzt Schutz, um vor weiteren Überraschungen sicher zu sein.

Kurz vor Sonnenaufgang weckte sie das Geschrei der Vögel, die zu Hunderten im dichten Blätterwerk der Bäume nisteten. Der junge Mann vom Empfang kam über die Wiese gelaufen und bedeutete ihnen, dass der Bungalow nun bezugsfertig sei. Ihr Gepäck war bereits in den Zimmern. Cording schlug vor, den Tag in Papeete zu verbringen. Steve aber wollte lieber bleiben. Er konnte es sich nicht leisten, seinem Computerspiel länger als eine Stunde fernzubleiben, ohne eliminiert zu werden, wie er sagte.

»Okay«, bemerkte Cording genervt, »mach was du willst. Irgendwann wirst du begreifen, dass es neben der virtuellen Welt noch eine andere gibt – eine die man anfassen und riechen kann. Tahiti ist nicht London, mein Lieber, diese Insel öffnet die Sinne. Sofern man noch welche besitzt. Wäre schade, wenn du das verpasst.«

Cording beschloss, den Bus zu nehmen. Er erinnerte sich noch gut an die zerschrammten, reptilähnlichen Trucks mit den drei abgewetzten, in Fahrtrichtung installierten hölzernen Sitzbänken, auf denen man während der wackligen Fahrt automatisch mit den Einheimischen in Berührung kam. Irgendein Knie, Schenkel oder Hinterteil drückte einem immer in die Seite. Die Fahrgäste schienen in diesen vorsintflutlichen Vehikeln zu einem Körper zu verschmelzen. Und genau das war es, was er jetzt brauchte: das Gefühl, absorbiert zu werden, eins zu sein mit den Menschen, deren heitere Gelassenheit ihm so imponierte. Umso erstaunter war er, als sich ein moderner, fast futuristisch anmutender Kleinbus der Haltestelle näherte. Als Fahrkarte diente ihm der Gästeausweis, den er im Hotel bekommen hatte. Mit ihm konnte er sich bargeldlos und frei bewegen.

Vor ihm saß ein Mann mit einem Kleinkind auf dem Schoß. Seine rechte Gesichtshälfte war tätowiert, das Muster lief über die Schulter den Arm hinunter bis zu den Fingerspitzen. Der Mann hielt die Füßchen des schlafenden Kindes in seiner Pranke, als hüte er ein verletztes Vögelchen. Zur Rechten redeten zwei junge Mädchen aufeinander ein, weiße Blüten schmückten ihre glänzenden schwarzen Mähnen. Wie schon bei seinem ersten Besuch fiel Cording auf, dass die Tahitianer von Fremden kaum Notiz nahmen. Damals hatte ihn das irritiert, bis er feststellte, dass ein einziger freundlicher Blick ausreichte, um auf ihre Gesichter ein Lächeln von solcher Intensität zu zaubern, dass man unversehens in elysische Sphären katapultiert wurde.

Er ließ sich den Fahrtwind um die Ohren wehen, der durch die geöffneten Scheiben ins Wageninnere drang. Da war er wieder, dieser würzige Geschmack des Meeres. Unverdorbener und frischer, als er es in Erinnerung hatte. Als er in Papeete aus dem Bus stieg, wurde ihm langsam klar, welch wunderbare Wandlung sich auf Tahiti vollzogen hatte. Waberten vor einigen Jahren noch dichte Abgasschwaden durch die Straßen der Hauptstadt, die als dunkler Schleier vor der Sonne schwebten und den Besucher in der vom Lärm vibrierenden schwülwarmen Luft permanent mit übelsten Brechreizen beglückten, hatte man heute den Eindruck, an einem lichten Luftkurort zu verweilen. Das war nicht allein auf das extrem reduzierte Verkehrsaufkommen zurückzuführen, es lag auch an den Fahrzeugen selbst. Die Autodächer bestanden aus Solarpanels* und er sah erstaunlich viele dreirädrige Kabinenroller und Mofas sich leise surrend fortbewegen; vermutlich waren sie mit Elektroantrieb ausgerüstet.

Cording hielt sich die Nase zu und blies Luft hinein. Seine Ohren fühlten sich an, wie in Watte gepackt. Waren das die Nachwirkungen des Fluges oder war es tatsächlich so still? Es irritierte ihn, dass er sich in einer Stadt bewegte, in der die Worte der Menschen mehr akustisches Gewicht besaßen, als die Motorengeräusche der sie umgebenden Fahrzeuge. Die Abwesenheit von Lärm machte ihn nervös. Aber nicht nur seine Ohren hatten Umstellungsschwierigkeiten, den Augen erging es genauso. Wo waren sie geblieben, die Toyotas, Renaults und Volkswagen, die das Städtebild in aller Welt bestimmten? Er glaubte sich in ein Märchenreich versetzt, in dem die ästhetischen Normen seines vertrauten Alltags nicht mehr galten. Die Straßen waren befreit von großflächigen Konsumbotschaften, kein überdimensionaler Schmollmund nuckelte an einer Pepsiflasche, auf keinem Dach wurde großflächig zum Kauf von Computern oder Slipeinlagen aufgerufen. Ein Haus war ein Haus und kein aufgerüsteter Werbeträger. Das einzige Logo, das in Papeete noch ins Auge stach, war das im Schneidersitz hockende Hinanomädchen*, welches praktisch auf jedem einheimischen Produkt zu sehen war. Und das ließ man sich gerne gefallen …

Er betrat die große Markthalle. Der Geruch von Fisch und Parfüm, von Blumen, Ananas und Vanille, die flirrenden Farben der Tücher und Gewänder, der Anblick der matt glänzenden schwarzen Perlen an den Schmuckständen, das Sprachgewirr und das Lachen der Leute – das alles war von solcher Intensität, dass er sich wie erschlagen davon fühlte. Außerdem war die Luft extrem stickig. Er beschloss, Zuflucht in der nahe gelegenen Kathedrale zu suchen. Obwohl die Türen nach allen Seiten offen standen, herrschte dort ein angenehm kühles Klima. Außer ihm war nur noch eine alte Frau anwesend, die zurückgelehnt in einer Bank saß. Cording überraschte sich dabei, wie er sich bekreuzigte. Das hatte er noch nie getan. Eine Viertelstunde hockte er gedankenverloren auf seinem Platz. Die Frau war längst verschwunden und er war allein in diesem von schrägen Lichtbahnen durchfluteten Kirchenschiff. Seit dem Ende der französischen Herrschaft hatten immer mehr Poly-nesier zu ihrem ursprünglichen Glauben zurückgefunden.

Er wollte gerade gehen, als ein junges Mädchen an ihm vorbei auf den Altar zuschritt. Sie bewegte sich mit einer Anmut, als trüge sie ihr Lebenselixier in einer Schale spazieren. Sie schaute zu dem Gekreuzigten empor, streifte die Schuhe von den Füßen, kniete nieder und faltete die Hände. Die mit erhobenem Kopf geführte

Zwiesprache mit dem Gottessohn war von solcher Inbrunst, dass die Seele dieses Mädchens im Gebet zu erröten schien. Und er saß da als stiller Gaffer, außerstande die Augen von ihr zu wenden. Endlich stand sie auf, endlich war auch er imstande zu gehen. Er folgte ihr ins Freie und sah, wie sie einmal über die Schulter auf den Rasen spuckte. Es war ein symbolisches Spucken, ohne die Verschwendung von Speichel. Die Zunge presste mit leisem ›Plopp‹ Luft durch die Lippen, als würde man aus einem Blasrohr schießen.

Automatisch wanderte seine Hand zu der Hemdtasche, in der für gewöhnlich die Zigarettenschachtel steckte. ›Ava ava hava hava!‹ stand auf einem vorbeifahrenden Bus, was so viel hieß wie: ›Schmutziger Tabak‹. Daneben prangte ein Totenkopf, der einen Glimmstängel zwischen den Zähnen hielt. Gelegentlich waren die Zeichen, die einem zur Navigation durchs Leben gegeben wurden, doch recht plump, dachte er schmunzelnd.

Das Erlebnis in der Kirche beschäftigte ihn noch eine Weile. In besserer Verfassung hätte er die Augen niedergeschlagen und mit dem Mädchen gebetet, anstatt sie heimlich anzustarren. Doch zu diesem ungleich höheren Genuss war er offenbar noch nicht in der Lage. Immerhin hatten seine Augen eine Geste von Format eingefangen – die der leidenschaftlichen Demut, zu der die Mädchen auf Tahiti fähig waren.

Er suchte das Bistro auf, in dem er so gerne gesessen hatte, und ließ seine Augen zwischen dem gegenüberliegenden Eisstand, der Boutique und dem Parfümladen hin und her schwirren. Er bewunderte die ursprüngliche Schönheit der Polynesier. Sie hatten es im Laufe der Geschichte immer wieder verstanden, die Betonlasten der Zivilisation zu sprengen, die man ihnen die letzten zweihundert Jahre auferlegt hatte. Sie waren eben nicht damit zufrieden, sich in einer Bastardkultur einzurichten.

Nach einigen Stunden, in denen er den Reiz des europäischen und asiatischen Einflusses in den Gesichtern der Mädchen mit dem der unverfälschten, von Gauguin gemalten Maori-Erbinnen verglichen hatte, kehrte ein Gefühl zurück, das sich bereits bei seinem ersten Besuch eingestellt hatte. Es war das Gefühl, von wilder

Schönheit umgarnt zu werden und sich zu ergeben unter dem Einfluss des süßen Gifts, das höchsten Genuss bereitete, aber nicht die geringste Begehrlichkeit weckte. Dieses Gefühl ging außerhalb Tahitis unweigerlich verloren. Aber jetzt war es da, jetzt winkten ein paar entspannte Wochen.

Als er am Nachmittag zurückkehrte, legte er sich endlich schlafen. Wenn Steve ihn nicht am nächsten Morgen geweckt hätte, um ihn daran zu erinnern, dass in wenigen Minuten die offizielle Begrüßung anstand, hätte er wohl den ganzen Tag verschlafen. Er folgte dem Jungen hinüber in die Versammlungshalle am Wasser. Das gewölbte Dach der Halle wurde von Säulen gestützt und der Raum war nach allen Seiten hin offen. Der mosaikverzierte Boden wurde von einer Bambusbalustrade umlaufen, die Stühle waren paarweise Richtung Meer ausgerichtet. An der Stirnwand stand ein langer, mit Blumen geschmückter Tisch auf einem Podium, an dem vermutlich das Begrüßungskomitee Platz nehmen würde. Zur Rechten wartete eine Gruppe Musiker auf ihren Einsatz.

Cording setzte sich. Kurz darauf fragte eine junge Dame nach seinem Namen, schaute auf eine Liste und platzierte ihn drei Reihen weiter hinten. Der Stuhl zu seiner Rechten war frei und als er sich umschaute bemerkte er, dass alle Kolleginnen und Kollegen einen freien Stuhl neben sich hatten. Auf jedem dieser Stühle befand sich ein beschriftetes Namensschildchen. Cording nahm seines zur Hand. ›Maeva‹ stand drauf. Das hieß ›Willkommen‹, war aber auch ein Mädchenname!

Steve lehnte draußen an der Säule und versuchte vergeblich, Cordings Aufmerksamkeit auf den Zug der Frauen und Männer zu lenken, der sich durch den nahen Kokoshain auf die Halle zubewegte. Die Musiker begannen zu spielen. Die Töne plätscherten dahin wie Blüten auf den warmen Wassern der Lagunen. Es ist der Atem des Ozeans, dem die tahitianische Musik verpflichtet ist.

Eine Reihe stolzer Frauen und Männer schritt in die Halle, die Tücher ihrer traditionellen Gewänder schmiegten sich um die Körper und unterstrichen eindrucksvoll die Grazie ihres aufrechten Gangs. Die Frauen zerstäubten ihr feinstes Lächeln, die Herren blickten stolz über die Versammlung hinweg. Sie gingen den Mittelgang hinunter und stellten sich hintereinander auf. Jedem Kollegen stand nun ein entzückendes weibliches Wesen zur Seite und den Kolleginnen ein gut gewachsener Tahitianer.

»Iaorana!«, hörte er Maeva sagen.

Es musste Maeva sein, das stand auf dem Kärtchen. Cording erhob sich und rückte ihr den Stuhl zurecht. Sie quittierte die Geste mit einem amüsierten Lächeln. Nachdem die Tahitianer ihre Plätze eingenommen hatten, nachdem sich das peinlich beredte Schweigen der Journalisten lange genug an dem taktvollen Schweigen ihrer fremden Begleiterinnen gerieben hatte, erschien der Einzug der Regierungsdelegation den meisten Reportern wie ein Geschenk des Himmels. Im Zentrum der Riege, die nun auf dem Podium Platz genommen hatte, saß der Umweltminister. Zu seiner Rechten die Finanzministerin mit ihrem Dezernenten, links davon die Regierungssprecherin und die Dolmetscher.

Die Musiker hörten auf zu spielen. Noch bevor sich der letzte Ton verflüchtigt hatte, begannen die Tahitianer zu applaudieren. Der Applaus schwoll an, als ein schlanker, in lange weiße Gewänder gekleideter Mann im Gegenlicht erschien und majestätisch vor die Versammlung trat. Sein gelocktes Haar, das von der Sonne mit einem flirrenden Goldrand bedacht wurde, fiel bis auf die Schultern. Unter dem linken Arm trug er einen hölzernen Schemel. Cording konnte sich nicht sattsehen an der Erscheinung. Der Mann senkte kaum merklich den Kopf. Eine imponierende Verbeugung, wie Cording fand, voller Respekt und Zuneigung. Kein Zweifel, das war Omai. In nur neun Jahren war sein jugendlicher Freund vom revolutionären Wortführer zu einem sich seiner Verantwortung bewussten würdevollen Herrscher gereift!

»Mein Name ist Omai«, begann er, »ich bin der frei gewählte Präsident der Ökologischen Konföderation Polynesien. Meine Eltern gaben mir drei Vornamen: Jacques für meine französischen Vorfahren, Harold für meine angelsächsischen Vorfahren, und Tiamatahi für meine Maori-Vorfahren. Für alle, die nicht genügend Tahitianisch können: Tiamatahi heißt ›Der erste Unabhängige‹. Und als solcher begreife ich mich.«

Im Namen seines Volkes hieß er die Medienvertreter aus aller Welt willkommen und erinnerte an den Zweck der Einladung.

»Wir haben Sie hergebeten, damit Sie sich davon überzeugen können, dass die menschliche Gemeinschaft funktioniert. Dass sie frei sein kann von Missgunst und Vorteilsnahme, dass die Kluft zwischen Arm und Reich nicht zwingend notwendig ist. Die menschliche Gemeinschaft ist unsere Heimat, ebenso wie die Natur unsere Heimat ist. Wir Polynesier begegnen uns im gegenseitigen Respekt und verstehen, dass der Natur das gleiche Recht gebührt. Wir haben damit begonnen, unser Leben neu zu organisieren. Wir glauben, dass so wichtige gesellschaftliche Themen wie Mobilität*, Grundversorgung, Baubiologie, Bodenrecht, Landwirtschaft, Geld- und Steuersystem, Parlamentsreform, Architektur, Bildung und Gesundheit nur befriedigend zu lösen sind, wenn sie im Verbund wirken und vom gleichen Geiste getragen werden. Die Menschheit ist entschieden zu weit gegangen – es ist an der Zeit, Lebensqualität statt Gier und Zerstörung zu produzieren. Wie sagte doch Sokrates: Nicht das Leben ist von Bedeutung, sondern die Lebensführung … Ich wünsche Ihnen einen angenehmen Aufenthalt auf unserer Insel, ich wünsche mir von Herzen, dass Sie verstehen, was auf Tahiti geschieht. Denn was bei uns möglich ist, sollte auch woanders möglich sein.«

Wieder verneigte sich Omai und wieder steckte in diesem kaum merklichen Kopfnicken Würde und Aufmunterung. Cording war von der kurzen Ansprache beeindruckt, Omai hatte es verstanden, mit wenigen einfachen Worten das tahitianische Lebensmodell auf den Punkt zu bringen.

Während Polynesiens Präsident an der Seite eines Leibwächters die Versammlungshalle verließ, ergriff die Regierungssprecherin das Wort. Sie klärte die Anwesenden darüber auf, was es mit den tahitianischen Begleitern auf sich habe. Maeva würde also während der nächsten drei Monate Cordings Führerin sein, ihm auf seinen

Ausflügen über die Insel zur Seite stehen und ihm jede sachdienliche Frage beantworten.

»Wie, wann und wie häufig Sie Ihre Verabredungen treffen, hängt natürlich von Ihnen ab«, fügte die Sprecherin lächelnd hinzu. »Damit Sie sich mit Ihrer Begleiterin oder Ihrem Begleiter jederzeit in Verbindung setzen können, erhalten Sie von uns nachher ein G-Com-Mobiltelefon*, wie es bisher nur in Polynesien benutzt wird. Diese neuartige Telekommunikation ist gesund und kostenfrei. Sie produziert keinen Elektrosmog und benötigt weder Sendemasten noch Satelliten, Verstärker oder Provider. Sie nutzt die in der Natur vorhandenen, stehenden Gravitationswellen. Da diese Wellen das gesamte Universum durchfluten, spielen weder Entfernungen noch Zeit eine Rolle. Alle weiteren Details zu dieser Technik entnehmen Sie bitte Ihren Presseunterlagen. Sie sehen also: es gibt viel zu entdecken auf Tahiti.«

Cording tat sich schwer, den anschließenden Ausführungen des Umweltministers zu folgen, der nicht nur ein schlechter Redner war, sondern auch ein gewöhnungsbedürftiges Englisch sprach. Über eine Stunde schwadronierte der Minister über die Schwierigkeiten des Rückbaus, was immer das sein mochte. Außerdem wackelte er mit den Ohren. Parallel, in entgegengesetzter Richtung oder einzeln. Kaum einer der anwesenden Journalisten konnte angesichts dieses Schauspiels ernst bleiben. Es war unvorstellbar, dass so jemand außerhalb Tahitis in Amt und Würden geraten wäre.

Die Finanzministerin nahm das Wort. Sie bedankte sich für die Unterstützung, die Europa ihnen während der letzten Jahre gewährt hatte. Ihre Aufgabe bestand darin, der internationalen Reporterschar klarzumachen, dass es ganz wesentlich von ihrer Berichterstattung abhing, ob das Tahiti-Projekt weiterhin mit Geldern rechnen dürfte oder ob man auf dem eingeschlagenen Weg ins Stolpern geriet.

Cording hielt diese Strategie für falsch. An Omais Stelle hätte er auf diesen unverhohlenen Hilferuf verzichtet. Er hätte die gestressten Lohnschreiber in Ruhe gelassen, ihnen die Möglichkeit gegeben, sich frei und ungezwungen auf der Insel zu bewegen, sich infizieren zu lassen von dem neuen Geist, der auf Tahiti herrschte. So aber begriffen sich die meisten wohl als willkommenes Propagandainstrument in den Händen der hiesigen Regierung. Das konnte nicht gut gehen. Er kannte die Mentalität von Journalisten. Sie reagierten allergisch auf jeden Versuch der Vereinnahmung. Diese Leute waren hergekommen, um einen Job zu erledigen, sie waren mindestens so abgestumpft wie er. Denen brauchte man mit Ethik und Aufbruchstimmung nicht zu kommen. Tahiti war ein Fliegenschiss auf der Landkarte, und wie es außerhalb der Korallenriffe aussah, wusste niemand besser als diese Bagage. Das ganze Konglomerat aus Klimakollaps und Korruption, aus Arbeitslosigkeit, ökologischen Altlasten, Hunger, Atommüll, Wissenschaftswahn, Wasserknappheit, Epidemien, Terrorismus, Bürgerkriegen, Spekulation und wer weiß was allem flog der Menschheit gerade weltweit um die Ohren. Da war es allenfalls rührig, dass sich ein unerschrockenes Inselvölkchen neu zu orientieren versuchte. Wie hatte Mike gesagt? ›Südseesekte.‹ Gegen diese Arroganz war kein Kraut gewachsen.

Cording rutschte vom Stuhl und stahl sich so unauffällig wie möglich ins Freie. Die Situation war günstig. Die Finanzministerin hatte aufgehört zu betteln und ihr Dezernent blätterte noch in dem angekündigten Rechenschaftsbericht, was zur Folge hatte, dass die Versammlung nervös mit den Füßen scharrte. Wo war Steve? Er kauerte mit seinem Laptop an einer Kokospalme. Von den fleißigen Helfern, die große Mengen Früchte, Salate und Getränke herbeischafften, um sie auf den im Hain verstreuten Tischen zu drapieren, nahm er keine Notiz. Ebensowenig ließ er sich von der zwölfköpfigen Tanzgruppe aus der Ruhe bringen, deren weibliche Mitglieder sich gegenseitig bei der Anprobe der Kostüme behilflich waren.

Cording blickte zu Maeva hinüber, die er im wahrsten Sinne des Wortes hatte sitzen lassen. Er war sich seines Affronts bewusst und hätte ihr gerne zu verstehen gegeben, dass er sein Verhalten bedauerte, doch die Gelegenheit gab sie ihm nicht. Aufrecht und aufmerksam verfolgte sie das Geschehen auf dem Podium, als wollte sie ihm Anschauungsunterricht in gutem Benehmen erteilen. Nach einer quälenden halben Stunde, während der er beschämt an der Bambusbalustrade lehnte, entließ die Regierungssprecherin die erschöpften Zuhörer in den Garten. Sie kamen paarweise heraus, wie bei einem Abschlussball.

Jemand tippte ihm von hinten auf die Schulter. Als er sich umdrehte, stand Meredith Rose vor ihm und grinste ihn an. Er hatte die Reporterin von *National Geographic* während des Redwood Summers in Alderpoint kennengelernt. Sie gehörte zu den Unerschrockenen ihres Fachs, darüber hinaus war sie eine brillante Schreiberin und verfügte über einen köstlichen Humor. Er war froh sie zu sehen, zumal Maeva nicht die geringsten Anstalten machte, zu ihm zu kommen. Sie diskutierte mit dem Umweltminister.

»Da hat man Ihnen aber eine zauberhafte Perle zugeteilt«, hörte er Meredith sagen.

»Hm?«

»Das Mädchen. Es ist außergewöhnlich schön.«

»Ihr Mädchen etwa nicht?«

Sie schauten sich an und brachen in schallendes Gelächter aus. Maeva drehte sich nach ihnen um und wirkte fast ein wenig erschrocken.

Cording verabschiedete sich von Meredith, ging hinüber zum Podium und reichte Maeva den Arm. Schweigend schlenderten sie an den Strand. Seine Begleiterin zog die Schuhe aus und er folgte ihrem Beispiel. Der feine schwarze Sand kitzelte zwischen den Zehen.

»Es tut mir leid«, sagte er und ließ sich der Länge nach im Sand nieder. Er schaute durch die Palmenwedel hindurch in einen wilden Himmel und lauschte auf das ferne Rauschen der Brandung. Maeva blickte auf ihn herab.

»Ich hab mich vorhin unmöglich benommen«, sagte er, »es tut mir aufrichtig leid.«

Maeva antwortete nicht, sie machte jedoch nicht den Eindruck, als wollte sie ihm die Unverschämtheit bis in alle Ewigkeit nachtragen. In Gegenwart dieses Mädchens, das ihn so liebevoll anschaute, kam es Cording vor, als sei sein Leben bisher an ihm vorbeigeglitten.

»Ich bin noch nicht angekommen«, fuhr er leise fort, »ich ertrage euch noch nicht …«

Maeva schaute ihn weiterhin einfach nur an.

»Geben Sie mir drei Tage Zeit. Drei Waschtage. Dann können wir anfangen, miteinander zu arbeiten. Ist das okay?«

Seine Begleiterin nickte.

»Danke«, sagte er und stand auf. Er ging neben ihr her und genoss die zufälligen Berührungen, wenn einer von beiden in dem tiefen Sand aus der Balance geriet. Drei Tage, das müsste reichen, um sich ein paar Placken aus der Dreckschicht zu hauen, die einem zivilisierten Endzeitbürger wie ihm die Poren verklebte.

Es verkehrte nur noch eine Fähre am Tag von Papeete nach Moorea, und das morgens um sieben. Cording stand schlaftrunken an Deck und beobachtete das Anlegemanöver. Es war ein schwüler Tag, die Wolken hatten die Berge verschluckt und drückten in die Täler, als wollten sie die Insel mit sanfter Gewalt im Meer versenken.

Tahitis Nachbarinsel war von unvergleichlicher Schönheit, als hätte der Schöpfer mit ihr das Paradebeispiel einer Südseeinsel schaffen wollen. Cording erinnerte sich daran, wie sehr Omai damals darauf bestanden hatte, mit ihm nach Moorea zu fahren. Einen besseren Ort, um wieder zu sich zu kommen, gab es nicht. Er bedauerte lediglich, dass er vergessen hatte, Steve Bescheid zu sagen, aber der würde sich schon zu beschäftigen wissen.

Cording ging mit den wenigen anderen Fahrgästen von Bord. An der Servicestation, so hatte man ihm gesagt, gäbe es Fahrzeuge zu mieten. Es waren aber nur dreirädrige Elektro-Kabinenroller im Angebot, sogenannte ›Honu-Tere‹*, was so viel bedeutete wie ›schnelle Schildkröten‹. Nachdem er einige Einführungsrunden auf dem Parkplatz gedreht hatte, fuhr er auf der Küstenstraße nach

Westen. Am Anfang kam er sich albern vor hinter der hohen Windschutzscheibe seines flüsternden, batteriebetriebenen knallgelben Gefährts. Es dauerte jedoch nicht lange, da gewöhnte er sich an die schräge Sitzhaltung, die dem Fahrer automatisch abverlangt wurde. Auf den ersten 15 Kilometern hatte er die Straße für sich. Ein paar Hühner federten mit langen Schritten über die Fahrbahn, die Hunde machten müde Platz, ansonsten kam ihm nichts in die Quere. Die Hotelanlagen neben der Strecke waren vollständig von der wuchernden Natur zurückerobert worden.

Auch den Club Med gab es nicht mehr. Cording stieg aus und schritt durch das aus den Angeln gehobene Portal in ein verwildertes Reich, das vor zwanzig Jahren noch eine bedeutende Zufluchtsstätte für wohlhabende Touristen gewesen war. Weil Frankreich nicht überall sein konnte, hatte sich der Franzose Gilbert Trigano 1950 in den Kopf gesetzt, die französische Lebensart in kleine, einheitliche Spaßgehege zu exportieren, die er an die schönsten Strände der Welt baute. Das imposanteste dieser Gehege befand sich auf Moorea. Es hatte bereits vor einigen Jahren schließen müssen, die französische Lebensart war nicht mehr gefragt auf den Gesellschaftsinseln.

Cording kehrte zurück auf die Straße, um eine Unterkunft zu suchen. Das ›Hibiskus-Resort‹ befand sich gleich nebenan. Er hatte Glück, einige der vierzig Bambusbungalows waren noch zu mieten. Sein Haus befand sich wenige Meter vom Strand entfernt. Als Lagunenwächter standen zwei majestätische Kautschukbäume links und rechts der Böschung, ihre Wurzeln hatten sich über die Jahrhunderte vermählt und versperrten nun mit einer imposanten Plastik den Weg. Man musste über das Wurzelwerk steigen, eine kleine Treppe hinuntergehen und schon befand man sich an einem feinen weißen Sandstrand, auf dem sich warme Tümpel gebildet hatten. Darin flitzten Dutzende kleiner Fische herum. An die schief gewachsene Palme am Ufer, die sich begehrlich dem Meer zuneigte und nachmittags einen wohltuenden Schatten spendete, konnte er sich gut erinnern.

Er blickte über die Lagune. Unter dem tiefblauen Himmel

schien sich selbst das Licht wie ein Besucher vorzukommen. Cording wusste um die Macht der Südseefarben, sie konnten einen Bewohner der norddeutschen Tiefebene in einen Schockzustand versetzen. Er legte sich unter die Palme. Bevor er die Augen schloss, vergewisserte er sich, dass er keiner Kokossnuss im Weg lag, die sich in den Boden rammen wollte. Er fiel in einen unruhigen Schlaf, in seinem Kopf wirbelten eine Reihe von Bildern auf, als rührte er auf dem Grund eines schmutzigen Sees. Sie kamen schwarz-weiß daher, die sich jährlich wiederholenden Jahrhundertfluten, die aufstrebenden Rauchpilze in den Städten nach einem Granateinschlag, die kilometerlangen Flüchtlingstrecks, die Hamburger Crackmädchen, die prügelnden Polizisten aus Bogotá, Bangkok oder Barcelona in ihren aberwitzigen Rüstungen. Selbst die Luftballons, die von der Decke der Kongresszentren schwebten, wenn ein Präsidentschaftskandidat wieder einmal Besserung versprach, waren schwarz-weiß. Indios schauten verwundert aus dem Restdschungel auf die anrückenden Planierraupen.

Cording schreckte hoch. Die Sonne stand bereits im Zenit. Er schüttelte die Albträume von sich und machte sich auf den Weg ins Büro der Hotelbesitzerin. Ihr Name war Eglantine. Eglantine war Französin, sie lebte seit ewigen Zeiten hier und hatte unbeschränktes Aufenthaltsrecht. Trotz ihrer sechsundsiebzig Jahre war sie gesund und voller Energie. Cording hätte sich gerne länger mit ihr unterhalten, wenn da nicht dieser dicke Hund mit seiner nassen, schweren Schnauze gewesen wäre, die er ihm immer wieder in den Schoß rammte. Ein wenig widerwillig kraulte er das sabbernde Tier, schließlich ging es um ein entspanntes Miteinander in den nächsten Tagen.

Kurz darauf machte er sich auf den Weg zu seinem Bungalow. Drinnen war alles sauber hergerichtet, auf dem Kopfkissen lag ein Blütenzweig der Tiaré, dessen süßer Duft den Raum schwängerte. Cording ließ das Moskitonetz herunterrauschen, legte sich in sein durchsichtiges Zelt und griff nach der Fernbedienung, die er aber sofort wieder von sich schleuderte wie einen Fremdkörper. Am Nachmittag noch ein kleiner Strandlauf, danach in den Ozean, anschließend gut essen und es dabei bewenden lassen für heute – wie klang das?

Auf die Strandläufe solltest du besser verzichten, dachte er bei sich, als er verschwitzt und atemlos das Gelände des ›Hibiskus-Resort‹ betrat und auf seinen Bungalow zusteuerte. Er hatte einfach nicht die nötige Kondition. Sich den Fischern als erbärmlich keuchender, dem Erbrechen nahen Freizeitsportler zu präsentieren, wäre auf Dauer zu peinlich gewesen. Also lieh er sich ein Fahrrad und machte sich erneut auf den Weg, die Insel zu erkunden, das war anstrengend genug in der aufkommenden Mittagshitze.

Warum tat er sich das an? Was hatte dieser zwanghafte Drang nach extremer Bewegung und Erschöpfung zu bedeuten? Wollte er sich mit dem Schweiß auch der Schlacken auf seiner Seele entledigen? Am Sofitel gönnte er sich eine Pause. Die einstmals prächtige Hotelanlage war verwaist. Kein livrierter Parkplatzwächter verlangte seine Gästekarte zu sehen, kein gut gewachsener Maori jonglierte zwischen Empfang und Sonnenterrasse im Dienste des Hauses barfuß und halbnackt mit einem Silbertablett voller Früchte zwischen den Gästen hin und her. Die Liegestühle hatte man auf dem mit Regenwasser bedeckten Grund des Swimmingpools versenkt. Cording stolperte über einen umgekippten, verrosteten Postkartenständer, gab ihm einen Tritt und lief auf dem breiten Holzsteg hinaus in die Lagune. Für die Einheimischen wäre es ein Leichtes gewesen, die verlassenen Stelzenhäuser zu besetzen, aber sie entsprachen wohl nicht ihrem Geschmack. Trotz seines erbärmlichen Zustands atmete das gesamte Areal noch immer den Hochmut des Geldes. Cording sah zu, dass er verschwand.

Nach fünf Kilometern erreichte er die Baie d'Opunohu, eine jener beiden Buchten, die wie Finger ins Herz Mooreas stachen. In dieser Bucht war sogar Hollywood am Werk gewesen. Sie diente in den neunziger Jahren als Kulisse für den letzten Aufguss einer Geschichte, die eigentlich auf Tahiti stattgefunden hatte, die *Meuterei auf der Bounty*. Cording legte das Fahrrad ins Gras und steckte die

Füße ins seichte Wasser, die nach wenigen Minuten mit dem nassen Element zu verschmelzen schienen.

Er wusste nicht, wie lange er so dagesessen hatte; es mussten Stunden gewesen sein, denn vor ihm erglühten die angehäuften Wolkenmassen des Passats. Eine frische Brise umfächelte sein Gesicht und die Palmenwälder begannen zu rauschen. Zu Zeiten Robert Luis Stevensons waren hier Palmweinzapfer auf die Bäume geklettert. »Unmittelbar über einem in dem dichten Blättergewirr erklingt ganz plötzlich das Lied eines unsichtbaren Sängers«, notierte der Schriftsteller in sein Tagebuch. »Weither von einem zweiten Wipfel kommt die Antwort, und noch tiefer im Herzen des Waldes hockt, schwingt und singt ein dritter Musikant. Sie kauern rings auf der ganzen Insel, lassen sich vom Winde schaukeln und spähen nach dem Meere aus, wo sie das Auftauchen der Segel beobachten und ungeheuren Vögeln gleich ihren Morgengesang anstimmen.«

Cording stand auf, er war schon spät dran. Leicht schwankend schob er das Fahrrad den Hügel hinauf. Die Sonne tauchte so schnell ins Meer, als würde man eine Goldmünze fallen lassen. In der einbrechenden Dunkelheit tat er sich schwer mit der Orientierung. Wenn nicht die Mondsichel gewesen wäre, die in ungewohnter Richtung dem glitzernden Ozean zuwanderte, hätte er den Verlauf der Straße lediglich erahnen können. Im ›Hibiskus‹ wartete Eglantine bereits mit dem Essen auf ihn.

Er hörte ihr gerne zu an diesem Abend. Sie erzählte ihm von den ›Oreros‹, wie die alten Männer auf Tahiti hießen, die das überlieferte Wissen ihrer Kultur in langen, rhythmischen Texten an die junge Generation weitergaben. Sogar die ursprünglichen Ortsnamen bargen die vollständige Beschreibung ihrer jeweiligen Geschichte.

»Bei Papara gibt es eine Landspitze, deren vollen Namen ich einem der letzten ›Orero‹ entreißen konnte«, verkündete Eglantine stolz. »Die Landspitze heißt sinngemäß übersetzt: ›Die Erde von Poreho wo König Teriirere seine Empfänge abhielt und der Wind Fa'aruafa'a vom Berg herabweht und wie ein Fächer auf den Tempel von To'oarai stößt auf den feiner Regen fällt und über den sich der Regenbogen wölbt.‹« Seine Gastgeberin lachte. »Das ist ein Ortsname, mehr nicht!«, sagte sie und wiederholte das Ganze im Original. »Die maorische Sprache blüht erst auf, wenn man sie spricht. Sie braucht den Menschen, seine Gestik, seine Mimik. Wissen Sie, was die Leute hier sagen? ›Buchstaben sind wie der Aal am Grunde eines Sees.‹ Gehen Sie morgen früh mit mir die Fische füttern, Monsieur?«

Cording nickte, streichelte dem sabbernden Hund über den Kopf und verschwand in seinem Bungalow. In der Südsee ist es ratsam, sich an die Sonne zu halten. Man schläft mit ihr ein und steht mit ihr auf. Auch das hatte ihm Eglantine verraten. Den Griff nach der Fernbedienung bekam er noch immer nicht unter Kontrolle. Er drehte den Fernseher um. Das würde helfen, den albernen Reflex zu beherrschen.

»**Ob es dir passt oder nicht, Omai,** ich spiel da nicht länger mit!«

Maeva lief im Amtszimmer ihres Bruders unruhig auf und ab.

»Seit einer Woche warte ich auf ein Zeichen von ihm, niemand weiß, wo er sich befindet. Steve Parker hat seit Tagen nichts von ihm gehört, die Rezeption weiß auch nichts. Sein G-Com hat er in seinem Hotelzimmer liegen lassen. Weißt du was? Such eine andere Begleiterin für ihn aus, ich stehe nicht mehr zur Verfügung …«

»Was genau hat er dir denn gesagt?«, fragte Omai beschwichtigend. »Er muss doch irgendetwas von seinen Plänen erwähnt haben.«

»Dass er noch nicht angekommen ist, dass er noch drei Tage braucht. Drei Waschtage … Weißt du vielleicht, was er damit gemeint hat?«

»Allerdings«, antwortete Omai und begann zu schmunzeln. Maeva schaute ihn mit großen Augen an.

»Du weißt, was das bedeuten soll? Was denn? Sag schon!«, drängte sie.

»Er scheint in einer schlechten Verfassung zu sein. Unter

Waschtagen versteht er die Zeit, in der er sich einer Art innerer Reinigung unterzieht.«

»Reinigung wovon?«

»Von dem Dreck da draußen, Maeva. Er ist Reporter. Sein Job ist es, genau hinzusehen. Bei sensiblen Naturen bleibt da eine Menge haften. Das kannst du nicht verstehen, du warst ja noch nie außerhalb Polynesiens.«

Maeva stand am Fenster und blickte über die prächtigen Alleebäume hinweg ins Leere. In diesem Augenblick wurde offensichtlich, dass es ihr nicht so sehr um die verletzte Ehre ging, sie war im Herzen getroffen! Omai ging zu ihr und schloss seine Schwester zärtlich in die Arme.

»Der Mann ist in Ordnung«, flüsterte er.

Maevas Wange glühte auf.

»Er hat uns unschätzbare Dienste erwiesen«, fuhr Omai fort. »Er war es, der über die Hintergründe der geplanten Verkäufe von Raiatea und Bora Bora berichtet hatte. Er war es, der mit seiner viel beachteten Reportage über das Desaster im Hafen von Papeete das weltweite Medieninteresse an unserer Widerstandsbewegung geweckt hat. Cording ist unser Freund. Hast du eigentlich nie daran gedacht, dass ihm etwas passiert sein könnte?«

Maeva wand sich aus der Umarmung.

»Ich kann mir vorstellen, wo er sich versteckt hält«, sagte Omai, »ich hole ihn dir zurück.«

»Du holst ihn mir zurück? Was soll das heißen?«, presste sie mit zusammengekniffenen Augen hervor. Sie sprang auf und rang nach Worten. Sie war plötzlich wieder das kleine Mädchen, das den Mund wie ein Fisch bewegte, wenn die Worte wieder einmal zu klein waren, um ihrer großen Empörung Ausdruck zu verleihen. Damals war sie regelmäßig ohnmächtig geworden, das hatte sich geändert.

»Bemühen Sie sich nicht, Herr Präsident«, stammelte Maeva, »nicht meinetwegen. Ich bin raus, das sagte ich ja schon.« Sie schloss die Tür hinter sich. Leise. Auch das hatte sich geändert.

Cording döste auf einem verankerten Ponton, der früher den Wasserskiläufern des Club Med als Startrampe gedient hatte. Zum Schutz gegen die Sonne hatte er sich vom Gesicht bis zu den Knien mit einem feuchten Tuch bedeckt. Das Tuch war mit einem Gauguinmotiv bedruckt, ein Geschenk von Eglantine. Aus der Vogelperspektive betrachtet hätte man meinen können, dass die beiden Tahitianerinnen auf seinem Bauch von ihrem Stamm abkommandiert worden waren, um eine wertvolle Beute zu bewachen.

Er wunderte sich über den plötzlichen Wellengang, der den hölzernen Untersatz ins Schwanken brachte. Ehe er sich versah, rutschte er seitlich ins Meer. Etwas zerrte an seinem Bein und riss ihn in die Tiefe. Er geriet in Panik, schlug aus, wand sich, schluckte Wasser. In seinen Ohren war ein Rauschen, als würde sich die ganze Welt über ihn ergießen. Sein Kopf schnellte an die Oberfläche wie ein Ballon, den man unter Wasser gedrückt und plötzlich freigelassen hatte. Prustend und hustend klammerte er sich an den Ponton. Schließlich gelang es ihm, seinen bleischweren Körper auf die Plattform zu wuchten. Gauguins Tahitianerinnen dümpelten lächelnd auf den smaragdgrünen Wellen.

Während er überlegte, wie er unversehrt an Land gelangen konnte, vernahm er hinter sich ein herzhaftes Lachen. Er drehte sich um und blickte in Omais perlendes Antlitz. Omai wollte sich vor Vergnügen fast ausschütten über den gelungenen Streich.

»Wie geht es meinem deutschen Freund?«, fragte er belustigt.

»Es tut gut, dich zu sehen«, murmelte Cording, »wirklich gut.«

Er war zutiefst gerührt über den unerwarteten Besuch. Omai tauchte wieder ab.

»Komm!«, rief er, als er zwanzig Meter entfernt an die Oberfläche kam.

Cording schwamm ihm hinterher. Gauguins Tahitianerinnen wurden in Richtung des Riffs davongetragen.

Es war ein schmackhaftes Mahl, das Eglantine für sie bereitet hatte. Omai kannte die Französin gut, sie hatte früher eine Ferienpension auf Tahiti Iti betrieben. Die Anlage lag etwas versteckt oberhalb der Straße nach Teahupoo und hatte den Wortführern der Rebellen damals als Unterschlupf gedient.

Zur Feier des Tages hatte sich Tahitis Präsident Mahi-Mahi in Pfeffersauce gewünscht, einen Fisch, dessen Kopf so platt war, als wäre er aus Versehen gegen eine Ufermauer geschwommen. Rudolf, Omais Leibwächter, war auch dabei, ein Maori-Hüne von der Nachbarinsel Huahine. Sie nannten ihn Rudolf, weil er vor fünfzehn Jahren für einige Monate in Baden-Württemberg gewesen war. Rudolf war tief beeindruckt gewesen von den vielfältigen ökologischen Ansätzen, die er in Deutschland vorgefunden hatte. Omai bezeichnete ihn als den eigentlichen Motor des Tahiti-Projekts. Sein Leibwächter hatte nämlich schon die Vorgängerregierung mit Politikschelte und Alternativvorschlägen genervt. Das hörte auch nicht auf, als Omai die Amtsgeschäfte übernahm …

Nach dem Essen starteten die Männer zu einem Ausflug über die Insel. Rudolf saß etwas beengt hinter dem Steuer des solarbetriebenen Kleinwagens der Marke ›Matai‹*. An der Stelle, an der Cording einige Tage zuvor einen ganzen Nachmittag lang mit den Füßen im Wasser vor sich hin geträumt hatte, bogen sie von der Küstenstraße ab in die Berge. Die schmale Straße führte an üppigen Obstgärten vorbei in einen dichten Wald und schließlich hinauf auf das Belvédère, von wo sich ihnen ein weiter Blick nach Süden auf die beiden Buchten Baie d'Opunohu und Baie de Cook bot. Abgesehen von einigen Hühnern hatten sie die Aussichtsplattform, die früher durchgehend von Touristen belagert worden war, ganz für sich.

Omai deutete auf einen steil aufragenden Berg, in dessen kahlem Gipfel sich ein kreisrundes Loch befand, durch das ein gebündelter Lichtstrahl drang.

»Das ist der Mouaputa, der durchlöcherte Berg, wie wir ihn nennen«, sagte er. »Es heißt, dass Hiro, der Gott der Diebe, heimlich nach Moorea kam, um den Berg Rotui zu stehlen. Doch der tahitianische Halbgott Pai erfuhr von dem Plan, schleuderte eine riesige Lanze übers Meer und schlug Hiro in die Flucht. Die Lanze durchbohrte den Mouaputa, das Loch ist heute noch deutlich zu sehen. Es heißt, dass jeder, der den Mouaputa bei Tag- und Nachtgleiche besteigt, vom Atem der Götter vernichtet wird.«

»Nur gut, dass es mir an der nötigen Kondition mangelt«, erwiderte Cording lächelnd. »Kompliment übrigens für deine kleine Ansprache vor den Journalisten. Sokrates auf Tahiti, nicht schlecht.«

»Eigentlich wollte ich Novalis zitieren«, erwiderte Omai verschmitzt, »aber den kennt ja keiner von euch Journalistenbanausen ... ›Wer dieses Stammes und dieses Glaubens ist, wird nimmer müde, die Natur zu betrachten und mit ihr umzugehen. Nicht weise scheint es, eine Menschenwelt ohne volle aufgeblühte Menschheit akzeptieren zu wollen‹.«

»Die Lehrlinge zu Sais ...«, sagte Cording. »Du überraschst mich. Woher kennst du den Freiherrn von Hardenberg?«

»Den hast du mir doch geschenkt, erinnerst du dich nicht?«

»Ich hab ihn dir empfohlen ...«

»Geschenkt – das sag ich doch.«

»Welche Bedeutung hatte das weiße Gewand?«, wollte Cording wissen. »Und warum der Schemel?«

»Ich bin ein direkter Nachfahre jenes Mannes, der euch Europäern den Südsee-Mythos eingeimpft hat«, antwortete Omai. »1774, nach seiner zweiten Pazifikreise, präsentierte Kapitän James Cook der Londoner Society den ersten ›edlen Wilden‹ aus Tahiti. Der Mann hieß Omai, stammte von der Insel Huahine und war nur deshalb nach Tahiti geflohen, weil sein Vater Besitz und Leben in einem Krieg verloren hatte.« Sie schlenderten die schmale, von Schlaglöchern übersäte Straße hinunter, auf der sie gekommen waren. »Gleich nach der Ankunft wurde Omai König Georg III. vorgestellt. ›Sein natürlicher Anstand ließ ihn das Zeremoniell am Hofe nach kurzer Belehrung mit Bravour bewältigen‹, schrieb eine Dame des Hochadels in ihr Tagebuch. Omai blieb keine Tür zu Londons höchsten Kreisen verschlossen. Er entwickelte sich zum Opernliebhaber, ging auf Fuchsjagden und lief im Winter Schlittschuh. Zu offiziellen Empfängen erschien er in einem langen weißen Gewand mit einem Schemel unterm Arm. Er setzte sich ausschließlich auf diesen Schemel. Es ist derselbe, den ich dabeihatte.«

Ein Bauer kreuzte ihren Weg. Der Mann verbeugte sich vor Omai und stieß mit ihm an, Faust gegen Faust. Cording wunderte sich, dass zwischen den beiden nicht ein einziges Wort gewechselt wurde.

»Schließlich war es die Lady mit dem Tagebuch, die sich meines bedauernswerten Vorfahrens erbarmte«, fuhr Omai fort. »›Ich bekam das Gefühl, ihm würde die Eitelkeit zu Kopf steigen‹, schrieb sie, ›ich nahm ihn zur Seite und verabreichte ihm als Heilmittel die Wahrheit: Unser Umgang mit ihm sei so vertraut, weil uns seine Seltenheit belustige. Als Eingeborener stehe er außerhalb aller Etikette, was den Umgang mit ihm gefahrlos mache. Wäre er unter uns geboren, so würden wir ihn kaum ansehen, denn ihm fehle jeder Rang. So aber fühlten wir mit ihm eine paradiesische Freiheit, die wir uns selbst niemals gewährt hätten.‹«

Inzwischen waren sie bei dem Marae Titiroa angekommen, den Cording schon auf der Hinfahrt bemerkt hatte. Die Kultstätte befand sich in einem schlechten Zustand. Ihre dicken Mauern waren von Baumwurzeln angehoben worden, das heilige Quadrat war übersät mit schwarzen, herausgebröckelten Steinen. Eine Familie mit zwei Kindern hockte auf dem Boden, der Vater spaltete eine Kokosnuss und die Mutter schnitt Papayas. Als sie Omai erkannten, standen sie auf und machten eine Verbeugung. Die Kinder blieben sitzen und wunderten sich. Nachdem ihnen die Eltern etwas ins Ohr geflüstert hatten, kamen sie herbeigerannt.

»Ari'i rahi nui!«, ›Großer Häuptling‹, riefen sie. »Ari'i rahi nui!«

Sie streckten dem Präsidenten ihre kleinen Fäuste entgegen und stoben lachend davon, nachdem dieser den rituellen Gruß erwidert hatte.

Draußen fuhr Rudolf auf dem Parkplatz vor. Omai setzte sich auf die Mauer, was Cording ein wenig despektierlich fand. Dort, wo der Leibwächter parkte, hatte früher ein großes Warnschild gestanden mit der Aufschrift: ›Opaietaeta roa Hiara Pamma unia ite

Marae‹, ›Das Betreten des Marae ist verboten‹. Diese Schilder brauchten sie nicht mehr auf den Inseln, sie waren jetzt unter sich. Nach kurzem Zögern schwang sich auch Cording auf die Mauer.

»Ich möchte, dass du uns nach Tahiti begleitest«, sagte Omai unvermittelt, »wir brauchen dich.«

»Ich komme gerne mit«, antwortete Cording, »allerdings wüsste ich nicht, wie ich euch von Nutzen sein könnte. Sie werden meine Reportage nicht drucken. Sie verlangen einen Bericht aus dem Innenleben einer durchgeknallten Politsekte.«

»Du wirst uns helfen«, bemerkte Omai lächelnd. Er lächelte noch, als Rudolf ihm die Autotür aufhielt.

Niemand im Hotel hatte ihm sagen können, wo er Steve fand. Dabei hätte Cording ihm gerne den Präsidenten vorgestellt, mit dem er im Regierungspalast verabredet war. Im Vorzimmer traf er Rudolf, der sich gerade einen Spot ansah, der im Rahmen der ökologischen Aufklärungskampagne demnächst im Fernsehen ausgestrahlt werden würde. Er begleitete den Deutschen in Omais Amtszimmer, wo ihn dieser bereits erwartete.

»Setz dich«, sagte Omai.

Cording betrachtete das Bild hinter dem Schreibtisch, auf dem ein Mann in graziler Pose vor einem Palmenhain zu sehen war. Er trug ein weißes Gewand und einen Schemel unter dem Arm. Darunter stand auf Englisch: ›Nie wieder sah ich eine anmutigere Erscheinung. Man hätte denken können, er entstamme einem ausländischen Königshof.‹ Cording bewunderte die kunstvolle Radierung, die kein Detail unbeachtet ließ.

»Ich werde die nächsten Tage nicht auf Tahiti sein«, hörte er Omai sagen, »ich muss auf die Fidschis reisen. Deine Begleiterin Maeva hat übrigens den Dienst quittiert, sie steht nicht mehr zur Verfügung. Aber keine Sorge, für Ersatz ist gesorgt. Ihr Name ist Uupa.«

»Hat Maeva meinetwegen den Dienst quittiert?«, fragte Cording.

»Erraten. Deinetwegen, ja …«

»Und Uupa? Ist sie auch so schön wie Maeva?«

»Wie schön findest du Maeva denn?«

»Sie hat den sinnlichsten Mund, den ich je gesehen habe«, antwortete Cording. »Sind dir ihre fein geschwungenen Augenbrauen aufgefallen, von denen sich die linke erhebt wie ein Vogel, während die rechte in einer sanften Kurve bis in alle Ewigkeit zu verharren scheint? Allerdings befinde ich mich in einer Verfassung, in der man sich einem solchen Wesen gegenüber seltsamerweise immer schuldig fühlt …«

»Eigentlich sind die polynesischen Frauen sehr einfach zu verstehen«, erwiderte Omai, »wir müssen nur anerkennen, dass sie es sind, die die wahre Seele des Mannes ausmachen.« Nach einer Pause fügte er hinzu: »Du hast sie gedemütigt, mein Freund. Ich mache dir keinen Vorwurf, aber du hast sie gedemütigt, das sollst du wissen.«

Sie verabredeten sich für den nächsten Mittwoch, dann würde Omai von den Fidschi-Inseln zurück sein. Rudolf fuhr ihn zurück ins Hotel. Alles Leben findet im Herzen statt, dachte Cording, als er sich aufs Bett warf. Alles Erleben ist Illusion. Gleich morgen würde er Kontakt mit Uupa aufnehmen, das war er Omai schuldig nach der Schmach, die er Maeva angetan hatte.

Professor Thorwald Rasmussen saß in dicke Wolldecken gehüllt auf der Terrasse seines ehemaligen Studienfreundes, des Earl of Mansfield. Er blickte auf die weiße Zeltstadt unten im Tal, die in den letzten Tagen eigens für das Highland Game errichtet worden war. Das jährliche Spektakel vor Scone Palace unweit der Stadt Perth sollte ihn auf andere Gedanken bringen – so jedenfalls die Hoffnung seines bemühten Gastgebers. Aber weder dem Earl noch seiner Gattin wollte es gelingen, den schweigsamen Dänen aus seiner Lethargie zu reißen. Sie trauten sich nicht einmal, das Wort an ihn zu richten, so still und konzentriert meditierte der Wissenschaftler über sein Schicksal, das seinen Körper energetisch auszulaugen schien, während gleichzeitig eine grimmige Entschlossenheit in ihm heranwuchs. Rasmussen spürte sehr wohl, dass der Earl nur zu gerne mit ihm den Berg hinuntergestiegen wäre, um sich unter die dreißigtausend Menschen zu mischen, die in ihrer traditionellen Kleidung das alte Schottland zelebrierten. Die Idee, sich in der Menge auf den schulterlangen Hirtenstab des Earl zu stützen und pralles Leben zu atmen, den Dudelsäcken zu lauschen und den Geruch von gegerbtem Leder, Gras, Schafspelzen, Bonbons und geölten Waffen zu inhalieren, gefiel Rasmussen. Aber er fand nicht die Kraft zu derlei Ablenkung. Er war in Gedanken bei seiner Familie. Er würde keine Ruhe finden, bevor es ihm nicht gelungen war, den ganzen Mordapparat auffliegen zu lassen. Morgen würde er den Zug über Edinburgh nach London nehmen. Es war Zeit zu handeln. Emergency war nicht die schlechteste Adresse, um seinen Rachefeldzug zu beginnen.

Cording spähte von der Veranda aus in Steves Zimmer. Der Junge schlief. Es hatte keinen Sinn, ihn zu wecken, denn schon in wenigen Minuten sollte er seine neue Begleiterin treffen. Er suchte die Lobby auf, setzte sich in einen der Korbsessel und wartete. Der italienische Kollege neben ihm sprang auf und begrüßte eine gut gelaunte, hübsche Tahitianerin.

»This job is molto fantastico …«, flüsterte er Cording zu und verschwand mit der Frau nach draußen.

Cording musste grinsen.

»Monsieur Cording …!«, hörte er den jungen Burschen hinter der Rezeption rufen. Er blickte auf. Am Empfangspult lehnte eine füllige Frau, eine mit Doppelkinn und feisten, wabbelnden Oberarmen.

»Uupa?«, fragte er und erhob sich. »Mein Name ist Cording. Omai hat mir versprochen, dass Sie sich um mich kümmern werden.«

Omai war gnadenlos.

Seine neue Begleiterin schlug vor, die gemeinsamen Exkursionen über die Insel mit einem Spaziergang durch Papeete zu beginnen, damit er sich ein Bild von der Umgestaltung der Hauptstadt machen konnte. Er willigte ein. Zu seinem Erstaunen gingen sie zu Fuß, und trotz ihrer enormen Fülle schritt Uupa behände aus wie ein Flusspferd auf der Flucht. Cording vermochte ihr Tempo kaum zu halten. Der Schweiß rann ihm schon nach kurzer Zeit in den Nacken, seine Führerin hingegen blieb trocken, als sei sie frisch abfrottiert worden. Auf dem Weg erzählte Uupa, dass die Gärten, die sie passierten, früher mit Betonmauern umgeben gewesen waren, deren Abriss auf Tahiti nun weitgehend abgeschlossen sei. Auf Huahine, Raiatea und Moorea würden die Abrissarbeiten nächstes Jahr beginnen. Ihre dunkle Stimme gab dem nüchternen Vortrag etwas Sinnliches.

Cording hätte sich ein persönliches Gespräch gewünscht, aber Uupa spulte ihr Pensum herunter wie eine Fremdenführerin. Sie erreichten die Tankstelle, die früher von BP betrieben worden war. Er erinnerte sich, dass ihm das gelb-grüne Logo immer geholfen hatte, auf eine tückische Gabelung aufmerksam zu werden, an der man sich rechts halten musste, wenn man ins Stadtzentrum von Papeete wollte. Uupa klärte ihn darüber auf, dass alle Autos auf Tahiti inzwischen solar-elektrisch* betrieben wurden. Während sie über die schädlichen Auswirkungen des Kohlendioxids referierte, hockte sich Cording mit dem Rücken an eine Aufladestation, ohne dass ihm das vorgetäuschte Interesse aus den Gesichtszügen glitt.

»Haere tu, haere tu!«, mahnte Uupa, was so viel hieß wie: ›Und weiter geht's!‹ »Fällt dir an der Straße irgendetwas auf?«, fragte sie, als sie an der besagten Gabelung anlangten. Sie duzte ihn, was nicht recht zu ihrem schroffen Verhalten passen wollte, aber die maorische Sprache kennt kein Sie und so benutzten sie es im Französischen auch nicht.

»Die rechte Spur ist bedeutend heller«, sagte Cording zögernd, als befürchtete er, für seine Antwort gerüffelt zu werden. Dabei war es nicht zu übersehen: die Fahrbahn war in der Mitte wie durch eine Naht getrennt, links der dunkle Asphalt, rechts der hellere.

»Richtig«, sagte Uupa. Sie ging erstaunlich gewandt in die Hocke und strich mit der Handfläche über den Belag. Cording folgte ihrem Beispiel. Der Untergrund fühlte sich elastisch an.

»Was ist das?«, fragte er. Asphalt war es jedenfalls nicht.

»Reiskleie*. Reiskleie fällt beim Mahlen und Polieren von Naturreis an und besteht aus Samenschale und Keimlingen. Sie lässt sich zu einem besonders abriebfesten Straßenbelag verarbeiten. Zudem ist das Fahren darauf deutlich geräuschärmer. Vorsicht …!«

Ein Auto rauschte an Cording vorbei, er hatte es nicht kommen hören.

»Auch Aquaplaning gehört auf diesem Untergrund der Vergangenheit an«, fuhr Uupa fort, »die Oberfläche ist porös, sodass sich kein Wasser auf ihr sammelt. Bis vor wenigen Jahren wurde Reiskleie ausschließlich zum Auffüllen von Mülldeponien oder als Viehfutter verwendet. Jetzt werden der Kleie Naturharze beigemischt. Man erhitzt das Ganze und erhält einen Baustoff, den man durch geringfügige Veränderungen in der Zusammensetzung sogar elektrisch aufladen kann, sodass die Straßen in Zukunft große Sensoren sein werden, die eine computergesteuerte Überwachung des Verkehrs möglich machen. Auf Tahiti wird das nicht nötig sein, denn die Zahl der Inselbewohner soll limitiert bleiben und Privatautos gibt es sowieso nicht mehr. So, genug geschwatzt! Haere tu, haere tu!«

Cording war beeindruckt.

»Wo kriegt ihr das Zeug denn her?«, rief er der vorauseilenden Uupa hinterher. »Soviel ich weiß, ist Reisanbau auf Tahiti doch gar nicht möglich!«

»Aus Japan«, antwortete seine Begleiterin. »Die Japaner sind die Einzigen auf der Welt, die Reiskleie auf diese Weise veredeln. Sie schicken das fertige Material in Spezialschiffen, es darf ja nicht hart werden und muss sofort ausgelegt werden. Da wir aber nur eine Schiffsladung pro Monat bekommen, geht die Umstellung nur zögerlich voran. Deshalb haben wir uns nach anderen Lösungen umgesehen.«

Sie erwähnte das Wissenschaftsinstitut auf der Halbinsel Iti, das ehemalige Centre Océanologique du Pacifique, dem es gelungen war, einen ähnlichen Belag zu entwickeln. Schließlich verfügte Tahiti über genügend pflanzliche Rohstoffe, die sich in gleicher Weise eigneten.

Uupa bog rechts ab auf ein verwildertes Gelände, das von einem verfallenen dreistöckigen Haus beherrscht wurde. Dort begann sie, ganze Büschel großblättriger Pflanzen auszurupfen, die den Boden fast vollständig bedeckt hielten und bis ins Gebäude wucherten.

»Du darfst mir ruhig dabei helfen«, meinte sie nach einer Weile. Cording gehorchte. Wie seine Begleiterin warf auch er die abgeernteten Blätter auf einen Haufen.

»Es macht nur Sinn, wenn du sie mit den Wurzeln aus der Erde ziehst«, belehrte ihn Uupa.

Was Cording zunächst für ein unbedeutendes Intermezzo gehalten hatte, wuchs sich zu einem veritablen Job aus. Quadratmeter für Quadratmeter befreiten sie die Erde aus der Umklammerung des Unkrauts, denn als solches musste man das imposante Gewächs wohl bezeichnen, an dem sich Uupa eifrig zu schaffen machte. Cording fand die Pflanze sehr schön, die Nervatur des Blattes bestand aus drei vom Blattansatz bis zur Blattspitze verlaufenden Hauptadern, die durch rechtwinklig abzweigende Seitenadern verbunden waren. Die Stängel, von denen die ellipsenförmigen Blätter abzweigten, waren vierkantig. Seinem Hamburger Balkon würde dieses ›Unkraut‹ zur Zierde gereichen.

Cording war es nicht gewohnt, körperlich zu arbeiten, und besonders die gebückte Haltung machte ihm zu schaffen. Sein Rücken schmerzte, und hätte es da nicht die Palmen gegeben, die das Sonnenlicht brachen und wohltuenden Schatten spendeten, wäre die Hitze unerträglich geworden. Wenn er Uupas Hyperaktivität richtig deutete, würden sie das Gelände nicht eher verlassen, bis der letzte Strunk ausgerissen war. Und genauso kam es. Die Sonne stand schon tief, als Uupa die abgeernteten Haufen inspizierte.

»Was hat es mit dieser Pflanze eigentlich für eine Bewandtnis?«, fragte Cording, während er sich unter dem dünnen Strahl eines Gartenschlauchs die Hände wusch.

»Wir haben es hier mit der Miconia calvescens zu tun«, antwortete seine Begleiterin, »einem Schwarzmundgewächs. Die Miconia ist eigentlich ein südamerikanischer Baum, der 1937 als Ziergehölz den Botanischen Garten von Tahiti bereichern sollte. Von dort ist er ausgebrochen und hat sich innerhalb eines halben Jahrhunderts zur dominanten Baumart auf der Insel gemausert. Die Dinger können bis zu fünfzehn Meter hoch werden. Das hier sind nur Sprösslinge, aber wenn wir nicht aufpassen, wächst uns die Geschichte über den Kopf. Jeder Tahitianer ist aufgerufen, sofort tätig zu werden, wenn er die Pflanze irgendwo entdeckt. Der Kampf gegen dieses Gewächs ist uns in Fleisch und Blut übergegangen. So gesehen hast du dich um Tahiti verdient gemacht. Ich meine das ernst. Du hast heute einen ersten Schritt getan, um dich mit unserer Insel zu verbinden.«

Langsam schlenderten sie zurück zur Straße.

Cording reagierte verlegen auf das unerwartete Kompliment. Er dachte an die strengen Einreisevorschriften auf Neuseeland, die er als Schikanen empfunden hatte. Jetzt begann er zu begreifen. Die einheimischen Pflanzen aus ihrer natürlichen Balance zu bringen, brachte weitreichende Probleme mit sich, in Afrika und Asien gingen ganze Volkswirtschaften an den invasiven Arten aus Fauna und Flora zu Grunde. Und was die Gen-Industrie an Nothelfern bereitstellte, um den ausbrechenden Hungersnöten zu begegnen, wirkte nur kurzfristig und verschlimmerte die Situation in der Regel. In Thailand, Vietnam und Kambodscha gab es vor fünfzig Jahren 128 verschiedene Reissorten, je nach Höhenlage und Bodenbeschaffenheit. Heute waren es noch drei, und alle entstammten den Laboren der weltweit agierenden GENius Corporation. Wo diese genmanipulierten Produkte angebaut wurden, waren die Böden spätestens nach zwölf Ernten ausgelaugt und nicht mehr zu gebrauchen.

Uupa winkte einem Taxi. Sie schlug vor, dass man sich morgen früh direkt in Papeete treffen sollte, gegen acht Uhr an der Kathedrale.

»Ich kann nur hoffen, dass Papeete miconiafrei ist«, rief Cording und griff sich in den Rücken.

Zum ersten Mal huschte ein Lächeln über Uupas Gesicht. So übel war sie gar nicht.

Bei Steve brannte noch Licht. Cording klopfte an. Die körperliche Arbeit steckte ihm noch in den Knochen, er fühlte sich steif wie ein Brett. Aber der latente Schmerz wurde begleitet von einem Gefühl der Euphorie. Wenn er in Zukunft in den Genuss einer Endorphinausschüttung kommen wollte, dachte er, brauchte er nur gemeinnützig tätig zu werden.

Steve öffnete, sagte kurz »Hi!« und verschwand wieder an den Computer. Sie hatten sich seit einer Woche nicht gesehen, Cording konnte also eigentlich erwarten, dass man sich in die Augen schaute, ein wenig plauderte, sich erklärte und mit einigem Glück sogar austauschte über die gegenseitigen Erfahrungen. Dem war offensichtlich nicht so.

Er legte sich aufs Bett. Der Junge schien nicht sauer zu sein, sondern einfach nur konzentriert. Und er hatte ein Recht darauf, dass man ihn nicht störte in seiner Konzentration, nicht wenn man Cording hieß und sich in den vergangenen Tagen einen Dreck um ihn gekümmert hatte.

»Können Sie mir vielleicht verraten, was damit gemeint ist?«, fragte Steve unvermittelt.

»Ich kenn mich mit deinem Computerspiel nicht aus, das weißt du doch«, antwortete Cording und machte keinerlei Anstalten, sich zu erheben.

»Ich bin nicht im Game. Ich wollte mich im Eco-Archiv von Global Oil nur über die Weltenergiereserven schlaumachen. Dabei muss ich durch ein kurzfristiges Leck ins E-Mail-Depot gerutscht sein … Das passiert manchmal, wenn die Zentralrechner überfordert sind. Auf diese Weise ist vor Kurzem ein vierzehnjähriger Computerfreak aus Iowa an geheime Akten des Pentagon gekommen. War ein Riesenskandal. Müssten Sie doch eigentlich noch wissen als Journalist …. Normalerweise sind die Zugänge so kompliziert verschlüsselt, dass sie nicht zu knacken sind.« Steve stutzte: »Interessant …«, sagte er, »sieht aus, als hätten wir es hier mit einem Schriftverkehr auf höchster Ebene zu tun …«

Cording schnellte hoch. Mit schmerzverzerrtem Gesicht hockte er sich neben Steve an den Laptop.

»Auf keinen Fall darf der Präsident davon Wind bekommen, Ray«, las er, »nicht bevor die Aktion vollständig angelaufen ist. Wir bringen ihn nur ins Spiel, wenn die IMB davon erfahren sollte. Aber solange wir nicht in internationalen Gewässern tätig werden, sind denen die Hände gebunden. Mein Gott, wie ich unsere chinesischen Freunde beneide. Die fackeln nicht lange, die handeln einfach. Ist es nicht ein Witz, dass die Retter der amerikanischen Volkswirtschaft im Geheimen agieren müssen wie Verbrecher? Wir sehen uns nächste Woche, wenn die Delegation aus Peking eintrifft.«

Unterschrieben war die Mail mit Bob. Wer war das? Und was bedeutete noch mal IMB?

»Kannst du das checken?«, fragte Cording.

Steves Finger kreisten über der Tastatur, als befürchtete er, die kleinste Berührung könnte dem geheimnisvollen Spuk ein Ende bereiten.

»Scheiße!«, rief er. »Weg ist es. Da kommen wir jetzt nicht wieder rein.«

»An wen war die Mail überhaupt gerichtet?«, fragte Cording. »Hast du das noch im Kopf?«

»An das Energieministerium in Washington«, antwortete Steve. »Ist es nicht wahnsinnig, dass sich Leute, die über so brisante Informationen verfügen, blindlings auf die Sicherheitssysteme verlassen, die ihnen verkauft werden? Natürlich passiert das nicht alle Tage, aber dass es möglich ist, das System zu überlisten, haben wir ja eben gesehen!«

›Ray‹ war also Ray Manzarek, Minister für Energie und Bodenschätze! Allmählich wurde Cording die Sache unheimlich. Jetzt fiel es ihm wieder ein: IMB war die Internationale Meeresbehörde der Vereinten Nationen! Ohne ihre Einwilligung durfte sich niemand an den letzten Bodenschätzen der Ozeane vergreifen. Was um Himmels willen ging da vor?

Steve versuchte, die Schritte zu wiederholen, die ihn vorhin zufällig in das Mailprogramm katapultiert hatten, aber diesmal blieb ihm die Tür zur Vorstandsetage von Global Oil wie erwartet verschlossen.

Cording quälte sich zurück aufs Bett. Am besten sie vergaßen das Komplott, das da geschmiedet wurde, so etwas passiert in der Vernunftehe von Politik und Hochfinanz jeden Tag. Er war froh, dass das Eis zwischen ihm und dem Jungen nun endgültig gebrochen schien. »Was ist das für ein Spiel, dieses ›Warrior-Game‹?«, fragte er. »Worum geht es dabei?«

Steve drehte sich um.

»›World Warrior V.‹! Nie gehört?«

Cording zuckte mit den Achseln.

»Sie haben keine Kinder, oder?«

»Nein.«

»Dachte ich mir, sonst wüssten Sie mit Sicherheit Bescheid. Das Motto des Spiels lautet: ›Retten Sie die Welt!‹ Der Spieler wird zunächst mit den Problemfeldern vertraut gemacht, die das Leben auf der Erde gefährden: Klimakollaps, Wasserknappheit, Hunger, Kriege, Überbevölkerung, soziale Zerwürfnisse, Seuchen, Atomkatastrophen, Terrorismus und so weiter. Die Aufgabe besteht nun darin, einem Expertenparlament Lösungsvorschläge zu unterbreiten, die den zu erwartenden Schaden begrenzen sollen. Das Fatale dabei ist, dass alle Probleme miteinander verzahnt sind, dass man sozusagen aus der Mitte der Gefahr abwägen muss, was an den verschiedenen Fronten zu tun ist. Es macht zum Beispiel wenig Sinn, einer Seuche mit Medikamenten zu begegnen, die sich kaum einer leisten kann. Gespielt wird übers Internet.« Steve war zum ersten Mal wirklich bei der Sache, so lange hatte Cording ihn noch nie am Stück reden hören. »Eigentlich müsste man das Geld abschaffen«, fuhr der Junge fort, »aber so weit will ich noch nicht gehen. Komisch, je mehr ich in Erfahrung bringe, desto radikaler werden die Antworten, die mir einfallen.«

»Wie viele Leute sind denn an dem Spiel beteiligt?«

»Zu Beginn waren es 36 Millionen. Jetzt sind es noch achttausend.«

»Wow, da hast du es aber verdammt weit gebracht …«

Steve nickte. Stolz schien er auf seine Topleistung nicht zu sein.

»›Warrior V.‹ wird rund um den Globus gespielt«, fuhr er fort, »in Echtzeit. Und das auf ziemlich hohem Niveau. Wer sich eine längere Pause gönnt, riskiert den Rausschmiss. Schlafen, essen, spazieren gehen, mit Freunden rumhängen, das alles geht von der wertvollen Spielzeit ab und verschlechtert die Chancen, im Game zu bleiben – Alles Harakiri. Es mag Ihnen vielleicht verrückt erscheinen, aber für den wahren Warrior sind diese Bedingungen der Kick schlechthin.«

Er zeigte Cording eine geringfügige Schwellung auf seinem Unterarm. »Wenn man das Spiel kauft, ist der Chip dabei. Auch das Gerät, mit dem man sich das Ding unter die Haut tuckert. Mit dem Chip messen sie den Grad deiner Erschöpfung – Puls, Blutdruck, all das. Die körperliche Verfassung geht voll ein in die Bewertung.« Steve schaltete den Laptop aus. »Aber kein Mensch weiß ganz genau, nach welchen Kriterien jemand rausfliegt oder drinbleibt, und wer einmal draußen ist, hat keine Chance, sich über den Fortgang des Spiels zu informieren, er ist abgeschnitten. Am Ende kennen nur das Expertengremium und der Gewinner die vollständige Antwort auf die Probleme. So weit, so gut. Aber da ist noch etwas – etwas, was mir allmählich Angst zu machen beginnt …«

»Und das wäre?«

»Es hat ganz langsam angefangen, eigentlich erst, nachdem ich es unter die letzten Hunderttausend geschafft hatte. Ich weiß nicht, wie ich Ihnen das erklären soll. Manchmal habe ich das Gefühl, als würde dieses Spiel die Kontrolle über mein Handeln übernehmen. Die Sachlage zwingt mich dazu, Ideen zu entwickeln, die man eigentlich nicht einmal denken darf. Aber genau diese Skrupellosigkeit ist es, die den Spieler vorankommen lässt. Wer bereit ist, Aids per Giftgas zu bekämpfen, wer Rohstoffquellen mit militärischer Gewalt erschließt und Massensterilisationen in Indien und China veranlasst, der fliegt garantiert nicht raus. So brutal läuft das inzwischen ab. Das Irre ist, dass es bei realer Betrachtung der Lage kaum andere Möglichkeiten gibt. Wenn man erst einmal angefangen hat, in diese Richtung zu denken, befindet man sich in einer Reuse, aus der es kein Entrinnen mehr gibt. Man heckt eine perverse Idee nach der anderen aus, und wenn sie pervers und radikal genug ist, kommt man mit ein wenig Glück in die nächste Runde. Was muss jemand erst in der Birne haben, der es bis in die Top Ten geschafft hat? Was hat das Game bis dahin aus ihm gemacht?«

Cording war beeindruckt von Steves Analyse. Es war das erste Mal, dass er ihm gegenüber wirklich etwas von sich preisgab.

»Du hast recht«, sagte Cording, »es ist ein perverses Spiel. Ich frage mich, an was man eure Generation eigentlich gewöhnen will. Und, was willst du jetzt machen? Spielst du weiter?«

Steve nickte müde.

Uupa wartete schon vor der Kathedrale, obwohl Cording auf die Minute pünktlich war. Sie marschierten geradewegs zum Hafen. In dem ehemaligen Touristenpavillon bei den Fähranlegern befand sich jetzt eine Telefonzentrale für Ferngespräche. Cording nutzte die Gelegenheit und bat Uupa um etwas Geduld. Er ließ sich mit Hamburg verbinden, er wollte Mike zumindest kurz von der eigenartigen E-Mail berichten, die ihnen gestern untergekommen war. Eine Sekretärin teilte ihm mit, dass Herr Kühling als kommissarischer Leiter der Chefredaktion in London zu erreichen sei. Also versuchte er es dort. Im Londoner Büro sagte man ihm, dass sich Mike in einer Besprechung befand. Cording beschloss, die Angelegenheit auf sich beruhen zu lassen.

Vom Quai d'honneur wies Uupa auf die vorgelagerte Insel Motu Uta, die mit Papeete durch einen Damm verbunden war. Ursprünglich diente sie als Quarantänestation, bis man sie in den fünfziger Jahren des vergangenen Jahrhunderts zum Benzinlager umfunktioniert hatte. Von den gigantischen, schneeweiß gestrichenen runden Tanks, die früher kilometerweit ins Auge stachen, fehlte jetzt jede Spur. Das gesamte Areal war begrünt worden und erinnerte mit seinen jungen Kokospalmen an eine Parklandschaft.

»Beim Abbau der Tanks hatte es einen Unfall gegeben«, sagte Uupa. »Man hatte vergessen, einen der Behälter leer zu pumpen. Als die Abrissbagger ans Werk gingen, ergossen sich Tausende Tonnen Schweröl ins Meer. An den Folgen leiden die benachbarten Strände noch heute.«

»Wie gut, dass Tahitis Strände sowieso schwarz sind«, entfuhr es Cording.

Er hätte wissen müssen, dass seine stramme Begleiterin keinen Sinn für derlei derbe Späße hatte. Er fragte sich, wieso er es trotzdem nicht lassen konnte. Es gab Menschen, die einen förmlich zu Sticheleien provozierten, man wünschte eben hinter die Fassade zu schauen. Uupa war so ein Mensch. Ihre Art des persönlichen Umgangs widersprach allen Erfahrungen, die Cording bisher auf Tahiti gemacht hatte.

»Haere tu! Haere tu!«

Er trottete an der Seite seiner Führerin über die neue Uferpromenade. Wieder fielen ihm die Veränderungen auf, die sich in Papeete während der letzten Jahre vollzogen hatten. Die Menschen wirkten heiterer und gelassener, als er es in Erinnerung hatte. Irgendjemand musste das Ventil geöffnet und den Überdruck abgelassen haben. Nicht nur die Architektur hatte sich verändert, sondern auch die Räume zwischen den Häusern, die vor einigen Jahren noch mitten im Verkehrsfluss standen, der bis in die letzten befahrbaren Winkel strömte. Heute waren die Nebenstraßen begrünt, als hätte der Dschungel sich von den dunklen Bergen ins Tal ergossen.

»Das Verkehrsproblem haben wir durch Dezentralisierungsmaßnahmen in den Griff bekommen«, sagte Uupa. »Früher musste fast jeder Tahitianer täglich nach Papeete fahren. Hier war ja alles versammelt: die Verwaltung, die Schulen, die Shoppingcenter. Achtzig Prozent aller Arbeitsplätze befanden sich in der Hauptstadt. Der Hafen und der Flughafen wirkten ebenfalls als Magnete. 200 000 Autos steuerten die Stadt täglich an. Hintereinandergereiht ergibt das eine Strecke, die anderthalb Mal um die Insel reicht. Durch die Auslagerung eines großen Teils der öffentlichen Einrichtungen, durch die Dezentralisierung der Geschäfte und vor allem durch den Reva-Tae bekommt Papeete wieder Luft. Die Grundversorgung findet jetzt auf dem Lande statt.«

Cording deutete auf einen wuchtigen, fast vierzig Meter hohen Pfeiler im Meer, der die Aussicht auf Mooreas Silhouette grässlich entstellte. »Was ist das?«, fragte er.

»Es handelt sich um den letzten noch abzubauenden Pylon einer zwei Kilometer langen Brücke, über die bis vor fünf Jahren der Umgehungsverkehr an Papeete vorbeigeleitet wurde.«

»Das habt ihr euch gefallen lassen?«

»Nein«, antwortete sie, »das siehst du doch.«

Der Boulevard Pomare war um eine Fahrspur verengt und zu beiden Seiten mit Kokospalmen bepflanzt worden. Die Kräne, das ganze Baugerät, welches dahinter in Stellung gebracht worden war, konnte er von dieser Seite nur erahnen. Das frühere Tiaré Hotel, ehemalige Anlaufstation für alle, die nach Mitternacht eingeflogen wurden, lag in Trümmern. Die Banque de France auch. Das Postgebäude war um zwei Stockwerke gekappt. Die ganze Häuserfront war auf einer Linie zurechtgestutzt worden. Lediglich die protestantische Kirche von Paofai Siloama durfte sich darüber hinaus erheben.

»Bei uns darf kein Haus mehr höher sein als eine ausgewachsene Kokospalme«, hörte er Uupa sagen, als könnte sie Gedanken lesen. Sie überquerten die Straße. »Alles, was du hier siehst, jedes Bauwerk, ist aus natürlichen Rohstoffen gefertigt.«

Schwang da Stolz in ihren Worten? Sie dozierte nicht mehr, ihr Ton war plötzlich persönlich geworden.

»Für die Wände benutzen wir Hanfbeton* oder Lehm*, die Dächer sind aus Pandanus* und die tragenden Säulen aus Holz oder Bambus*.«

Sie fasste ihn bei der Hand und führte ihn über einen kleinen Steg ins Innere eines Rohbaus.

Er hatte als Student auf einem Rohbau gejobt, dort stank es erbärmlich nach feuchtem Mörtel und chemischen Harzen. Dieser

Bau hingegen duftete. Nicht gerade wie eine Parfümerie, eher wie ein gehobener, noch erdverklebter Schatz. In seinen Mauern konnte man frei atmen, hier legte sich kein Gipsstaub auf die Bronchien. Es war das erste Mal, dass es Cording angenehm war, sich den Geschmack des Fortschritts auf der Zunge zergehen zu lassen. Uupa informierte ihn darüber, dass die Renovierungen am Boulevard Pomare bald abgeschlossen sein würden. Nach hinten hin, in Richtung der Berge, sei aber noch eine Menge zu tun. Doch die Tahitianer liebten den Umbau ihrer Insel und arbeiteten gerne mit. Seitdem das Programm beschlossen worden war, herrschte Vollbeschäftigung auf Tahiti.

Bevor sie auf ihren Vorschlag hin die Markthalle aufsuchten, zeigte sie ihm die Abrissarbeiten am Rathaus, das 1990 erbaut worden war, aber wegen gravierender Materialfehler schon kurze Zeit später wieder aufgegeben werden musste.

»An dieser Stelle«, sagte Uupa, »wird eine Nachbildung jenes Palais entstehen, das Königin Aimata Pomare ab 1860 bewohnte.«

Auf dem Weg zum Markt ertappte sich Cording dabei, wie er den noch unangetasteten Bausünden der Vergangenheit gedanklich zu Leibe rückte, wie er hier eine Mauer eintrat, dort einen Supermarkt verschwinden ließ und jede Menge Tiefgaragen mit Erde auffüllte. Es machte Spaß, sich als Stadtplaner zu betätigen …

Uupa eilte als Erstes zu den Fischen, als sie die Markthalle betraten. Blau und hellgrün schimmernde Schuppen auf Eis. Sie wog das eine oder andere Exemplar in ihren Händen und ließ sich schließlich zwei Bonitos einpacken.

»Die Deckenformation, sämtliche Stahlträger und Eisentreppen – alles wurde entfernt und durch eine Holzkonstruktion ersetzt«, erklärte sie, während sie den Fisch in der Tasche verstaute.

Sie schob sich an einen Obststand, roch an der Brotfrucht, an Papayas und Pampelmusen. Nach und nach füllte sich ihr Enkaufsbeutel. Cording schien sie ganz vergessen zu haben. Als Uupa an den Blumenständen auf eine Freundin traf und die Tasche zum Plausch absetzte, stahl er sich davon. In diesem Gewusel konnte man einander schon mal aus den Augen verlieren …

Das grelle Neonlicht im siebzehnten Stock lag der Verlagszentrale der Matlock Media Corporation wie ein Collier um den Hals. Die Blicke des Mannes, der sich in der verlassenen Straßenschlucht vor dem Canary-Wharf-Tower in den Docklands herumdrückte, glitten nervös zwischen den erleuchteten Fenstern der hohen Glasfassade und dem Haupteingang hin und her. Gelegentlich schaute er sich um. Auffälliger hätte man sich im Fokus der unzähligen Kameras, die jeden Quadratmeter der Londoner East Side überwachten, nicht benehmen können. Dabei ließen der zerknitterte Trenchcoat mit dem aufgeschlagenen Kragen und die tief in die Stirn gezogene Hutkrempe vermuten, dass der Herr am liebsten unsichtbar geblieben wäre. Unter seinem linken Arm trug er eine Aktentasche, die er mit beiden Händen fest umklammert hielt.

Als Mike Kühling durch die Drehtür ins Freie trat, drückte sich der Mann in den Schatten des gegenüberliegenden Hauses. Dann folgte er Kühling in gebührendem Abstand. Sie waren bei ›Richmond‹ verabredet. Der Fremde ging nicht gleich hinein, sondern zog es vor, die Lage durch den Schriftzug auf den Scheiben zu sondieren. Kühling stand an der Bar, begrüßte und wurde begrüßt. Chefredakteur von EMERGENCY zu sein bedeutete eben auch, den entsprechenden Umgang zu pflegen. Als Kühling endlich Platz genommen und wie verabredet eine Ausgabe der *Times* sowie das Januarheft von EMERGENCY neben sich auf den Tisch gelegt hatte, wischte sich der Mann eine Taubenfeder von der Schulter und trat ein.

Kühling bemerkte den seltsamen Kauz mit der kreisrunden, randlosen Brille sofort, und auch den Herrschaften an der Bar war die eigenartige Gestalt nicht entgangen, die da zu den Toiletten schlich. Es dauerte geschlagene zehn Minuten, bis der Mann zurückkehrte und linkisch an Kühlings Tisch Platz nahm.

»Professor Thorwald Rasmussen, nehme ich an«, sagte Kühling.

Sein Gegenüber nickte.

»Hören Sie«, raunte Rasmussen, »was ich Ihnen zu sagen habe, sprengt jedes Vorstellungsvermögen. In die Sache sind ganze Regierungen involviert. Und beileibe nicht irgendwelche! Aber bevor ich weiterrede, möchte ich eines gerne wissen: Welche Garantie habe ich, dass Sie das Material veröffentlichen und es nicht der CIA übergeben? Ich weiß Bescheid über den Deal, der zwischen der Presse und den Geheimdiensten läuft.«

»Wie kann ich eine Garantie aussprechen, wenn ich nicht einmal weiß, wofür?«, fragte Kühling.

Professor Rasmussen hatte die Tasche auf seinem Schoß fast vollständig unter sich begraben und er saß so gebeugt, dass sein hagerer Schädel knapp über der Tischplatte schwebte. Er blickte Kühling prüfend an. Nach wenigen Sekunden begannen sich seine Augen zu trüben, und sein Blick huschte nervös durch den Raum.

»Ich melde mich wieder«, sagte er plötzlich, erhob sich eilig und verschwand.

Kühling gab seine Bestellung auf und wusste nicht recht einzuschätzen, ob er es hier mit einem Verrückten zu tun hatte, oder ob er im Begriff war, einen der fettesten Fische an Land zu ziehen, die sich jemals im Netz von EMERGENCY verfangen hatten.

Steve schleuderte den Laptop aufs Bett und suchte nach dem Sicherungskasten. Die Stromversorgung war zusammengebrochen, er konnte den Akku seines Laptops nicht nachladen. Im schlimmsten Fall würde die erzwungene Auszeit seinen Rausschmiss aus dem Spiel bedeuten. Gerade hatte er ein weltweit gültiges Gesetz erlassen, das jeden mit dem Tode bestraft, der sich an einem der Umweltgesetze verging, die er in der letzten Sitzung formuliert hatte und die vom Expertengremium auch verabschiedet worden waren. Sein größter Erfolg bisher. Sein Einfluss auf die konkurrierenden Spieler, die sich ab jetzt an diese Gesetze zu halten hatten, war enorm gestiegen. Es klopfte an der Tür. Vor ihm stand der junge Tahitianer, der gelegentlich an der Rezeption arbeitete. Steve bat ihn herein, aber sein Besucher blieb an der Türschwelle stehen.

»Mein Name ist Anapa«, sagte er fast entschuldigend. »Wir haben ein Computerproblem.«

»Ich weiß, geht mir genauso. Ich bin übrigens Steve, hallo. Wie lange wird es denn dauern, bis wir wieder Strom haben?«

Der Junge langte zum Lichtschalter. Als die Lampe über dem Flurspiegel aufzuckte, lächelte er scheu.

»Strom gibt es schon wieder. Aber der Stromausfall hat unseren Rechner zusammenbrechen lassen«, sagte er, »kannst du mal gucken kommen?«

Steve schloss das Aufladegerät an die Steckdose und folgte dem Tahitianer widerstrebend durch den Garten zum Hauptgebäude.

Zwei Stunden lang hockte er mit der Taschenlampe unterm Tresen und checkte die Anschlüsse. Eine Zeitspanne, die er sich als Spieler kaum leisten konnte. Aber vielleicht war es ja gar nicht so schlecht, wenn er aus dem Game flog. Als die Anlage endlich ansprang, stellte er fest, dass sämtliche Dateien beschädigt waren. Er arbeitete sich durch die Rescueprogramme. Nach und nach begannen sich die Dokumente wieder aufzubauen. Zu Steves Belustigung begleitete Anapa jeden Erfolg mit einem polynesischen Veitstanz. Zum Schluss lagen sie sich triumphierend in den Armen.

»Kannst du surfen?«, fragte Anapa. »Auf den Wellen meine ich …«

Steve schüttelte den Kopf.

»Dann musst du es unbedingt lernen! Du bist schließlich auf Tahiti! Meine Freunde und ich treffen uns morgen früh am Strand von Papenoo. Das sind nur fünfzehn Kilometer von hier. Ich hol dich ab. Um halb sechs wollen wir los!«

»Vergiss es, ich kann nicht«, antwortete Steve verlegen.

»Und warum nicht?«

»Weil ich spiele.«

»Warrior V.?«

Steve nickte.

»Ich war auch dabei. Bei acht Millionen und noch was bin ich eliminiert worden. An welcher Stelle stehst du jetzt?«

»Auf 347.«

»Irre«, staunte Anapa und legte Steve respektvoll die Faust auf die Brust. »Aber es wird Zeit, dass du mal rauskommst, Bruder, wir sehen uns morgen früh. Keine Widerrede!«

»Nein, wirklich nicht, das geht nicht«, entgegnete Steve und verschwand nach draußen in den Garten. Wieder einmal hatte der Spieler in ihm gesiegt.

Das hartnäckige Klicken in Steves Kopf fühlte sich an, als würden die Albträume der Nacht in einem Mörser zerstampft. Trotz aller Anstrengung wollte es ihm nicht gelingen, die verklebten Lider voneinander zu lösen. Jemand rief seinen Namen. Und wieder dieses Klicken. Tacktacktack. Schemenhaft nahm er eine schlanke Gestalt wahr, die im Gegenlicht auf der Terrasse stand. Er öffnete die Schiebetür. Draußen stand Anapa, der ihn zu ihrem Surfausflug abholen wollte. Derart überrumpelt, konnte Steve nicht mehr Nein sagen. Er schlurfte ins Bad und blickte in den Spiegel, unter dem sich die Hibiskusblüten zusammengerollt hatten, die das Zimmermädchen gestern auf dem Waschbecken ausgelegt hatte. Die verschrumpelten Blumen korrespondierten gut mit seinem zerfurchten Bleichgesicht.

Nachdem er sich frisch gemacht hatte, meldete er in der Warrior-Zentrale Anspruch auf seinen Urlaubsjoker an. Vier freie Tage standen jedem Spieler im Laufe des Games zu, zwei davon nahm er jetzt. Als die Genehmigung erteilt war, folgte er Anapa zu dem Pick-up-ähnlichen Elektroauto, das auf sie wartete. Auf der Ladefläche scherzten zwei Tahitianer seines Alters mit einem etwa sechzehnjährigen Mädchen, das sich ihm als Fara vorstellte. Zur Begrüßung streckten sie ihm der Reihe nach die Fäuste entgegen. Er wusste nicht, wie er damit umzugehen hatte, bis sich das Mädchen seiner erbarmte, seine Hand nahm und ebenfalls zu einer Faust machte, die sie den anderen dann behutsam zuführte. Die kurzen Berührungen banden ihn auf magische Weise in den Kreis ein. Auf der Küstenstraße nach Papenoo hielt er den Kopf in den Wind und ließ sich die Restbestände von Müdigkeit aus dem Gesicht peitschen.

Anapa parkte den Wagen auf dem sandigen Seitenstreifen. Steve schwang sich als Erster von der Ladefläche und nahm die Surfbretter entgegen, die man ihm reichte.

»Das Gelbe ist für dich«, sagte das Mädchen und sprang so behände wie eine Bergziege über die aufgetürmten Steinquader hinunter an den Strand. Die Jungs folgten ihr, nur Anapa blieb an seiner Seite. Steve war wie gebannt vom Anblick des Ozeans. Weit draußen zwischen den anrollenden Brechern machte er Dutzende von Köpfen aus, die wie Korken auf dem bewegten Wasser wippten. Was für ein gigantischer Spielplatz! Versehen mit einer schroff aufragenden kleinen Felseninsel, auf deren Plateau sich ein windschiefer Baum dem Land zuneigte. Das Mädchen paddelte durch den Schaumteppich den großen Wellen entgegen. Steve beobachtete, wie geschickt es die Tahitianer verstanden, ihnen auf den Kamm zu steigen, um sich dann in rasender Rutschfahrt bis zu dreißig Meter weit tragen zu lassen, bevor das Schaumgebilde über ihnen zusammenbrach.

Er folgte Anapa in das warme, türkisfarbene Wasser.

»Zieh die Flossen über«, mahnte sein neuer Freund, »auf dem Grund liegen jede Menge gut getarnter, giftiger Steinfische herum. Außerdem brauchst du sie, um schneller anpaddeln zu können – die Welle rollt sonst unter dir hinweg, noch bevor du überhaupt Fahrt aufnehmen kannst.«

Steve winkte ab und kehrte um.

»Ich geh da nicht rein«, rief er, »auf keinen Fall!«

»Warum nicht?«, fragte Anapa. »Du musst heute noch nicht aufs Brett steigen. Wir haben dir das Bodyboard gegeben, darauf surft man im Liegen. Verletzen kannst du dich dabei auch nicht, weil es aus gepresstem Hanfschaum ist.«

Er band seinem ängstlichen Freund einen Klettverschluss ums Handgelenk, an dem eine Leine hing, die mit dem Surfboard verbunden war.

Steve nahm das Brett unter den Arm und stapfte neben Anapa ins Meer. Er vermochte sich in der seitlichen Strömung kaum auf den Beinen zu halten. Welche Wohltat war es, als er auf dem Surfbrett lag und von den wogenden Ausläufern der Brecher geschaukelt wurde. Ein Gefühl der Schwerelosigkeit überkam ihn, aber dann stellte er erschrocken fest, dass er sich von Anapa entfernte. Gut zwanzig Meter lagen bereits zwischen ihnen. Er kämpfte sich mühsam zurück und schaute neidisch auf die Einheimischen dort draußen, die sich, sobald sie eine passende Welle ausgeguckt hatten, in Richtung Strand drehten, um sich dann blitzschnell aus dem schäumenden Weiß zu erheben. Wie Meeresgötter standen sie auf den überhängenden, niederdonnernden Kämmen.

Allmählich begriff Steve, worauf es ankam. Immerhin war er jetzt in der Lage, die Richtung zu halten, auch wenn ihm Anapa bereits um einiges enteilt war. Je weiter er sich hinauswagte, desto höher wurde er gehoben und gesenkt. Gelegentlich schlug ihm eine salzige Gischt ins Gesicht. Er lernte langsam, entsprechend zu atmen und wusste in etwa einzuschätzen, was für eine Welle auf ihn zurollte. Als jedoch der nächste kräftige Brecher angerollt kam, fand er sich sehr schnell hilflos paddelnd in den Fluten wieder. Die See hatte ihn auf die Hörner genommen und mitsamt seiner Hartschaumunterlage dorthin zurückbefördert, wo er hergekommen war.

Er schaute sich um. Anapa war nur noch als Punkt zu erkennen. Vielleicht sollte er sich einiges bei den Kindern abgucken, die in den flacheren Gewässern tobten. Doch er verzichtete darauf, sich vor ihnen zum Gespött zu machen und wandte sich erneut dem offenen Meer zu. Diesmal kam er zügiger voran als beim ersten Versuch. Das Brett reichte ihm gerade von der Brust bis zu den Oberschenkeln, durch seine Größe war er in der Lage, die Paddelbewegungen mit kräftigen Beinschlägen zu unterstützen. Das Haupthindernis auf dem Weg nach draußen, die meterhohen Wellen, bezwang er auf diese Weise nicht. Er musste durch sie hindurchtauchen, wenn er nicht ständig zurückgeworfen werden wollte. Das kostete zwar eine Menge Kraft, klappte aber schon ganz gut. Allmählich näherte er sich den großen Brechern. Schon der erste dröhnte und gurgelte in seinen Ohren, als sei das Inferno ausgebrochen. Er versuchte, sich an das Brett zu klammern, das ihm unter dem Bauch wegzurutschen drohte, doch vergeblich. Zwar schaffte er es noch einmal, sich auf den gelben Untersatz zu schwingen, aber jetzt lag er quer zur Brandung. Der Ozean spielte mit ihm Katz und Maus. Als er erschöpft an den Strand kroch, stellte er fest, dass sein Bauch rötlich schimmerte, als hätte man ihn mit Schmirgelpapier bearbeitet.

Er winkte Anapa zu, der sich offenbar um ihn sorgte. Wie machen die das nur? Nach zwei unbeholfenen Anläufen lag er da wie ausgepumpt, und die Tahitianer tummelten sich unverdrossen weiter, und zwar dort, wo der Tanz erst richtig begann. Keiner von ihnen kam auf die Idee, an Land zu gehen. Es schien, als sei das Wasser ihr eigentliches Element und ein fester Untergrund nur zum Schlafen da. Eine Coladose dümpelte zu seinen Füßen, wenige Meter weiter wurde ein Autoreifen an den Strand gespült. Steve überlegte, ob er ihn auf einen der Müllhaufen werfen sollte, die sich in größeren Abständen türmten, aber dann schlief er ein.

Jemand stieß ihm in die Seite. Es war Anapa, der sich neben ihm auf den Autoreifen stützte.

»Flaschenpost aus dem Global Village«, bemerkte er grinsend und rollte das Ding zum nächsten Müllhaufen. Es war ein Regenreifen, seine Profilspur wirkte absolut deplatziert. Tahitis schwarze Strände waren allenfalls mit wohlgeformten Abdrücken menschlicher Füße verziert oder mit den bizarren Trippelspuren einheimischer Vögel.

»Du solltest dich eincremen«, mahnte Anapa, nachdem er zurückgekehrt war. Er zwinkerte Fara zu, die mittlerweile ebenfalls dem Meer entstiegen war. Sie zog Steve wie selbstverständlich das T-Shirt über die Schultern. Sein weißer Spargelkörper nahm sich wie ein Witz aus neben ihrer samtbraunen Gestalt.

»Ich wette, du hast meinen Namen vergessen«, neckte sie ihn, während sie ein duftendes Öl auf seiner Haut verrieb.

»Fara. Du heißt Fara«, antwortete er.

Sie lächelte zufrieden. Ihre Finger rutschten überallhin, über seine Stirn, das Gesicht, den Hals, die Ohren, sie griffen sich die Hüften und fuhren in die Kuhle über dem Magen.

»Heute Abend wird der Dreck abgeholt«, hörte Steve Anapas Stimme, während er mit geschlossenen Augen Faras Berührungen genoss. »Jedenfalls die Plastiksachen und der andere Scheiß. Das Zeug wird auf ein Schiff verladen und nach Japan verbracht. Japan ist schließlich einer der Hauptverursacher für die Meeresverschmutzung. Das Treibholz verbrennen wir. Das sind unsere Freudenfeuer. Nimmt allerdings beängstigende Ausmaße an in letzter Zeit. Wir kommen aus dem Feiern gar nicht mehr raus … Für heute Abend hätten wir schon wieder mehr als genug zusammen.«

Steve musste lachen. Angesichts des gigantischen Müllteppichs, der im Südpazifik trieb, war dies eine erstaunlich lockere Betrachtungsweise.

Fara knetete seine ausgestreckten Finger, dann ließ sie von ihm ab.

Steve bedankte sich.

»Wie könnt ihr es nur mit diesen Brechern aufnehmen?«, fragte er und deutete hinaus auf den Ozean.

»Du musst ein Gefühl dafür entwickeln, was dir die Wellen zugestehen«, antwortete Anapa. »Du musst sie spüren, und zwar mit deinem ganzen Körper. Dazu braucht es keinen Mut. Mut ist was für Blöde. Mut heißt ›Ich will!‹ – so eine Einstellung kann beim Surfen tödlich sein.«

»Es ist ein Gefühl, als würde man Teil einer Kraft werden, die schon lange vor uns war und noch lange nach uns Bestand haben wird«, ergänzte Fara und strich Steve zärtlich durchs Haar.

Den Nachmittag verbrachten sie im Dschungel, im Schatten der Cascade Topatari. Anapa stieg mit den anderen beiden Jungs weiter in die Berge, während Steve und Fara am Wasserfall zurückblieben. Über eine Stunde saßen sie schweigend an dem See, in den sich die herabrauschenden, Wassermassen ergossen. Ein angenehm kühler Wind fächelte ihnen in dem Getöse zu und ihre Gesichter wurden von einem feinen Sprühregen benetzt, der auch die Felsen rundum zum Glänzen brachte. Nachdem Steve drei Monate im Cyberspace verbracht hatte, konnte er kaum glauben, wie schön die Welt war. Und wie angenehm es sich in Gegenwart dieses Mädchens sein ließ.

Sie war ganz anders, als die Mädchen, die er bisher in England kennengelernt hatte und deren Eitelkeit und Selbstbezogenheit auf ihn nur peinlich und lächerlich gewirkt hatten.

Cording hatte sich unter das Pandanusdach am Swimmingpool zurückgezogen und studierte die Pressemappe, die man ihnen am Morgen ausgehändigt hatte. Viermal war er mit Uupa in Papeete unterwegs gewesen und allmählich konnte er sich ein Bild von der Umgestaltung der Hauptstadt machen, die mit ihren verbliebenen 50 000 Einwohnern ja recht überschaubar war. Er breitete den Stadtplan aus, nahm einen gelben Filzstift zur Hand und markierte jene Gebiete, die bereits im neuen Glanz erstrahlten. Die Gebäude, die noch zum Abriss standen, wie etwa das Vaima Center am alten Yachthafen, oder der gläserne Klotz der Steuerbehörde, färbte er grün ein. Die Arbeit hätte er sich sparen können. Als er in den Unterlagen weiterblätterte, fand er genau so eine Karte vor, nur sauberer und präziser.

Es begann zu regnen. Im Pool hüpfte das Wasser unter den Einschlägen der schweren Tropfen bis zu zehn Zentimeter hoch. Es war Juli, Winter auf Tahiti, Trockenzeit. Früher, so hatte man ihm gesagt, war der Übergang von der Regen- in die Trockenzeit berechenbar, man konnte die Uhr danach stellen. Aber der Klimawandel kümmerte sich nicht um alte Regeln. Auf der Titelseite der *Depeche*, die er sich an der Rezeption gekauft hatte, prangte das Bild eines alten Bauern aus Vairao, auf dessen Feld gestern faustgroße Hagelkörner niedergegangen waren. Der Mann betrachtete das Eis in seinen Händen mit kindlicher Freude.

»Störe ich?«

Cording blickte auf. Es war Steve, der da vor ihm stand. Der Junge wirkte äußerst entspannt. Nicht nur, dass er ein wenig Farbe bekommen hatte, er lächelte, als sei er neu beseelt worden. Cording spürte, dass ihm etwas auf dem Herzen lag, aber er wartete lieber, bis Steve von selbst damit herausrückte. Besonders jetzt, da sein jugendlicher Begleiter endlich Vertrauen fasste, war es wichtig, auf die gewohnt zynischen Bemerkungen zu verzichten, die seine Unterredungen mit Menschen für gewöhnlich kennzeichneten.

»Hätten Sie Lust, mich am Wochenende auf ein Fest zu begleiten?«, fragte Steve.

Die Frage kam überraschend.

»Gern«, antwortete Cording, »was ist das für ein Fest?«

»Ein Tama'ara'a.«

»Tama wie?«

»Tama'ara'a. Großes Essen, den Tisch bereiten. So heißt das. Ein Festessen eben.«

»Welche Ehre. Wie bist du denn dazu gekommen?«

Steve erzählte von dem Computerabsturz, von Anapa und den anderen, seinen Surfversuchen und dem Freudenfeuer, das sie abends am Strand von Papenoo veranstaltet hatten. Die Begegnung mit Fara sparte er aus. Obwohl sie es gewesen war, die ihn eben im Hotel angerufen und eingeladen hatte. Die ihn auch gebeten hatte, den ›merkwürdigen alten Knaben‹ mitzubringen, von dem er ihr berichtet hatte.

Am Sonntagnachmittag holte Anapa sie ab. Cording bestand darauf, auf der kleinen Ladefläche Platz zu nehmen, und zwar allein. Die besorgten Blicke, die ihm Anapa und Steve aus dem Fond zuwarfen, waren vollkommen überflüssig, er saß bequem. Der warme Fahrtwind verleitete ihn irgendwann dazu, die Augen zu schließen. Er öffnete sie erst, nachdem bereits zum zweiten Mal ein merkwürdiges Geräusch an seine Ohren gedrungen war, als sei die Luft mit Palmenwedeln gepeitscht worden. Ein silbernes, fast eiförmiges Gefährt mit verdunkelten Panoramascheiben rauschte an ihnen vorbei. Das musste er sein, der Reva-Tae*, den Uupa in Papeete erwähnt hatte und von dem die Kollegen im Hotel so schwärmten. Die futuristisch anmutenden Kabinen glitten auf einem in die Straße eingelassenen Magnetstreifen dahin. Um den Ring entlang der Küste zu schließen, musste nur noch die Strecke zwischen dem Flughafen und Mahina installiert werden, also genau jenes Gebiet, in dem er sich seit seiner Ankunft bewegt hatte. Er würde Uupa morgen bitten, mit ihm so schnell wie möglich zu einer ersten Fahrt aufzubrechen.

Sie bogen links ab in einen Lehmweg. Cording erinnerte sich gut an den Weg, er führte zu Omais Familiensitz, in dem ihn der junge Rebellenführer vor neun Jahren empfangen hatte. Er war damals zu früh dran gewesen und hatte beschlossen, sich den Marae anzusehen, eine Sehenswürdigkeit, die sich ganz in der Nähe befinden sollte und in jedem Reiseführer erwähnt wurde. Ohne es zu bemerken, hatte er direkt neben dem Steinbau geparkt und sich nicht entblöden können, ein etwa vierzehnjähriges Mädchen, das vor Omais Haus ihr Brüderchen im Kinderwagen schaukelte, nach dem Standort der Kultstätte zu fragen. Sie lachte und deutete auf drei sauber ummauerte Rechtecke in seinem Rücken. Keine in Stein gehauene Gottheit bewachte den Altar, keine gezackten Holzstelen zeigten ihre Gesichter und Muster her. Es waren nur schwarze, sauber aufeinandergeschichtete Steine, sonst nichts.

Über eine halbe Stunde lang hatte er seinerzeit unschlüssig auf der Wiese gestanden und überlegt, ob es sich für einen wie ihn wohl geziemte, hineinzutreten in das magische Viereck. Das Mädchen mit dem Kinderwagen war ihm gefolgt und die Mutter der Kleinen hatte sich ebenfalls aus dem Hause bemüht. Unter dem Vorwand, den Brotfruchtbaum auf den möglichen Ernteertrag zu inspizieren, behielt sie die Szene zwischen dem Fremden und ihrer Tochter genau im Auge. Dann passierte etwas, was er sich bis heute nicht erklären konnte. Er war vor dem Mädchen auf die Knie gegangen und hatte ihr auf Deutsch gestanden, wie beeindruckt er von ihrer schlichten Schönheit war. Ihre Augen strahlten dabei, als hätte sie jedes Wort verstanden. Auch die Mutter konnte sich eines Lächelns nicht erwehren.

Omais hellblau gestrichenes Haus stand noch genauso da wie damals. Für einen Rückkehrer lagen eine Menge emotionaler Tellerminen aus auf Tahiti, dachte Cording und kletterte vom Truck.

Etwa zweihundert Menschen tummelten sich im und am Marae. Eine Gruppe Jugendlicher übte sich im Speerwurf, sie zielten auf eine aufgespießte Kokosnuss. Frauen wetteiferten miteinander im Korbflechten, es wurde jongliert und gewürfelt. Etwas abseits bereitete sich eine Tanzgruppe auf ihren Auftritt vor. Die Mädchen ließen die Hände wie Bindfäden im Wind schweben. Ihre Hüften gehorchten den Trommeln. Es war faszinierend zu sehen, wie synchron sie ausschlugen und die Baströckchen ins Zittern brachten. Über dem Areal stand eine dichte, duftende Wolke. Es roch nach Fisch und Fleisch, nach allerlei Gewürzen und Kräutern.

Eine junge Tahitianerin fiel Steve zur Begrüßung um den Hals, was den Jungen sichtlich in Verlegenheit brachte. Cording entfernte sich so diskret wie möglich. Von einer kleinen Anhöhe am Waldesrand bot sich ihm ein prächtiger Blick auf das Geschehen. Er wunderte sich, wie unkompliziert die Einheimischen ihre Maraes in Gebrauch nahmen. Allerdings galt das nur für die restaurierten Kultstätten entlang der Küstenstraße – was in den grünen Bergen verborgen war, blieb tabu. Noch immer rätselten Archäologen in aller Welt über die Bedeutung der Maraes. So mutmaßte man beispielsweise, dass in ihren Mauern die Geburten königlicher Kinder gefeiert worden waren. Auch Zeremonien als Vorbereitung für lange Reisen sollen hier stattgefunden haben, ebenso wie Siegesfeiern nach erfolgreichen Kriegen. Wieder andere behaupteten, an den Mauern seien die Leichen wichtiger Feinde vergraben worden, um den Ort zu weihen.

Cording stieg von dem Hügel herab und mischte sich unters Volk. Seit Robert Louis Stevenson, der nicht schwärmerisch, sondern höchst verwundert auf die Sitten und Gebräuche Tahitis reagierte hatte, war auf der Insel eine Menge geschehen. Die Frauen gingen nicht mehr bis zu ihrer Verheiratung vollständig nackt und die Witwen schliefen gewiss nicht mehr neben dem Schädel ihres verstorbenen Gatten, den sie am Tage mit sich herumzutragen hatten. Es wälzten sich auf dem Fest auch keine kämpfenden Frauen auf dem Rasen, die nur darauf bedacht waren, der Gegnerin so schnell wie möglich ins Gesicht zu beißen. Aber in ihren traditionellen Gewändern bewegten sich Tahitis Frauen nach wie vor mit der unvergleichlichen Freiheit, Grazie und Lebendigkeit, welche die Poesie der Südsee ausmachten.

Cording folgte dem Essensduft, dorthin, wo der Rauch beißender wurde. Außer von einem stolpernden Kind, das ihn erschrocken anstarrte und gleich darauf wegrannte, war er in dem dichten Gedränge von niemandem angerempelt worden. Die Tahitianer schienen sich selbst auf engstem Raum nicht in die Quere zu kommen. Er gelangte an die Quelle der Wohlgerüche. Es handelte sich um einen zwei mal zwei Meter großen Erdofen, der mit Bananenwedeln und Blättern des Brotfruchtbaums abgedeckt war, die unter einer dicken Schicht roter Erde hervorlugten.

Steves Freund Anapa gesellte sich zu ihm.

»Wenn sich bei uns mehr als zehn Leute zu einem großen Essen versammeln, ist dies der Ort, an dem die Speisen bereitet werden«, sagte er. »Wir nennen ihn Ahima'a. Möchtest du wissen, was unter den Blättern schmort?«

Cording nickte.

»Ein Milchschwein, in Kokosblätter eingewickelte Fische, Brotfrucht, Süßkartoffeln und Gemüse«, zählte Anapa auf. »Allerdings musst du dich noch ein wenig gedulden, die Zubereitung dauert drei bis fünf Stunden. Eigentlich ist der Ahima'a nur eine tiefe Mulde, in die zuunterst eine dicke Schicht trockener Äste ausgelegt wird. Auf die Äste schichten wir kleine Quader vulkanischen Gesteins. Dann zünden wir das Holz an und erhitzen die Steine. Anschließend wird ein Gitter aus Bambusstäben installiert. Dies ist die tragende Fläche für das Essen, das mit Palmenblättern und einer Schicht Erde bedeckt wird.«

Im diesem Moment tauchte Uupas Gesicht aus der Menschenmenge auf. Ein blumengeschmückter Vollmond, der in einer schnellen Umlaufbahn einmal neckisch um seine Person kreiste. Sie strahlte ihn an und hakte sich wortlos bei ihm unter. Was war los mit ihr? Woher mit einem Mal diese überschwängliche gute Laune? Cording hätte sich gerne noch ein wenig mit Anapa unterhalten, vielleicht wären ihm einige Informationen über das Mädchen zu entlocken gewesen, das mit Steve Händchen haltend bei der Musik saß. Aber Uupa zerrte ihn sanft davon.

»Hab ich etwas richtig gemacht?«, fragte er amüsiert.

»Haere tu! Haere tu!«, antwortete Uupa mit flatterndem Augenaufschlag, als bereitete es ihr einen höllischen Spaß, sich selbst zu karikieren.

Was eine heilige Begegnungsstätte doch alles bewirken konnte! Sie nahmen in einer achtköpfigen Runde Platz, die in der äußersten Ecke des Maraes um ein großes Bananenbrett versammelt war. Uupa griff sich ein Blatt vom Stapel, legte ein paar Früchte darauf und garnierte sie mit frischen Krabben. Das Ganze reichte sie dann Cording, der die dargebotene Speise mit Genuss verzehrte.

»Hast du sie gesehen?«, fragte seine Begleiterin.

»Wen?«

»Maeva. Sie ist hier.« Uupa ließ ihre Augen über die Menschenmenge schweifen. »Da steht sie! Dort hinten bei den Korbflechterinnen.«

Cording erkannte Maeva sofort. Sie hatte ihr langes Haar zu Zöpfen geflochten und diese wie eine Banderole um die Stirn gewickelt. Ihre linke Hand ruhte auf dem Scheitel eines kleinen Jungen, der den geschickten Handwerkerinnen ebenso interessiert zusah wie sie selbst. Um die Oberarme trug sie geknüpfte Palmfasern. Ein geflochtenes Band lief vom Kopf über die Nasenwurzel die Wangenknochen hinab bis unter das Haar. Es kreuzte sich im Nacken und kam als Halsband zurück. Über dem linken Ohr steckte eine weiße Tiaré-Blüte, was bedeutete, dass ihr Herz vergeben war. Wenn ein tahitianisches Mädchen die Blume hingegen auf der rechten Seite trug, gab sie zu verstehen, dass sie noch Ausschau hielt nach einem Liebsten. Im Gegensatz zu den anderen Frauen, die sich mit üppigstem Blumenbehang geschmückt hatten, wirkte Maevas Schlichtheit imponierend. Sie schaute in seine Richtung, er war jedoch nicht sicher, ob sie ihn erkannt hatte. Aber die Andeutung ihres Blickes hatte ausgereicht, ihn in einen Zustand höchster Erregung zu versetzen.

»Es ist Omais ausdrücklicher Wunsch, dass Maeva zu dir zurückkehrt«, hörte er Uupa sagen. »Bisher weigert sie sich jedoch beharrlich.« Sie taxierte Cording schmunzelnd von Kopf bis Fuß. »Warum tut sie das nur? Ihr Verhalten ist mir völlig schleierhaft …«, sagte sie und lachte. »Auf den Präsidenten hört sie jedenfalls nicht. Vielleicht ist es nun an dir, die schöne Fee an ihre Pflicht zu gemahnen.«

»Was passiert hier?«, fragte Cording und schüttelte belustigt den Kopf.

»Soll ich es dir verraten?«, fragte Uupa. »Das ganze ›Haere tu! Haere tu!‹-Theater war doch nur der Versuch, dir das Leben so schwer wie möglich zu machen! In dieser Inszenierung sollte dir nach Omais Plan der Part des edlen Helden zukommen, der vor Sehnsucht nach der Prinzessin Maeva schier vergeht. Aber nein, du musstest dich ja mit der Situation arrangieren. Dabei war ich hundertprozentig sicher, dass du nach zwei Tagen Papeete die Nase voll haben würdest von mir.«

Wenn sie diesen Humor schon zu Beginn von der Leine gelassen hätte, wäre es sicher eine pfundige Zeit mit ihr geworden.

»Wusste Maeva von dieser Hinterlist?«, fragte er.

»Um Gottes willen! Nein! Sie darf davon nie erfahren!«, zischte Uupa.

Cording beobachtete, wie Maeva mit dem Jungen an der Hand den Marae verließ. Ihren Hüftschwung dezent im Zaum haltend, schwebte sie über die Wiese davon. Sie steuerte auf das hellblaue Haus zu, öffnete die Gartenpforte und ging hinein.

Cording entschuldigte sich bei Uupa und suchte wieder den Hügel am Waldesrand auf, um abseits des allgemeinen Trubels ein wenig Ordnung in seine Gedanken zu bringen. Was hatte es schon zu bedeuten, dass sie in das Haus gegangen war? Vielleicht besuchte sie eine befreundete Familie, vielleicht waren dort die Bestecke gelagert, die man nachher beim Festschmaus benötigte. Es gab Tausende möglicher Erklärungen. Aber trotz aller Beschwichtigungsversuche wurde er den Verdacht nicht los, dass es sich bei Maeva um jenes Mädchen handelte, deren Schönheit ihn schon damals in die Knie gezwungen hatte.

Er stieg zurück in die Arena. Das Schwein war längst von der Erdlast befreit, an seinen glänzenden Rippen klebte kaum noch Fleisch. Die Menschen lagen gesättigt im Kreis und freuten sich auf die Tänze, die da kommen sollten. Maeva war ebenfalls zurückgekehrt, sie stand am Erdofen und zauberte aus den Resten kleine Gerichte, die der Knabe an ihrer Seite mit Feuereifer an die Umstehenden verteilte. Auch Cording bekam eine Portion in die Hand gedrückt. Auf dem hölzernen Brett war dünn geschnittenes Fleisch ausgelegt, umrahmt von lauwarmer Brotfrucht und mehreren Scheiben Ananas, die so angeordnet waren, dass der Romantiker in ihm das Arrangement sofort als Herz deutete. Maeva aber schaute nicht einmal zu ihm herüber, als er aß.

Okay Cording, dachte er, dann klärst du die Sache jetzt! Er nahm all seinen Mut zusammen und ging zu ihr.

»Danke für das Essen«, sagte er verlegen, als er neben Maeva trat, »es hat wunderbar geschmeckt.«

Sie blickte kurz auf. ›Und mehr hast du nicht zu bieten?‹ schienen ihre Augen zu sagen.

»Wohnen Sie in dem Haus dort drüben?«, fragte er.

»Ja«, antwortete sie.

»Schon lange?«

Bevor sie antworten konnte, wurde sie von einer älteren Frau in ein Gespräch verwickelt. Cording trollte peinlich berührt davon. Seine Unfähigkeit, mit Maeva ins Gespräch zu kommen, erschreckte ihn. Wie von unsichtbarer Hand gelenkt, steuerte er auf das hellblaue Haus zu und klopfte an. Eine Frau öffnete, sie mochte in etwa in seinem Alter sein. Sie betrachtete ihn wie ein Gespenst.

»Ich kenne dich …«, murmelte sie nach einigem Zögern.

»Mutter«, hörte er Maeva sagen, die ihm offensichtlich gefolgt war, »du kannst ihn nicht kennen. Der Mann ist gerade mal vier Wochen auf Tahiti.«

Die Frau lächelte Cording vielsagend an und er lächelte zurück. In diesem Moment war ihnen beiden bewusst, dass sie ein Geheimnis versiegelten.

Die Mutter bat ihn ins Haus. In den nächsten zwei Stunden

wurde der Gast verköstigt. Maevas kleiner Bruder animierte ihn zum Spielen, sie hingegen hielt sich die meiste Zeit in der Küche auf.

»Ich würde mich freuen, wenn Sie sich doch noch dazu entschließen könnten, mit mir zusammenzuarbeiten«, sagte Cording schüchtern, als sie sich für einen Moment zu ihnen setzte. »Mit Uupa habe ich schon gesprochen«, fügte er hinzu, »sie wäre einverstanden.«

Maeva antwortete nicht, sie summte ein Lied.

»Ich gebe dir Bescheid«, sagte sie schließlich.

Gut, sehr gut. Cording erhob sich, verbeugte sich vor der Mutter, verbeugte sich vor der Tochter, wollte noch nach Omai fragen, stattdessen tauschte er mit dem Brüderchen den Gruß der Fäuste, dankte der Familie und stolperte rückwärts über die Schwelle in den Garten. Maeva stand in der Tür und lachte. Das war doch kein schlechter Anfang …

Das Tahiti-Projekt

Der schwarzmattierte Glaspalast von Global Oil schien das Licht regelrecht in sich aufzusaugen, das die Mittagssonne über Dallas ausschüttete. Während im Konferenzraum des 48. Stockwerkes Fruchtsäfte und Mineralwasser bereitgestellt wurden, traf die fünfköpfige Delegation aus Peking in der Empfangshalle ein. Ein junger Mann aus der Presseabteilung begrüßte die Herren und geleitete sie zum Expresslift. Unterdessen schnupperte Robert McEwen, Präsident und Mehrheitseigner der Firma, an einer Havanna. Zu Fidels Zeiten hatten die Dinger irgendwie aromatischer gerochen, dachte er.

»Die Herren aus Peking sind da«, meldete die Sekretärin.

McEwan legte die Zigarre zurück in die Schachtel, hob seinen massigen Körper aus dem Sessel und machte sich auf den Weg. Er hatte die Hände im Rücken verschränkt, wie immer, wenn er diesen Flur entlangschritt, an dessen Ende jedes Mal eine bedeutende Entscheidung getroffen wurde. Diesmal ging es um einen Milliardenauftrag, den seine Gesellschaft zu vergeben hatte. Seine drahtigen Brauen stießen über der fleischigen Nase zusammen, als wollten sie sich kurzschließen. Über der wulstigen Oberlippe hatten sich kleine Schweißperlen gebildet. McEwan nahm die Brille ab und ging seinen asiatischen Gästen mit ausgestreckten Armen entgegen.

»Willkommen bei Global Oil, Gentlemen! Wie war der Flug?«

Seine dunkle Stimme klang weich und einladend. Es fiel allerdings nicht schwer, sie sich als einen Orkan vorzustellen, der jede Kritik erbarmungslos vom Tisch fegte. »Was stehen wir noch herum?«, sagte er, »Setzen wir uns doch!«

Die Chinesen nahmen mit dem Rücken zur Fensterfront Platz und klappten die Diplomatenkoffer auf. In der Mitte der Energieminister, links von ihm die beiden avisierten Wissenschaftler sowie der Direktor der Mitsubishi-Werft, zur Rechten ein Dolmetscher. Seinem Amtskollegen gegenüber saß der Energieminister der Vereinigten Staaten, Ray Manzarek. Neben ihm blätterte NSA-Chef Copland in den Akten. Daneben saß Admiral Morgan, Befehlshaber der Südpazifikflotte. Er ordnete Block und Bleistift und rückte die Mütze zurecht, die er auf dem Tisch abgelegt hatte. McEwan nahm an der Stirnseite Platz. Die Sekretärin schloss die schwere Eichentür, vor der sich auf dem Flur jetzt ein kahlköpfiger Hüne im schwarzen Anzug aufbaute.

Cording bohrte die Füße in den kühlen Sand und erwartete den Sonnenaufgang. Anapa, dem er von seiner heutigen Verabredung mit Omai auf den One-Tree-Hill erzählt hatte, hatte ihm prophezeit, dass dies ein besonderer Tag werden würde; eine Einladung auf den Tahara'a, wie die Tahitianer den hohen Vulkanfelsen über der Matavai-Bucht nannten, galt als besondere Auszeichnung. Dass Cording sich so frühzeitig an den Strand begeben hatte, war allerdings nicht der Vorfreude geschuldet. Seit der Begegnung in Maevas Haus dämmerte er in den Nächten zwischen Schlafen und Wachen und er war nie sicher, ob die intensiven Traumbilder der Realität seines Tagesbewusstseins angehörten oder der Fantasie entsprangen. Inzwischen hatte er Kugelschreiber und Notizbuch griffbereit im Bett liegen. Die Ergebnisse seiner Bemühungen, die flüchtigen Träume ins Begriffsnetz hastig hingekritzelter Worte zu verstricken, waren jedoch deprimierend. Worte können dich wie ein Genie aussehen lassen oder wie einen Idioten, dachte er. Wenn sie merken, dass sie dazu missbraucht werden, etwas zu bezeichnen, das außerhalb ihrer Reichweite liegt, spucken sie dich an. Wie ein Pokerblatt nach dem missratenen Bluff …

Am Horizont sammelte der junge Tag die Sterne ein. Er pflückte sich einen nach dem anderen und wickelte sie in seinen violetten Vorhang. Cording erinnerte sich an den Crier Chief, den er vor Jahren auf einem Hopi-Plateau bei der Morgentoilette überrascht hatte. Der Mann hatte sich in der aufkommenden Dämmerung aus der Erstarrung gelöst wie eine Blume, die ein gewisses Maß an Licht benötigt, um sich zu öffnen. Als die flirrende Sonnenscheibe die Mesa in Flammen setzte, fächerte er sich ihre Strahlen über den Körper, als würde er sich mit frischem Wasser benetzen.

Im rückwärtigen Pavillon begannen die Angestellten damit, das Frühstück zu bereiten. Erst jetzt bemerkte Cording, wie hungrig er war. Er würde sich gleich eine große Portion von dem köstlichen Salat aus rohem Fisch schmecken lassen, den sie seltsamerweise in Tassen servierten.

Um kurz vor neun Uhr fuhr Rudolf vor. Er war mit nacktem Oberkörper erschienen, seine Brust zierten zwei schneckenartige Tattoos. Um den Hals trug er eine Muschelkette, an der eine hölzerne Schildkröte baumelte. Das Stirnband war aus Pandanusfasern gefertigt und über der Nasenwurzel geknotet. Der Rest der Schlaufe stach aufrecht in den Himmel wie eine Antenne. Anstelle der obligaten Shorts trug er zur Feier des Tages einen strahlend blauen Lendenschurz. Ein Kerl mit derart muskulösen Oberschenkeln, die zudem vollständig tätowiert waren, musste auf die Wiese, musste aufstampfen im kriegerischen Tanz. In einer viel zu kleinen Staatskarosse wie dieser wirkte er fehl am Platz. Cording wunderte sich, dass sein schweigsamer Fahrer trotz der albernen Bewegungen, die ihm das Steuern des Autos abverlangte, nie der Lächerlichkeit anheimfiel.

Sie näherten sich der Bucht von Matavai. In dem Berg, den sie jetzt in gemächlicher Fahrt erklommen, klaffte ein Loch. Früher hatte hier ein gigantischer Hotelklotz gestanden, von dem die Touristen aus Übersee einen herrlichen Blick auf die Bucht genießen konnten. Das Betonmonstrum war eine Beleidigung für die Augen gewesen und es hatte zu den ersten Dingen gezählt, die nach Omais Amtsantritt entsorgt worden waren.

Sie erreichten das Plateau, an dessen Rand vor Jahrhunderten ein Feigenbäumchen Wurzeln geschlagen hatte. Inzwischen hatte es gigantische Ausmaße angenommen. Vom menschlichen Treiben, das ihm seit Einzug der Missionare wie eine atmosphärische Störung erschienen sein musste, war dieser Baum auf wundersame Weise verschont geblieben. Auf der gegenüberliegenden Seite der kreisrunden, festgebackenen Lehmfläche stand ein offenes, auf Stelzen gebautes Haus im Schatten des Waldes. Es war länglich und mit einem Dach aus groben Naturfasern versehen, auf dem die polynesische Flagge wehte. Am Boden waren Matten ausgelegt, auf denen sich drei Gedecke befanden.

Rudolf forderte Cording auf, hineinzugehen, er selbst blieb draußen. Auf der gegenüberliegenden Seite trat Omai ins Haus. Er war in das lange weiße Gewand gehüllt, das er schon bei seiner Begrüßungsrede getragen hatte. Omai hieß seinen deutschen Freund willkommen, indem er ihm die Faust aufs Herz drückte.

»Wir haben dich hergebeten, um dir Ehre zu erweisen«, sagte er. »Heute darfst du den Stein ins Rollen bringen. Eine solche Ehre wird nur wenigen Fremden zuteil.«

Seine Worte hatten etwas Staatsmännisches, nein, etwas Königliches. Cording wollte ihn gerade nach der Bedeutung der rollenden Steine fragen, als Maeva die Szene betrat. Auch sie trug ein bis zu den Füßen reichendes zeremonielles Gewand, das die linke Schulter freilegte und sich kunstvoll um den schlanken Körper wand. Sie deutete einen Knicks an und bat zu Tisch.

In den nächsten zwei Stunden wurden sie respektvoll von einer Schar dienstbarer Wesen bedient. Sie gehörten der Kaste der Raerae an, die auf Tahiti seit jeher in hohem Ansehen stand. Raerae waren Männer, die sich als Frauen fühlten. Bereits als Kinder gesellten sie sich ausschließlich den Frauen zu, kochten und tanzten mit ihnen, in den Familien besorgten sie die alltäglichen Frauenpflichten. Später, zu Zeiten des Tourismus, waren sie vorzugsweise in der Gastronomie tätig.

Maeva und Cording verstrickten sich schnell in ein Gespräch über Gott und die Welt. Das Mädchen entwickelte eine große Neugierde auf alles, was mit seiner Arbeit zu tun hatte. Irgendwann wollte sie wissen, was ihn auf seinen Reisen am meisten bewegt habe. Er erzählte von den Rauchvergiftungen, die sich Millionen Menschen zurzeit als Folge der Brandrodungen zuzogen, die im Auftrage der Agrarindustrie in Südindien durchgeführt wurden, wo ein triefender, saftiger Subkontinent sich in eine staubige Steppe verwandelte, was dem Weltklima nicht sehr dienlich sein würde. Selbst im fernen Indonesien vermochten die Menschen kaum noch zu atmen. Er hatte bewusst eine etwas harmlosere Geschichte gewählt, um Maeva nicht über Gebühr zu strapazieren. Sie schien während seiner Erzählung durch ihn hindurchzuschauen. Er war nicht geübt, ihren stillen Ausdruck richtig zu deuten. War es Starre? Entsetzen? Betete sie? Plötzlich zuckte sie kurz zusammen, als entledigte sie sich eines lästigen Moskitos.

Die Tafel wurde abgetragen. Draußen hatten sich inzwischen Dutzende neugieriger Inselbewohner versammelt, die ihrem Präsidenten bei seinen Staatsgeschäften ungeniert zuschauten. Da Maeva und er es in ihrer Unterhaltung bisher elegant verstanden hatten, alles auszusparen, was mit ihnen persönlich zu tun hatte, wusste Cording noch immer nicht, ob sie ihm als Begleiterin wieder zur Verfügung stehen würde. Vieles deutete jedoch darauf hin.

»Dies ist ein sehr bedeutender Ort für uns«, erklärte Maeva. »Dort unten in der Matavai-Bucht wurde Tahitis Seele zerschmettert. Es geschah 1767. Damals landete das erste europäische Schiff bei uns an. Es war die Dolphin unter dem Kommando des Engländers Samuel Wallis. Seit diesem Besuch sind wir mit eurem Denken einigermaßen vertraut, seitdem versuchen wir die Splitter unserer Seele wieder zusammenzufügen.«

Sie hatte ›euer Denken‹ gesagt, das war nicht sehr taktvoll ihm gegenüber.

»Als die Dolphin sich damals aus dem Nebel schälte«, mischte sich Omai ein, der lange Zeit lächelnd geschwiegen hatte, »sah Wallis sein Schiff plötzlich von dreihundert Kanus umringt. In seiner Panik ließ er einen Pistolenschuss abfeuern. Die Tahitianer antworteten mit einem Steinhagel. In der folgenden Nacht schickte Wallis ein Kommando an Land, um die Kanus zu zerstören. Prompt versammelten sich am nächsten Morgen Hunderte erboster Tahitianer auf diesem Plateau. Sie hatten schwere Steine mitgebracht, die sie den Berg hinunterstießen. So manches englische Beiboot, das versuchte, sich dem Land zu nähern, wurde versenkt. Daraufhin ließ Kapitän Wallis die Kanonen sprechen. Es gab einen Toten und zahlreiche Verletzte. Unter den Verwundeten befand sich auch mein Vorfahre Omai. Er war gerade vierzehn Jahre alt.«

»Unsere Leute fügten sich schließlich der Gewalt«, ergänzte Maeva. »Was blieb ihnen auch anderes übrig? Sie warfen Früchte und Palmenzweige ins Wasser – eine einladende Geste an die Fremden, zu bleiben. Insgesamt vier Wochen ankerte die ›Dolphin‹ in der Matavai-Bucht. Vier Wochen, in denen sich Wallis vom Ignoranten zum glühenden Bewunderer Tahitis wandelte.«

»›Unsere eingeborenen Freunde sagten uns mit so viel Zärtlichkeit und Kummer Lebewohl‹«, zitierte Omai den englischen Flottenkapitän, »›dass mein Herz zerspringen wollte und meine Augen sich mit Tränen füllten.‹ Ziemlich sentimental für einen Kommandanten seiner britischen Majestät. Dabei hatten die Menschen auf Tahiti während des gesamten Besuches ein unangenehmes Gefühl im Bauch. Als nämlich der erste Tahitianer an Bord der Dolphin empfangen wurde, rannte eine Ziege auf ihn zu und rammte ihm den Kopf in den Hintern, was ihn zu panischer Flucht veranlasste. Ein schlechteres Omen hätten sich unsere Leute kaum denken können.«

Eine Riege geschmückter Krieger trat stampfend aus dem Wald. Die Männer schlugen sich im Rhythmus ihrer Schritte auf die Oberschenkel und bildeten, ohne in ihrem martialischen Tanz innezuhalten, einen Halbkreis vor dem Feigenbaum. Aus seinem Schatten löste sich eine junge Frau mit imposantem Kopfschmuck. Zwischen ihren nackten Brüsten baumelte ein Delfinanhänger. Sie baute sich vor den Kriegern auf und schlug im Takt ihrer Füße mit der rechten Faust in die linke Hand. Dabei skandierte sie einen Refrain. Ihr stakkatoartiger Gesang feuerte die Männer an. Die Erschütterungen, die wie Wellen über den Lehmboden fluteten, waren bis ins Haus zu spüren. Mit dem lauten gemeinsamen Schrei »Aita!« endete die Darbietung.

Omai erhob sich. Maeva folgte seinem Beispiel. Sie fasste Cording bei der Hand und gemeinsam schritten sie hinter dem Präsidenten her ins Freie. Die neugierigen Tahitianer bildeten ein

Spalier, das bis zu dem stolzen, dreistämmigen Feigenbaum reichte, der den britischen Weltumsegler James Cook zwei Jahre nach Wallis zu dem Namen ›One-Tree-Hill‹ inspiriert hatte. Zwei Frauen, ähnlich gewandet wie Maeva, balancierten einen fußballgroßen Stein in einer Schale und stellten sich vor Cording auf.

Nun begann Omai zu sprechen, staatstragend und würdevoll. Sobald dieses spezielle Timbre in seine Stimme drang, schien sich auch Cording in einen loyalen Untertan zu verwandeln, dem nichts heiliger war als die Krone.

»Wirf den Stein, Bruder«, sagte Omai und deutete auf eine Holzrinne, die in den Abgrund hinabführte. »Aber zuvor sollst du einen Wunsch formulieren, der unserem Volk von Nutzen sein könnte. Schreib ihn auf den *Tapa*, wickele ihn mit dem Stein in dieses Tuch und roll ihn hinunter.«

Cording überlegte, was er den Tahitianern wünschen sollte. Allzu lange durfte er nicht zögern, das machte einen schlechten Eindruck. ›Frieden‹ schrieb er auf das Stückchen hauchdünner Baumrinde, das ihm Omai gereicht hatte. Er steckte die Rinde ins Tuch, wickelte den Stein ein und wuchtete ihn auf die Rinne. Der Brocken rutschte polternd den Berg hinab, bis er in den Fluten versank. Die Krieger stießen ein wuchtiges »Aita!« aus.

Omai streifte das weiße Gewand ab, was für Tänzer und Publikum die unmissverständliche Aufforderung darstellte, sich dezent zu entfernen. Man mischte sich nicht in das Privatleben des Präsidenten.

»Soll ich dich am Hotel absetzen?«, fragte Omai.

Cording nickte.

»Was genau habe ich dort eben getan?«, fragte er.

»Du hast auf dem Tahara'a den Stein ins Rollen gebracht«, antwortete Omai lachend, um dann ernst hinzuzufügen: »Diese Geste bedeutet uns viel. Wann immer jemand das Bedürfnis verspürt, unserer Gemeinschaft etwas Gutes zu wünschen, wirft er von hier aus einen Stein hinunter. Die Steine breiten sich am Ufer aus und tragen unsere Botschaft in die Welt. Es ist eine nachhaltige Liebesbotschaft.«

»Die Krieger! Sie haben ›Aita!‹ gerufen, und ›Aita‹ bedeutet Nein!«

»Ganz recht. ›Aita!‹, ›Nicht noch einmal!‹. Wir lassen uns nicht noch einmal vorschreiben, wie wir zu leben haben. Wir haben dir den Stein natürlich nur ausgeliehen«, fügte er schmunzelnd hinzu. »Normalerweise bringt man seinen eigenen Stein mit. Wobei die Holzrinne nur passieren darf, was aus dem Tal des Papenoo stammt. Du bist uns also noch einen Stein schuldig. Übrigens lässt Maeva dir ausrichten, dass sie dich morgen an dieser Stelle treffen will. Um acht. Ich bin froh, dass sie sich besonnen hat.« Omai schaute ihn prüfend an.

»Versprich, dass du ihr immer zuhören wirst«, fügte er hinzu, »selbst wenn ihr Mund verschlossen ist …«

Cording versprach es.

Man konnte ihm vieles nachsagen, aber nicht, dass er unpünktlich war. Er fand sich bereits um halb acht an der Stätte seiner Weihe ein, denn als solche hatte er die gestrige Zeremonie empfunden. Moorea hatte den schwarzen Wolkenhut aufgesetzt und blickte durch einen Regenschleier auf den von der Sonne gesprenkelten Ozean. In der Bucht zogen Dutzende von Kanus ihre Bahn. Die Tahitianer trainierten für das Heiva-Fest, wo sie gegen die Konkurrenz von den anderen Südseeinseln antreten mussten. Anlässlich dieses Festes kamen sie von überall her, aus Samoa, den Fidschis oder von den Marquesas. Cording bewunderte die eleganten, kräftigen Armzüge, mit denen die Frauen und Männer ihre Boote bei gleichbleibend hoher Geschwindigkeit durchs Wasser zogen. Irgendwo da unten lag sein Stein. Inzwischen wusste er, welchen Wunsch er ihm hätte mit auf den Weg geben sollen. Er wünschte sich, dass die Tahitianer Omais ökologische Radikalkur als Genesungsschmerzen begriffen, und nicht in den Sumpf des egoistischen Konsumrausches zurückfielen.

»Iaorana.«

Cording hatte Maeva nicht kommen hören. Er blickte auf die

Uhr: viertel vor acht. Wie er inzwischen wusste, war es auf Tahiti ein Gebot der Höflichkeit, zu einer Verabredung früher zu erscheinen als vereinbart. Damit signalisierte man, wie sehr man sich auf das Treffen freute. Diesmal hatte er allerbeste Karten.

»Was haben Sie heute mit mir vor?«, fragte er.

»Wir werden gemeinsam um die Insel reisen. Komm.«

Wie zuvor Uupa duzte auch Maeva ihn ganz selbstverständlich. Cording selbst zog es vor, beim Sie zu bleiben, auf diese Weise schaffte er ein wenig Distanz, was ihm angesichts seiner Gefühlslage dringend geraten schien. Er folgte Maeva die steile Straße hinunter nach Mahina. Der Marktplatz war zur vorläufigen Endstation des Reva-Tae umgebaut worden, ohne dass auch nur einem der alten Bäume Schaden zugefügt worden wäre, zwischen denen die gläsernen Kabinen aufgereiht waren. In unregelmäßigen Abständen setzten sie sich auf der in die Fahrbahn eingelassenen Magnetspur in Bewegung.

»Der Reva-Tae funktioniert auf Anforderung«, erklärte Maeva, als sie in einer der geräumigen Kabinen Platz genommen hatten.

Neben der Tür war ein Display eingelassen, auf dem die 62 Stationen verzeichnet waren, die man auf dem hundertzwanzig Kilometer langen Rundkurs ansteuern konnte. Maeva gab die Endstation Faaa ein sowie die Anzahl der zugestiegenen Personen: zwei.

»Jeder Passagier ist gehalten, diese Information zu löschen, wenn er aussteigt«, sagte sie. »Auf diese Weise erkennt das System, über welche Kapazitäten die einzelnen Schiffchen verfügen.«

Schiffchen. Was für ein schönes Wort für etwas, das man in Deutschland wohl als Einheit oder ›Unit‹ bezeichnet hätte. Raumschiffchen wäre noch treffender gewesen. Denn wie im Raumschiff fühlte es sich an, als sie an der Küstenlinie sanft dahinglitten. Maeva hatte das Glasverdeck geöffnet. Zu ihrer Linken lag das schäumende Meer, das sich an den Korallenriffen brach, zur Rechten breitete sich der schwarzgrüne Dschungel bis an die Füße der mächtigen Berge aus. Auf dem schmalen, mit einem leuchtend grünen Rasen bewachsenen Uferstreifen, reihten sich in lockerer Folge die Häuser der Tahitianer. Cording hatte die spärlich besiedelte

Nordküste schon damals der weitaus belebteren Südküste vorgezogen. Obwohl dies die Sonnenseite der Insel war, hatte der Tourismus auf den fünfzig Kilometern zwischen Mahina und Taravao keine Chance gehabt. Die Berge sparten nur wenige schmale Täler aus, es gab keinen Platz für luxuriöse Gettos, in denen die albernen Bedürfnisse einer ignoranten, abgewirtschafteten Klientel aus dem fernen Europa befriedigt werden konnten.

Cording überlegte, was das Gesicht der Insel so drastisch verändert hatte, abgesehen von den gläsernen Eiern des Reva-Tae und dem extrem ausgedünnten Autoverkehr. Die Veränderung, die er zu spüren glaubte, reichte tiefer und ließ sich nur bedingt an Äußerlichkeiten festmachen. An den Häusern vielleicht, die von ihren Wellblechdächern befreit worden waren, welche im Sommer wie durchlässige Hitzeschilde auf die Stimmung gedrückt hatten, während die Menschen heute unter Pandanus-Geflecht und Kokoswedeln wieder frei aufatmen konnten. Die Strommasten mit ihren tief hängenden Leitungen waren ebenfalls verschwunden. In dem Dörfchen Tiarei und später in Mahaena sah er, dass die traditionellen Versammlungshäuser wieder im Mittelpunkt der Gemeinden standen. Unter den von Säulen gestützten, tief herabgezogenen Dächern trafen sich die Menschen zum Reden, zum Feiern oder um Streitigkeiten zu schlichten, wie er von Maeva erfuhr.

Die Geschwindigkeit, mit der sie sich auf der vorgezeichneten Spur um die Insel bewegten, war moderat, sie betrug zwischen vierzig und fünfzig Stundenkilometer. Ab und zu lagen Hunde auf der Strecke, die nur müde blinzelten, wenn sich der Reva-Tae näherte und sich erst im allerletzten Moment trollten. Cordings Blick fiel auf die Namensschilder der Flüsschen, die sie überquerten: Orofara, Maemaearohi, Vaiorama. Sie klangen wie Botschaften aus einer anderen Welt. In den flachen Gewässern ihrer Mündungen waren Boote aufgebockt, als könnte man ihnen die Schaukelei im Wasser nicht endlos zumuten.

Kurz vor Hitiaa gab es eine elektronische Anfrage. Maeva drückte auf das Display, um die Expressfahrt zu unterbrechen. Wenig später scherte ihr Schiffchen aus und dockte an einer Haltestelle an. Zwei etwa siebenjährige Knaben stiegen zu und gaben routiniert ihr Fahrtziel ein. Auf den nächsten Kilometern drückten sie sich an der Scheibe die Nasen platt. Sobald der Reva-Tae einen der Wasserfälle passierte, die sich über ausgewaschene Granitfelsen aus großer Höhe in die Tiefe stürzten, hüpften sie auf der Stelle und stießen spitze Schreie aus. An der nächsten Station sprangen sie hinaus. Faaone. Dies war der Ort, an dem Gauguin seine junge Geliebte gefunden hatte.

In Taravao auf der zwei Kilometer langen Landbrücke, die Tahiti-Nui mit dem kleineren Tahiti-Iti verband, war kräftig aufgeräumt worden. Wo sich einst die Baracken der französischen Garnison befunden hatten, stand jetzt nur noch die alte Festung, ein Überbleibsel aus dem Krieg, den die Franzosen 1844 gegen die einheimische Bevölkerung vom Zaun gebrochen hatten. Nicht weit entfernt befand sich eine von Palmen umsäumte Biogasanlage. Auf der anderen Straßenseite verbiss sich ein Bagger in die Restbestände eines Champion-Supermarktes. Die weiße Holzkirche, eine rührende Nachbildung von Notre Dame, wurde damit ihren lästigen Nachbarn los und fand zu alter Würde zurück. Die Shell-Tankstelle und der angrenzende Schrottplatz waren ebenso verschwunden wie die Bankfiliale, vor der sich jeden Morgen lange Schlangen gebildet hatten. Der Blick auf die sanft ansteigenden Hügel der ›kleinen Normandie‹, wie die Franzosen die landwirtschaftliche Nutzfläche auf Tahiti-Iti genannt hatten, wurde nicht länger von Imbissbuden und Werbetafeln verstellt. Auch die malerische Phaeton-Bucht kam wieder zu ihrem Recht, sie leckte zufrieden am Ufer wie ein Hund, dem man die lästigen Läuse aus dem Pelz geklaubt hatte. Anstelle protziger Motoryachten dümpelten nun zierliche Pirogen auf dem stillen Wasser.

Cording war von dem Rückbau beeindruckt. Die Zeugnisse einer manipulierten Lebensführung waren radikal getilgt worden, und niemand schien ihnen nachzuweinen.

»Bei uns hätte man euch dafür die Köpfe abgerissen«, bemerkte er auf Deutsch und mit Blick auf die imposanten Bambushaine rund um das Gauguin-Museum und den Botanischen Garten.

Maeva sah ihn forschend an. Als er nicht antwortete, schwang sich ihre linke Augenbraue fragend auf.

»War nicht weiter wichtig«, sagte er, immer noch auf Deutsch. Sie schien aber weniger am Inhalt seiner Worte interessiert zu sein, als vielmehr an dem Klang der fremden Sprache. »Heil der kindlichen Unwissenheit«, deklamierte Cording in gespielter Theatralik, »welche uns die entsetzliche Gefahr nicht gewahr werden lässt … Novalis.«

»Ah No-va-lis ….«, sagte sie mit ihrer unnachahmlich sanften, dunklen Stimme, dabei zog sie das Pseudonym des Freiherrn in die Länge wie eine Zauberformel. »Wie nennt ihr die Leute, welche die Einheit zwischen Natur und Geist einfordern? Romantiker?«

Omai musste ihr von Cordings Lieblingsdichter erzählt haben, vielleicht hatte sie auch schon etwas von ihm gelesen.

Sie passierten einen Hain aus Kokospalmen, zwischen dessen Stämmen das Meer aufblitzte. Mittendrin grasten kleinwüchsige schwarze Pferde und eine Herde beigefarbener Kühe. Frieden auf Erden, dachte Cording, ein stimmigeres Bild hätte man dafür nicht finden können. Auf den Dächern der mit Solarzellen bestückten Häuser drehten sich kleine Windwandler* im Passat. Die Anlagen passten sich dem himmlischen Atem automatisch an und machten kaum Geräusche. Sie lieferten auch dann Strom, wenn die Sunmachines*, deren glitzernde Parabolspiegel Cording in vielen Gärten ausmachte, passen mussten. Bei beiden Energieträgern handelte es sich um deutsche Patente, er hatte sie Jahre zuvor im Rahmen eines Berichtes über neue Umwelttechnologien vorgestellt. Die Parabolspiegel bestanden aus hochtransparentem, eisenfreiem Solarglas, und richteten sich nach der Sonne aus. Die gebündelte Energie brachte den angeschlossenen Stirlingmotor* auf Leistung.

Cording war alles andere als ein Technikfreak, aber einfache Lösungen für komplizierte Probleme faszinierten ihn. In Deutschland hatten sich die Dinger nie richtig durchsetzen können, der Anteil regenerativer Energien stagnierte seit Jahren bei fünfzehn Prozent. Die Energiemultis hatten ihre Regierungen im Griff, blockierten erfolgreich jede Subvention, die ihren Interessen zuwiderlief und hielten damit die Verbraucher in Abhängigkeit. Bevor nicht der letzte Tropfen Öl aus der Erde gepumpt war, bevor nicht die Kohle- und Erdgasvorräte vollständig geplündert waren, würden sich die Industrienationen gewiss keines Besseren besinnen.

Die Windwandler und Sunmachines entlang der Strecke funkelten wie ausgestreute Diamanten in der Sonne. Sie waren ein Zeichen dafür, dass die Menschen hier wieder mit den Elementen korrespondierten. Natürlich war Tahiti nur ein kleines Eiland im weiten Meer des kapitalen Irrsinns, aber zum ersten Mal seit seiner Ankunft war Cording wirklich neugierig geworden auf den Bewusstseinswandel, der sich hier so offensichtlich vollzog. Es wäre nur fair, wenn er Mike so schnell wie möglich darüber informierte, dass es mit dem verlangten Verriss seiner ›Südseesekte‹ wohl nichts werden würde.

Er wandte sich Maeva zu:

»Ich finde es erstaunlich, dass die Polynesier Omais eingeschlagenen Weg so klaglos unterstützen«, sagte er.

Sie fuhren an den Pavillons der Hiti Moana Villa bei Papara vorbei, ein kleines Resort am Meer, in dem er vor neun Jahren gewohnt hatte.

»Ganz so klaglos, wie du denkst, hat sich der Wandel nicht vollzogen«, antwortete sie. »Im ersten Jahr nach Omais Amtsantritt hat es einen regelrechten Exodus gegeben. Über fünfundzwanzigtausend Menschen haben Tahiti damals verlassen, das war mehr als ein Zehntel der Bevölkerung. Es stand ja jedem frei, zu gehen.«

»Was waren die Beweggründe daür?«

»In erster Linie die Land- und Bodenreform*. Und natürlich das Verkehrskonzept*. Was würdet ihr wohl sagen, wenn man ankündigte, euch die Privatfahrzeuge wegzunehmen?«

Gar nicht auszudenken so was.

»Es fahren aber doch noch genügend Autos«, gab Cording zu bedenken.

»Diese Autos gehören allen und niemandem. Sie sind wie Taxis, nur dass man sie selber fährt. Aber darauf kommen wir noch.«

»Und wohin sind die Leute damals ausgewandert?«

»Die meisten nach Neuseeland, Frankreich, Neukaledonien oder die Cook Islands. Sie wurden ja reich entschädigt für das, was sie dem Gemeinwesen hinterlassen haben.« Maeva lächelte. »Der anfängliche Aderlass hatte aber letztendlich gar keine so tragischen Konsequenzen wie befürchtet«, sagte sie, »inzwischen ist mehr als die Hälfte der Auswanderer nach Tahiti zurückgekehrt.«

Sie schloss das Dach, denn die schwarzen Wolken, unter denen sich das Wasser der Lagune kräuselte, würden sie gleich unter Beschuss nehmen. Kurz darauf prallten die ersten schweren Tropfen mit solcher Wucht auf das Kabinendach, dass sie ihr eigenes Wort nicht mehr verstanden. Das Wasser, das in Sturzbächen an den Fenstern herunterlief, verformte die Bäume, den Strand und die Berge wie in einem Spiegelkabinett.

An der Station Punaauia stieg Maeva aus.

»Hol mich morgen zu Hause ab«, rief sie und wandte sich zum Gehen.

Sie schritt ohne Hast durch den Tropenregen, fand sogar noch Zeit, sich mit dem Fischverkäufer zu unterhalten, dessen schimmernde Produkte an einer Holzstange baumelten. Die Tahitianer flüchteten nicht vor dem Regen, sie schienen sich gerne in ihm zu baden.

Cording fuhr alleine weiter. Als er am Flughafen Faaa ankam, brach die Sonne hervor. Drei Stunden hatte die Rundfahrt im Reva-Tae gedauert.

Eine Woche lang war er mit Maeva täglich in den Schiffchen unterwegs, er ließ sich diesen Crash-Kurs gerne gefallen. Auch Maeva genoss es, in ihm einen so interessierten Schüler gefunden zu haben. Es war nicht ersichtlich, nach welchem Plan sie vorging, aber vielleicht hatte sie gar keinen Plan und vielleicht war das auch gar nicht nötig. Auf Tahiti schien alles miteinander verknüpft, ein Detail bedingte das andere, da war es egal, wo man ansetzte. Die Kabine des Reva-Tae, was so viel wie ›Abfahren-Ankommen‹ hieß, war zum gläsernen Hörsaal geworden, in dem Cording seine Privatvorlesungen empfing. Ein spannendes Studium, zumal Maeva den Unterricht immer mit Einblicken in die tägliche Praxis und mit Ausflügen in die tahitianische Geschichte würzte. Jede Bucht, jeder Ort besaß seine eigene Historie. Als sie tags zuvor in Hitiaa ausgestiegen waren, um eine Biogas- und Bioethanolanlage* zu besichtigen, die vor Kurzem in Betrieb gegangen war, erfuhr Cording, dass dort im Jahre 1768 Louis-Antoine de Bougainville anzulanden versucht hatte, was aber wegen der heftigen Brandung und der Korallenriffe gescheitert war. Bougainville, dessen Trinkwasser und Verpflegung an Bord knapp zu werden drohten, fand schließlich in die Matavai-Bucht, wie ein Jahr vor ihm schon Wallis. Aufgrund der enthusiastischen Schilderungen, die er nach seiner Rückkehr in den Pariser Salons zum Besten gab, glaubten die Franzosen, endlich jene Paradiesinseln gefunden zu haben, von denen ihr großer Dichter Rousseau geträumt hatte, als er die Parole ›Zurück zur Natur!‹ ausgab.

Bougainville war der eigentliche Begründer des Südseemythos, der sich über zwei Jahrhunderte unverändert erhalten hatte. Die Berichte von den glücklichen Insulanern, die keinen anderen Gott als die Liebe kannten und deren Frauen an Grazie nicht zu überbieten waren, entfachten im defizitären Europa ungeahnte Sehnsüchte. Dass es auch auf Tahiti eine starre Klassenpyramide von Fürsten, Priestern, Freien und Hörigen gab, dass es eine Religion gab, deren unnachgiebige Götter durch Menschenopfer besänftigt werden mussten, und dass es auch hier Kriege gab, das wollte niemand wahrhaben. Damals, am Vorabend der Französischen Revolution, träumte Europa unbeirrt seinen tahitianischen Traum. Er breitete sich aus wie eine Epidemie und machte süchtig wie eine Droge. Kein Wunder, dass derlei unreflektierte Schwärmerei von schönen Wilden und freier Liebe die Kirche auf den Plan rief. Schon wenige Jahrzehnte nach Bougainville fielen britische und französische Missionare über das ›gottlose‹ Inselvölkchen her.

Cording mochte nicht daran erinnert werden, was sie den Menschen hier angetan hatten. Ihm wurde übel, wenn er nur daran dachte. Jedenfalls hatten die Franzosen ihrem Kommandanten Bougainville in Papeete ein Denkmal gesetzt. Es stand noch immer da, als Teil der Geschichte Tahitis

Omais Revolution kam ohne Bildersturm aus, die Zeugnisse der Kolonialherrschaft blieben unangetastet. Aber die Revolution kam nicht ohne Biogasanlagen aus, wie er den Ausführungen Maevas entnahm. Jede Gemeinde verfügte über mindestens einen Fermenter, in dem die auf der Insel rund ums Jahr anfallenden Bioabfälle unter Licht- und Luftabschluss genügend Methangas erzeugten, um damit Strom zu generieren. Das von Bakterien zerfressene Material wurde zur Schlempe, später abgepumpt und als Dünger in der Landwirtschaft verwendet. Mineralstoffreich und geruchlos. In Deutschland verhinderte die mächtige Lobby der Chemieindustrie die Umsetzung solcher Konzepte. Auch die Idee eines Grundeinkommens*, wie es auf Tahiti jedem Bürger gewährt wurde, schien dort nicht umsetzbar zu sein. Warum? Die Empfänger des Geldes waren weder arbeitsscheu noch kriminell, auf der Basis einer gesicherten Existenz gewann jeder Tahitianer genügend Freiraum, um seine speziellen Fähigkeiten in die Gemeinschaft einzubringen.

Innerhalb der letzten Woche war Cording klar geworden, dass seine Reportage nur eine Mischung aus höchstem Lobgesang und übelster Beschimpfung sein konnte. In welche Richtung die Beschimpfung ging, stand außer Frage: Richtung Heimat! Damit war die Reportage gestorben. Seltsamerweise interessierte es ihn von Tag zu Tag immer weniger, in welcher Verpflichtung er seinem Verlag gegenüber stand. Ein fahrlässiges Verhalten, zugegeben – es verlieh ihm jedoch ein ungewohntes Gefühl der Freiheit.

Was hatte er bisher über das tahitianische Gesellschaftsmodell gelernt? Es gab zum Beispiel ein neues Steuersystem*. Niemand musste seine Steuer ›erklären‹. Es wurde nicht mehr die Arbeit* besteuert, sondern der Verbrauch von Wasser, Boden und Rohstoffen. Er hatte gelernt, dass Geld* auch ganz anders funktionieren kann, als er es gewohnt war. Ausgerechnet auf Tahiti, in dessen Geschichte die ›Tapus‹, von denen sich das Wort Tabu ableitet, eine so bedeutende Rolle gespielt hatten, wurde mit dem größten aller noch existierenden Tabus gebrochen: dem weltweit anerkannten Geldsystem. Maeva hatte ihn auf die besonderen Nummerierungen auf den Geldscheinen aufmerksam gemacht, die es dem Staat ermöglichten, bestimmte Serien in festgelegten Zeiträumen für ungültig zu erklären und zum Umtausch zurückzurufen. Damit sollte verhindert werden, dass Bargeld dem Kreislauf durch Horten entzogen und das Zahlungsmittel durch diese Verknappung gegenüber Waren und Dienstleistungen unverhältnismäßig aufgewertet wurde. Komplizierte Sache, aber seine Begleiterin versicherte ihm, dass die junge Generation Tahitis die Rolle des neuen Geldes sehr wohl verstand und bereits Mühe hatte, die klassische Zinswirtschaft zu begreifen, bei der die Wohlhabenden sich auf Kosten der Ärmeren immer weiter bereichern konnten.

»Das neue Geld war eigentlich eure Idee«, belehrte ihn Maeva lächelnd. »In Wörchel hat das schon vor neunzig Jahren funktioniert.«

»In wo?«

»Wörchel.« Sie schrieb das Wort auf die Innenfläche seiner linken Hand und betrachtete dabei interessiert Cordings Lebens- und Liebeslinie.

»WÖRGL.« Die Tahitianer hatten kein G in ihrem Alphabet, also wurde Wörchel daraus.

Wirtschaftswunder Wörgl* – Cording hatte davon gehört, es war ein Begriff in der Finanzwelt, obwohl die Ökonomen ihn scheuten wie der Teufel das Weihwasser. Es ging zurück auf eine kleine österreichische Stadt, der 1930 das Geld ausgegangen war. Die Arbeitslosigkeit in der kleinen Gemeinde hielt wacker Schritt mit der allgemeinen Entwicklung in Europa, und die Gemeindeverwaltung hatte begriffen, dass die Realisierung sämtlicher sozialer Projekte für Jahre auf Eis liegen würde. In dieser Situation dachte Wörgls Bürgermeister Unterguggenberger über die Bedeutung des Gelds nach. Er kam zu der Einsicht, dass die Wirtschaftskrise dem langsamen Geldumlauf zu verdanken war, dass jede

Geldstauung Warenstauung und Arbeitslosigkeit bewirkte. Er fand, dass das langsam fließende Geld der Nationalbank durch ein Umlaufmittel ersetzt werden musste, welches seiner Bestimmung als Tauschmittel besser nachkommen würde als die übliche Währung.

Wörgl hatte in nur zwölf Monaten einen wirtschaftlichen Aufschwung erlebt, der noch heute seinesgleichen sucht. Während die Arbeitslosigkeit in Deutschland und Österreich um zehn Prozent stieg, ging sie in der österreichischen Gemeinde um 25 Prozent zurück. Die von der Verwaltung eingenommene Gebühr von zwölf Prozent wurde für öffentliche Zwecke verwendet. Das Experiment von Wörgl war so erfolgreich, dass es rasch Nachahmer fand. Im Juni 1933 sprach Unterguggenberger vor Vertretern aus 170 Städten und Gemeinden. Diese Entwicklung machte die österreichische Zentralbank nervös, sie sah plötzlich ihr Monopol gefährdet. Es kam zu einer juristischen Auseinandersetzung, die bis vor den Verwaltungsgerichtshof getragen wurde, der die Ausgabe von Freigeld in Österreich verbot. Wörgl wurde dazu verdonnert, zum alten Währungssystem zurückzukehren. Jetzt hatte sich Tahiti der ›Wörchel‹-Idee angenommen und fuhr offensichtlich gut damit.

Aber Geld war nicht das einzige Thema, das er in dieser so anregenden Woche mit Maeva besprochen hatte. Sie hatte ihm auch vom neuen Bodenrecht*, der Parlamentsreform*, dem Bildungs-* und dem Gesundheitswesen* berichtet – und während sie redete, saugte Cording den Klang ihrer Stimme in sich auf und versank in ihren Augen. Das leise Lachen, zu dem sie stets aufgelegt war, ihr schneller Redefluss und das Rollen ihres kehligen ›r‹, das er so sehr mochte, machten es ihm mitunter schwer, sich auf die Inhalte zu konzentrieren.

Er freute sich auf morgen, da wollte Maeva ihm einen Ort zeigen, der den Tahitianern als magisch galt: Point Venus. Um Steve, den er seit der ersten Reva-Tae-Fahrt nicht mehr gesehen hatte, brauchte er sich keine Sorgen zu machen. Der Junge hatte ihm durch Anapa mitteilen lassen, dass er für eine Weile bei Freunden in Teahupoo untergekommen war.

Cording informierte sich über Point Venus, bevor er dort auf Maeva traf. Es handelte sich um den nördlichsten Punkt Tahitis. Im November 1767 hatte die britische Royal Society ein Komitee berufen, das Vorbereitungen für eine Pazifikreise unter dem Kommando von Kapitän James Cook treffen sollte. In London war man nämlich nervös geworden, seitdem sich Bougainvilles Vormarsch in den Südpazifik herumgesprochen hatte. Auch die Berichte des zurückgekehrten Samuel Wallis, dessen Begleiter südlich von Tahiti mächtige Gebirge ausgemacht haben wollten, sorgten für erhebliche Unruhe. Lag dort vielleicht die ›Terra australis‹, der Traumkontinent mit künftigen Flottenbasen, Bergwerken, Plantagen und Millionen arbeitsamer, kauflustiger, steuerzahlender Untertanen?

Offizielles Ziel des Unternehmens war es, den für den 3. Juni 1769 erwarteten Venustransit – eine seltene Gestirnskonstellation, bei der die Venus in das unmittelbare Blickfeld zwischen Erde und Sonne gerät – von einer klimatisch begünstigten Südseeinsel aus zu beobachten. Maß man die Zeitdauer dieses Phänomens, ließen sich daraus verschiedene kosmische Entfernungen berechnen, von denen die Engländer sich eine hervorragende Navigationshilfe versprachen.

Die Cook-Mission wurde ein Flop. Die Atmosphäre der Venus verschleierte Beginn und Ende des Transits, die gesammelten Daten wichen extrem voneinander ab. Aber etwas Gutes hatte die Mission dennoch: es war James Cook, der Tahiti den ursprünglichen Namen ›Otaheite‹ zurückgab, nachdem Wallis aus Loyalität zu seinem König die nicht sehr originelle Bezeichnung ›Georg III.-Insel‹ erfunden hatte. Der Name ›Otaheite‹ beruhte auf einem Missverständnis des Kapitäns, der den Satz »Das ist Tahiti« für den Namen der Insel gehalten hatte.

Cording wartete wie verabredet an dem viereckigen Leuchtturm auf Maeva. Er las auf einer etwas abseits stehenden Tafel, dass es der tahitianische König Pomare II. gewesen war, der 1815 die Bibel in die Maori-Sprache übersetzt hatte. Er war es auch, der auf Veranlassung der Missionare die Gesetze geändert hatte. Plötzlich standen Dinge unter Strafe, die seine Untertanen für selbstverständlich hielten. Vielweiberei zum Beispiel. Wer sich eines solchen Vergehens schuldig machte, musste nun vierzig Klafter Weg anlegen, und wer sich betrank, sollte zwei Matten flechten, eine für den König und eine für den Bezirkshäuptling. Selbstverständlich war Pomare II. über das Gesetz erhaben. Sonst wäre sein Leben sicherlich unter Wegearbeiten und Mattenflechten dahingegangen. Noch heute erzählten die Tahitianer davon, wie sich dieser charakterschwache Herrscher allmorgendlich in seinen Strandpavillon begab, die Bibel unter dem einen, eine Flasche Rum unter dem anderen Arm. Sobald er merkte, dass sich seine Sinne umnebelten, pflegte er vorwurfsvoll zu sich selbst zu sagen, was seitdem zum geflügelten Wort auf Tahiti geworden war: »Pomare, Pomare! Jetzt ist selbst dein Schwein klüger als du!«

»Iaorana«, hauchte ihm Maeva von hinten ins Ohr. Sie hatte sich unbemerkt genähert und hakte sich nun bei ihm unter, was sie zuvor noch nie getan hatte. Dann führte sie ihn über eine kleine Holzbrücke an den weiten Strand. Unterhalb der Kokospalmen, die an der äußersten Landzunge einen kleinen Hain bildeten, setzten sie sich in den Sand. Er hatte erwartet, dass Maeva nun zu einer Erklärung über das Geheimnis dieses Platzes ansetzen würde, stattdessen verharrte sie wortlos in ihrer Hinano-Haltung und schaute versonnen aufs Meer hinaus. An den Ufern der mächtigen Matavai-Bucht saßen ganze Familien in der Dünung. Nicht weit von ihnen entfernt lag eine korpulente Frau auf dem Bauch, ihre Fersen blitzten in den plätschernden Wellen auf wie rosa Perlen. Der Mann hielt ein Baby in den Armen und schaufelte ihm beständig Wasser über die Schultern. Ein junges Liebespaar stolzierte Hand in Hand in den flachen Ozean, als wollte es den unterseeischen Göttern einen Besuch abstatten. Als das Wasser ihre Hüften umspielte, löste das Mädchen ihr Haar und fiel dem Liebsten um den Hals. Die beiden wiegten sich in der Brandung wie eine sturmerprobte Schlingpflanze.

Cording musste an Immanuel Kant denken, der seine Leser ironisch gefragt hatte, ob »die glücklichen Einwohner von Otaheite eine befriedigende Antwort auf die Frage geben könnten, warum sie denn gar existierten, und ob es nicht ebenso gut gewesen wäre, dass diese Insel mit glücklichen Schafen und Rindern als mit dem bloßem Genusse zugeneigten Menschen besetzt gewesen wäre«. Unglaublich, dieser Königsberger Klops. Im Gegensatz zum Meister des kategorischen Imperativs wurde Cording auf Tahiti wieder großer Gefühle fähig. Gelegentlich sah er sich von ihnen überfordert, weil seine innere Statik noch nicht stimmte, aber der kleinste Anflug eines Duftes, eine simple Geste, Geräusche, Farben – alles hier war geeignet, seinen allein dem Verstand gehorchenden Kopf kräftig zu durchlüften.

Maeva schien genau zu spüren, wenn ihr Begleiter wieder einmal aus der vordergründigen Betrachtung in die hintergründige Reflexion geraten war.

»Dort draußen leben die Rosen von Matavai«, bemerkte sie scheinbar beiläufig. »So nennen wir die rosa Korallen, die sich in einer Tiefe von zwanzig bis dreißig Metern flächenartig über dem Boden ausbreiten. Wenn ein Mann dort hinabtauchte, um seiner Angebeteten die Rose von Matavai zu pflücken, zeigte er, dass er sie verdient hatte, dass er mutig genug war, um sie zu beschützen. Aber heutzutage lassen wir die Korallen in Ruhe, jetzt gehen wir der Rose nur noch symbolisch entgegen.« Sie erhob sich und strich ihren Wickelrock glatt, den die Tahitianer Pareu nannten. »Ich muss in die Uni. Sehen wir uns morgen?«

»In die Uni?«

»Oia.«

»Wenn Sie nichts dagegen haben, würde ich Sie gerne begleiten«, antwortete Cording und folgte ihr zu der Dockstation, an der man sich ein Auto nehmen konnte. Auf dem Weg dahin entdeckte er Dutzende junger Liebespaare am rückwärtigen Ufer, viele von ihnen machten sich andächtig auf, den Ozean zu Fuß zu erobern. Dies war in der Tat ein magischer Ort.

Als sie den Hügel zum Universitätsgelände hinauffuhren, erwartete er jene weitläufige Aluminiumkonstruktion vorzufinden, die seit Beginn des neuen Millenniums über Faaa thronte. In damaligen Regierungskreisen war man mächtig stolz auf das Bauwerk gewesen, doch Cording hatte bei seinem Besuch vor neun Jahren eher den Eindruck gehabt, als hätte die Postmoderne Tahiti im Vorüberfliegen auf den Kopf geschissen. Die Architekten hatten keinerlei Bezug zur Landschaft hergestellt, sie ignorierten sogar die besonderen klimatischen Umstände.

Maeva stellte den Wagen unterhalb des Unigeländes ab, dort wo die Straße endete. Die Fahrt wurde nach Kilometern berechnet und per Chipkarte beglichen. Auf der fußballfeldgroßen Fläche waren außer ihrem Gefährt noch sieben andere Solarfahrzeuge an der Aufladestation geparkt, umgeben von mindestens dreihundert Fahrrädern.

Cording stieg aus und traute seinen Augen nicht. Über den Wipfeln des ansteigenden Parks erhoben sich drei mächtige halbrunde Holzkonstruktionen, die nach hinten hin offen waren. Es sah aus, als lägen drei Riesen auf der Lauer, die ihren bombastischen Federschmuck im Gebüsch nur spärlich zu verbergen wussten. Die Türme hatten die Form einer Bischofsmütze, sie waren jedoch nach oben hin offen. Welche Eleganz, welche Leichtigkeit diese Architektur doch verströmte! Als sie auf dem Gipfel angekommen waren, stellte Cording fest, dass es noch zwei weitere solcher Gebäude gab. Hinter ihnen befanden sich die einstöckigen Hörsäle, der Verwaltungstrakt und die Mensa. Die tiefblauen Solarpanels auf den Dächern und Fassaden sahen aus, als hätten sie sich mit dem Licht Tahitis vollgesogen.

»Wo ist das Aluminiummonster geblieben?«, fragte er sichtlich perplex.

Maeva hob die Hände wie eine Magierin, die man gerade gefragt hatte, wie ihr bester Trick funktioniert. Dann eilte sie ins Gebäude und verschwand im Hörsaal 4. Cording schlenderte den endlos langen Flur hinunter und studierte die Zettelwirtschaft an den Schwarzen Brettern, die er nicht entziffern konnte, da die Botschaften durchgängig in einheimischer Sprache verfasst waren. Die Studenten, die ihm auf seinem Weg begegneten, waren auffallend jung, einige fast noch Kinder.

An der Tür zum Sekretariat hielt er kurz inne, bevor er eintrat. Er stellte sich den beiden anwesenden Frauen als einer der Journalisten vor, die zurzeit auf der Insel recherchierten, und wurde äußerst zuvorkommend begrüßt. Leider sei die Direktorin erst morgen wieder zu sprechen, teilten die Damen ihm mit. Als er fragte, ob es irgendwelche Unterlagen zu der Architektur und den Lehrplänen der Universität gäbe, blickten sich die Frauen irritiert an.

»Das müsste sich alles in deiner Pressemappe befinden«, sagte die Ältere der beiden.

»Tut mir leid«, log er peinlich berührt, »ich habe nichts dergleichen bekommen.«

»Oh.«

Die Sekretärinnen sprangen auf und machten sich mit Eifer an den Aktenschränken zu schaffen. Nach wenigen Minuten hielt er einen stattlichen Stapel Papiere in Händen, vermutlich die gleichen, die seit Wochen unbesehen im Hotelzimmer herumlagen. Er dankte und suchte sich draußen am Hang ein stilles Plätzchen für das Studium.

Da stand es: die alte Universität war vor drei Jahren durch einen Sturm beschädigt und danach vollständig abgetragen worden. Die Pläne für den Neubau stammten aus der Schmiede des italienischen Architektenbüros Renzo Piano. Es handelte sich um dasselbe Büro, das auch für das Jean-Marie-Tjibaou-Kulturzentrum auf Neukaledonien verantwortlich zeichnete, welches 1998 weltweit für Aufsehen gesorgt hatte. Wie das kaledonische Kulturzentrum war auch Tahitis ›Freie Umweltuniversität‹, so der offizielle Name, ausschließlich aus nachwachsenden Rohstoffen errichtet. Holz, Bambus, Hanfbeton und Lehm – das waren die Materialien, aus denen das fantastische Gebilde zu seinen Füßen bestand. 196 Bambusstützen, so belastbar wie Stahl, gaben dem Gebäude seinen Halt.

Cording verzichtete darauf, sich die Vorzüge natürlicher Baustoffe im Detail erklären zu lassen, damit konnte er schon mal zwei

Drittel der Papiere beiseitelegen. Viel interessanter war für ihn im Augenblick die inhaltliche Ausrichtung der Universität. Er wollte schließlich gewappnet sein, wenn er wieder auf Maeva traf.

»Tahitis Freie Umweltuniversität«, las er, »organisiert Kurse, Seminare, Technikertreffen, Veröffentlichungen und Veranstaltungen, die helfen sollen, durch die Verbreitung ökologischer Prinzipien und sozialethischer Grundsätze und Wertvorstellungen das Verantwortungsbewusstsein der Bevölkerung zu entwickeln. Gleichzeitig fasst die Universität die im Umweltmanagement gewonnenen Erkenntnisse systematisch zusammen und stellt sie als Datenbank weltweit zur Verfügung.« Verstanden. Er fragte sich nur, warum es nicht einmal auf Tahiti gelang, den offiziellen Statements so etwas wie sprachliche Geschmeidigkeit zu verleihen.

Soweit er den Unterlagen entnehmen konnte, gab es vier Studienzweige, auf die besonderes Gewicht gelegt wurde. Zum Ersten das ›Umweltprogramm für die Jugend‹. Durch Freizeitaktivitäten in den Bereichen Gemüse- und Obstanbau, Gartenbau, Kompostierung, Ernährung und Handwerk sollten die Kinder erkennen, wie man die Umweltbedingungen auf der Insel verbessern konnte. Die Aktivitäten wurden mit den Gemeinden koordiniert, die Produkte der eigenen Arbeit verkauft. Als Zweites wurde ein ›Umweltarbeitsprogramm‹ genannt, das vor allem für 14- bis 17-Jährige vorgesehen war. Parallel zum verpflichtenden Schulbesuch bildete die Universität Jugendliche zu Gärtnern oder Fischern aus. Der dritte Schwerpunkt hieß ›Lehrerausbildungsprogramm‹. Es ging vor allem darum, neue pädagogische Methoden zu entwickeln, mit denen das Interesse der Jugend an Umweltfragen geweckt und aufrechterhalten werden konnte. Schließlich war da noch der Kurs ›Praxisorientierte Umwelterziehung‹, aus dessen Beschreibung Cording nicht recht schlau wurde. Offenbar wurde er in enger Kooperation mit dem Umweltministerium organisiert, das den Studenten Einblicke in die Landschaftsplanungen der Regierung gewährte und Exkursionen in die Natur anbot, auf denen über die heimische Flora und Fauna aufgeklärt wurde.

Cording überlegte, wo er den gigantischen Papierstapel unbemerkt entsorgen konnte, aber dann besann er sich. Das Risiko, von irgendeinem Kind entdeckt und bei der Direktion denunziert zu werden, war ihm zu hoch. Wer weiß, was für aufmerksame kleine Ökokrieger sie sich inzwischen herangezüchtet hatten. Er nahm den Stapel unter den Arm und marschierte schnurstracks in den Hörsaal Nummer 4, der allerdings verwaist war.

»Die Professorin ist schon weg«, bemerkte ein etwa zwölfjähriger Knabe, der sich ihm unbemerkt genähert hatte. »Woher kommst du?«, fragte er, als Cording nicht antwortete.

»Ich komme aus Deutschland.«

»Ist das in Frankreich?«

»So ungefähr.«

Der Junge knöpfte sich zögernd das bunte Hemd auf und deutete stolz auf sein T-Shirt. Cording blickte verwundert auf ein verblasstes adidas-Logo.

»Darfst du das überhaupt tragen?«, fragte er augenzwinkernd.

Der Junge rannte davon.

»He, warte, wo ist die Professorin denn hin?«, rief ihm Cording hinterher.

»Die sind fischen gegangen!«, rief der Junge zurück.

»Und wo?«

Weg war er. Maeva unterrichtete also hier, interessant.

Sind sie nicht wunderbar?, dachte Cording beim Frühstück, als er die Mädchen vom Service beobachtete. Er saß mit Meredith Rose vom National Geographic und dem Spanier Jorge Luis Sabato von der Tageszeitung El País am Tisch. Seit Maeva sich nicht mehr bei ihm meldete – sechs Tage war es her, dass er sie das letzte Mal gesehen hatte –, suchte er vermehrt den Kontakt zu den Kollegen. Sie waren umgänglicher geworden, selbst John Knowles, diesem bärbeißigen Reporter der New York Times, der vor sieben Jahren versucht hatte, die Verwicklung der ›Bush-Wolfowitz-Bande‹ in die Terroranschläge auf das Pentagon und das World Trade Center nachzuweisen, wollte ab und zu ein Lächeln gelingen.

»Ihr Deutschen seid hier ja erstaunlich gut im Geschäft«, bemerkte Sabato.

Cording blickte ihn fragend an.

»Solaranlagen, Wind- und Wasserkraft, der gesamte Energiesektor – alles in deutsch-österreichischer Hand. Respekt.«

»Peanuts«, antwortete Cording, »die Zulieferer sind kleine Klitschen, das Ganze ist volkswirtschaftlich gesehen völlig irrelevant.«

»Das würde ich so nicht sagen. Sehen Sie sich um. Die meisten von uns können sich vor Begeisterung kaum einkriegen. Tahiti wird eine außerordentlich gute Presse erfahren, da bin ich sicher. Inzwischen sind sogar drei Fernsehteams angereist, nicht irgendwelche, sondern CBS, Indian Broadcast und EMERGENCY TV. Das sollten Sie doch eigentlich wissen.«

Sollte er, allerdings. Er musste unbedingt Mike anrufen, war sowieso überfällig.

»Angenommen«, fuhr der Spanier fort, »es ginge von Tahiti so etwas wie eine Signalwirkung aus, dann seid ihr Deutschen doch weit vorn mit eurer ausgereiften Umwelttechnik. Könnte sein, dass sich bald die ganze Welt dafür interessiert.«

»Daran glauben Sie?«, fragte Cording spöttisch.

»Und ob ich daran glaube, mein Lieber. Dies ist Tahiti, nicht die Faröer. Der Mythos funktioniert, da wette ich. In einem Jahr sprechen wir uns wieder.«

Cording stellte erschrocken fest, dass er sich in Abwesenheit Maevas sukzessive wieder jenem Zustand näherte, in dem er sich befand, als er auf die Insel kam. Eine Mischung aus Depression und Melancholie, die er fast überwunden geglaubt hatte.

»Was hat Sie bisher am meisten beeindruckt?«, fragte er Meredith Rose, um sich von dieser niederschmetternden Erkenntnis abzulenken.

»Die Düfte, die Kleidung, die luftigen Häuser«, antwortete die Amerikanerin. »Die ganze Art und Weise, in der sich die Menschen ihre Kultur zurückerobern, wie sie es verstanden haben, die ihnen aufgestülpten Irrtümer wieder abzustreifen. Es ist diese Melange aus zeitgemäßem ökologischem Engagement und wiedergewonnener Spiritualität, was mich am meisten fasziniert. Abgesehen natürlich von der herrlichen Natur.«

Señor Jorge Luis Sabato gehörte zu den Männern, denen es automatisch das Gesicht verzieht, wenn sie das Wort Spiritualität aus dem Munde einer Frau vernehmen, als hätte man ihnen einen zu sauren Drops verabreicht.

Meredith Rose legte Sabato die Hand auf den Arm: »Ist sicher nicht leicht, ein Mann zu sein«, frotzelte sie freundlich.

»Ist verdammt schwer«, bestätigte der Spanier grinsend, »man muss Lust dazu haben.« Dabei sah er über Cordings Schulter hinweg, als werde er einer außerirdischen Erscheinung gewahr.

»Iorana!« sagte Maeva und nickte den Anwesenden freundlich zu.

Bevor Sabato sie zum Sitzen auffordern konnte, war Cording bereits aufgesprungen.

»Sorry«, sagte er augenzwinkernd und klopfte auf die Tischplatte, »wir müssen an die Arbeit …«

Die tahitianischen Dörfer, deren Namen auf jeder Karte verzeichnet waren, konnte man eigentlich nicht als klassische Dörfer bezeichnen, jedenfalls nicht die an der Nordküste. Unter Dorf stellte man sich ein gewachsenes Ensemble von Häusern vor, ausgestattet mit einem Dorfmittelpunkt. Den Mittelpunkt gab es, er wurde durch das ›Fare putuputura'a‹, das Versammlungshaus markiert. Aber das dazugehörige Dorf schien ihm links und rechts am Meeresufer davonzulaufen.

Maeva hatte ihr fast einwöchiges Fernbleiben mit keinem Wort begründet. Cording hätte gerne gewusst, ob ihr Verhalten als Retourkutsche für seinen verlängerten Moorea-Aufenthalt zu verstehen war, aber er enthielt sich jeder Nachfrage. Auf den knapp fünfhundert Metern, die zwischen der Station Tiarei und dem Versammlungshaus lagen, offenbarte ihm Maeva, dass er gleich Zeuge einer außergewöhnlichen Gerichtsverhandlung werden würde. Normalerweise durfte niemand daran teilnehmen, der nicht aus der Gemeinde stammte, und schon gar kein Ausländer. Seine Begleiterin bat ihn, sich während der Verhandlung nicht von ihrer Seite zu rühren.

»Was ist denn das Besondere an der Veranstaltung heute?«, fragte er, während sich ihnen auf der Straße immer mehr Leute anschlossen.

»Es handelt sich um ein uraltes Ritual«, sagte Maeva. »Bisher ist Tiarei die einzige Gemeinde, die diese Tradition der Rechtsprechung wieder aufgenommen hat. Das kann jede Gemeinde fürñch entscheiden, die Rechtsprechung funktioniert relativ autonom. Zwar gibt es in Papeete ein zentrales Appellationsgericht, es wird aber nur bemüht, wenn ein Angeklagter sich dem Urteil seiner Gemeinde nicht fügen will, was selten vorkommt.«

Inzwischen hatten sie etwa zweihundert Dorfbewohner im Schlepptau. Fast ebenso viele strömten aus der entgegengesetzten Richtung zum Versammlungshaus. Die Menschen waren von einem Ernst durchdrungen, der seinen Eindruck auf Cording nicht verfehlte. Vor dem Eingang verschmolzen die beiden Züge zu einer Bewegung und strömten, einem Sturzbach gleich, bis in die letzten Winkel des langen Gebäudes. Maeva blieb mit ihm im hinteren Bereich, wo sie neben einer Säule Platz nahm. Der Boden war mit Matten ausgelegt, von der Decke hingen leuchtend bunte Stoffstreifen. Maeva erklärte ihm, dass die Dekoration dazu diene, die bösen Geister vom Haus fernzuhalten.

Als auf dem Podium zwei Frauen und ein älterer Herr im gelben Ornat Platz nahmen, wurde es schlagartig ruhig in der Halle. Der Mann hob die Hand, als wollte er auch noch das letzte Hüsteln zum Schweigen bringen. Er war von imponierender Gestalt, sein Gesicht trug europäische Züge. Sein weißer Schnurrbart und das lange graue Haar waren auf Tahiti eine Seltenheit.

»Es gibt da, ihr Freunde, fünf Gaben«, begann er seine Rede. »Große Gaben, bekannt als die höchsten, bekannt als die ältesten noch nie außer Geltung gewesenen Gaben. Welche fünf Gaben sind das? Erstens: Wir stehen ab vom Töten. Zweitens: Wir stehen ab vom Stehlen. Drittens: Wir stehen ab von unrechtem geschlechtlichem Verkehr. Viertens: Wir stehen ab von trügerischer Rede. Fünftens: Wir stehen ab vom Genuss berauschender Mittel. Dadurch gewähren wir unermesslich vielen Wesen Sicherheit vor Schrecken, Feindschaft und Bedrückung. Über die Missachtung dieser fünf großen Gebote wollen wir heute zu Gericht sitzen.«

Maeva war ganz nahe gerückt, sie hatte den Text Satz für Satz übersetzt, ihm die beeindruckenden Worte quasi mit ihrem Atem verabreicht.

»Das Gericht tagt nur einmal im Jahr«, flüsterte sie. »Die Sitzung wird immer mit derselben rituellen Ansprache eröffnet.«

Das Richter-Triumvirat bestimmte nun aus der Mitte der Dorfbewohner fünf Männer, die sich seitlich des Podiums in einer Reihe aufstellten, wo sie aus den Händen eines Gerichtsdieners kurze geflochtene Peitschen empfingen, die sie sich unter die Achseln klemmten, um dann stumm und regungslos über die Köpfe der Versammelten hinwegzuschauen.

»Was sind das für Leute?«, fragte Cording.

»Das sind die Auspeitscher«, antwortete Maeva.

»Auspeitscher …?!«

»Psst …«

Eine der beisitzenden Richterinnen zog Bilanz. Sie stellte fest, dass dem hohen Gericht in den vergangenen zwölf Monaten sieben Diebstähle, neunzehn Ehebrüche und dreizehn Betrugsfälle zur Anzeige gebracht worden waren. Die Angeklagten wurden namentlich verlesen und gefragt, ob sie sich schuldig bekannten, was ausnahmslos geschah. Cording blickte in die Gesichter der Auspeitscher, die aber keinerlei Regung zeigten. Als Erstes mussten die Diebe ran, um vor der versammelten Dorfgemeinschaft zu bekunden, wie sie sich die Wiedergutmachung ihrer Missetaten vorstellten. Die meisten versprachen, das gestohlene Gut an die Geschädigten zurückzugeben und ihren Opfern ein Geschenk zu machen. Die Ehebrecher schworen, dass sie von ihrem verwerflichen Tun Abstand nehmen würden, und nicht wenige waren dabei, die den Gehörnten unter dem Gelächter der Anwesenden die eigene Frau versprachen, was aber nur ein symbolisches Versprechen war. Die

Vielehe gehörte zu den wenigen Elementen der alten Kultur, die man nicht übernommen hatte. Die Betrüger gelobten unisono, bis zur nächsten Verhandlung an keiner öffentlichen Versammlung des Dorfes teilzunehmen, was vom Publikum mit Beifall quittiert wurde.

Erneut sprach der oberste Richter zu der Versammlung. Er erinnerte daran, dass eine Schuld nicht nur dann vorliege, wenn sie entdeckt und zur Anzeige gebracht wurde. Schuldhaftes Verhalten mache sich in der Seele eines Menschen immer bemerkbar. Wer aber nicht die Kraft fände, sich diese Schuld einzugestehen, riskiere, dass sie in ihm wie ein Geschwür heranwachse und letztlich auf die Gemeinschaft abstrahle. Deshalb rate er allen Anwesenden, die heutige Gelegenheit zu nutzen und sich öffentlich zu bekennen.

Cording traute seinen Ohren nicht, als sich der alte Mann nach kurzem Zögern selbst eines Vergehens bezichtigte. Er habe der Vahine Itae bewusst eine falsche Auskunft erteilt, als sie zu ihm gekommen war, um sich zu erkundigen, ob es ihre Pflicht sei, eine alte Satellitenschüssel zu entsorgen, die ihr Sohn des Nachts heimlich in Betrieb nahm.

»Ich habe gesagt, dass der Empfang amerikanischer Fernsehprogramme verboten sei auf Tahiti. Das war gelogen, eine solche Verordnung gibt es nicht. Wir Tahitianer verzichten freiwillig auf den Empfang verdummender, die Gewalt verherrlichender Bilder.«

Das Geständnis des Richters wirkte wie eine Initialzündung. Ein Dorfbewohner nach dem anderen sprang nun auf und bekannte seine Sünden. Nach jedem Bekenntnis ließen die Auspeitscher über den Köpfen der Versammlung die Peitschen knallen. Anschließend legten die Sünder selbst ihre Strafe fest, die zumeist darin bestand, der Gemeinschaft einen besonders wertvollen Gegenstand aus ihrem Besitz zu spenden. Auf diese Weise verwandelte sich der Gerichtssaal abwechselnd in eine Kirche und in einen Basar. Die Mischung aus öffentlicher Beichte und angeregtem Tauschhandel besänftigte letztlich sogar den Zorn jener, die durch die überraschenden Geständnisse ihrer Nachbarn direkt betroffen waren. Und da es fast jeden danach drängte, sich bloßzustellen, glich sich das Sündenregister am Ende nahezu aus. Alle der hier Versammelten waren irgendwie Täter und Opfer zugleich.

Das Zeremoniell zog sich endlos in die Länge, es war eine große Reinwaschung, in der die Dorfbewohner sich gegenseitig Absolution erteilten. Nachdem er zum hundertsten Mal Zeuge geworden war, wie sich jemand einer Lüge, des übertriebenen Alkoholkonsums oder eines ökologischen Vergehens anklagte, hielt es Cording nicht länger auf seinem beengten Platz. Draußen fragte er sich, was er von dieser merkwürdigen Veranstaltung halten sollte. Wo er herkam, war man es nicht gewohnt, sich ins allgemeine Vertrauen zu begeben, dort waren Lüge und Betrug unabdingbare Voraussetzungen für den gesellschaftlichen Erfolg. Er blickte sich noch einmal um. Die Auspeitscher standen nach wie vor kerzengerade neben dem Podium, nichts deutete darauf hin, dass sie aktiv werden würden.

»Sie haben nur symbolische Bedeutung«, hörte er Maeva sagen, die ihm gefolgt war. »Die Auspeitscher, die Eröffnungsansprache, die gelben Roben der Richter, und nicht zuletzt der Versammlungsort – das alles bildet den traditionellen Rahmen, der die Gerichtsverhandlung im alten Geiste zusammenhält. Wie findest du es?«

»Gewöhnungsbedürftig«, antwortete Cording. »Was sollte das Geständnis des Richters am Anfang? In keinem Land der Welt wäre es denkbar, dass ein sich selbst belastender Richter weiterhin den Vorsitz führt.«

»Schade, oder?«

Cording sah sie verblüfft an. Dann musste er lachen. Er stellte sich einen deutschen Richter vor, der sich bei einem Scheidungsprozess der Bigamie bezichtigte und dann seelenruhig die Verhandlung eröffnete. Da durfte man auf Milde hoffen.

»Was ist mit den amerikanischen Fernsehprogrammen, auf die ihr angeblich freiwillig verzichtet?«, fragte er.

Maeva deutete auf die türkisfarbene Lagune, die schwarzgrünen Berge, das fruchtbare Tal mit seinen leuchtenden Obstplantagen: »Ist dies das Land, in dem man sich nach explodierenden Autos, Verfolgungsjagden, Schießereien und dem Seelenstriptease in billigen Talkshows sehnt?«

»Sind sie verboten oder nicht?«

»Du verstehst nicht«, antwortete Maeva in nachsichtigem Ton. »Wir arbeiten nicht mit Verboten, wir belohnen die Menschen. Siehst du die Kinder dort? Sie tragen Strandgut, Essensabfälle, Miconias oder sonstigen Bioabfall zu den Sammelstellen. Für ihre Mühe erhalten sie Reva-Tae-Gutscheine, Spielzeug oder kleinere Geldbeträge. Dasselbe Prinzip gilt für die Erwachsenen. Wer seine Satellitenschüssel abgibt, wird mit bestem Bauholz belohnt. Inzwischen sind sie fast vollständig verschwunden, oder fällt dir noch eine auf?«

Die Schüsseln, die den Häusern früher ihren Stempel aufgedrückt hatten und sie zu Dependancen eines weltweiten Verdummungssystems machten, waren verschwunden. Dieses Erbe war bereinigt. Umso erstaunter reagierte Cording auf einen rostigen ›Hamburg-Süd‹-Container, der am Waldrand stand und ihm als absurder Gruß aus der Heimat erschien.

»Er wird nächste Woche abgeholt«, sagte Maeva, »das wird den Kindern nicht gefallen. Komm, werfen wir einen Blick hinein.«

Das Innere des Containers war mit Kissen und Matten ausgelegt, an der Stirnseite befand sich ein buntbemalter Vorhang.

»Dies ist das Theater von Tiarei«, sagte Maeva, »hier berichten Vorleser und Märchenerzähler den Kindern aus unserer Geschichte. Der Raum dient den Kleinen aber auch als Tauschbörse, sie lieben diesen Platz. Wird nicht leicht, einen entsprechenden Ersatz für sie zu finden. Es gibt eine Grotte am Fuß der Berge, die geeignet wäre, leider liegt sie etwas abseits. Notfalls müssen wir ein neues Theater bauen, eines ohne Fenster. Der Höhlencharakter soll bewahrt bleiben, das gefällt den Kindern besonders gut.«

Inzwischen hatten immer mehr Leute die Gerichtsverhandlung verlassen. Ihr erster Weg führte sie zu einer kleinen unscheinbaren Hütte am Meer, vor deren Eingang sie Kleidungsstücke, Blumen oder Obst niederlegten, um sich anschließend mit einer tiefen Verbeugung zu entfernen. Maeva ließ Cording stehen und ging ebenfalls auf das Haus zu. Sie nahm ihr Stirnband ab und hängte es an einen Palmwedel, der aus dem Dach hervorschaute.

»Das ist das Haus der Atiare«, sagte sie, als sie den Rückweg zur Reva-Tae-Station antraten. »Die Vahine Atiare hat ihren fünfjährigen Sohn bei einem Verkehrsunfall verloren. Es geschah kurz nach der Umstellung, der Junge wurde von einem Solarmobil erfasst, er hatte es einfach nicht kommen hören. Seit diesem Tag hat Atiare kein einziges Wort mehr gesprochen, sie hat ihr Haus nicht mehr verlassen. Ihr Sohn und sie gelten auf Tahiti als die einzigen Opfer unserer friedlichen Revolution. Gelegentlich hört man Atiare nachts Klagelieder anstimmen. Wir bringen ihr Geschenke, um ihr unser Mitgefühl und unsere Wertschätzung auszudrücken.«

Cording schwirrte der Kopf. Das Zusammenspiel zwischen moderner Technik und Tradition, das er auf Schritt und Tritt beobachten konnte, beeindruckte ihn zutiefst. Je mehr er aber in Erfahrung brachte, desto weniger schien er zu begreifen.

Es war vier Uhr morgens, als der Präsident von Global Oil am Ausrüstungskai der Werft vorfuhr. Achtundvierzig Stunden Schanghai hatten ihm arg zugesetzt. Tagsüber hatte er sich um die aus Dallas und Peking eingeflogenen Techniker kümmern müssen und abends … na ja. Dieser gottverdammte chinesische Reiswein. Er hielt dem Soldaten an der Mole seinen Sonderausweis unter die Nase und durfte passieren. William Blake, der Sicherheitsberater von Global Oil, hieß ihn im gleißenden Licht der Deckscheinwerfer willkommen.

Robert McEwen rieb sich fröstelnd die Hände.

»Ich könnte einen heißen Kaffee vertragen«, brummte er und schlängelte sich hinter Blake an den aufgeschweißten Wellenbrechern vorbei über das hohl dröhnende Ladedeck dieses sündhaft teuren Neubaus, der wie ein normaler Supertanker aussah, in seinem Innern aber Hebetechniken vom Feinsten beherbergte. McEwen nannte die South Pacific, wie das Schiff offiziell hieß, liebevoll seine Schatztruhe. Noch heute Nacht sollte sie auf Werfterprobungsfahrt gehen.

Über siebzig Personen waren zu diesem Ereignis geladen, dabei kam die South Pacific mit einer Besatzung von siebenunddreißig Mann aus. Die anwesenden Herrschaften waren zu strengster Geheimhaltung verpflichtet. Außer einer kleinen Gruppe der künftigen Stammbesatzung, die aus dem Kapitän, dem Nautiker, dem Chief und seinen Ingenieuren bestand, waren das seemännische und technische Fahrpersonal der Werft sowie Wissenschaftler der unterschiedlichsten Fachrichtungen an Bord. Auch ein Arzt war zugegen, der das hochmoderne Bordhospital begutachtete. McEwen betrat die Brücke und hielt sich dezent im Hintergrund, wo er den von Blake gereichten Kaffee im Stehen schlürfte. Es herrschte eine aufgekratzte Atmosphäre, die Vorbereitungen für das Ablegemanöver liefen auf Hochtouren.

Gegen fünf Uhr, die Dämmerung hatte gerade eingesetzt, zerrten sechs Schlepper mit der Geschicklichkeit dressierter Ameisen am Rumpf der South Pacific. Kapitän Nisho, der während der nächsten fünf Tage das Kommando führen würde, notierte die ersten Sätze ins Journal: »Das Schiff befindet sich bei Abfahrt in seetüchtigem Zustand und ist für die bevorstehende Probefahrt mit allem Notwendigen gut und reichlich ausgerüstet. Tiefgang bei Abfahrt: 21,06. Wind 3/4. Steuern nach Lotsenanweisung.«

McEwen hielt es nicht an seinem Platz. Er stellte sich neben den Kapitän ans Brückenpult, der allerdings keinerlei Notiz von ihm nahm. Von hier aus waren die Schlepper nicht zu sehen, die den 300 000-Tonner ins richtige Fahrwasser zogen. McEwen wollte die Herren in ihrer gespannten Aufmerksamkeit nicht weiter stören, trat zurück und lehnte sich an eine Zwischenwand. Im selben Moment flammten die Sonnenbrenner über dem Ladedeck auf. Hastig legte er den Kippschalter wieder um und verließ die Brücke.

Im milden Licht der aufgehenden Sonne marschierte er auf dem 400 Meter langen Rücken seines ›Babys‹ zum Vorschiff. Es schien, als schwebte Schanghai im Zeitlupentempo einmal um ihn herum, obwohl es in Wirklichkeit natürlich die South Pacific war, die sich langsam um ihre eigene Achse drehte. McEwen breitete die Arme aus, als wollte er die Welt umarmen. Es war vollbracht. Mit diesem Prototyp einer neuen Tankerflotte hatte er es seiner Firma ermöglicht, das Gold des Pazifiks zu heben, welches in einer Tiefe von bis zu 6000 Metern schlummerte. Insgesamt hatte seine Gesellschaft vierundzwanzig dieser Hebetanker in Auftrag gegeben. Man würde ihm noch dankbar sein für diesen Coup. Die Sirenen der Werft begleiteten sie bis weit in die Bucht hinaus.

In den nächsten Tagen würde dieses prächtige Schiff einer gigantischen Zerreißprobe ausgesetzt sein. Das Testprogramm hatte es in sich. Maschinen- und Pumpensysteme würden in Leistungsbereiche gequält werden, die weit über die normalen Belastungsgrenzen hinausgingen. Drehzahlmessungen, Druckmessungen, Fahrtmessungen, Spannungsmessungen, Schwingungsmessungen – es war die Zeit der Messwerttechniker, die zu Roll- und Stampfwinkeln ein Verhältnis hatten und für Stahlschwingungen empfänglicher waren als für die Schwingungen einer schönen Frau. Nur wenn die South Pacific die Zuneigung dieser Leute errang, würde sie auch in Dienst gestellt werden. Aber daran zweifelte McEwen nicht im Geringsten. Seine einzige Sorge in diesem Moment galt dem verschwundenen dänischen Wissenschaftler. Morgen, wenn ihn der Hubschrauber abgeholt hatte, würde er Copland noch einmal Druck machen müssen.

Cording erkundigte sich bei Anapa, was einer tahitianischen Frau wohl Freude bereiten könnte. Anapa lachte.

»Schöne Augen«, sagte er, »man muss ihr schöne Augen machen. Alles andere findet sich von selbst.«

Richtig hilfreich war der Hinweis nicht. Die schönen Augen wollten ihm nicht recht gelingen, als Maeva im Hotel erschien, um ihn auf eine Betriebsbesichtigung mitzunehmen. In der irrigen Annahme, dass er sich als Mann doch brennend für die Herstellung von Autos interessieren müsste, schleppte sie ihn mit zu der zwischen Papara und Mataiea gelegenen Fabrik, in der der ›Matai‹, der

›Honu-Tere‹ und sämtliche Zweiräder produziert wurden, die auf Tahiti verkehrten. Außerdem war dem Werk eine Wartungs- und Reparaturwerkstatt angeschlossen.

Das Fabrikgelände befand sich hinter dem ehemaligen Golfplatz am Fuß der Berge. Wo noch vor sechs Jahren betuchte Europäer zwischen Fairways, Bunkern und gepflegten Greens herumstolzierten, wuchs jetzt ein gigantisches Dickicht aus Hanf*, Brennnesseln* und Miscanthuspflanzen*. Die Pflanzung gehörte zur Autofabrik. Wie so viele Orte auf Tahiti, hatte auch dieses fruchtbare Fleckchen Erde eine Geschichte hinter sich, die bis in die Gegenwart ausstrahlte. 1864 hatte ein Amerikaner namens William Stewart das zwölf Quadratkilometer große Tal entdeckt und beschlossen, dort Baumwolle, Kaffee und Zuckerrohr anzupflanzen. Da die Tahitianer zu stolz waren, sich dem Fremden als Arbeitssklaven zu verdingen, schiffte er die zur Bewirtschaftung notwendigen Arbeitskräfte aus China heran. Zehn Jahre später ging Stewarts Unternehmen bankrott. Der Sezessionskrieg hatte seine Blütenträume beendet, der amerikanische Markt kam für den Export seiner Produkte nicht mehr in Frage. Und um die Chinesen zurück in ihre Heimat zu schicken, hatte der gute William kein Geld mehr. Der Einfluss der Zurückgebliebenen war in der Physiognomie vieler Polynesier noch heute deutlich abzulesen.

Cording fragte sich zum wiederholten Mal, warum dieses im Südpazifik verlorene Eiland, das kaum größer war als Berlin, seit seiner Entdeckung in aller Welt Begehrlichkeiten weckte, die eine endlose Spur von Vergewaltigungen nach sich gezogen hatten. Einer der letzten großen Frevel, die an Tahiti begangen worden waren, war die Errichtung des Golfplatzes gewesen, auf dem sich nun die Stängel der Hanfpflanzen im Wind wiegten. Für das Freizeitvergnügen weniger Millionäre hatte die alte Regierung dem Druck der Tourismusindustrie nachgegeben und das fruchtbare Tal, das über Jahrhunderte hinweg den Göttern geweiht gewesen war, zu einer Spielwiese degradiert.

Maeva stellte ihm den Direktor der Fabrik vor, der es sich nicht nehmen ließ, sie persönlich durchs Werk zu führen. Cording hasste solche Führungen. Bei diesen Gelegenheiten machte sich in ihm eine unbezwingbare Müdigkeit breit, das war bereits als Kind so, und daran hatte sich auch im fortgeschrittenen Alter nichts geändert. Er folgte den beiden wie ein Schlafwandler durch die lichten Hallen, nickte reflexartig, schaute verständnisvoll hierhin und dorthin und verstand es wieder einmal hervorragend, sein Schweigen als konzentrierte Aufmerksamkeit zu verkaufen.

Zum Glück ließ sich Maeva gelegentlich vernehmen, ihre Stimme wirkte jedes Mal wie ein Weckruf. Auf diese Weise brachte er jedenfalls das Notwendigste in Erfahrung. Die klassische Fertigungslinie fehlte in dieser Fabrik. Hier wurde nicht am Fließband produziert, die Autos wuchsen unter den Händen eines Viererteams in kleinen Stationen heran. Gerade mal drei Fahrzeuge pro Tag wurden produziert. Der Direktor schien zufrieden mit dem Ausstoß, die Arbeiter sowieso. Ihre Tätigkeit war nicht auf wenige Handgriffe reduziert, sie entwickelten ein kompaktes Produkt, mit dem sie sich identifizieren konnten.

Die Ausführungen über die verwendeten Materialien musste er verschlafen haben, denn als sie nach der Führung auf den Hof traten und der Direktor ihm einen mordsmäßigen Vorschlaghammer in die Hand drückte, mit dem er nach Leibeskräften auf einen nagelneuen ›Matai‹ einschlagen sollte, glaubte er, dass man ihn auf den Arm nehmen wollte.

»Nur zu!«, ermunterte ihn einer der Arbeiter, die das Vehikel gerade fertiggestellt hatten.

Cording stieß dem Wagen vorsichtig in die Seite.

»Trau dich«, sagte Maeva, »schlag so fest zu wie du kannst.«

Er wiederholte die Aktion, diesmal saß schon mehr Bumms dahinter. In jeder normalen Karosserie wäre jetzt eine stattliche Delle zu sehen gewesen, in dieser nicht. Die Sache fing an, ihm Spaß zu machen. Schließlich setzte er zum alles entscheidenden Schlag an. Wenn sie es denn so haben wollten …

Der Hammer donnerte dem Gefährt mit voller Wucht in die Flanke, schnellte wie vom Katapult geschossen zurück und glitt ihm aus den Händen. Das Auto, das er in Trümmern wähnte, stand weiterhin völlig unbeschädigt auf seinem Platz, als spräche es jedem Vandalismus Hohn. Der Direktor, Maeva und die Arbeiter amüsierten sich köstlich über das Schauspiel.

»Die Verwendung von Naturmaterialien ist beileibe keine neue Idee«, hörte Cording den Direktor sagen, während er seine schmerzenden Finger betrachtete. »In Henry Fords legendärem T-Modell* kam bereits 1915 Leim auf Weizenbasis zum Einsatz. 1941 stellte Ford das erste handgefertigte Bio-Fahrzeug her, ein Auto, das buchstäblich auf dem Acker wuchs: gebaut aus Holzfasern, Hanf, Sisal und Weizenstroh, betrieben mit Hanföl. Warum er die Produktion dann einstellte, ist nicht bekannt. Die Macht der Petrochemie und Stahlindustrie war wohl zu groß.«

Cording betastete die Stelle am Auto, auf die er gerade eingeschlagen hatte. Kein Kratzer, nichts. Unterdessen beschwor der Direktor die Segnungen der Hanfpflanze, referierte über nachwachsende Rohstoffe und die Vorteile der Kreislaufwirtschaft*, über geringe Splitterneigung, positives Crashverhalten und dergleichen mehr. Es war die Stimme Maevas, die ihn in die Wirklichkeit zurückholte. Als er sich den Staub von der Hose klopfte, war der Direktor gerade dabei, seinen Journalistenkollegen John Knowles zu begrüßen, der sich als Nächster über die Segnungen des ökologischen Fahrzeugbaus informieren wollte.

»Hochinteressant«, raunte Cording dem Mann von der *New York Times* zu, bevor er in Begleitung Maevas das Werksgelände verließ. Der Passat blies über die Plantage, und die vier Meter hohen Pflanzen bogen sich unter seinem Atem, als wollten sie jede Sekunde genießen, bevor sie zu Kotflügeln oder Motorhauben verarbeitet wurden.

Im Hotel studierte Cording noch einmal die betreffenden Unterlagen aus der Pressemappe. Der ›Matai‹, las er zu seiner Verblüffung, war ein weltweit führendes technologisches Spitzenprodukt. Sein 120 PS starker Elektromotor saugte die Energie aus wiederaufladbaren Lithium-Ionen-Akkus*, wie sie auch in Laptops steckten. Einer dieser Hochleistungsakkus reichte für tausend Kilometer und war in Minutenschnelle an der Tankstelle ausgetauscht. Die Ionen-Akkus waren eine Erfindung aus dem Silicon Valley und hätten der Autoindustrie schon vor zwanzig Jahren den Weg in die Zukunft weisen können. Doch die Entwicklung war von der Mineralöl-Lobby bewusst verlangsamt worden. Die großen Autohersteller hatten das Elektroauto ignoriert und setzten auf die Entwicklung der Brennstoffzelle, die sich schon damals als Irrweg erwiesen hatte. Auch dies eine reine Verzögerungstaktik im Interesse der mächtigen Mineralölindustrie.

Ganz anders auf Tahiti. Dort hatte die Politik energisch eingegriffen in den Blindflug kapitalistischer Interessen. Wie hatten sie die Umstellung von den Benzinkutschen hin zu Solarmobilen und Elektroautos bewerkstelligt? Es war ein schleichender Prozess gewesen, anders war das auch nicht vorstellbar. Als Erstes hatten sie eine Flotte von Bussen in Betrieb genommen, die mit kaltgepresstem Pflanzenöl betrieben wurden. Diese Busse versorgten die gesamte Insel rund um die Uhr. Gleichzeitig waren Werkstätten eingerichtet worden, in denen man sein Auto vom Verbrennungsmotor auf neue Antriebsaggregate umrüsten konnte. Neuzulassungen gab es nur noch für Fahrzeuge, die dem geforderten Standard entsprachen. Wer sein altes Auto ablieferte, bekam dagegen eine ordentliche Prämie ausgezahlt.

Steve war hin und her gerissen zwischen den Pflichten eines ›Warriors‹ und dem Vergnügen, Zeit mit seinen Freunden zu verbringen. Jede freie Minute, die ihm das Game gestattete, nutzte er, um mit der Clique um Fara und Anapa zusammen zu sein, entweder in Teahupoo am Strand oder in den Wäldern. Wenn er ihnen keuchend in die Berge folgte, hatte er das Gefühl, als lernte er zum ersten Mal richtig laufen. Bisher hatte er sich im Wesentlichen über weiche Teppiche zwischen Laptop und Toilette bewegt, jetzt galt es, sich im struppigen Unterholz und auf wackligem Geröll zu behaupten. Es gehörte zum festen Ritual am Ende eines jeden Ausflugs, dass sich Fara seiner geschundenen Füße annahm. Sie stillte Blut, legte Blätter auf Wunden, stach Blasen an und salbte die geschundenen Füße so lange, bis sie sich wieder wohlig rekelten. Gestern bekam er einen Verband angelegt, er hatte sich auf einem Ausflug den rechten Knöchel verstaucht und konnte kaum noch auftreten, geschweige denn, sich vom Haus fortbewegen.

Als sich Anapa und die anderen verabschiedet hatten, kramte Steve den Laptop hervor und machte es sich im Garten unter dem Brotfruchtbaum bequem. Seit langer Zeit konnte er sich wieder einmal in Ruhe dem Spiel widmen. Nicht dass ihm seine Freunde penetrant über die Schulter geschaut hätten, wenn er spielte – im Gegenteil: sie nahmen nicht die geringste Notiz von ihm, als sei er unsichtbar, als hätte das Game eine unüberbrückbare Kluft zwischen ihnen aufgerissen. Steve litt darunter, wenn er sich aus der Gruppe ausschloss, zumal das Warrior-Spiel erheblich an Attraktivität verloren hatte, seitdem er mit Fara und den Jungs in Tahitis wilder Natur unterwegs war. Die ganze beschissene Weltlage, die bei fortschreitender Spieldauer durch immer drastischere Fakten untermauert wurde, hatte sich wie ein Schatten auf seine Seele gelegt.

In der letzten Sitzung hatte er zum Äußersten gegriffen. Da er es offensichtlich nicht schaffte, von sich aus aufzuhören, wollte er sich durch einen extremen Vorschlag aus dem Spiel werfen lassen. Auf der Website des Max-Planck-Instituts war er auf eine Information gestoßen, die ihn alle Zögerlichkeit, mit der er die Bekämpfung des Ökozids bisher betrieben hatte, vergessen ließ: »Das Auftauen der Tundra in Alaska und in Sibirien nimmt dramatische Formen an«, hieß es da. »Die im Permafrost gebundenen 70 Milliarden Tonnen Methan und Kohlendioxid schädigen das Weltklima weit mehr, als es sämtliche wissenschaftliche Prognosen bisher zu behaupten wagten. Innerhalb der nächsten zwanzig Jahre wird die durchschnittliche Temperatur auf der Erde um sechs bis sieben Grad ansteigen.«

Was für ein Hammer! Er entschloss sich zu einer Revolution, wie es sie in der Geschichte der Menschheit noch nicht gegeben hatte. Sein Vorschlag: Internationale Wissenschaftler sollten sich kurzschließen und durch eine ausgeklügelte Virusattacke auf das weltweite Computersystem die industrielle Produktion sowie die gesamten vernetzten Staatsapparate zwischen Peking und Washington lahmlegen. Ein globaler Ökorat, bestehend aus eben jenen Wissenschaftlern, sollte die Welt nach wenigen ökologischen Grundgesetzen regieren. In Steves Ökodiktatur waren Strom und Wasser extrem rationiert, es herrschte Bau- und Reiseverbot, Genmanipulationen waren ebenso verboten wie jede Art von Medien. Der Schutz von Tieren und Pflanzen genoss höchste Priorität. Jeder Familie wurde gerade mal ein Kind zugestanden. Als Begründung hatte Steve dem Expertenparlament Folgendes mitgeteilt: »Tatsache ist, dass wir Menschen dabei sind, wissentlich jegliches Leben auf diesem Planeten auszulöschen. Das ist vorsätzliche Tötung. Wenn wir nicht innerhalb kürzester Zeit zur Besinnung kommen, werden wir die Folgen unseres kurzfristigen Konsumrausches nicht überleben.«

Er hätte es nicht im Traum für möglich gehalten, mit dem Vorschlag einer Ökodiktatur in den Kreis der ›Top 100‹ aufgenommen zu werden, aber genau das war geschehen! Was war das für ein Expertenparlament im Hintergrund, das ihn auf diese Weise gewähren ließ? Seitdem er in die ›Top 100‹ geraten war, hatte Steve das Gefühl, einem Geheimbund anzugehören. Die Mitglieder dieses erlauchten Clubs hatten Privilegien, von denen der normale Spieler nur träumen konnte. So bekam man zum Beispiel stolze sieben Tage Zeit zur Lösung eines Problems. Die aktuelle Aufgabe hatte es allerdings in sich: ›Überbevölkerung‹.

Steve rückte den Laptop in den Schatten und betrachtete eine Grafik über die Entwicklung der Weltbevölkerung. Während der vergangenen zehntausend Jahre war die Zahl der Erdenbewohner nicht über eine Milliarde hinausgegangen. Erst in den letzten hundert Jahren hatte dieser explosionsartige Zuwachs auf heute 7,6 Milliarden Menschen stattgefunden. Die Ein-Kind-Familie allein würde keine Abhilfe schaffen. Ein Massensterben musste her! Zunächst reichte er dem ›Warrior‹-Gremium einige vorhersehbare Naturkatastrophen ein. Erd- und Seebeben, Monster-Tsunamis, Vulkanausbrüche, Dürresommer, Überschwemmungen bis weit in das Land hinein … Aber selbst der stärkste Tsunami oder das gewaltigste Erdbeben vermochten kaum mehr als einige Millionen Menschen aus der Statistik zu tilgen. Also musste nachgeholfen werden. In seinem Maßnahmekatalog nannte Steve die Sprengung des Drei-Schluchten-Staudamms am Yangtse-Fluss in China. Darüber hinaus empfahl er, dem Trinkwasser der fünfzig größten Weltmetropolen ein schnell wirkendes Gift beizumengen. Als weitere Lösung schlug er vor, neun von zehn Jungen in China, Indonesien, Indien und in den arabischen Ländern bei Vollendung des sechsten Lebensjahres sterilisieren zu lassen. Ein politischer Amoklauf ohnegleichen …

»Zur Lösung der Überbevölkerung plädiere ich für die flächendeckende Massensterilisation auf allen Kontinenten …«, hörte er Fara in seinem Rücken rezitieren. Sie hatte sich unbemerkt angeschlichen und legte sich nun neben ihn. »Was heißt das?«, fragte sie.

Steve war froh, dass sie nur Bruchstücke von dem Mist verstand, den er verzapft hatte. Ihr Englisch war ja nicht sehr gut.

»Im Nahen Osten schlage ich einen Atomschlag zwischen Israel und Iran vor«, las Fara mit sanfter Stimme weiter.

Aus ihrem Mund klangen die Vorschläge, zu denen er sich als Warrior hatte hinreißen lassen, so furchtbar, dass ihm ganz schlecht wurde.

»Was ist mit Israel?«, fragte Fara und biss ihm ins Ohrläppchen. »Bist du Jude?«

Steve schüttelte den Kopf und versuchte, den Text zu löschen, bevor sie noch mehr davon lesen konnte. Es gelang ihm nicht, weil Fara ihm ständig in den Arm fiel.

»Illegal geborene Kinder sollen, wie in China bereits üblich, eingeschläfert werden«, las sie und wurde plötzlich still. Als hätte sie die Bedeutung der Worte, deren Sinn sie nicht begriff, intuitiv erfasst.

Steve nutzte diese Gelegenheit, um seinen Maßnahmenkatalog zu löschen. Wie im Rausch rief er die ›Warrior‹-Zentrale auf, gab seine Spielnummer ein und quittierte das Game. Er war raus! Erst durch Faras unschuldigen Vortrag hatte er die Monstrosität des

Spiels und das, was es aus ihm zu machen drohte, in vollem Umfang erkannt. Von alleine hätte er vermutlich nicht die Kraft gefunden, auf seine ›Warrior‹-Existenz zu verzichten. Er drehte sich auf die Seite und nahm seine Freundin fest in den Arm. Sie hatte nicht mitbekommen, welche Kämpfe er in den letzten Minuten ausgestanden hatte, aber sie erwiderte seine Umarmung und strich ihm sanft durchs Haar.

»Ich bin frei!«, flüsterte er.

Cording lag ausgestreckt im hohen Gras, die Arme demütig ausgebreitet unter diesem Kronleuchter der Natur, den die Tahitianer das Tal des Papenoo nannten. Nie zuvor hatte er einen solchen Frieden empfunden. Sein Lebensüberdruss war ihm ausgezogen worden wie ein schmutziges Hemd. Er schwamm auf den Wogen seines Atems, dessen Rhythmus von den rauschenden Wassern der Kaskade diktiert wurde, die sich am gegenüberliegenden Ufer aus hundert Metern in den tiefgrünen See stürzte.

Maeva verschwand unter Wasser und tauchte an einer weit entfernten Stelle wieder auf. Sie winkte ihm zu, machte aber keinerlei Anstalten, das nasse Element zu verlassen. Wie war es möglich, dass ihn jedes Wort, jede Geste von ihr derart in den Bann schlug? Dass er sich angesichts dieses Mädchens sämtlicher Herzensdefizite bewusst wurde, die er im Laufe seines Lebens angehäuft hatte? In ihrer Gegenwart wich die Banalität des Alltags einem kindlichen Erstaunen, und alle Ironie, die er seit Jahren bemühte, um der kollektiven Dummheit unter Menschen zu begegnen, verursachte plötzlich nur noch Schuldgefühle. Der Sarkast in ihm, der sich zuvor bequem die Welt gedeutet hatte, war von Maeva auf fantastische Weise entwaffnet worden.

Cording musste an Steve denken. Anapa hatte ihm berichtet, dass Steve, nachdem er in den Kreis der hundert besten ›Warrior‹ getreten war, den virtuellen Kriegsdienst quittiert hatte. Er freute sich für den Jungen, den er kaum noch zu Gesicht bekam. Auch ihm schien der Aufenthalt auf Tahiti außerordentlich gut zu tun.

»Würdest du mir bitte den Pareu reichen?«, rief Maeva und schüttelte ihre Mähne.

Cording gehorchte.

»Warum gehst du nicht schwimmen?«, fragte sie. »Das Wasser ist wunderbar. Wer in diesen See steigt, darf sich etwas wünschen. Oder hast du keine Wünsche mehr?«

Als er nicht antwortete, pflückte sie eine rote Hibiskusblüte und steckte sie hinter das rechte Ohr. Sie trug die Blume auf der rechten Seite! Cording nutzte den kurzen Augenblick, in dem sie den Sitz der Blüte prüfte, streifte die Kleider vom Leib und sprang ins Wasser. Er kraulte weit hinaus, als wollte er sich freischwimmen von der Illusion, dass diese Geste etwas mit ihm zu tun haben könnte. Mitten auf dem See ging er ins Hohlkreuz und ließ sich auf dem Rücken liegend treiben, während Maeva am Waldrand Miconias erntete.

»Sie stellen einfach alles in den Schatten«, sagte sie, als er zurück ans Ufer kletterte. »Inzwischen beherrscht die Pflanze fast neunzig Prozent unserer Bergregionen. Vierzig von hundertsieben einheimischen Arten sind durch sie vom Aussterben bedroht. Es ist, als hätten wir es mit einer unheilbaren Krankheit zu tun. Deshalb nennen wir sie auch den grünen Krebs von Tahiti. Die Miconia ist eine sich selbst reproduzierende Pflanze, sie braucht keine Artgenossen zur Bestäubung. Über eine Million Samen wirft ein ausgewachsener Baum pro Jahr ab – und es sind ausgerechnet zwei eingeführte Vogelarten, die sie überall hintragen.«

Sie warf die ausgerupften Strünke auf einen Haufen. Cording war froh über den kleinen Naturkundeexkurs, er half ihm über die Nervosität hinweg, die die rechts sitzende Hibiskusblüte bei ihm ausgelöst hatte.

»Die Miconia ist vielleicht das größte ökologische Problem, das wir haben«, fuhr Maeva sachlich fort. »Manche Samen keimen erst mit zwölf Jahren Verzögerung. Immer wieder entdecken wir in scheinbar bereinigten Zonen neue Kulturen des grünen Krebses. Es gibt einen Pilz, den man gegen ihn einsetzen könnte. Wir haben ihn getestet, und schon nach zwei Jahren waren fünfzig Prozent des

Miconia-Baumes ernsthaft geschädigt. Aber ein so schnelles Absterben können wir uns nicht leisten. Wir würden die Berghänge entblößen und uns in der Regenzeit ein unlösbares Erosionsproblem aufhalsen. Komm, ich zeig dir was.«

Er folgte ihr auf einem glitschigen Pfad in den Wald. Nachdem sie sich über mehrere Hügel durchs Unterholz gekämpft hatten, kamen sie an einen zweiten See, der kleiner und runder war als der erste und von steil aufragenden Felsen und Wasserfällen eingefasst wurde wie ein kostbarer Edelstein. Als Cording seine Hand in das kristallklare Wasser tauchen wollte, zog Maeva ihn sanft, aber bestimmt zurück.

»Dies war das Bad der Königin Teura«, sagte sie, »sie regierte auf Tahiti, bevor der erste Europäer seinen Fuß auf die Insel setzte. Die Vahine Teura war eine hochverehrte Magierin, der See diente ihr als Kraftquelle und niemand außer ihr durfte mit ihm in Berührung kommen. Daran hat sich bis heute nichts geändert.«

Da hatte er sich gerade mal acht Kilometer von dem zivilisierten Küstenstreifen ins Landesinnere entfernt und schon kam er sich vor wie ein Schuljunge, dem es an allem mangelte, was zum Verständnis eines so mystischen Platzes nötig gewesen wäre. Er war nicht einmal für die Schwingungen empfänglich, die die Tahitianer hier offensichtlich wahrnahmen. Auf dem langen Fußmarsch hierher hatte ihm Maeva berichtet, dass die Insulaner im Tal des Papenoo immer wieder Schutz vor Feinden gesucht hatten. Sie glaubten fest daran, dass die Aura des Tals sie vor Verfolgern schützen würde. Dass die Einheimischen sich an diesem heiligen Ort zu benehmen wussten, glaubte er wohl. Aber auch die Meuterer der Bounty hielten sich hier eine Weile versteckt. Schwer vorstellbar, dass die englischen Matrosen sich angesichts eines solchen Paradiesgartens nicht lautstark in Teuras Bassin geworfen hätten. Und was war mit den Touristen, die mit ihren Jeeps bis vor neun Jahren noch ins Tal fahren durften? Nein, so jungfräulich, wie Maeva behauptete, war das stille Wasser nicht. Umso rührender fand er ihren Versuch, dem See das Märchen ewiger Unschuld anzudichten.

Er folgte Maeva auf eine von der Sonne beschienene Felsplattform, wo sie mit geschlossenen Augen dem Gesang der Vögel lauschten, die den rauschenden Kaskaden ihre lustigen Melodien ins akustische Gewand webten. Einige Stunden mochten sie so dagelegen haben. Irgendwann wusste er nicht, wovor er mehr Angst haben sollte: dass sie verschwunden war, wenn er die Augen wieder öffnete, oder dass sie noch immer neben ihm lag. Maeva lag neben ihm, und als er ihr in die Augen schaute, war alle Angst wie weggeblasen.

»Wir müssen gehen«, mahnte sie. »Haere mai!«

Sie hatte recht. Die Sonne versank bereits hinter den Bergen und der Rückweg war lang. Cording wunderte sich über die vielen runden Steine, die links und rechts der Strecke zwischen den Bäumen und auf den Wiesen lagen.

»Das sind die heiligen Steine von Papenoo!«, sagte Maeva. Sie hakte sich bei ihm ein, eine vertraute Geste, die er nicht mehr missen mochte.

»Eines Tages wirst du einen dieser Steine nach Tahara'a tragen, das bist du uns schuldig, weißt du noch?«

»Ja, ich weiß«, antwortete er und rieb seinen Kopf an ihrer Schläfe. »Ich danke dir für diesen zauberhaften Tag.«

»Du hast du gesagt …!«, rief sie und hüpfte ihm lachend voraus.

Cording wurde von einem Regentropfen getroffen. Er sah hoch. Der Himmel über ihm war strahlend blau. Die Wolken hatten das Tal des Papenoo weitläufig ausgespart, aber es regnete leicht, daran bestand kein Zweifel. Er fragte Maeva, ob sie es auch bemerkt hätte. Sie nickte.

»Wenn der Himmel über einem blau ist und es trotzdem auf den Kopf regnet, glauben wir Polynesier, dass jemand gestorben ist.«

Unwillkürlich ging er im Geiste seine ganze Bekanntschaft durch. Dann rief er sich zur Ordnung. Wäre ja noch schöner, wenn er mitten in der Pampa einem solchen Aberglauben aufsaß …

Am nächsten Morgen bekam Cording überraschend Besuch von Maeva und Rudolf. Maeva teilte ihm mit, dass sie ihm in den nächsten drei Tagen nicht zur Verfügung stehen würde, da sie verreisen müsse.

»Verreisen?! Wohin?«, fragte er erstaunt.

»Nach Tetiaroa.«

Tetiaroa. War das nicht das Atoll, das Marlon Brando nach Abschluss der Dreharbeiten zu dem Film *Meuterei auf der Bounty* auf 99 Jahre gepachtet hatte? Cording hatte sich den Ort ohnehin anschauen wollen, er war ein großer Fan von Brando und kannte alle seine Filme. In *Meuterei auf der Bounty* hatte Brando der gebrochenen Figur des Fletscher Christian so viel Charisma eingehaucht, dass Cording sich seitdem gerne daran erinnerte, wie viel wertvoller ein Leben war, wenn man den Vorgaben des Herzens folgte anstatt den Zwängen der Gesellschaft. Der Schauspieler hatte kurz vor seinem Tode verfügt, Tetiaroa unter Schutz zu stellen. Das Atoll mit seinen dreizehn Motus um die kristallklare Lagune war eine unberührte Naturschönheit mit einem fragilen Ökosystem. Über dreißigtausend einheimische Seevögel fanden in diesen Korallenriffen Zuflucht, es war die Brutstätte seltener Meeresschildkröten und die Heimat der größten Landkrabbe der Welt.

»Ich würde gerne mitkommen«, sagte Cording und wunderte sich, dass Maeva nicht sofort begeistert einwilligte.

Stattdessen wechselte sie einen fragenden Blick mit Rudolf, der kurz darauf das Zimmer verließ.

»Was ist denn? Irgendetwas, das ich nicht wissen darf?«, fragte Cording.

»Es dürfen eigentlich keine Fremden nach Tetiaroa«, erklärte Maeva. »Ich glaube nicht, dass Omai in deinem Fall eine Ausnahme machen wird. Rudolf spricht gerade mit ihm.«

»Oh. Und was ist so Besonderes an Tetiaroa?«

»Es ist die ehemalige Residenz unserer Könige«, antwortete Maeva. »Dorthin zog sich der Hof zurück, um seine traditionellen Feste zu feiern. Auf Tahiti war das wegen der strengen Vorschriften der Missionare nicht mehr möglich, Tetiaroa war die letzte freie

Bastion unserer Kultur. Der Legende nach sind dort sogar die königlichen Schätze vergraben.«

»Und jetzt habt ihr Angst, dass ich heimlich zu buddeln anfange …?«

»Du verstehst das nicht«, sagte sie, ohne auf seinen dummen Scherz einzugehen. »Tetiaroa ist für uns immer noch ein wichtiger Versammlungsort. Einmal im Jahr tagen unsere Parlamentarier dort, anstatt in Papeete. Morgen ist es wieder so weit.«

Rudolf kehrte zurück, er strahlte über das ganze Gesicht.

»Omai ist einverstanden«, sagte er zu Cording. »Er besteht allerdings darauf, dass du dich von der Tagungsstätte und den Abgeordneten fernhältst.« Und an beide gewandt fuhr er fort: »Na was ist? Kommt ihr nun oder nicht?«

Maeva stand die Verwunderung über Omais Entscheidung ins Gesicht geschrieben. Ihr Bruder musste Cording schon sehr vertrauen, wenn er ihm erlaubte, die Königsinsel zu betreten.

Cording war auf den schnellen Aufbruch nicht vorbereitet, aber er folgte Maeva und Rudolf zum Hafen, wo eine kleine, sieben Meter lange Yacht auf sie wartete. Es war derselbe Bootstyp, den er mit Mike häufiger in der Nordsee gesegelt hatte. Der Schwerpunkt lag so tief, dass er das Schiff auch bei stärkerem Wind stabilisierte. Selbst im Falle eines Kenterns richtete es sich aus fast jeder Lage wieder auf, wie er mehr als einmal am eigenen Leib erfahren hatte. Aber dies war nicht die deutsche Bucht mit ihren tückischen Böen, dies war die Südsee mit einem streichelnden Passat.

Cording fühlte sich nicht wohl an Bord. Er hatte die Gebote der Höflichkeit missachtet und Omai mit seiner Frage quasi genötigt, ihn mitfahren zu lassen. Maeva ließ sich zwar nichts anmerken, aber begeistert war sie darüber sicher nicht. Um sich wenigstens ein wenig nützlich zu machen, bot er Rudolf an, für eine Weile das Ruder zu übernehmen. Der reagierte höchst erfreut, übergab ihm das Kommando und machte es sich an Deck bequem. Maeva verschwand in der Kombüse. Als sie eine halbe Stunde später mit einem Tablett voller geschnittener Früchte zurückkehrte, hatten sie Tetiaroa fast erreicht. Nun übernahm Rudolf wieder das Ruder, er kannte die Ankerplätze und steuerte das Schiff sicher durchs Korallenriff.

Die dreizehn Motus innerhalb des Atolls waren insgesamt nur sechs Quadratkilometer groß. Ihnen lag ein eigener, vom Riff umrandeter Miniaturozean zu Füßen, der einen Durchmesser von sieben Kilometern besaß. Rudolf, Maeva und Cording landeten auf Onetahi, der einzigen bebauten Insel auf Tetiaroa. Hier befand sich die Tagungsstätte, das ehemalige Hotel ›The Brando‹, das 2008 eingeweiht worden war. Der Schauspieler hatte an der Planung der dreißig Bungalows noch persönlich mitgewirkt. Sie waren aus natürlichen Materialien erbaut und vom Wasser aus nicht zu sehen. Die Klimatisierung erfolgte durch ein umweltfreundliches, mit Meerwasser betriebenes System. Auf Onetahi befand sich auch der Landungssteg, an dem Omai und die Parlamentsabgeordneten morgen anlegen würden.

Rudolf zeigte ihnen ihre Zimmer und ging dann seinen Verpflichtungen nach, zu denen es unter anderem gehörte, das Innen- und Außenplenum für den feierlichen Anlass entsprechend herzurichten. Eigentlich hatte Maeva ihm dabei helfen wollen, stattdessen ging sie nun mit Cording an den Strand und erklärte ihm die Bedeutung der anstehenden Klausur.

»Du weißt ja, dass Omai nur auf zehn Jahre gewählt ist«, begann sie. »Nach zehn Jahren, das hat er immer betont, will er zurücktreten. Nächstes Jahr also.«

Maeva brach einen morschen Ast von dem etwa vier Meter hohen Baum ab, unter den sie sich gesetzt hatten und der erstaunlicherweise im Sand wurzelte.

»Das Parlament berät die nächsten drei Tage über eine wunderbare Idee«, sagte sie und malte ein Quadrat zwischen ihre Füße, dessen Ecken sie mit Kreisen garnierte. »Wir wollen keine Demokratie nach eurem Muster, wir bauen uns eine andere Struktur, eine ohne Parteien. In ihr werden die Bürger direkt an den Entscheidungsprozessen beteiligt sein.«

Cording lauschte ihren Ausführungen mit wachsendem Interesse, sie erinnerten ihn an jene Überlegungen, die vor Jahren auch in Deutschland angestellt worden waren, um die Ohnmacht eines von Sachzwängen geknebelten Parlaments zu brechen, das den Wählerwillen weder zum Ausdruck brachte noch irgendeine Form der Mitbestimmung sicherte. Damals war von Expertenparlamenten die Rede, die den gesellschaftspolitischen Herausforderungen mit Kompetenz und Sachverstand begegnen sollten. Eine reelle Chance hatte diese Idee jedoch nie gehabt. Die Überlegungen auf Tahiti gingen nun in eine ähnliche Richtung. Man war sich bewusst, dass die Grundsatzprogramme der Parteien die Behandlung zu vieler unterschiedlicher Themen bündelten, die dem Wähler, wenn er sich denn aufgrund eines bestimmten Programmpunktes für eine Partei entschieden hatte, quasi mit untergejubelt wurden. Das Konglomerat unterschiedlichster Lösungsansätze verfälschte den Wählerwillen drastisch. Kein Abgeordneter wusste, für welche Position im Parteiprogramm er nun eigentlich gewählt worden war.

»Um die Anbindung der Parlamentarier an das Volk zu garantieren, haben wir uns überlegt, was die großen gesellschaftlichen Felder sind, auf denen wir politisch tätig werden müssen«, sagte Maeva und rührte weiter im Sand. »Wir sind der Meinung, dass wir unser Gesellschaftssystem in vier Subsysteme gliedern müssen. Jedes dieser Subsysteme soll durch ein eigenes Parlament* repräsentiert sein. Wir hätten also ein Wirtschaftsparlament, das sich um die Bereiche Konsum, Produktion, Handel und Geld kümmert. Ein politisches Parlament, das für Boden und Verkehr, innere und äußere Sicherheit, Außenpolitik, Rechts- und Verfassungspolitik zuständig ist. Ein Kulturparlament, zuständig für Bildung, Wissenschaft und Kunst, und nicht zuletzt ein Grundwerteparlament. In ihm werden alle Fragen behandelt, die sich um Ethik und Spiritualität drehen. Jeder der Bezirke in Polynesien schickt vier Abgeordnete in die Parlamente, einen für jedes Haus. Engagierte Menschen, die sich ausschließlich um Dinge kümmern, von denen sie etwas verstehen und für die sie gewählt worden sind.«

Cording war beeindruckt. Nicht nur von der weitreichenden Reform, die Tahiti bevorstand, sondern ebenso von dem engagierten Vortrag Maevas. Sie war beseelt von der Gewissheit, dass ihr Volk im Frieden mit der Natur wieder zu sich selbst finden würde. In Maeva verbanden sich auf wunderbare Weise die natürliche Magie eines jungen Mädchens mit Sachverstand und Engagement, was ihrer Schönheit erst wirkliche Autorität verlieh.

»Komm«, sagte sie, »ich hab dich jetzt genug mit Thorien gequält. Lass uns spazieren gehen.«

»Was ist das für ein Baum?«, fragte Cording, als er sich erhob. »Was befähigt ihn, in dieser Sandwüste Wurzeln zu schlagen?«

»Das ist unser Tafano«, antwortete sie lachend und hob einige der verschrumpelten weißen Blüten vom Boden auf, die überall herumlagen. »Er wächst ausschließlich auf Atollen und blüht nur nachts. Bei Sonnenaufgang wirft er seine Blüten wieder ab, aber ihr Duft hüllt die Insel noch für Stunden ein. Morgen früh wirst du an einem Parfüm schnuppern, wie du es noch nie gerochen hast ...«

Ein leichter Flaum, wie man ihn auf der Pfirsichhaut findet, fasste ihr Gesicht in einen glänzenden Rand. Maevas Züge wirkten faszinierend auf ihn, aber irgendwie gaben sie ihre Person nicht wirklich preis. Sie bildeten einen strahlenden Schleier, in dem er sich jedes Mal verfing, wenn er sie genauer betrachtete.

Sie besuchten Rudolf und seine Leute, die an der Nordküste eine ebene Fläche präparierten, auf der die Parlamentarier im großen Kreise Platz nehmen würden, um sich bei ihrer Entscheidung zu erden, wie Maeva sagte. Über ihnen kreisten Hunderte von Seevögeln und gaben freudig ihren Senf dazu. Sie würden demnächst verstummen, die Sonne stand schon tief. Als sich Cording und Maeva bei einbrechender Dunkelheit in den Gästebungalow zurückzogen, herrschte Ruhe auf Tetiaroa. Eine Ruhe, die alle Nervositäten, von denen er die letzten Jahre geplagt worden war, im Keim erstickte – die ihn mit einem traumlosen Schlaf beglückte, aus dem er die Kraft für ein ganzes Jahr zu schöpfen glaubte.

Heute war der Tag der Ankunft. Die dienstbaren Geister in den Bungalows des ›Brando‹ legten Tiaré-Blüten aus und der Essensduft aus der Küche mischte sich mit dem betörenden Parfüm des Tafano. Es herrschte allgemein eine freudige Erwartung, die Cording nicht zu teilen vermochte. Wie schon auf der Überfahrt wurde er erneut von dem Gefühl geplagt, dass er fehl am Platze war. Maeva wollte gerne der Eröffnungsversammlung des Parlaments beiwohnen und hatte ihn gefragt, ob es ihm etwas ausmachte, den Tag auf Onetahi ohne sie zu verbringen. Er begann sich zu fragen, was er hier zu suchen hatte, ausgeschlossen von der Zeremonie wie ein Aussätziger, allein gelassen mit am Himmel kreisenden Brauntölpeln und Fregattvögeln. Das Beste wäre, er würde verschwinden. Er fragte Rudolf, ob er das Boot nehmen könnte um nach Papeete zu segeln, was ihm prompt bewilligt wurde.

Tahitis mächtige Berge grüßten am Horizont und machten die Navigation zum Kinderspiel. Cording legte sich mit dem Ruder in der Hand auf den Rücken und schaute in den Himmel. Nie zuvor war er sich seines Zwitterlebens so bewusst geworden. Die Welt, aus der er kam, gehörte ebenso wenig zu ihm, wie die, in die er geraten, aber in der er nicht vollständig geduldet war. Er fühlte sich dem sozialen Frieden, den er auf Tahiti auf Schritt und Tritt zu spüren bekam, nicht gewachsen. Er befand sich Maeva gegenüber in einem permanenten Defizit. Für sie bedeutete der radikale ökologische Umbau, der sich in Polynesien vollzog, dass sie wieder fest in ihrer Kultur wurzeln durfte, die durch das Tahiti-Projekt auf natürliche Weise belebt wurde. Er hingegen trudelte von verheerenden Winden getrieben wie ein Beifußknäuel über den verwüsteten Rest der Welt. Er konnte Maeva nicht einmal reinen Gewissens vom Rest der Welt berichten. Ebenso gut hätte er ihr eine Handvoll Dreck ins Gesicht schleudern können.

Mit jedem Tag, den er hier erleben durfte, schien er schwermütiger zu werden. Tahiti war ein Traum und es war lediglich eine Frage der Zeit, wann das böse Erwachen kam. In sechs Wochen lief seine Aufenthaltsgenehmigung ab, dann musste er von hier verschwinden. Diese Tatsache verdrängte er gerne. Und was Maeva betraf, so würde er sich für den Rest seines Lebens wohl mit einer unstillbaren Sehnsucht herumschlagen müssen. Selbst wenn er für immer bleiben durfte: Wäre er dieses Glückes überhaupt mächtig?

Wenn dieses Mädchen wüsste, wie feige er im Grunde in der Liebe war. Wie unerfahren. Vielleicht sollte er an Tahiti vorbeisegeln und sich der Führung der Passatwinde anvertrauen. Gelassen mit den polynesischen Göttern plaudern – sehen, was sie für einen wie ihn bereithielten.

Es gibt Tage, die sich als hinterhältige Wesen entpuppen, ganz so, als besäßen sie eine eigene Persönlichkeit. Dies war so ein Tag. Er lächelte das mildeste Licht und fächelte einem die süßeste Luft zu. Cording begrüßte ihn wie einen Freund, der ihn während der heutigen Begegnung mit Maeva und den Kindern seidig umhüllen würde, sodass nichts anderes als Harmonie zu erwarten war. Dummerweise hatte er verschlafen, der Wecker war kurz nach Mitternacht stehen geblieben. Die Zeit bis zu seiner Verabredung auf dem Plateau von Tutaemoa wurde knapp. Das Plateau befand sich auf Iti, was bedeutete, dass er sich bei Taravao einen Elektroroller würde nehmen müssen, denn der Reva-Tae verkehrte erst nächstes Jahr bis dorthin. Unterwegs nach Faaa platzte dem Bus dann ein Reifen. Als er endlich im Reva-Tae saß, schlich dieser an der Südküste dahin, als sei dem Magnetstreifen die Kraft ausgegangen. Die Kabinen steckten regelrecht im Stau! Autos, Elektroroller, Honu-Tere, Fahrräder, Fußgänger, johlende Kinder, Hunde – der ganze irre Zug, in dem selbst die Tahitianer schneller vorwärtszukommen versuchten, wurde langsamer und langsamer, bis er in dem Nadelöhr zwischen steilem Fels und Strand vollständig zum Erliegen kam. Der Reva-Tae war direkt vor der Grotte Maraa am Kilometerstein 28,5 zum Stillstand gekommen. Die Grotte sah unheimlich aus, Cording konnte ihren kalten Atem bis in die Kabine spüren. Die Tahitianer nannten sie das ›Tor zur Hölle‹. Er schaute nervös auf die Uhr. Um diese Zeit hätte er bereits auf dem Plateau sein sollen! Die Kinder hatten ihn zu ihrem Orientierungslauf* eingeladen. Und ausgerechnet heute musste er sich verspäten.

Cording stieg mit den anderen Fahrgästen aus. Er hatte Mühe, von der Straße herunterzukommen, der Strand war total überfüllt. So kletterte er auf das Brett eines leeren Verkaufsstandes und schaute über die Köpfe hinweg auf die Lagune, in der ein silbernes Monstrum von der Größe eines Fußballfeldes dümpelte, umschwirrt von Dutzenden von Pirogen.

Es handelte sich um den ›Ming-Pelikan‹*, einen in China und den USA entwickelten Tiefstflieger, der seine 1400-Tonnen schwere Ladung in zehn Metern Höhe zwischen Schanghai und Los Angeles über den Pazifik transportierte. Ein Tiefstflieger nutzte das aerodynamische Phänomen des Bodenauftriebs und benötigte deshalb nur sehr geringe Mengen Flugbenzin. Ming-Pelikane flogen mit einer Geschwindigkeit von 300 Stundenkilometer und etablierten sich zu einer ernsthaften Konkurrenz der Frachtschifffahrt auf ihren Routen.

Er erkundigte sich unter den Umstehenden, was passiert sei und erfuhr von der Notwasserung heute Morgen, zu der sich die Besatzung des Ming-Pelikan offensichtlich genötigt sah. Cording fragte sich, was das Flugzeug überhaupt in dieser Gegend zu suchen hatte. Tahiti lag weitab von der Verkehrsroute, auf der die beiden letzten kapitalen Saurier, China und die USA, ihre Waren austauschten. Aber vielleicht belieferte der Ming-Pelikan inzwischen ja auch die notleidenden Südamerikaner mit chinesischem Tinnef?

Cording hatte genug gesehen. Er bahnte sich seinen Weg bis an den Rand der schaulustigen Menge und bestieg an dem anderen Ende eine leere Reva-Tae-Kabine, in der er zügig und ungestört bis nach Taravao fuhr. Dort angekommen musste er feststellen, dass alle Motorroller vergeben waren. Bis auf ein altes Fahrrad stand überhaupt kein fahrbarer Untersatz an der Dockstation zur Verfügung. Damit würde er den vier Kilometer langen Anstieg von Teohatu aufs Tableau nie bewältigen. Cording rechnete hoch, wie viel Verspätung er sich am Ende wohl einhandelte. Zweieinhalb Stunden, wenn man den anstehenden Fußmarsch mitrechnete. Wie würde sich Maeva jetzt fühlen? Sie wusste nichts von dem ›Pelikan‹. Sicher hatte sie eine Weile auf ihn gewartet, was nicht leicht ist, wenn die Klasse ins Gelände will.

Unterwegs aß Cording von den dattelförmigen Früchten des *Faux Pistachiers*, der ›falschen Pistazie‹, die ihm Maeva als sehr schmackhaft gepriesen hatte. Stand der Verzehr dieser Beeren in irgendeinem Zusammenhang mit den Nonos, die ihn in immer größerer Zahl umschwirrten und in die Lippen, die Stirn und in den Hals bissen? In dem verzweifelten Versuch, sich vor den Biestern zu schützen, stülpte er das T-Shirt über den Kopf und bot ihnen den Bauch dar. Dort waren die Stiche ein wenig besser zu ertragen, da ließ es sich auch besser kratzen.

Kurz unterhalb des Plateaus ging ihm die Luft aus. Die Kinder waren längst enteilt, sonst hätte man sie gehört. Er gab sich einen Ruck und quälte sich die letzten Meter hinauf auf die Ebene, die an einen Wald grenzte. Dort setzte er sich in den Schatten eines Baumes. Hier würde er sitzen bleiben, bis es dunkel wurde oder sich doch noch jemand aus Maevas Klasse blicken ließ.

Cording war eingeschlafen, als er einen stechenden Schmerz an der linken Wade verspürte und aufschrie. Er krempelte das Hosenbein hoch und sah einen zwanzig Zentimeter langen glitschigen Wurm zu Boden fallen. Er war kurz davor, in Panik zu geraten, als ein Junge aus dem Wald gerannt kam, sich das Bein ansah und sein Taschenmesser aufklappte. Misstrauisch beäugte Cording das Messer. Das fehlte gerade noch, dass er sich hier von einem Zwölfjährigen operieren ließ! Aber der Junge nahm sich an seiner statt den Wurm vor, schnitt ihm den Rücken auf, lüftete mit der Messerspitze den zuckenden, langen weißen Zentralnerv und legte diesen behutsam auf Cordings Wunde, um ihn anschließend sorgsam auf der Einstichstelle zu zerreiben.

Nach und nach fand sich die ganze Klasse wieder auf dem Plateau ein, insgesamt waren es zehn Kinder. Die tahitianische Erklärung dafür war einfach: ein Lehrer hat zehn Finger, einen Finger für jedes Kind. Maeva trat als Letzte aus dem Dickicht und erkannte sofort, was passiert war.

»Heute ist dein Glückstag«, sagte sie. Dabei suchte sie mit dem Fuß den Boden ab, bevor sie sich zu ihm setzte.

Er lächelte gequält – sie meinte das offenbar ernst.

»Wenn der Junge nicht gewesen wäre, hättest du breits hohes Fieber. Unser Veri ist ein Hundertfüßler und sehr gefährlich. Er macht es sich mit Vorliebe im Laub bequem. Deshalb untersuchen wir die Stellen vorher genau, an die wir uns setzen wollen. Tut es noch weh?«

»Es ist besser geworden«, antwortete Cording, der diesem Tag ein solches Glück gar nicht zugetraut hätte.

»Die Kinder wissen um die Gefahren in der Natur«, sagte Maeva, »sie lernen es auf ihren Ausflügen. Die meiste Zeit des Schulunterrichts verbringen sie im Freien. Wie war das bei dir?«

»Anders«, murmelte Cording und betrachtete weiterhin besorgt seine Wade.

Der Knabe, der ihn verarztet hatte, näherte sich ihm in Begleitung von vier anderen Kindern.

»Wo warst du?«, fragte er.

Die Frage stand in allen Kinderaugen. Er beschloss, ihnen lieber nichts von der Notwasserung des Ming-Pelikans zu erzählen. Sie würden solange an Maeva zerren, bis sie ihren Willen bekamen und aufbrechen durften zum ›Tor zur Hölle‹, um das Spektakel mit eigenen Augen zu sehen.

»Mein Bus hatte eine Reifenpanne«, sagte er. »Und als ich endlich in Taravao ankam, gab es kein Auto, keinen Motorroller, gar nichts. Ich musste ein verrostetes Fahrrad nehmen, um hierherzukommen. Ihr hättet es sehen sollen, es sah aus wie ein altes Pferd.«

»Pua'arehenua! Pua'arehenua!«, riefen sie begeistert.

»Was heißt das?«, fragte er Maeva.

»Schwein mit langen Beinen. So haben wir das Pferd genannt, als es nach Tahiti kam.«

»Pua'arehenua!«, schrie Cording und alle Kinder lachten.

»Was ist wirklich passiert?«, flüsterte Maeva.

Während die Kinder vorausliefen, erzählte Cording die ganze

Geschichte, bis auf die Tatsache, dass er verschlafen hatte. Sie drückte ihm dankbar die Hand.

Als sie die Stelle passierten, an der ihn die Nonos geplagt hatten, die sich seltsamerweise nicht mehr blicken ließen, kratzte sich Cording im Gesicht. Er hatte offenbar ein ganzes Moskitovolk verköstigt.

»Sie kommen erst abends wieder«, sagte Maeva und lächelte mitleidig. Sie liefen hinter den tobenden Kindern her, die auf ihrem Weg zum Bauern immer schneller wurden, bis sie ganz aus dem Blickfeld verschwanden und nur noch ihre Stimmen zu hören waren.

»Du hast vorhin gesagt, deine Schulzeit war anders«, sagte Maeva. »Was hast du damit gemeint?«

»Wie soll ich dir das erklären?«, entgegnete Cording. »Bei uns lernt man nicht mit dem Herzen, sondern mit dem Verstand. Und das nicht miteinander, sondern gegeneinander. Konkurrenz – das ist es, worauf wir die Kinder vorbereiten. Unser Bildungssystem ist krank und bringt kranke Menschen hervor. Es fördert die Seele nicht und legt so den Keim für physische und psychische Gebrechen.«

»Und wie lautet die Botschaft, die ihr euren Kindern übermittelt?«, fragte Maeva zögerlich.

»Wir haben keine. Zumindest keine, die von allen geteilt wird.«

»Wisst ihr denn nicht, dass Menschen sich im Vertrauen begegnen müssen? Männer und Frauen, Erwachsene und Kinder? Der wichtigste Lerninhalt bei uns lautet: erlange Erkenntnis über dich selbst und erkenne, was uns allen gemeinsam ist. Unsere Schüler empfangen keine Anweisungen, sie bitten die Lehrer um Unterstützung. Für uns ist die Kindheit kein Schonbereich außerhalb der Erwachsenenwelt, wir lernen miteinander und voneinander. Das ist bei euch nicht so?«

»Nein.«

Er schloss die Augen, als ihre Finger wie zum Trost seine Stirn berührten. Das Prinzip der gegenseitigen Hilfe, keine Konkurrenz, kein Neid und Wettstreit mehr – sollte das auf Tahiti wirklich gelungen sein? Es gab keinen festen Lehrplan an den Schulen, was jedoch nicht bedeutete, dass die Kinder des Lesens, Schreibens oder Rechnens unkundig waren. Außerdem verfügten sie über erstaunlich viele Kenntnisse in den unterschiedlichsten Bereichen und besaßen handwerkliche Fähigkeiten, von denen Cording nur träumen konnte. Ein Zehnjähriger auf Tahiti war durchaus in der Lage, seine eigene Hütte zu bauen, zu säen und zu ernten, sich eine Mahlzeit zuzubereiten und zu nähen. Die Kinder hier kannten Hunderte von Pflanzen- und Tierarten, sie waren mit den Wetterphänomenen vertraut und schienen sich ihrer gesellschaftlichen Pflichten schon früh bewusst. Es waren in der Hauptsache Kinder, die sich um die Pflege der Reva-Tae-Kabinen kümmerten. Natürlich wurden sie dafür belohnt.

Inzwischen waren sie im Tal angelangt und steuerten das nächstbeste Haus an. Maeva bat die Bewohner um Alkohol und ein Stück Miro-Rinde. Mit dem Rosenholz rieb sie Cordings Wunde ein. Die Kinder hatten sich in alle Richtungen verstreut, nur zwei waren zurückgeblieben, die die Nacht auf diesem Hof verbringen wollten. Cording wunderte sich, wie sorglos Maeva die Schüler fernab ihrer Elternhäuser aus dem Unterricht entließ. Erst später erzählte sie ihm, dass auf Tahiti niemand sicherer aufgehoben sei, als ein Kind. Wo immer ein Kind anklopfte oder auftauchte, nahm man sich seiner an wie dem eigenen.

Maeva und Cording gingen zu Fuß nach Taravao. Als sie einen kleinen Bach überquerten, wollte er sich das Gesicht benetzen, wurde von ihr aber im letzten Augenblick daran gehindert. Sie deutete auf die großen Blätter zu seinen Füßen und im Wasser.

»Das sind Ape. Wir nennen sie Elefantenohren. Schon bei der kleinsten Berührung lösen sie Ödeme und schweren Juckreiz aus.« Sie lachte: »Wenn du unseren Orientierungslauf mitgemacht hättest, wüsstest du das jetzt.«

An der Reva-Tae-Station in Taravao trennten sich ihre Wege.

Zwei Monate war er nun auf Tahiti, Zeit für eine Zwischenbilanz. Maeva war den Rest der Woche in der Uni beschäftigt, also konnte er sich in Ruhe jenen Aufzeichnungen widmen, die für seine Reportage in Frage kamen. Bisher verfügte er lediglich über einen Haufen hingekritzelter Notizen. Er holte den Laptop aus dem Schrank, den er bisher noch nie benutzt hatte, und eröffnete sein Büro unter dem schützenden Pandanusschirm am Swimmingpool, wo Steve und er die erste Nacht verbracht hatten.

Es überraschte ihn, wie wenig von dem vorhandenen Material für seine Zwecke zu gebrauchen war. Das meiste bestand aus kurzen, nicht einmal sehr präzisen Beobachtungen. Was einigermaßen verständlich war, taugte allenfalls für einen Reisebericht, nicht aber, um das Phänomen der allgemeinen Bewusstwerdung auf Tahiti zu beschreiben. ›Ich habe ein neues Verhältnis zu Tätowierungen bekommen, sie sind sauber und klar‹, stand da beispielsweise. Das ergab überhaupt keinen Sinn. Immerhin erinnerte es ihn an die Tatsache, dass die Tattoos, die ja eine lange Tradition in Polynesien besaßen, die Herkunft ihres Trägers verrieten sowie Einblick in seine persönliche Biografie gaben, was ihm zu hohem Ansehen verhelfen konnte. Eine weitere Notiz war: ›Die Krabben im Kokosnusshain.‹ Damit hatte er eigentlich auf die glatten Banderolen verweisen wollen, mit denen die Tahitianer die Stämme der Kokospalmen umwickelten, damit die Viecher nicht zu den begehrten Nüssen gelangten, die eine bedeutende Rolle spielten in der hiesigen Volkswirtschaft. ›Es war der Tag der Regenbögen.‹ Um Gottes willen! Er räumte radikal auf mit diesem Mist. Nur wenige Impressionen fanden Eingang in den Computer.

Nach drei Tagen intensiver Arbeit, während derer es ihm gelungen war, so etwas wie eine Erzählstruktur zu erarbeiten, betrachtete Cording das Ergebnis. Er hatte ein Problem. Ohne harte Fakten, ohne konkrete Einblicke in das Reformwerk, funktionierte sein Text nicht. Vielleicht kam der Besuch im Wissenschaftsinstitut, den Maeva für morgen in Aussicht gestellt hatte, gerade recht.

Cording klappte den Laptop zu. Eine Schar Hühner näherte sich seinem Liegestuhl, schlank, bunt und grazil. Der Hahn stellte sich vor ihm auf, wie ein Balletttänzer in einer Trainingspause. Einer der Hotelbediensteten kam über die Wiese gelaufen, direkt auf Cording zu. »Monsieur!«, rief der Mann. »Telefon für Sie! Kommen Sie schnell!«

Wenn ein Tahitianer zur Eile aufrief, war auch Eile geboten. Es war Bettys Stimme, die er vernahm, als er an der Rezeption keuchend den Hörer in der Hand hielt.

»Lydia Parker ist tot«, sagte sie, »bitte sorge dafür, dass Steve so schnell wie möglich nach London zurückkehrt.«

Cording war wie vor den Kopf geschlagen. Er ließ sich in einen Sessel sinken. Wie teilte man einem Achtzehnjährigen mit, dass seine Mutter gestorben ist?

Als Maeva ihn am nächsten Morgen abholte, bedrückte ihn die anstehende Aufgabe mehr, als er sich eingestehen wollte. Er hatte den Jungen gerne, die Tatsache, dass sie sich nur selten begegneten, änderte daran nichts. Steve schien sich in den wenigen Wochen, die sie nun auf der Insel waren, vollständig aus der Isolation seines Spielerdaseins befreit zu haben. Er hatte Freunde gefunden und war verliebt. Das alles sollte jetzt mit einem Schlag vorbei sein. Der nächste Flug nach Auckland ging in drei Tagen, es blieb also noch Zeit, sich in die Rolle des Unglücksboten zu fügen. Cording mochte nicht daran denken, was Steve in London erwartete. Die Beerdigung, die Erbschaftsangelegenheiten, der Schmerz … am liebsten hätte er ihn begleitet.

»Was bedrückt dich?«, fragte Maeva, nachdem er die siebzig Kilometer bis zum Institut geschwiegen hatte. »Was ist es? Sag.«

»Entschuldigen Sie«, murmelte Cording, der in Gedanken immer noch bei Steve war. »Alles in Ordnung …«

Er wusste selbst nicht, warum er Maeva nicht einweihte.

»Warum sagst du Sie zu mir?«, fragte sie leise. Ihre Stimme zitterte, als befürchtete sie, einen großen Fehler begangen zu haben.

Cording schlug sich mit der flachen Hand gegen die Stirn.

»Das war dumm von mir, verzeih. Lass uns arbeiten gehen.

Alternative Energien*! Ich will alles über alternative Energien wissen!«, sagte er mit gespielter Fröhlichkeit. Auch Maeva beruhigte sich, wenngleich es bei ihr nur zu einem milden Lächeln reichte.

Das ›Institute Ecologique du Pacifique‹ kurz hinter Vairao war eine Ansammlung gelb gestrichener Baracken, die sich rechts der Straße hinter Maschendrahtzäunen auf flachem Gelände bis ans Meer erstreckten. Ernüchternd, hässlich. Auf der anderen Straßenseite lag eine ebenso schmucklose Wohnsiedlung, die demnächst nach den Erkenntnissen der Baubiologie renoviert werden sollte. Die Siedlung war sowohl den Wissenschaftlern als auch den Mitarbeitern der europäischen Firmen vorbehalten, die sich am ökologischen Neuaufbau Tahitis beteiligten. Verglich man dieses kasernenartige Ensemble mit den tahitianischen Fare ringsum, konnte der Gegensatz nicht größer sein. Cording war enttäuscht von der Forschungsstätte, die in den letzten Jahren doch entscheidende Impulse geliefert hatte. Ihr gutes Renommee hatte sie laut Aussage Professor Engelhardts, der sie in seinem Büro auf die Führung vorbereitete, vor allem dem ›Terra Magique‹* zu verdanken, jenem Straßenbelag, der Tahiti von den spärlich fließenden Lieferungen an japanischer Reiskleie unabhängig gemacht hatte.

»Es ist uns gelungen, einen Werkstoff zu kreieren, der die positiven Eigenschaften der Reiskleie noch übertrifft«, sagte der Wissenschaftler. »Die Rohstoffe wurden uns anfangs zugeliefert. Die Fidschi Inseln, Vanuatu, Neukaledonien – alle haben geholfen. Inzwischen sind unsere Straßen fast asphaltfrei.«

Engelhardt war Deutscher, er stammte aus Freiburg, aber er hatte ›unsere Straßen‹ gesagt, das zeigte ein hohes Maß an Verbundenheit.

»Bei ›Terra Magique‹ handelt es sich um ein rein pflanzliches Produkt«, fuhr er fort. »Es setzt sich aus den Strünken der Miconia, den Fasern der Kokosnuss, zerschredderten Palmwedeln und den Blättern des Brotfruchtbaumes zusammen, ohne Verwendung von Kunstharzen wohlgemerkt. Das Besondere an dieser Erfindung: sie ist wasserdurchlässig. Der Belag besteht zu vierzig Prozent aus Luftkammern, durch die das Regenwasser wieder ins Erdreich fließt. Auf diese Weise beugen wir der Versiegelung der Böden vor. Ein Traum, nicht wahr?« Er blickte Cording triumphierend an. »Stellen Sie sich vor, die Metropolen dieser Welt würden ihre Straßen nicht mit Asphalt bestreichen, sondern mit ›Terra Magique‹. Das CO2-Problem wäre größtenteils gelöst! Und wissen Sie warum? Weil der Belag das CO2 speichert!«

Da war er wieder, der wissenschaftliche Enthusiasmus, der von Teilerfolgen beflügelt direkt in die Betriebsblindheit führte, dachte Cording. Allein in China waren seit der Jahrtausendwende über 400 Millionen neue Kraftfahrzeuge zugelassen worden. Der Wahnsinn der internationalen Automobilmachung wurde von Engelhardt nicht hinterfragt, auch nicht die damit verbundene Landnahme, die wie ein Beilhieb in die letzten funktionierenden Ökosysteme einschlug. Ohne den Putsch in Saudi-Arabien und die damit verbundenen Preisexplosionen auf dem Ölmarkt, ohne den Zusammenbruch des US-amerikanischen Immobilienmarktes, der die amerikanische Volkswirtschaft erheblich schwächte, ohne das Seebeben von 2016, das die Ölvorkommen vor der mexikanischen Küste ausgehoben hatte, wäre die Erde schon heute nicht mehr atmungsfähig. Es war also nicht der menschlichen Vernunft, sondern politischen, geologischen und ökonomischen Katastrophen zu verdanken, dass der Patient überhaupt noch lebte. Dennoch umhüllte mittlerweile ein mehr oder weniger vergiftetes Luftpaket von einem Kilometer Höhe die Erde, nach Einschätzung des Heidelberger Umwelt- und Prognose-Instituts war das Weltklima nicht mehr zu retten, und dieser Weißkittel saß auf Tahiti und setzte auf die heilsame Wirkung von Miconia-Strünken …

Cording war drauf und dran, sich mit einem Schrei Luft zu verschaffen, riss sich aber zusammen. Vor diesem Augenblick hatte er sich gefürchtet. Das gesamte Tahiti-Projekt, das er dank seiner überaus reizenden Begleiterin bisher mit größter Sympathie zur Kenntnis genommen hatte, brach in sich zusammen, es war nichts wert, wenn man es in den internationalen Kontext stellte. Engelhardts Hinweis auf die Metropolen dieser Welt, denen mit einem pflanzlichen Produkt aus der Krise zu helfen wäre, hatte ausgereicht, in ihm das aberwitzige Bild eines tahitianischen Kriegers entstehen zu lassen, der am Strand die Backen aufbläst, um einem heranrauschenden Tsunami Einhalt zu gebieten. Niemand bedauerte den plötzlichen Rückfall in die globalen Realitäten mehr als Cording selbst.

»Ihre ›Terra Magique‹ ist sicher eine großartige Erfindung, Professor,« sagte er, nachdem er sich gefasst hatte. »Aber was mich am meisten interessiert, sind die Forschungsergebnisse auf dem Sektor der alternativen Energien. In der Pressemappe stand etwas von Solarfarmen und Wellenschlangen. Was muss ich mir darunter vorstellen?«

»Eine ganze Menge«, sagte Engelhardt, »eine ganze Menge … Dann kommen Sie mal mit.«

Sie gingen über den Hof auf einen flachen, hundert Meter langen Bunker zu. Die Baracken links und rechts des Weges waren mit einem weißen Farbkreuz markiert, das war das Zeichen für ihren baldigen Abriss.

»Hier in dem Bunker ist unser Ozean untergebracht«, bemerkte der Professor scherzhaft, als er die Tür aufschloss.

Es handelte sich um einen gigantischen Pool, den man auf einem Stahlrost in halber Höhe umlaufen konnte. Cording wunderte sich über die roten Würste, die in Abständen von fünf Metern im Becken schwammen und zu beiden Seiten vertäut waren. An der Stirnwand befand sich ein gläserner Kontrollraum, vollgestopft mit modernster Computertechnik. Engelhardt stellte ihnen Dr. Pierre Michaux vor, einen Messwertingenieur, den er seinen »Wettergott« nannte.

»Na, dann wollen wir mal«, sagte Engelhardt und gab seinem Mitarbeiter, der in den Kontrollraum zurückgekehrt war, ein Zeichen. Kurz darauf standen sie im Dunkeln. Im schwachen Widerschein der Monitore glich der Kontrollraum der Kommandozentrale einer Raumkapsel, die gerade zur Landung ansetzt. Cording schaute über die Brüstung. Zu erkennen war wegen der anhaltenden Dunkelheit nichts. Aber das knarrende Geräusch der Taue, die an der Verankerung zerrten und das immer stärker werdende Geplätscher am Beckenrand ließen vermuten, dass das Wasser in Bewegung geraten war. Lange brauchte er nicht zu rätseln, denn kurz darauf glommen an der Decke die Leuchtstoffröhren auf. Unter ihnen rauschte eine Welle nach der anderen vorbei, wie freigelassene Windhunde rasten sie über das nasse Parkett und warfen sich auf die roten Schlangen, die geschmeidig unter ihnen hinwegtauchten.

»Das Licht ist sozusagen taufrisch«, bemerkte Engelhardt stolz, »es wird in diesem Moment von der Pelamis gewonnen. Die Pelamis* besteht aus vier zylinderförmigen Segmenten, die durch Scharniere miteinander verbunden und beweglich sind. Dadurch passt sie sich den Wellenbewegungen an. Anstatt der Brandung widerstehen zu müssen, taucht die Pelamis durch die Wellen hindurch und verwandelt dabei deren Energie zu Strom.«

»Pelamis?«

»Pelamis ist griechisch und bedeutet Seeschlange«, erklärte Engelhardt ohne Überheblichkeit. Er war ein netter Mann. »Das Prinzip ist denkbar einfach«, fuhr er fort. »Die Stromgewinnung erfolgt bereits bei Wellen ab einem Meter Höhe, wenn die Seeschlangen noch sanft in der Dünung schaukeln. Ihre Bewegungen pressen die hydraulische Flüssigkeit im Innern der Segmente zusammen. Der Druck wird weitergeleitet und treibt einen Motor an, der wiederum an einen Generator gekoppelt ist. Das ist alles, mehr steckt nicht dahinter. Wenn Sie unsere Pelamis in der Natur beobachten wollen, fahren Sie nach Pueu, dort installieren wir gerade das letzte von vier Kraftwerken. Nach Schätzung des Weltenergierats in London könnten solche Wellenkraftwerke künftig ein Viertel des globalen Strombedarfs decken.«

Stichwort London! Er musste an Steve denken. Während der Vorführung hatte Cording fast vergessen, welch unangenehme Aufgabe ihm noch bevorstand. Als Engelhardt von den Segnungen eines japanischen Forschungsprojekts, des sogenannten Wellengartens* berichtete, überlegte er, wie er so schnell wie möglich seinen Abgang bewerkstelligen konnte, ohne unhöflich zu erscheinen. Der Wellengarten war Zukunftsmusik. Tahitis Bedarf war gedeckt, da musste er sich in seiner Gemütsverfassung nicht auch noch einen Vortrag über ein futuristisches Modell aus Tausenden auf dem Meer schwimmender Kacheln anhören, an deren Unterseite Gewichte mit piezoelektronischen Sensoren hingen.

»Pueu?«, fragte Cording in eine Pause hinein. »Die Pelamis werden vor Pueu installiert?«

»Vor Pueu, vor Hitiaa, bei Vairao ganz in der Nähe und hinter Teahupoo, aber dort kommt man nur mit dem Boot hin. An allen vier Stellen ist das Korallenriff auf mindestens fünfhundert Metern unterbrochen. Die Brandung reicht dort bis ans Ufer, sodass wir die Seeschlangen nahe der Küste verankern können, was sehr praktisch ist.«

»Ich werd mir das jetzt mal anschauen«, sagte Cording. »Wenn Sie erlauben, komme ich gern noch einmal wieder. Sie müssen mir nämlich unbedingt noch von dieser Brennnessel- und Bambuskleidung* erzählen, die bei Ihnen entworfen wurde. Sind sie sicher, dass das nicht kratzt?«

Engelhardt zupfte an seinem Kittel.

»Hundert Prozent Brennnessel«, sagte er. »Fassen Sie an. Nur keine Scheu.«

Cording strich über den Stoff – er war seidenweich.

»Wir benutzen die Fasern im Innern des Stängels und nicht die Blätter, wie häufig vermutet wird. Wenn der Präsident von Tahiti sich darin wohlfühlt, warum nicht auch wir?«

»Es war Omai, der angeregt hatte, ein spezielles Tahiti-Tuch zu entwickeln«, klärte ihn Maeva auf dem Weg zum Auto auf. »Er war ganz besessen von der Idee. Die Haut der Tahitianer, sagt er, hätte es nach all den unangenehmen Reibereien der Vergangenheit verdient, wieder mit der Seele ihrer Heimat in Berührung zu kommen. Unsere Pflanzen sind für ihn die Seele Tahitis.«

»Steves Mutter ist gestorben«, unterbrach Cording. »Ich weiß nicht, wie ich es ihm beibringen soll.«

Maeva blieb eine Weile stumm sitzen, dann stellte sie den Motor an.

»Wo wohnt er?«, fragte sie.

»Bei Anapa, in der Nähe von Teahupoo.«

Sie fuhren los. Richtung Teahupoo. Maeva verzichtete auf Fragen. Cording war froh, sie dabeizuhaben. Sie passierten den Berg mit dem Fußabdruck des Gottes Maui, der den Himmel in die Höhe gestemmt hatte, damit die Menschen aufrecht gehen konnten. Maui war es, der die Inseln des Südpazifiks der Legende nach vor Urzeiten vom Meeresboden gefischt hatte und jeden Morgen die Sonne einfing.

Bei Teahupoo endete die Straße. Auch der Reva-Tae würde nach seiner Fertigstellung auf Iti lediglich bis hierhin fahren. Die Ostküste war zu schroff für eine Streckenführung, man konnte sie bestenfalls zu Fuß erwandern. Außerdem war die Gegend des Pari seit Langem als Naturschutzgebiet ausgewiesen.

Maeva kannte das Haus von Anapas Familie, gab aber zu bedenken, dass man um diese Zeit dort schwerlich jemand antreffen würde. Sie gingen an den Strand, wo sich die Dorfjugend in der Lagune tummelte. Cording setzte sich auf den festgebackenen Lehmboden und beobachtete das irre Treiben. Maeva wanderte am Ufer entlang und spähte aufs Wasser hinaus. Plötzlich begann sie wie wild mit den Armen zu fuchteln. War das Steve, der da in einiger Entfernung auf einem Waterbike* vorbeiflitzte? Anapa hatte Cording neulich voller Begeisterung von dem Gerät erzählt. Man saß darauf wie auf einem Rennrad, das auf einem modifizierten Surfbrett montiert war. Sobald man kräftig genug in die Pedale trat, hob sich das von einem Propeller angetriebene und vom Auftrieb dreier Tragflügel stabilisierte Brett aus dem Wasser. Das Waterbike konnte es an Geschwindigkeit bequem mit einem achtsitzigen Ruderboot aufnehmen.

Endlich schien die Person auf dem merkwürdigen Gefährt Maevas Signale empfangen zu haben. Es handelte sich tatsächlich um Steve, der da in gebückter Rennfahrermanier aufs Ufer zurauschte. Cording ging ihm klopfenden Herzens entgegen und war erstaunt, als der Junge ihm zur Begrüßung euphorisch in die Arme fiel.

»Deine Mutter ist gestorben«, murmelte Cording.

Steves Energie verpuffte auf der Stelle. Schwer und schlaff hing er an Cordings Schultern. Das Mädchen, das den Jungen am Marae begrüßt hatte, näherte sich so vorsichtig, wie man sich einem schwer verletzten Tier nähert. Steve begann zu zittern. Er befreite sich aus der Umarmung und sah Cording unverwandt an.

»Das letzte Mal, als wir zusammen waren, haben wir uns angeschrien«, sagte er mit tränenerstickter Stimme und lief davon.

Das Mädchen rannte ihm hinterher. Als auch Cording sich anschickte, ihm zu folgen, hielt ihn Maeva zurück. Gemeinsam beobachteten sie, wie Fara ihrem englischen Freund übers Gesicht strich, seinen Kopf an ihre Brust presste, ihn umarmte und schaukelte wie ein Baby.

Am Tag von Steves Abreise veranstaltete Maeva ein Popoi-Essen, zu dem sie außer Cording und Steve auch dessen Freundin Fara, Anapa und die gesamte Clique aus Teahupoo eingeladen hatte. Cording war wie immer pünktlich, doch die anderen ließen auf sich warten. Da Maeva noch mit den Vorbereitungen beschäftigt war, lud ihn die Mutter auf einen Spaziergang ein. Cording hegte den Verdacht, dass sie mit ihm über ihr kleines Geheimnis sprechen wollte, doch es hatte zunächst nicht den Anschein. Sie führte ihn zu einem Brotfruchthain und erklärte ihm die Bedeutung dieses für Tahiti so bedeutenden Baumes, der mit seinen ausladenden, starken Ästen einen beeindruckenden Anblick bot. Die Ränder seiner großen Blätter waren fantasievoll gezackt und die Frucht ähnelte in Umfang und Aussehen einer Honigmelone, nur dass ihre Oberfläche nicht mit der für die Melone so typischen Rippen überzogen, sondern mit kleinen kegelförmigen Auswüchsen bedeckt war.

»Die Brotfrucht muss mit Feuer in Berührung kommen, um essbar zu werden«, sagte Mihirai. »Am einfachsten ist es, sie direkt in die Glut zu legen. Nach fünfzehn Minuten wird die Schale braun und platzt. Dann gewinnt man das weiche, weiße Popoi in seiner reinsten und köstlichsten Form. Wenn es so gegessen wird, hat es ein mildes und angenehmes Aroma.«

Cording glaubte jetzt zu wissen, warum Maevas Mutter mit ihm allein sein wollte. Vermutlich versuchte sie sich ein Bild von dem Mann zu machen, der vor neun Jahren mit ihrer vierzehnjährigen Tochter gesprochen und nun zurückgekehrt war. Sie musste bemerkt haben, dass Maeva ihm mit Sympathie begegnete, da war es nur natürlich, dass sie ihn näher in Augenschein nahm.

»Wenn die Früchte im Tal reif geworden sind«, sagte Mihirai, »wird die weiche Fruchtmasse mit Stößeln bearbeitet, bis sie zu einer Art Teig geworden ist, den wir Tutao nennen. Der Tutao wird in Blätter verpackt, zusammengebunden und in Hohlräumen unter der Erde gelagert. Dort kann er sich jahrelang halten. Mit zunehmendem Alter wird er sogar immer besser …«

Cording konnte nicht länger an sich halten.

»Haben Sie Maeva von dem Kniefall vor Ihrem Haus erzählt?«, entfuhr es ihm. Er musste diese Frage einfach loswerden.

Mihirai schien ihn nicht verstanden zu haben, jedenfalls zeigte sie keinerlei Reaktion. Sie pflückte ein Blatt vom Brotfruchtbaum und wendete es in ihren Händen.

»Wenn diese Blätter dahinwelken, gleichen ihre farbenprächtigen Schattierungen den flüchtigen Farbtönen des sterbenden Delfins. Wir Frauen benutzen sie dann als Kopfschmuck.«

Sie schlitzte die längsseits verlaufende Ader auf, steckte ihren Kopf durch die elastische Öffnung und strich mit den Fingern über den gezackten Rand wie über eine Hutkrempe.

»Gehen wir«, sagte sie, »das Essen wartet.« Kurz bevor sie am Haus ankamen, fragte Mihirai: »Möchtest du denn, dass ich meiner Tochter davon berichte?«

»Ich weiß nicht«, antwortete Cording zögernd. Irgendwie war ihm sein Verhalten von damals unangenehm. »Vielleicht lieber noch nicht«, sagte er schließlich.

»Das denke ich auch«, pflichtete Mihirai ihm bei. Dann winkte sie Steve zu, der inzwischen eingetroffen war. »Sei willkommen, mein Junge. Haere mai tama'a!«

Haere mai tama'a – lass uns essen. Mihirai wiederholte diesen Satz gegenüber jedem der inzwischen eingetroffenen Gäste, die im

Garten um ein paar ausgelegte Bastmatten hockten, auf denen Maeva mehrere Kalebassen mit dem berühmten Popoi aufgetragen hatte. Cording betrachtete die weiche Masse in dem Gefäß, die ihn an klebrigen Leim erinnerte, und fragte sich, wie man sie wohl ohne Besteck und Kleckerei zum Munde führte. Anapa machte es ihm vor. Er tauchte den Zeigefinger hinein und zog ihn mit einer blitzschnellen Drehung wieder heraus. Eine weitere Drehung in entgegengesetzter Richtung verhinderte, dass das Popoi heruntertropfte, bevor sich seine Lippen um den Finger schlossen. Das musste zu schaffen sein. Cording tunkte nun ebenfalls seinen Finger hinein, aber als er ihn zurückzog, hafteten lange Fäden daran, die sich auch durch eine noch so elegante Drehung nicht abschütteln ließen. Im Gegenteil, sie waren so zäh, dass sie die Kalebasse fast von der Matte hoben.

Sein ungeschicktes Verhalten sorgte für große Heiterkeit in der Runde. Seltsamerweise war es Steve, der am lautesten lachte, obwohl die Ringe unter seinen Augen verrieten, dass er kaum geschlafen hatte letzte Nacht. Er saß tief über das Gefäß gebeugt und lutschte weg, was an seinen Fingern klebte. So gelenkig war Cording nicht, er hätte sich schon wie ein Hund auf die Knie begeben müssen. Also blieb er bei seiner tollpatschigen Methode, die ihm trotz aller bemühten Drehs Hände und Gesicht verschmierte. Solange er die Anwesenden dadurch zu unterhalten wusste und keinen Anstoß erregte, sollte es ihm recht sein. Das Zeug schmeckte übrigens sehr gut, es hatte ein mildes, angenehmes Aroma, wie Mihirai gesagt hatte. Dazu tranken sie Kokosmilch.

Der Nachmittag verging in einer geselligen, fast fröhlichen Atmosphäre, die dem Anlass eigentlich nicht angemessen war. Um Steve wurde nicht mehr Aufhebens gemacht, als um jeden anderen auch. Zwar wich ihm Fara nicht von der Seite, aber sie hielt nicht Händchen, sie bemutterte ihn nicht. Der Todesfall in Steves Familie wurde mit keinem Wort erwähnt. Auch die Jungs aus Anapas Clique verhielten sich vollkommen normal. Sie diskutierten über das Denkmal, das sie ihrem Helden Malik Joyeux am Strand von Teahupoo errichten wollten, der vor siebzehn Jahren in der ›Banzai

Pipeline‹ vor Hawaii ums Leben gekommen war. Ihrer Meinung nach war er der wagemutigste Wellenreiter, den Tahiti je hervorgebracht hatte.

Cording war zunächst befremdet darüber, wie ignorant man in Mihirais Haus mit Steves Schicksalsschlag umging. Aber wer den Jungen in diesen Stunden beobachtete, stellte fest, dass ihm nichts Besseres hätte passieren können. Er würde nach seiner Rückkehr von genügend Leuten umgeben sein, deren betrübte Mienen wie Masken auf den Gesichtern lagen, die in Gestik und Tonfall routiniert auf Moll stellten und über ein Leid spekulierten, das sie selbst nie erfahren würden – aus Termingründen vermutlich und weil der Tod, würde man sich denn ehrlich mit ihm auseinandersetzen, zu allerlei Korrekturen in diesen mächtigen, vermurksten Biografien führen müsste. Auf dem Rasen vor Maevas Haus aber wurde dem Jungen trotz seines Schockzustands wieder Leben eingehaucht. Die Abschiedstränen flossen noch früh genug und als seine Freunde Steve gegen Mitternacht im Flughafengebäude die obligaten Muschelkränze umhängten, konnte selbst Cording nicht mehr an sich halten.

»Wir sehen uns in drei Wochen in London«, sagte er mit belegter Stimme.

In Tautira war die Symbiose zwischen historischem Südseeparadies und ökologischem Neuland am deutlichsten abzulesen. Die malerische Bucht, in der einst die Bounty geankert hatte, um Setzlinge der Brotfrucht aufzunehmen, war von dem gesunden Fortschritt in die Zange genommen worden. Weit draußen auf dem Wasser tauchten Engelhardts leuchtendrote Seeschlangen durch die Brandung, im Rücken des Sandsichelstrandes dockten die gläsernen Schiffchen des Reva-Tae an.

Cording ließ die Blicke schweifen. Die Hügel rund um das tiefe Vaitepiha-Tal jenseits der Straße, an dessen Ende die Lavagipfel ihre gezackten Häupter erhoben, waren sanft gerundet wie Katzenbuckel. Ein ganzes Regiment ausgewachsener Kokospalmen bedeckte die Hänge, zu deren Füßen sich ein gurgelnder Fluss ins Meer ergoss, auf dessen Strömung die jungen Dorfbewohner ihre Kanus in den Ozean ritten – genauso sah es aus, wenn sie die bockenden Boote auf dem wilden Wasser immer wieder gekonnt ausrichteten. Die Rufe und Beifallsbekundungen, welche als akustische Flocken durch die Luft wirbelten, galten jedoch nicht ihnen, sondern den Volleyballspielern auf der Wiese vor dem Dorfeingang. Die beiden Teams setzten sich aus ebenso vielen Männern wie Frauen zusammen und soweit er es beurteilen konnte, fand das Spiel auf beachtlichem Niveau statt. Erstaunlich war, dass jede gelungene Aktion sowohl von den Mannschaftskollegen als auch von den Gegnern beklatscht wurde.

Wie hatte der französische Admiral Bougainville nach einem Besuch in Tautira geschwärmt? »Ihr glücklichen und weisen Menschen! Immer werde ich mich mit Freuden an die Augenblicke erinnern, die ich unter euch zugebracht habe, und solange ich lebe, werde ich die glückliche Insel Nouvelle Cythère rühmen; sie ist das wahre Utopia.« Der deutsche Naturforscher Georg Forster, der James Cook auf dessen zweiter Weltumseglung begleitete, war schon etwas realistischer in seinen Aussagen: »Es ist im Ernste zu wünschen«, schrieb er, »dass der Umgang der Europäer mit den Südsee-Inseln rechtzeitig abgebrochen werden möge, ehe die verderbten Sitten der zivilisierten Völker diese unschuldigen Menschen anstecken können. Es ist eine traurige Wahrheit, dass Menschenliebe und die politischen Systeme nicht miteinander harmonieren.«

Cording klappte sein Notizbuch zu, in dem er nicht nur die eigenen Gedanken niederschrieb, sondern alle historischen Aussagen über Tahiti sammelte, derer er während seiner Recherchen habhaft werden konnte. Das Bougainville-Zitat hatte er in Holz geschnitzt auf einer Tafel bei Taravao gefunden.

Maeva entstieg den warmen Fluten, in denen sie mit den Dorfkindern geschwommen war, die sich auf ihrem Rücken auf eine kleine Sandbank hatten übersetzen lassen. Cording und sie trafen sich in letzter Zeit fast täglich und er hatte nicht den Eindruck, dass ihre Verabredungen ausschließlich den Zweck verfolgten, ihn über das Tahiti-Projekt zu unterrichten.

»Wenn es keine Verzögerungen gegeben hat, müsste Steve in diesen Momenten in London landen«, sagte er, als sie ihm den Nacken massierte.

»Er fehlt dir, ja?«

»Irgendwie schon …«

Sie seufzte.

»Ich würde auch gerne einmal nach London reisen. London, Paris, Budapest … Versprich mir, dass du mich eines Tages mit nach Europa nimmst, wir gehen in die Oper und laufen Ski. Du wirst mir alles zeigen, ja? Versprich es!«

Sie schien es ernst zu meinen. Cording klappte das Notizbuch wieder auf und las Maeva einige Sätze des greisen Goethe vor, der gierig alles verschlungen hatte, was seinerzeit über die neuesten Entdeckungen im Pazifik auf dem Buchmarkt zu finden gewesen war: »Es geht uns alten Europäern übrigens mehr oder weniger herzlich schlecht; unsere Zustände sind viel zu künstlich und kompliziert, unsere Nahrung und Lebensweise ohne die rechte Natur und unser geselliger Verkehr ohne eigentliche Liebe und Wohlwollen. Man sollte oft wünschen, auf einer der Südseeinseln geboren zu sein, um nur einmal das menschliche Dasein ohne falschen Beigeschmack zu genießen. Denkt man sich recht tief in das Elend unserer Zeit hinein, so kommt es einem vor, als wäre die Welt nach und nach zum jüngsten Gericht reif.«

Maeva ließ schmollend von ihm ab. Sie winkelte die Beine an und legte den Kopf auf die Knie.

Cording überlegte kurz, wie er ihr den Reisewunsch ausreden konnte, verzichtete dann aber darauf. Er hatte nicht die geringste Lust, mit Maeva an diesem paradiesischen Ort in einen albernen Disput zu verfallen, aus dem er nur als Verlierer hervorgehen konnte. Wie sollte er ein System, das laut Forster mit Menschenliebe nichts am Hut hatte, in aller Kürze so plausibel erklären, dass jemand, der einzig und allein nach dieser Richtschnur lebte, es verstand? Zum Glück lag Tahiti zu weit ab vom Schuss, waren die Verbindungen in die Außenwelt so überschaubar und nachprüfbar, dass es einer potenziellen Ausreißerin wie Maeva kaum gelingen dürfte, die Insel ohne fremde Hilfe zu verlassen. Bei dem Gedanken, mit ihr durch drogenverseuchte Metropolen zu schlendern, an jeder Ecke Zeuge von Gewalt, Ignoranz und Dummheit zu werden, ihr die eklatanten Gegensätze zwischen unsagbarem Reichtum und grausamster Verarmung vor Augen führen zu müssen, Zeuge zu werden, wie sie unter den Eindrücken einer durch und durch pervertierten Endzeitgesellschaft vom Glauben abfiel – bei diesem Gedanken wurde ihm übel. Skilaufen! Frau Professor …! Wo denn, um Gottes willen? Die Alpen waren bis auf wenige schmutzige Gletscherschlieren schneefrei!

Maeva wischte sich mit dem Handrücken über die Nase und schaut ihn aus traurigen Augen an.

»Du bist verheiratet«, sagte sie, »deshalb willst du mich nicht mitnehmen. …!«

Sie starrte auf den Ring, den er vor Jahren mit Anna getauscht hatte und den er gerne trug im Gedenken an sie. Er versuchte ihn vom Finger zu streifen, was sich schwieriger gestaltete als erwartet.

»Ich bin nicht verheiratet«, antwortete er, als er den Ring endlich in der Hand hielt. Mit einer entschlossenen Geste warf er ihn ins Meer. In den Augen Annas sicher ein schändlicher Verrat, aber zwingend geboten, wenn ihm der Frieden auf Tahiti lieb war. Maeva umarmte ihn. Das Ringopfer schien sie versöhnt zu haben.

»Du bist ein seltsamer Mann«, flüsterte sie.

»Was?! Nur einer?!«

Sie lachten, alles war gut.

»Wie heißt du?,« fragte sie.

»Cording. Warum?«

»Dein Vorname. Wie ist dein Vorname?«

»Sag ich nicht.«

»Verrat es mir. Bitte …«

»Maximilian.«

Sie stutzte.

»Maxi … wie?!«

»Milian. Maximilian. Lach nicht, ich kann den Namen ebenso wenig leiden wie du.«

»Maximüljan …«, wiederholte sie und ihre Lippen spitzten sich wie zum Kuss. »Madame Maximüljan … Ich mag das.«

»Madame?!«

»Madame Maximüljan. Das bin ich. Es gibt einen schönen Brauch auf Tahiti. Wenn sich eine Frau und ein Mann in Freundschaft zugetan sind, tauschen sie ihre Vornamen. Ich bin jetzt Maximüljan und du bist Maeva. Wir dürfen uns aber nur so nennen, wenn niemand sonst anwesend ist.«

Sie lief ins Wasser.

»Komm, Maeva!«, rief sie, »es ist herrlich!«

Frauen … Früher oder später machten sie mit einem was sie wollen. Das war auf Tahiti offenbar nicht anders.

Die Bedrohung

Fertig! Cording blickte auf die Uhr: vier Uhr morgens. Gerade hatte er sich seinen Text noch einmal laut vorgelesen und festgestellt, dass er die Reportage guten Gewissens freigeben konnte. Es bedeutete, dass er sich wieder einmal erfolgreich durch das Dickicht der Ängste und Zweifel geschlagen hatte, das sich ihm vor jeder Schreibarbeit in den Weg stellte. Der gute Ausdruck wollte erobert sein, jeder gelungene Satz musste mit der Machete erkämpft werden. Schreiben ist Schwerstarbeit – jedenfalls für Leute, die etwas zu sagen haben. Dornröschen Tahiti war allerdings leichter zu gewinnen gewesen als vermutet. In nur zwei Nächten hatte er aus einem wuchtigen Materialblock von Informationen und Impressionen eine feinnervige Plastik geschält, der er jetzt den Namen ›Otaheite‹ verlieh und per Knopfdruck nach London beförderte, wo Mike nach dem Tod Lydia Parkers zum Chefredakteur bestellt worden war.

Vier Uhr. Um diese Stunde begann sich in Deutschland die Dämmerung wie auf Katzenpfoten zu nähern. Auf Tahiti blieb man im Dunkeln sitzen, bis der neue Tag den Vorhang schlagartig beiseitezog. Eigentlich war sein Job erledigt. Warum machte er es nicht wie die Kollegen, von denen die meisten bereits abgereist waren? Warum war er so versessen darauf, die verbleibende Zeit bis zum Ablauf der Aufenthaltserlaubnis voll auszukosten? Du weißt warum, dachte er. Die Vorstellung, sich von Maeva trennen zu müssen, war unerträglich. Aber wie würden die restlichen Tage aussehen? Sie wären von Melancholie durchtränkt, an denen sich das Monster ihres Abschiedsschmerzes dicker und dicker mästen würde... Cordings Entschluss stand plötzlich fest: Er würde mit der morgigen Maschine abreisen! Das war zwar nicht die eleganteste Lösung, aber für alle Beteiligten sicher das Beste.

Er überlegte, was ihn während der vergangenen drei Monate auf Tahiti am meisten beeindruckt hatte. Es war vor allem die Heiterkeit der Menschen, ihre gelassene Haltung, ihre Seelenruhe. Ihre Heiterkeit entsprach dem Lächeln, nicht so sehr dem Lachen. Dieses Lächeln war kaum wahrnehmbar; wahrnehmbar war lediglich das nicht umwölkte Gesicht. Die Polynesier schienen frei von ängstlicher Sorge, frei sogar noch von der Angst vor der Angst. Ihre maßvoll eingerichtete Lebensweise bot weniger Angriffsflächen für Attacken des Schicksals, als wüssten sie von Natur aus, dass die meisten Stürme nur über diejenigen herfallen, die ihre Segel zu weit ausspannen, wie Seneca es formulierte. Maeva würde seine überstürzte Flucht sicher richtig deuten und Nachsicht üben. Auch sie hatte sich doch lange genug an den Gedanken gewöhnen können, dass ihre gemeinsame Zeit begrenzt war. Per Gesetz sozusagen. Die strengen Aufenthaltsgenehmigungen hatte ja nicht er zu verantworten!

Er nahm Block und Kugelschreiber zur Hand und begann Maeva einen Brief zu schreiben. Die Anrede ließ er zunächst dahingestellt.

»Du hast mich daran erinnert, dass zwischen Mann und Frau mehr möglich ist als emotionaler Vampirismus. Durch Dich habe ich gespürt, was Liebe ist. Ich meine eine Liebe, die frei ist von Wünschen und Verlustängsten. Eine solche Liebe will in jeder Sekunde neu erschaffen werden, weil sie weder Müdigkeiten duldet noch das Bedürfnis nach Sicherheit erfüllt …«

So ein Schwachsinn! Er zerknüllte das Papier.

»Menschen wie Du sind durch eine feinstoffliche Folie vor Zerstörung geschützt, sie finden in jedem Alter zu einem strahlenden Ausdruck. Sie wissen, dass Liebe nicht die Vereinnahmung eines anderen Menschen bedeutet, sondern dessen Befreiung.«

Cording zerknüllte auch diesen Versuch. So wird das nichts. Warum stocherte er gestelzt im Dunkeln, anstatt die Ansprache einfach zu halten?

»Ich verlange in jeder Sekunde nach Deiner Nähe – aber dann sitze ich neben Dir und wünsche, ich wäre unsichtbar wie der Wind, der Dir in die Haare wehen darf und Deine Lippen kühlt …«

Merde alors! Sein theatralisches Gesülze ging ihm auf den Geist. Er warf sich voll bekleidet aufs Bett und schlief ein.

Als er fünf Stunden später mit verquollenen Augen zum Frühstück erschien, waren die Tische bereits abgeräumt. Alles was die Küche noch hergab, war das Pain Perdu, das verlorene Brot, wie die

Franzosen es nannten. John Knowles schwor darauf, aber Cording hatte der Versuchung bisher ohne große Anstrengung widerstanden. Dabei schmeckten die gerösteten, in einer Melange aus Milch, Eiern, Zucker, Vanille und Butter gesättigten Scheiben gar nicht schlecht. Nachdem er gegessen hatte, ging er an die Rezeption und bat Anapa, ihn mit Omais Büro zu verbinden. Wenn er schon zu feige war, sich von Maeva zu verabschieden, so wollte er doch zumindest beim Präsidenten vorstellig werden, um Lebewohl zu sagen.

»Ich habe eine Nachricht für dich«, sagte Anapa, »der Anruf kam heute Nacht.«

Er reichte Cording einen Zettel. ›Bitte dringend Mr. Mike Kühling in London anrufen!‹, stand darauf. Eine Reaktion auf seine Reportage war das sicher nicht, denn der Anruf war bereits gegen zwei Uhr nachts erfolgt, als er noch mit den letzten Formulierungen rang.

Es dauerte eine Weile, bis Anapa die Verbindung hergestellt hatte.

»Na endlich erreiche ich dich!«, schimpfte Mike, als Cording den Hörer entgegennahm. »Für wann hast du deinen Rückflug gebucht?«

»Ich fliege morgen«, antwortete Cording leicht irritiert.

»Kommt nicht in Frage! Du bleibst wo du bist. Hast du verstanden? Du fliegst nicht eher, bevor ich es dir sage!«

»Warum regst du dich so auf, Mike, was ist denn los?«

»Nicht am Telefon. Versuch, irgendwo ein Faxgerät aufzutreiben. Sobald du fündig geworden bist, teilst du mir die Nummer mit und wartest dort, bis du meine Nachricht bekommen hast. Okay?«

»Ja sicher, aber …«

»Beeil dich, die Angelegenheit ist von äußerster Wichtigkeit!« Und schon hatte er aufgelegt.

Wenn sich der Chefredakteur von EMERGENCY gezwungen sah, mit einem seiner Mitarbeiter auf eine so vorsintflutliche Kommunikationsform wie das Fax auszuweichen, dann musste die Angelegenheit wohl von äußerster Wichtigkeit sein. Es bedeutete, dass er sich jeglicher Überwachung entziehen wollte. Die neuesten Technologien waren fest in Big Brothers Hand, aber das gute alte Faxgerät hatten die Schnüffler mit Sicherheit nicht mehr auf der Rechnung. Mike war schlau, das war er immer gewesen. Die Sache begann Cording zu interessieren. Er bat Anapa, in Papeetes Verwaltung nachzufragen, ob sie noch über einen funktionstüchtigen Faxanschluss verfügten, den er benutzen dürfte.

»Unser Hotel hat Fax«, sagte Anapa, »ich weiß allerdings nicht, ob die Verbindung noch steht.«

Er führte Cording in einen fensterlosen Raum, in dem sich allerlei Gerümpel stapelte, zwischen dem auch ein verstaubtes Panasonic-Gerät vor sich hin gammelte. Cording hob den Hörer ab. Die Leitung war intakt. Und sogar ein paar Bögen Papier lagen noch im Einzugsschacht.

»Na wunderbar«, sagte er, »wie ist die Nummer?«

»Keine Ahnung«, antwortete Anapa, »aber ich finde es heraus. Moment, hier steht es. Hier an der Seite, das müsste sie sein.«

Cording notierte die Zahlen und gab sie nach London durch. Es dauerte keine fünf Minuten, da würgte das altersschwache Gerät einen vergilbten Bogen Papier hervor.

»Unverzüglich Kontakt aufnehmen mit Professor Thorwald Rasmussen. Du findest ihn im Institute Ecologique du Pacifique. Er erwartet dich. Der Mann ist ein wenig paranoid, also vermassel es nicht«, las er.

Es herrschte dicke Luft bei Global Oil. Wenn Robert McEwen allen Anstand vergaß und seine Gesprächspartner in die Rauchschwaden einer kubanischen Zigarre einhüllte, herrschte im Konferenzraum der Konzernzentrale eine Atmosphäre, gegen die sich das Jüngste Gericht wie ein Kaffeekränzchen ausgenommen hätte. Zu Gast waren der Energieminister der Vereinigten Staaten, sein Kabinettskollege vom Finanzressort sowie der Chef des NSA. Thema: Was darf der Präsident wissen? Darf er überhaupt etwas von dem Unternehmen erfahren? McEwen lehnte das entschieden ab. Präsident Selby war nicht der Mann, um sich an die Spitze einer solchen Mission zu stellen. Er war als Moralist angetreten und er nahm diese Rolle sehr ernst.

Politik ist etwas für Weicheier, dachte McEwen, während Energieminister Ray Manzarek nichts unversucht ließ, um die Runde davon zu überzeugen, dass es allemal besser wäre, seinen obersten Dienstherrn so schnell wie möglich einzuweihen, anstatt ihn weiterhin auszuschließen. Seiner Meinung nach ließe sich Selby durchaus auf ihre Seite ziehen, dann wäre der Global-Oil-Coup kein krimineller Akt mehr, sondern eine von der Staatsmacht legitimierte Aktion.

McEwen fragte sich, warum er sich diesen Mist überhaupt anhörte. Jeder im Raum wusste, dass Selby nur deshalb im Weißen Haus saß, weil Global Oil es so gewollt hatte. Die Vorgängerregierungen hatten sich angesichts der Naturkatastrophen, die das zusammenbrechende Ökosystem in immer größerer Zahl auslöste, allzu fadenscheinig der internationalen Klimaallianz verweigert und sich stattdessen weiterhin vor den Karren der US-Wirtschaft spannen lassen. Es war höchste Zeit geworden, die Glaubwürdigkeit der amerikanischen Demokratie wiederherzustellen. Selby war angetreten, mit Korruption und Ignoranz Schluss zu machen. So etwas musste unterstützt werden, wenn man nicht riskieren wollte, dass die demokratische Fassade dieses Staates vollends in sich zusammenbrach, hinter der es sich so vortrefflich wirtschaften ließ. Aber Selbys Saubermann-Image war auch der Grund, weshalb die Südpazifik-Mission an ihm vorbeilief. Dass Manzarek kalte Füße bekam, war ebenso verständlich wie gefährlich. McEwen fragte sich nur, wie gefährlich. Wenn Typen wie Ray nervös wurden, konnte man sich nie sicher sein, wie viel das gezahlte Bestechungsgeld aufwiegen würde. Er gehörte zu den schlicht gestrickten Menschen, die ihr schlechtes Gewissen auf Dauer nicht ertragen.

»Der Präsident könnte doch in die Offensive gehen und unser Recht bei den Vereinten Nationen einfordern«, bemerkte der Energieminister kleinlaut.

»Herrgott noch mal, Ray!«, unterbrach Finanzminister Hubert Brill seinen lamentierenden Kollegen. »Der Präsident wird dem Unternehmen nicht zustimmen, das ist so sicher wie das Amen in der Kirche. Damit handelt er in höchstem Maße unverantwortlich, aber das müsste man erst mal schaffen, ihm klarzumachen.«

»Unverantwortlich?« Manzarek stutzte. »Moment mal, Hubert, hab ich das eben richtig verstanden? Ein amerikanischer Präsident, der sich an die internationalen Abmachungen hält, handelt in deinen Augen unverantwortlich?!«

»In diesem Falle, ja.«

»Und unsere illegale Aktion im Südpazifik, die ist demnach im höchsten Maße verantwortlich, nehme ich an?«

»Richtig.«

»Ich verstehe«, sagte Manzarek, obwohl er in Wirklichkeit nichts mehr verstand.

»Die Wahrheit ist ein Tyrann, Ray«, unterbrach McEwen. »Man kann sich den Zeitpunkt nicht aussuchen, an dem sie einem dienlich ist. Im Übrigen sind wir keine Gangster, sondern Patrioten! Wichtig ist allein, was dem Vaterland dient.«

»So ist es!«, bestätigte Brill. »Als Energieminister solltest du eigentlich wissen, in welcher Lage wir uns befinden«, hakte er nach. »Beschissen wäre noch milde ausgedrückt.«

Was folgte, war eine leidenschaftliche Aufzählung aller Faktoren, die zu der miserablen Weltwirtschaftslage geführt hatten. Von explodierenden Energie- und Rohstoffpreisen war die Rede, von einer sprunghaft ansteigenden Inflation, vom Rekordleistungsbilanzdefizit, von Derivat- und Hedgefondsproblemen, von der Unruhe auf den Devisenmärkten, insbesondere, was den Dollar betraf. Brill wies auf die Folgen des russischen, indischen und chinesischen Konsumrausches hin, der den Klimawandel in den letzten Jahren extrem beschleunigt hatte, welcher nun rund um den Erdball eine Kette von Naturkatastrophen provozierte, die die Finanzmärkte immer wieder aufs Neue erschütterten. Er erwähnte auch die geplatzte Immobilienblase, die der US-Wirtschaft seiner Meinung nach das Genick gebrochen hatte.

»Für die Amerikaner war ihr Haus ja in erster Linie ein Spekulationsobjekt«, sagte Brill. »Die meisten hatten auf eine Wertsteigerung ihrer Immobilie vertraut und entsprechende Kredite und Hypotheken aufgenommen. 2,3 Billionen Dollar waren auf diese Weise zusätzlich in den Binnenmarkt geflossen, elf Prozent unseres gesamten Haushaltsvolumens! Der Zusammenbruch des Immobilienmarktes musste demnach fatale Folgen für die Volkswirtschaft mit sich bringen. Massenentlassungen, Lohnkürzungen – und damit dramatische Einbrüche in der Nachfrage. Schau dich im Land um, Ray: Erkennst du noch unsere gute alte Zivilgesellschaft? Ich nicht, ich sehe nur Verbrechen und Anarchie. Auf dem Land haben Bürgermilizen die Aufgaben von Polizei und Nationalgarde übernommen, die Städte drohen unkontrollierbar zu werden. Warum ist das so? Ich sag dir warum: weil die Menschen nicht mehr in der Lage sind, zu konsumieren!«

McEwen drückte die Zigarre aus. Er wollte das als Friedensangebot gewertet wissen.

»Früher ließ sich das Problem in den Griff kriegen«, setzte Brill seinen Monolog fort, »zumindest kurzfristig. Durch die Orchestrierung von Kriegen und Terrorismus zum Beispiel. Diesmal wird die Überlebensstrategie der Finanzoligarchie aber nichts fruchten. Es drohen nämlich die Rohstoffe auszugehen, auf denen ein Wirtschaftswachstum nun einmal gründet. Seit dem Putsch in Saudi-Arabien zahlen wir uns dumm und dämlich für Öl. Die neuen Machthaber dort haben nicht nur den Export gedrosselt, sie liefern den spärlichen Rest auch noch vorzugsweise nach Europa, das durch den Ausfall der Atomkraft nach den Blowouts von Ignalina und Fessenheim erheblich geschwächt worden war. An der Politik der Araber ist nicht zu rütteln. Sie schwingen den Ölhammer als Retourkutsche. Kein Wunder, nach all den Demütigungen, die wir den islamischen Staaten zugefügt haben.

Fassen wir also zusammen: Die Vereinigten Staaten von Amerika pfeifen auf dem letzten Loch, während die europäische Konkurrenz sich erholt und dabei ist, sich mit Russlands Ressourcen im Rücken einen Vorsprung zu sichern, der die USA und China als die Länder mit dem größten Energieverbrauch verdammt arm aussehen lässt. Wenn wir uns und der Welt nicht allergrößten Schaden zufügen wollen, müssen wir handeln, und zwar sofort!« Er machte eine dramatische Pause und schaute in die Runde.

»Im Südpazifik lagern Milliarden Tonnen metallischer Knollen auf dem Meeresboden. Eine Schatztruhe voller Kupfer, Nickel und Kobalt, um nur einige der so dringend benötigten Rohstoffe zu nennen«, fügte er an Manzarek gewandt hinzu. »Die Internationale Meeresbodenbehörde der Vereinten Nationen aber weigert sich beharrlich, diese Schätze zum Abbau freizugeben. So what! Wenn dem so ist, muss man sie sich eben ohne Einverständnis holen! Die Vorkommen würden es uns ermöglichen, eine Brücke in die Zukunft zu bauen. In dreißig Jahren werden wir auf den Gebieten der regenerativen Energien und der alternativen Materialien enorme Fortschritte erzielt haben – nicht zuletzt dank so patriotisch gesinnter Unternehmen wie Global Oil!«

Eine beeindruckende Vorstellung, wie McEwen fand. Wenn man den Finanzminister reden hörte, konnte man den Eindruck gewinnen, dass die Welt einzig und allein deshalb untergehen musste, damit der Rhetoriker Hubert Brill auferstehen konnte.

Ray Manzareks Widerstand schien gebrochen, zumindest für den Moment. Wahrscheinlich hatte es dieses kleine Gewitter an schlagkräftigen Argumenten gebraucht, damit er wieder in den Spiegel schauen konnte.

»Ich weiß nicht, ob es Ihnen entgangen ist, Ray«, ergriff schließlich Robert McEwen das Wort, »aber die Schürfarbeiten in der Südsee haben längst begonnen. Jetzt gibt es kein Zurück mehr. Über die Notwasserung des chinesischen Transportflugzeuges vor Tahiti mache ich mir keine Sorgen, das lässt sich als Navigationsfehler verkaufen. Im Übrigen bleibt es dabei: das Unternehmen wird sowohl von Peking als auch von uns weiterhin auf höchster Geheimhaltungsstufe behandelt.«

»Wie viele Hebetanker wird Global Oil denn insgesamt bauen lassen?«, fragte NSA-Chef Francis D. Copland, der dem Gespräch bisher eher desinteressiert gelauscht hatte.

»Laden Sie mich doch mal zum Abendessen ein«, antwortete McEwen süffisant, »dann verschweige ich Ihnen ein wichtiges Staatsgeheimnis. In zwei Jahren«, fügte er versöhnlich hinzu, »sind es vierundzwanzig. Vierundzwanzig gefräßige Schatztruhen, aufgereiht im polynesischen Mangangürtel wie auf einer Perlenkette.« Nachdenklich spielte er mit dem Aschenbecher. »Was ist jetzt mit diesem dänischen Wissenschaftler, Francis? Wie weit sind Ihre Nachforschungen gediehen?«

»Wir haben verlässliche Hinweise, dass sich Rasmussen nach Tahiti abgesetzt hat«, antwortete Copland.

»Nach Tahiti?!«

McEwen fasste es nicht. Wie konnte es sein, dass ein einzelner Mann die Nationale Sicherheitsbehörde derart an der Nase herumführte? Bisher hatte er sich damit getröstet, dass es die Medienkonzerne der Welt nicht wagen würden, Rasmussens Geschichte ohne Rücksprache mit Global Oil zu veröffentlichen. Aber nun war der Kerl auf Tahiti, wo man sogar ohne Anmeldung vom Präsidenten empfangen wurde.

»Stellen Sie fest, was da schiefgelaufen ist«, donnerte McEwen. »Aber lassen Sie den Mann am Leben. Ich will wissen, wer was weiß. Wofür bezahle ich Sie eigentlich?«

Seine letzte Bemerkung zeigte die erwartete Wirkung. Aufgeblasene Arschlöcher wie Copland, die ihre Ämter nur auf Zeit bekleideten, mussten gelegentlich daran erinnert werden, was wahre Macht bedeutete. Wahre Macht. Das war es doch worum es ging, allein darum. Aber angesichts der karrieresüchtigen Duckmäuser in Politik und Wirtschaft warf das Spiel keinen wirklichen Lustgewinn mehr ab. Die Sache im Südpazifik hingegen versprach noch einmal aufregend zu werden. Es war gut möglich, dass er sich nicht nur mit dem Präsidenten der Vereinigten Staaten anlegen musste, sondern darüber hinaus mit der UNO und mit der ganzen jaulenden Weltgemeinschaft! Irre, was man sich heutzutage alles leisten konnte, wenn man das nötige Kleingeld besaß.

McEwen fragte sich, wieso die angeblich so aufgeklärte Menschheit Leuten wie ihm immer wieder einen Freifahrtschein für Schweinereien ausstellte. Wollten die wahrhaft Mächtigen nicht eigentlich in die Schranken verwiesen werden, anstatt unkontrolliert ihrer teuflischen Fantasie frönen zu müssen?

»Ich habe keine Zeit, mich mit einem durchgeknallten Professor zu beschäftigen«, polterte er unvermittelt los, als wollte er seine düsteren Gedanken des Feldes verweisen. »Ich muss mich um das kümmern, was ich am besten kann. Was ich damit sagen will, Francis: tun Sie es auch!«

Thorwald Rasmussen war bewusst, dass seine Anwesenheit zurzeit für andere Menschen nicht einfach zu ertragen war. Umso dankbarer registrierte er die Zurückhaltung, mit der ihm die Mitarbeiter des ›Institute Ecologique‹ in den ersten Tagen seines Tahiti-Aufenthaltes begegneten. Keine neugierigen Fragen, auch sonst keinerlei Anbiederei oder Aufdringlichkeiten. Der Einzige, der seine Geschichte vollständig kannte, war Professor Engelhardt. Es war ein Wettlauf gegen die Zeit, den Rasmussen aufgenommen hatte. Wenn es ein Thermometer gäbe, das den Grad von Nervosität anzeigte, die ihn plagte, stünde es beständig auf 40 Grad. Er befand sich praktisch am Rande eines permanenten Fieberwahns.

Das Büro des Präsidenten hatte mitteilen lassen, dass sich Omais Schwester persönlich herbemühen werde, um ihn abzuholen. In zehn Minuten würde sie ins Institut kommen und ihn anschließend zu dem EMERGENCY-Reporter führen. Rasmussen gedachte der turbulenten Wochen, die dem Bornholmer Massaker gefolgt waren, seiner Flucht nach Schottland, der komfortablen Zeit im Schloss des Earl und der Countess of Mansfield, seiner gespenstischen Begegnung mit dem Chefredakteur von EMERGENCY in London und dem erneuten Aufenthalt in Scone Palace bis hin zur Herstellung seiner neuen Identität, die ihn schließlich sicher nach Tahiti gebracht hatte. Wenn dieser Cording auch nur einigermaßen aufgeweckt war, würde er die Brisanz der Angelegenheit auf Anhieb erkennen. Mit der Veröffentlichung der Geschichte hätte er sein Ziel erreicht. Ob ihm seine Häscher danach eine Kugel durch den Kopf jagten, das war nebensächlich. Er ging davon aus.

Ein Klopfen an der Tür ließ Rasmussen zusammenzucken. Er drückte sich mit dem Rücken an das vergitterte Fenster. »Wer ist da?«, fragte er mit dünner Stimme

»Maeva.«

»Einen Moment bitte«, sagte der Professor.

Er warf einen kurzen Blick in den Rasierspiegel, griff nach seinem Trenchcoat und öffnete. Der jungen Frau, die ihn so freundlich anlächelte, schenkte er kaum Beachtung. Seine Blicke schweiften nervös an ihr vorbei, rechts und links den Flur hinunter.

»Gehen wir«, flüsterte er, als er sich davon überzeugt hatte, dass die Luft rein war. Für einen flüchtigen Moment schaute er Maeva in die Augen.

Seit einer Stunde wartete Cording auf den ominösen Professor. Sie waren an der Roulotte verabredet, die dem Institut am nächsten lag. Cording liebte diese kleinen, fahrbaren Garküchen entlang der Straße, die man rund um die Insel fand. Diese hier war besonders schön postiert. Der Imbisswagen stand zwar auf dem Parkplatz der Feuerwehr von Vairao, aber die beiden Holztische waren direkt ans Meer gerückt.

Rasmussen hatte darauf bestanden, dass sie sich nach Sonnenuntergang trafen. Dadurch, dass Cording die schöne Schwester des Präsidenten ins Institut geschickt hatte, um seinen Informanten abzuholen, bestand zumindest die Chance, dass der Däne nicht allzu paranoid agieren würde.

Die Mondsichel stand nur noch eine Handbreit über dem Ozean, der sich bewegungslos an den schwarzen Strand schmiegte. Cording war hungrig. Wenn die beiden nicht in den nächsten fünf Minuten auftauchten, würde er seine Bestellung aufgeben.

»Mahi-Mahi«, sagte er zu dem Hund, der sich ihm in der Hoffnung zugesellt hatte, dass bei entsprechendem Augenaufschlag auch etwas für ihn abfallen würde.

»Fisch«, antwortete Cording den fragenden Augen der schlanken Hundedame. »Ich hoffe, du magst Fisch.«

In dem Moment kam Maeva in Begleitung eines Mannes über den Parkplatz gelaufen. Ihr Begleiter war etwa so groß wie sie, eher noch ein wenig kleiner, wenn er den Hut abnähme. Er trug eine Sonnenbrille und war trotz der lauen Sommernacht in einen Trenchcoat gehüllt.

»Professor Thorwald Rasmussen«, stellte Maeva vor.

Cording reichte dem Mann die Hand, doch Rasmussen ignorierte die Geste. Er setzte sich und starrte zur Roulotte hinüber, wo sich vier Männer angeregt auf deutsch unterhielten.

»Wer sind die?«, fragte er.

»Mitarbeiter von Eco-Energy aus Kassel«, antwortete Cording.

»Was willst du essen?«, fragte Maeva, an Cording gewandt.

»Mahi-Mahi«, antwortete er. »Und Sie, Herr Professor?«

»Nichts, danke«. Er schob Cording seine Aktentasche über den Tisch.

»Da drin finden Sie alles, was Sie wissen müssen«, flüsterte er.

Cording trommelte mit den Fingern auf das abgewetzte Leder.

»Okay«, sagte er, »womit haben wir es hier zu tun? Ein knapper Überblick würde mir fürs Erste schon genügen.«

Rasmussen räusperte sich.

»Gut«, begann er und blickte sich zum wiederholten Male nach den vier Deutschen um, »ich will versuchen, es Ihnen in wenigen Worten zu erklären. Die Vereinigten Staaten und China sind dabei, in den Hoheitsgewässern Polynesiens nach Manganknollen zu schürfen. Es ist eine geheime, militärisch abgesicherte Aktion, mit der sie sich ihren Rohstoffbedarf für die Zukunft sichern wollen. Und zwar gegen die Bestimmungen der IMB. Die Internationale Meeresbodenbehörde, Sie wissen schon. Ich war Mitglied der zur Geheimhaltung verpflichteten Wissenschaftscrew, die im Auftrage von Global Oil nicht nur die Ergiebigkeit der Knollen geprüft, sondern darüber hinaus die technischen Möglichkeiten zu ihrer Gewinnung entwickelt hat. Wissen Sie beispielsweise, dass in den Knollen neben dem äußerst wertvollen Kobalt, Nickel und Kupfer auch Molybdän und Tellur enthalten sind? Molybdän steckt unter anderem in den Hitzeschildern von Raketen, Tellur wird in Fotozellen eingesetzt. Das ganze Satellitensystem wäre ohne Molybdän und Tellur nicht möglich. Und darum geht es den USA und China in der Hauptsache. Sie streben die Alleinherrschaft im All an, ihr Ziel ist es, die Überwachung des Planeten vollständig an sich zu reißen.«

»Und warum haben sie sich dafür ausgerechnet die polynesischen Gewässer ausgesucht?«, fragte Cording.

Während des Gesprächs hatte sich Rasmussen immer weiter über den Tisch gebeugt, mittlerweile lag er fast auf ihm.

»Warum gucken diese Männer zu uns herüber?«, fragte er leise. »Das sind keine Mitarbeiter von Eco-Energy. Hab die noch nie gesehen im Institut … Das ist eine Falle …«

Cording wusste von Rasmussens tragischer Geschichte. Er empfand Respekt vor diesem Mann, den der Meuchelmord an seiner Familie ersichtlich in die Nähe des Wahnsinns getrieben hatte und der dennoch die Kraft und Konzentration fand, sein Wissen zu veräußern. Allerdings wusste er nicht genau, wie er die Geschichte des Professors deuten sollte. War da was dran, oder hatte er es hier mit einem Irren zu tun? Es gelang ihm, den Professor kurzfristig wieder zu beruhigen. Und plötzlich erinnerte er sich an die Mail, auf die er und Steve vor einigen Wochen zufällig gestoßen waren. Wie hatte es da geheißen? Er versuchte, sich den genauen Wortlaut ins Gedächtnis zu rufen. Von der IMB war die Rede gewesen, von China, und von einer Aktion zur Rettung der amerikanischen Volkswirtschaft. Sollte es sich bei dem Absender ›Bob‹ um Robert McEwen, den Präsidenten von Global Oil handeln? Es schien alles zusammenzupassen. Die Vorstellung war ungeheuerlich.

Der Professor griff sich die Aktentasche und zog eine Karte hervor, die er nun sorgfältig auf dem Tisch ausbreitete. Er fuhr mit dem Finger die Strecke zwischen den Gesellschaftsinseln und der zu Frankreich zählenden Insel Clipperton nahe der mexikanischen Küste ab.

»Dies hier nennen wir die Clipperton Fracture Zone«, sagte er, »dort lagern die größten Manganvorkommen der Welt. Aber nirgendwo ist der Gehalt an Molybdän und Tellur so extrem hoch wie vor Makatea und den mikronesisch besiedelten Inseln Nauru und Banaba. Alle drei Inseln sind im Laufe der Geschichte als Block aus dem Meer gehoben worden, was verstärkt zur Bildung dieser seltenen geologischen Substanzen beigetragen hat. Hinzu kommt, dass die Vorkommen direkt vor den Küsten liegen, während man anderswo bis zu sechstausend Meter tief schürfen müsste.«

Cording zermarterte sich das Hirn. War in der Mail nicht auch die Rede von irgendwelchen Rohstoffen gewesen? Er konnte sich beim besten Willen nicht mehr daran erinnern.

»Die Manganknollen sind etwas sehr Kostbares«, hörte er Rasmussen sagen, »es dauert eine Ewigkeit, bis sich so eine faustgroße Knolle gebildet hat. Manganknollen bestehen aus Staub, der auf den Ozean rieselt, in die Tiefe sinkt und sich dort allmählich verdichtet. Ganze fünf Millimeter legen die Knollen in einer Million Jahre zu. Ihr industrieller Abbau birgt eine große Gefahr für die Region. Die Amerikaner und Chinesen gehen den Inseln ja direkt an die Sockel. Und wer ihren Hunger kennt, kann sich ausrechnen, dass auf diese Weise über kurz oder lang eine Südseeperle nach der anderen im Meer zu versinken droht. Natürlich werden sie nicht vor unseren Augen absaufen«, sagte Rasmussen und schielte auf den dampfenden Fisch, den Maeva vor Cording hinstellte. Auch der Hund wechselte an dessen Seite.

»Was die Menschen hier jedoch sehr schnell zu spüren bekommen werden«, fuhr der Däne fort, »sind die enormen Umweltbelastungen, die eine so gigantische Schürfaktion mit sich bringt. Der gewaltsame Eingriff zerstört die Bodenoberfläche und wirbelt Wolken auf, die sich als schmutzige Schleier an die Strände legen werden. Fauna und Flora im Südpazifik werden sich langfristig ändern. Das aufgewirbelte Bodenmaterial hat Einfluss auf die Lichtverhältnisse im Ozean und bringt mit dem nach oben gepumpten Tiefseewasser das gesamte Nahrungsangebot eines gewachsenen Ökosystems durcheinander. Hinzu kommt noch, dass die Metalle vor Ort aus den Knollen gelöst werden sollen, die Schürftanker sind entsprechend ausgerüstet. Dieser Prozess gelingt aber nur unter Einsatz hochgiftiger Chemikalien und produziert eine Menge unbrauchbarer Rückstände. Wie man diese zu entsorgen gedenkt, brauche ich Ihnen ja wohl nicht zu sagen.«

Rasmussen schlug den Kragen seines Mantels hoch und sprang auf. Die Anwesenheit der Männer an der Roulotte, die inzwischen aufgegessen hatten und trotzdem keine Anstalten machten, zu gehen, schien ihn nun endgültig aus der Fassung zu bringen.

»Wo sind die Amerikaner und Chinesen denn jetzt zugange?«, fragte Cording schnell, bevor er den Teller mit den Fisch- und Reisresten auf den Boden stellte.

»Wie bitte? Ach so, ja. An der Nordküste Makateas«, antwortete der Professor zerstreut.

Jetzt erhoben sich auch die vier Mitarbeiter von Eco-Energy. Bei Rasmussen erwachte der Fluchtinstinkt.

»Bringen Sie mich hier fort«, raunte er Maeva zu und schlich hastig in ihrem Rücken davon.

Cording schüttelte den Kopf und forderte die Hundedame auf, sich endlich zu bedienen, bevor er es sich anders überlegte. Schließlich war das Essen noch warm.

Er hatte erwartet, dass sich Omai entsetzt zeigen würde über die Unterlagen, die Rasmussen ihnen überlassen hatte und die er nach der gestrigen Begegnung mit dem Professor sofort im Büro des Präsidenten abgeliefert hatte. Aber Omai machte nicht den Anschein, sonderlich beunruhigt zu sein. Stattdessen zeigte er Cording voller Stolz einen Artikel nach dem anderen, die inzwischen über das Tahiti-Projekt erschienen waren. Die Kollegen hatten gute Arbeit geleistet, das Projekt kam in der Weltpresse blendend weg. National Geographic schmückte sich gar mit einer Titelgeschichte. Insgesamt hatten einundzwanzig bedeutende Zeitungen und Zeitschriften berichtet, von San Francisco bis Paris, von Reykjavik bis Kapstadt. Sogar die englische Ausgabe des Peking-Star war dabei, allerdings versteckten sie das Tahiti-Projekt auf der Wirtschaftsseite. Weitere Reportagen würden folgen. Der Tenor war immer der Gleiche: ›Das verlorene Paradies erwacht!‹

»Was hältst du denn nun von den Rasmussen-Papieren?«, fragte Cording ungeduldig, als Omai begann, die internationalen Jubelarien an den Wänden seines Büros aufzuhängen.

»Sie schürfen bereits vor Makatea, sagst du?«

»Das hat der Däne behauptet, ja.«

»Der Coup muss gut vorbereitet gewesen sein. Makatea ist seit über zehn Jahren unbewohnt. Außerdem liegt die Insel abseits jeder Flugroute. Auch die internationalen Wasserstraßen führen weit an Makatea vorbei. Mag sein, dass sich einige Fischer in die dortigen Gewässer verirren, aber auch das ist eher unwahrscheinlich. Dort könnte man in der Tat völlig unbemerkt agieren.«

»Und?«, fragte Cording. »Was gedenkst du zu tun? Der Fall gehört eigentlich vor die UNO!«

»Lass uns zunächst einmal nachsehen, bevor wir einen so wichtigen Schritt unternehmen«, entgegnete Omai beschwichtigend, »so ganz trau ich dem Braten noch nicht.«

»Wieso nicht? Die Angelegenheit erscheint mir ziemlich logisch. Die Manganvorkommen an Land sind so gut wie erschöpft. Schon 1970 fanden sich China, Frankreich, Indien, Japan, die Sowjetunion sowie mehrere internationale Konsortien bereit, die Meeresgründe zu beackern. Der Vorstoß in die Tiefsee war nur deshalb verschoben worden, weil plötzlich neue Lagerstätten an Land entdeckt wurden und die Metallpreise auf ein erschwingliches Niveau zurückfielen. Damals kostete eine Tonne Mangan noch 145 Dollar, heute sind es über 7000 Euro! Der Preis für das in den Knollen enthaltene Nickel beläuft sich inzwischen sogar auf 25000 Euro pro Tonne, Kobalt ist noch teurer, 30000 Euro und mehr. IMB und ISA schätzen, dass 50 Millionen Tonnen dieser im Mangan enthaltenen Wertmetalle im Südpazifik zu gewinnen sind. Ein Milliardengeschäft. Das scheint mir ein verdammt triftiger Grund zu sein, um die tiefschürfenden Pläne zu verwirklichen und die internationalen Bestimmungen auszuhebeln.«

»IMB, ISA – was sind das für Organisationen?«

»Die IMB ist die Meeresschutzbehörde der UNO, die offensichtlich eine Tochter bekommen hat, die Internationale Meeresbodenbehörde ISA mit Sitz in Jamaika. Die ISA ist geschaffen worden, um über die Einhaltung des Internationalen Seerechtsübereinkommens zu wachen, das 1994 nach einem UN-Beschluss in Kraft getreten ist. Das Abkommen erklärt die Gebiete außerhalb der territorialen Grenzen und alle darin enthaltenen Ressourcen zum gemeinsamen Erbe der Menschheit.«

»Aber uns wäre es erlaubt, vor Makatea zu schürfen?«, fragte Omai.

»Vor Makatea, vor Bora Bora, wenn du wolltest, könntet ihr auch vor Raiatea und Tahiti schürfen. Vorausgesetzt natürlich, ihr verfügt über die hochkomplizierte Technik, die man dafür benötigt. Und natürlich über ein gewaltiges Maß an ökologischer Verblendung …«

Cording wurde langsam nervös. »Also was machen wir jetzt?«, drängte er den Präsidenten.

»Wir fliegen hin«, antwortete der. »Nur du und ich.«

»Und Maeva.«

»Und Maeva«, willigte Omai ein.

Der Flug über Makatea war für morgen geplant. Für heute hatte ihn Maeva in einem handgeschriebenen Brief nach Point Venus bestellt, den er neben einer Tiaré auf seinem Kopfkissen gefunden hatte. Die Zeilen waren in maorischer Sprache verfasst, er vermochte lediglich den Hinweis auf die Verabredung zu deuten. Irgendwann würde er sich die Worte übersetzen lassen, die sie wohl bewusst im Dunkeln gelassen hatte. Bevor er ging, sog er noch einmal den herrlichen Duft ein, der von dem Brief ausging.

Maeva erwartete Cording am Leuchtturm. Sie hatte den Pareu geschickt drapiert und sah bezaubernd aus in ihrem mit blauen Blumen verziertem Tuch. Er hatte sie noch nie so schön gesehen. Sprechen wollte Madame Maximüljan jedoch nicht. Sie wollte auch nicht, dass er etwas sagte und versiegelte ihm mit ihrem warmen Zeigefinger die Lippen.

Schweigend folgte er ihr an den Strand, wo sie nach seiner Hand griff und ihn ins Meer führte. Maeva verstand es, das Tempo so zu gestalten, dass der Widerstand des Wassers, das ihnen um die Beine spülte, kaum spürbar war. Er war überrascht, wie weit sie sich bereits vom Ufer entfernt hatten, aber die Bucht war an dieser Stelle sehr flach.

Bisher schwappten ihnen die seichten Wellen lediglich um die Hüften.

Plötzlich blieb sie stehen und blickte ihm in die Augen. Es hatte lange gebraucht, bis er in der Lage war, den blitzenden Gewittern in diesen schwarzen Diamantpupillen länger als drei Sekunden standzuhalten.

»Maeva«, hauchte sie, schlang ihre Arme um seinen Nacken und umgarnte ihn mit der Leichtigkeit einer Wasserpflanze.

Cording verharrte benommen im Duftbad ihrer Haare, die den köstlichen Geruch von Monai verströmten, einer Essenz aus Kokosnussöl und Tiaré-Blüten. Die Außenwelt füllte sich mit einer feinstofflichen Substanz, die ihn, die Bäume, die Berge, das Riff so selbstverständlich durchdrang, als sei Materie im Reich der Wirklichkeit nur eine lächerliche Illusion. Die Ewigkeit gab ein Gastspiel im Theater der Vergänglichkeit und er saß im Parkett, erste Reihe Mitte. Auf der Bühne das Mädchen mit der Tiaré im Haar. Sie küssten sich so leidenschaftlich, dass sie aus der Balance gerieten, aber selbst unter Wasser konnten ihre Münder nicht voneinander lassen. Als sie kaum noch Luft bekamen, schnellten sie hoch und lachten wie Königskinder, die sich einander versprochen hatten.

»Here here vau ia oe!«, rief Maeva, »Ich liebe dich!«, und schwamm ihm durch die Beine davon.

Cording folgte ihr in das flachere Wasser in Ufernähe, wo sie für den Rest des Nachmittags liegen blieben. Maeva schmiegte sich an ihn und passte den Rhythmus ihres Atems dem seinen an. Durch Maeva erst verstand er, was wahre Verschmelzung bedeutete. Ihm wurde schwindelig bei dem Gedanken.

Omai war mächtig stolz auf sein Staatstaxi, wie er die zweimotorige Propellermaschine* nannte, die den polynesischen Regierungsmitgliedern für ihre Reisen durch die Südsee zur Verfügung standen. Die Motoren befanden sich vor und hinter der fünfsitzigen Fahrgastzelle. Die Seitenleitwerke griffen von hinten in die Flügel und waren durch das Höhenleitwerk miteinander verbunden, das die Form eines überdimensionalen Gemüseschabers hatte. Das Flugzeug wurde mit kalt gepresstem Pflanzenöl betrieben und hatte eine Reichweite von 3000 Kilometern. Die Spitzengeschwindigkeit betrug 460 Stundenkilometer.

Cording musste sich noch eine ganze Reihe anderer technischer Details anhören, bevor er endlich einsteigen durfte. Beeindruckt war er vor allem von der geriffelten Außenhaut des Fliegers, über die er, Omais Aufforderung folgend, seine Finger streichen ließ. Das Material war der Haifischhaut* nachempfunden, die auf ihren Schuppen mikroskopisch feine, in Strömungsrichtung verlaufende Rillen trägt. Lange hatte man geglaubt, dass eine Reibung umso geringer sei, je glatter die Oberfläche ist. Erst die Turbulenzforscher im Deutschen Zentrum für Luft- und Raumfahrt hatten herausgefunden, dass die feinen Rillen bremsende Querströmungen verhinderten und den Treibstoffverbrauch drastisch senkten. Die Tatsache, dass sich diese Entdeckung in der Verkehrsluftfahrt bisher nicht hatte durchsetzen können, sondern nur im Kleinen Anwendung fand, bestätigte Cording erneut, dass die Vernunft im Suprakapitalismus unserer Tage nicht die geringste Chance besaß.

Der Start und die folgende Rechtskurve verursachten Cording ein wohliges Kribbeln im Bauch. Die Schaumkronen auf dem Meer schienen schräg vom Himmel zu regnen, um gleich darauf, dem kippenden Horizont folgend, waagerecht auf sie zuzurollen. Cording bedauerte, dass Maeva nicht dabei sein konnte, sie nahm ihre Verpflichtungen an der Uni sehr ernst. Dass Omai ihn begleitete, wertete er als Zeichen der Freundschaft, er hätte ebenso gut den Umweltminister schicken können oder einen anderen beliebigen Kundschafter, denn wirklich überzeugt war er von der amerikanisch-chinesischen Attacke auf Tahitis Hoheitsgewässer noch nicht.

Es dauerte eine Dreiviertelstunde, bis sie die zweihundert Kilometer bis Makatea zurückgelegt hatten. Die nur 24 Quadratkilometer große Insel war kein Südseeatoll, sondern ein aus dem Ozean gepresster Phosphatblock, dessen hundert Meter aufragende Steilküste sie von Weitem wie eine Torte aussehen ließ, die auf dem Meer dümpelte.

»Was das Wort Umweltverschmutzung bedeutet, haben wir erstmals durch die Ereignisse auf Makatea verstanden«, sagte Omai. »Der Phosphatabbau hinterließ Spuren der Zerstörung, wie es sie bis dahin in Polynesien noch nicht gegeben hatte. Fünfundfünfzig Jahre lang, von 1911 bis 1966, waren dort unten mehr als dreitausend Arbeiter beschäftigt. Das französische Konsortium, das uns diese eigentümliche Mondlandschaft hinterlassen hat, war seinerzeit der größte Arbeitgeber zwischen Neuseeland und Südamerika. Am Schluss machten die Lohnzahlungen dieser Company fast dreißig Prozent von dem aus, was im gesamten polynesischen Raum für Arbeit vergütet wurde.«

Sie flogen in einer Höhe von etwa dreihundert Metern. Der Pilot legte die Maschine sanft zur Seite, sodass sie die Insel in einem großen Bogen umkreisten. Die Neigung des Flugzeuges erlaubte ihnen einen hervorragenden Blick auf den Küstenstrich und die Weiten des Pazifiks. Da war nichts! Auch nach der dritten Schleife wollte sich kein stählernes, 300 000 Tonnen schweres Ungetüm zeigen. Cording mochte es nicht glauben. Die fantastisch anmutenden Kalksteinzacken auf dem Rücken des Plateaus, die kreisende Schar von Seevögeln in den Klippen, der azurblaue Himmel, der rhythmisch atmende Ozean – das alles gab ein so friedliches Bild ab, dass die Beklemmung von ihm wich, die seine Gedanken unmittelbar nach der Lektüre der Rasmussen-Dokumente in eine Art Starrkrampf versetzt hatte. Langsam zweifelte auch er an Rasmussens Glaubwürdigkeit.

Omai beugte sich zu dem Piloten, flüsterte ihm etwas ins Ohr und lehnte sich mit geschlossenen Augen in seinem Sitz zurück. Cording spürte, dass es jetzt wenig Sinn machte, die Schürfaktion, die ihm Rasmussen als so überaus gefährlich verkauft hatte, noch einmal zur Sprache zu bringen. Aber eines stand für ihn fest: Sobald sie gelandet waren, würde er sich ins Institut begeben!

Der Rückflug zog sich extrem in die Länge. Cording versuchte sich zu entspannen und schloss nun ebenfalls die Augen. Er öffnete sie erst wieder, als er in einer unerwarteten Linkskurve gegen Omais Schulter rutschte.

»Bora Bora«, sagte Omai und deutete lächelnd auf die Insel unter ihnen.

Cording blickte aus dem Fenster. Die majestätischen Berge in ihrer vom Schaum umsäumten smaragdgrünen Lagune waren das Schönste, was er je zu Gesicht bekommen hatte. Bora Bora war der Inbegriff dessen, was man sich unter einer Insel vorstellte. Ein Souverän auf Erden, wie der Kailash in Tibet oder der Half Dome im kalifornischen Yosemite.

»Dass sich Bora Bora noch in unserer Schatztruhe befindet, haben wir dir zu verdanken«, bemerkte Omai. »Erinnerst du dich? Vor neun Jahren wollte die damalige Regierung Raiatea und Bora Bora verscherbeln. Es war hauptsächlich deiner Berichterstattung zu verdanken, dass es dazu nicht gekommen ist. Ich wollte dir diese Perle wenigstens gezeigt haben, bevor du uns verlässt. Dort hinten kannst du noch die Landebahn erkennen, die die Amerikaner im zweiten Weltkrieg angelegt hatten. Es war übrigens der erste Flugplatz in Französisch-Polynesien. Die USA benutzten Bora Bora als Nachschubbasis für den Südpazifik. Kannst du dir vorstellen, was die tausend Einwohner gedacht haben müssen, als sie plötzlich von fünftausend GIs umgeben waren?«

Die versteckte Bemerkung über seine Abreise traf Cording wie ein Keulenschlag. Sollte sich Rasmussens Warnung tatsächlich als Verschwörungstheorie eines paranoiden Wissenschaftlers herausstellen, blieb ihm tatsächlich keine andere Wahl, als Tahiti in den nächsten Tagen zu verlassen. Und wieder einmal ertappte er sich dabei, dass ihm so ziemlich alles egal war, außer seinen persönlichen Interessen. Er wünschte sich in diesem Moment nämlich nichts sehnlicher, als dass sich Rasmussens Geschichte bewahrheitete!

Oh nein, ohne vorherige Verabredung war Thorwald Rasmussen nicht zu sprechen, teilte ihm die Sekretärin im Verwaltungsbüro des Instituts mit. Sie telefonierte kurz und richtete ihm anschließend aus, dass der Professor bereit sei, ihn morgen Nachmittag um vier Uhr am Gauguin-Museum zu treffen. Vorausgesetzt, es würde ihn wieder die reizende junge Dame von neulich abholen. Sieh an!

Trotz aller Befürchtungen, die ihm am Abend noch quälend auf der Seele gelegen hatten, war Cording am nächsten Morgen frisch und ausgeruht aufgewacht. Die Wasser-Verlobung mit Maeva wirkte offenbar wie ein Jungbrunnen.

Aus Angst, den Professor warten zu lassen oder womöglich noch zu verpassen, war er viel zu früh am Treffpunkt. Also beschloss er, die Zeit für eine kurze Runde durch das Museum zu nutzen. Er betrachtete das Mädchen auf dem Wandgemälde, das sich am bloßen Rücken eines Mannes aus den Tiefen des Raumes nach ihm umsah. *Trois Tahitiens* hatte Gauguin sein Bild genannt, auf dem vor einem gelb bewölkten Himmel zwei Frauen einen Mann in ihre Mitte genommen hatten, von denen die eine sich von vorne zeigte, während die andere den Betrachter aus der Drehung ansah. Sie war Maeva nicht unähnlich. Er blickte auf die Uhr: fast vier. Also verabschiedete er sich von Gauguins zeitlosen Grazien und ging hinunter zur Mündung des Flüsschens Teamatea, wo sich sieben Knaben und ein schüchternes, etwa neunjähriges Mädchen tummelten. Für Cording hopsten die kleinen Kerle mit Anlauf und Überschlag so lange ins Wasser, bis es ihm schwerfiel, seiner anfänglichen Begeisterung weiterhin den richtigen Ausdruck zu verleihen. Die Kinder nahmen es nicht übel, als er von ihnen abrückte und sich unter eine Kokospalme setzte, wenige Meter vom Meer entfernt.

Er sah, wie Maeva an der Seite des Professors über die Wiese gelaufen kam.

»Setzen Sie sich doch, Professor«, sagte Cording, als sie bei ihm angelangt waren. Er klopfte neben sich auf den weichen Rasen. »Das erdet. Setzen Sie sich.«

Rasmussen zog seinen Pullover aus, den er trotz der Hitze trug, und breitete ihn sorgsam auf der Wiese aus, um sich dann stöhnend darauf niederzulassen.

»Wir waren da!«, sagte Cording. »Wir haben drei Runden über Makatea gedreht. Was soll ich Ihnen sagen: von Ihrem Hebetanker keine Spur.«

»Natürlich, Sie konnten sie auch nicht sehen! Ich habe gehört, dass sie einen holografischen Schutzschild benutzen, unter dem sie sich verstecken. Hatte schon versucht, mit Ihnen Kontakt aufzunehmen, um Ihnen das zu sagen, aber ich wusste ja nicht, wie ich Sie erreichen konnte. Holografie, Sie verstehen. Ist nicht einmal per Satellitenüberwachung auszumachen, aber sie sind da, ich schwör's.«

Maeva hatte an der Dockstation für Autos in der Nähe des Museums Stellung bezogen. Rasmussen hatte darauf bestanden, dass sie ihm alle verdächtigen Bewegungen meldete. Trotzdem schien er dem Frieden nicht zu trauen, denn er blickte sich ein ums andere Mal irritiert nach ihr um.

»Sie sind da«, wiederholte er heiser.

Cording glaubte dem Professor, vielleicht auch nur deshalb, weil er daran glauben wollte. Ihm war nur noch nicht klar, wie man der ungeheuerlichen Wahrheit auf die Spur kommen konnte.

Drei Tage war es her, als plötzlich dieses Flugzeug am Himmel erschienen war. An Bord der South Pacific setzten sich die Diskussionen darüber, wie der Zwischenfall zu behandeln sei, unvermindert fort. Zwar hatte man die Angelegenheit nach Dallas gemeldet, eine Reaktion aber war bisher nicht erfolgt. Bill Murray, der Verantwortliche für das elektronische Überwachungssystem, saß in seinem Leitstand im Maschinenkontrollraum und schaute sich zum wiederholten Male die Radar- und Videoaufzeichnungen an. Sein Eindruck war, dass man auf der Brücke dazu neigte, die Sache herunterzuspielen – ein schwerer Fehler, wie er glaubte.

Der Computer konnte den Flugzeugtyp nicht zuordnen. Bei dem Hoheitszeichen am Rumpf handelte es sich aber eindeutig um das Staatswappen Polynesiens. Gesehen haben konnten die von dort oben nichts, der Holoschirm war während der drei ominösen Umrundungen intakt gewesen. Dennoch: um einen Vergnügungsausflug hatte es sich sicher nicht gehandelt. Dazu war die Maschine zu lange und zu gezielt um die Insel gekreist. Das nächste Mal würde er die Hubschrauber hochschicken, notfalls musste man die ungebetenen Gäste eben abschießen.

Sie hatten das Lasernetz auf der Insel ausschalten müssen. Es war wertlos, weil zu viele Seevögel auf Makatea nisteten, die sich in dem feinnervigen Bewegungsmelder verfingen und die Wachmannschaft unnötig auf Trab hielten. Doch ein Angriff von Land war sowieso unwahrscheinlich, denn dazu hätten die Angreifer zuerst die Küste erreichen müssen, und die hatten sie auf ihren Schirmen im Umkreis von zwanzig Seemeilen sicher im Griff.

Einundzwanzig Uhr. Agent William Sledge erschien zur Wachablösung.

»Wecken Sie mich, wenn Ihnen etwas verdächtig vorkommt«, sagte Murray. »Egal was es ist, sofort wecken, ist das klar?«

»Ja, Sir«, antwortete Sledge, der aufpassen musste, dass sich nicht eines Tages ein Bürstenfabrikant für seine Brauen interessierte.

Murray ließ seinen Blick über das zehn Meter breite Kontrollpult gleiten, während er Richtung Ausgang schritt. Die 270 Messstellen bildeten eine Orgie aus digitalen Zahlen, beweglichen Zeigern und blinkenden Leuchtzeichen. Wer hier einmal gestanden hatte, musste der modernen Seefahrt mindestens den gleichen Grad an Romantik zubilligen wie der Raumfahrt.

Gegen vier Uhr morgens ortete das Radar zwei Objekte, die sich vor der Südküste Richtung Westen entfernten. Agent Sledge, der in seinem Drehsessel vor den Monitoren die Augen nicht mehr aufhalten konnte vor lauter Müdigkeit, bekam davon nichts mit. Wenige Minuten später raffte er sich auf, um sich am Automaten einen Kaffee zu ziehen. Einen Blick auf den Schirm warf er nicht. In einer Stunde würde er abgelöst werden, dann ging es endlich ab ins Bett.

Zehn bis fünfzehn kräftige Paddelschläge genügten, um die sechssitzige Piroge aus dem Wasser zu heben. Die Männer der tahitianischen Spezialeinheit, die im Schutze der Dunkelheit der südlichen Steilküste Makateas entgegensteuerten, hatten keine Mühe, ihr sensibles Hightechgerät* in Balance zu halten. Im Gegensatz zu den traditionellen Auslegerkanus kam es in diesem Boot darauf an, die Paddel tiefer und senkrechter zu stechen als für gewöhnlich. An der Unterseite des Rumpfes waren zwei wie Tragflächen geformte Flügel montiert, welche die Piroge bei zügiger Fahrt bis zu dreißig Zentimeter in die Luft hoben, wodurch der Widerstand der Wellen erheblich gemindert wurde. Vierzig Stundenkilometer konnte eine geübte, synchron arbeitende Crew bei ruhiger See erreichen. Die Lichter der beiden Fischerboote, von denen sie sich vor wenigen Minuten abgeseilt hatten, waren kaum noch auszumachen. Rudolf, der das Kommando führte und als Schlagmann im Boot saß, war sicher, dass sie ihr Ziel noch vor Sonnenaufgang erreichen würden. Seine einzige Sorge galt der Strömung, die sie weitab des angepeilten Landungspunktes an Land zu tragen drohte. Um auf das Plateau zu gelangen, mussten sie die brachliegenden Förderbänder vor der Geisterstadt Temao nutzen, wo einst die Phosphatfrachter auf Reede gelegen hatten. An einer anderen Stelle war die Steilküste nicht zu bezwingen.

Bill Murray duschte, stieg die Treppen hinunter an Deck und gönnte sich einen Spaziergang zum Vorschiff, um den Sonnenaufgang zu beobachten. Aber noch bevor der rote Feuerball über den Horizont geklettert war, ging er zurück ins Deckhaus, um einen Blick auf die Monitore und Instrumente zu werfen.

»Gab's irgendwas Besonderes?«, fragte er.

»Nichts, Sir«, antwortete Agent Sledge, der froh war, dass er noch rechtzeitig aus dem Dämmerzustand erwacht war.

Murray setzte den Pappbecher mit dem Kaffee ab, den Sledge ihm gereicht hatte und beugte sich über den Radarschirm.

»Was hat das da zu bedeuten?«

Er zeigte auf einen winzigen Punkt unweit der Südküste, der gerade im Begriff war, im Radarschatten zu verschwinden, den der 100 Meter hohe Phosphatblock Makatea warf.

»Keine Ahnung, Sir. Ein Delfin, Treibgut vielleicht ...?«

»Wie lange ist dieses Objekt schon registriert?«

»Nicht lange, Sir. Um ehrlich zu sein, sehe ich es jetzt zum ersten Mal!«, gab Slegde kleinlaut zurück.

Murray griff zum Funkgerät. Wenn er sich auf eines verlassen konnte, dann war es sein Instinkt.

»Zodiac ablassen«, befahl er, »Planquadrat B7. Beeilt euch!« Dann sah er Sledge an. »Sollte da irgendetwas im Busch sein«, zischte er, »mache ich Sie persönlich dafür verantwortlich!«

Rudolfs Männer zerrten die Piroge unter einen Felsvorsprung, der sich unterhalb der stählernen Konstruktion befand, die sie gleich erklimmen würden. Das Förderband war an vielen Stellen porös geworden, sie mussten sich an den seitlichen Streben entlanghangeln, wenn sie nicht einbrechen und in die Tiefe stürzen wollten. Zum Glück war es inzwischen hell genug, um diesen gefährlichen Balanceakt zu wagen.

Der Aufstieg gestaltete sich langwieriger als erwartet. Sie waren nur noch wenige Meter vom Klippenkamm entfernt, als sich ihnen von Westen her ein Gummiboot in rasender Fahrt näherte. Bei jeder Welle warf es die Schnauze wütend nach oben, als stimme es einen Schlachtgesang an. Die Tahitianer standen für einen Moment wie paralysiert auf den steil ansteigenden Schwellen der alten Drahtseilbahn. Rudolf kam als Erster wieder zu sich und trieb die anderen zur Eile an. Kurz nachdem sie das Plateau erreicht hatten, glitt unter ihnen das Zodiac an Land. Acht schwarz gekleidete Männer sprangen heraus und verteilten sich über den Strand, die Maschinenpistolen im Anschlag. Wenn sie die Piroge finden, sind wir geliefert, fuhr es Rudolf durch den Kopf. Das Boot hatten sie nicht entdeckt, aber abschütteln ließen sie sich dadurch nicht. Jetzt begannen die Verfolger das Förderband zu besteigen!

Dabei gingen sie erstaunlich gewandt vor. Rudolf gab das Zeichen zum Aufbruch. Sie mussten unbedingt das Gelände aus dem Tagebau erreichen. In den zerklüfteten, bis zu zehn Meter tiefen Phosphatkratern würden sie vor den Verfolgern sicher sein.

Über eine Stunde lang hockten sie in ihren weit verstreuten Verstecken, immer in Angst, dass sich ihnen aus heiterem Himmel der Lauf einer Maschinenpistole entgegenstreckte. Sie wagten es nicht, sich zu rühren, erst recht nicht, als sie plötzlich das Geräusch zweier Hubschrauber vernahmen, die das Plateau systematisch abzusuchen schienen.

Nach einer quälend langen Zeit, machten sich endlich wieder die Seevögel bemerkbar, die unter den Lärmschleppen der Helikopter verstummt waren. Rudolf wartete eine weitere halbe Stunde, dann entschloss er sich, einen Kundschafter an die Steilküste zu schicken. Er sollte nachsehen, ob sich das Zodiac noch am Strand befand. Der Mann kam nach kurzer Zeit zurück und meldete, dass die Luft rein war. Das Zodiac war verschwunden.

Cording hatte also recht, sie waren hier. Rudolf warf einen Blick auf die Karte. Hundert Meter entfernt verlief die Trasse der ehemaligen Schmalspurbahn, mit der das abgebaute Phosphat zur Verladestation Temao verfrachtet worden war. Wenn sie ihr folgten, würden sie zu einer aufgegebenen Straße gelangen, die sie in die Nähe der Bucht führte, in der der Tanker vor Anker liegen sollte.

Die hölzernen Schwellen der ehemaligen Bahntrasse waren erstaunlich gut erhalten, die einzige Schwierigkeit war, sie unter dem wuchernden Gestrüpp auszumachen. Einige Krieger balancierten deshalb lieber auf den ramponierten Schienen, die von der Tropensonne aus der Verankerung gesprengt worden waren und sich in Schlangenlinien über die Ebene wanden. Bis zu ihrem Ziel waren es etwa drei Kilometer, von denen die letzten beiden relativ einfach zu bewältigen waren, da sie hier wieder festen Boden unter die Füße bekamen. Die letzten fünfzig Meter bis zum Abhang legten sie kriechend zurück.

Als sie sich an die Steilküste herangerobbt hatten, blickten sie zu ihrer Überraschung auf nichts als den sich friedlich wiegenden Ozean. Keine Spur von einem Schiff. War das die richtige Stelle? Rudolf überlegte, wie lange es wohl dauern würde, bis sie die Insel zu Fuß umrundet hatten. Plötzlich tauchte das Zodiac am Horizont auf. Es hielt direkt auf die Bucht zu. Dreihundert Meter vor der Küste verschwand es plötzlich von der Bildfläche, einfach so, als sei es schlagartig im Meer versunken. Aber auf dem Wasser zeigten sich keinerlei Spuren eines Untergangs. Sollte die futuristisch anmutende Geschichte von dem schützenden Holoschirm, den der dänische Professor erwähnt hatte, am Ende wahr sein?

Rudolf stellte den Rucksack ab und bereitete sich für die Kletteraktion vor. Falls es den Schirm tatsächlich gab, musste er sich bis unter das Niveau der Projektionsfläche abseilen. Er stieg in das mitgeführte Gurtgeschirr, zog die Halteleine durch die dafür vorgesehenen Stahlschließen und übergab sie seinen Männern, die ihn nun vorsichtig herunterließen. Nach zwanzig Metern gab er ihnen durch zweimaliges Ziehen an der Sicherheitsleine zu verstehen, dass sie einhalten sollten. Er hing in der Wand und traute seinen Augen nicht. Keine hundert Meter entfernt ankerte das von Rasmussen beschriebene Monstrum im Meer, an dessen Rumpf sich das Zodiac unter einem Fallreep scheuerte, wie ein Moskito am Bauch eines Wasserbüffels. Rudolf langte nach der Digitalkamera in seiner Brusttasche. Es war nicht einfach, die gespenstische Szene aus seiner schwankenden Position in den Fokus zu holen, während er jede Sekunde, die er hier hängen blieb, fürchten musste, entdeckt zu werden. Schließlich gelang es ihm, mit den Füßen in der Wand Halt zu finden. Er fotografierte das schwarze Ungetüm so gut es eben ging, zoomte an Deck, zoomte auf die Helikopter, die Aufbauten, zoomte aufs Zodiac, zoomte auf den Namenszug am Bug. Menschen sah er nicht an Bord. Stattdessen erblickte er über sich einen Himmel aus rauschenden Wellen, als sei er es selbst, der auf mysteriöse Weise abgesoffen war. Anhand dieser Doppelspiegelung konnte man vom Schiff aus erkennen, ob das holografische System intakt war. Er zerrte dreimal kräftig an der Leine und wurde eingeholt. Als sein Kopf die Projektionsfläche des Hologramms durchstieß, schnappte er unwillkürlich nach Luft, als sei er soeben vor dem Ertrinken gerettet worden.

Omai hatte sich beim Betrachten der Fotos bisher mit keinem Wort geäußert. Er rief eines nach dem anderen auf und seine Augen starrten auf den Bildschirm, als gelte es, das Menetekel zu verinnerlichen, welches da so plötzlich an die Wand gemalt worden war. Cording kam sich wie ein Zwitter vor, wie ein Wanderer zwischen zwei Welten, dem auf Tahiti Flügel gewachsen waren, während diese skrupellosen Eindringlinge aus dem Reich der Gier seine Füße in einen Betonblock zu gießen schienen. Lähmendes Entsetzen und Scham – das war es, was er in diesem Moment vor seinen tahitianischen Freunden empfand.

»Gute Arbeit, Rudolf«, bemerkte Omai nach einer Weile und legte seinem Leibwächter den Arm um die Schulter.

Sie blickten in den Innenhof des Präsidentenpalastes, als verlangten sie den flammenden, sich im Winde wiegenden Hibiskusblüten eine Antwort ab. Ihr Schweigen und die ihm zugekehrten Rücken irritierten Cording. Er hatte Angst, dass er für diese Menschen letztlich auch nur der Vertreter eines machtgeilen, zerstörerischen Systems sein könnte.

»Maeva und der Professor müssten jeden Augenblick hier sein«, beeilte er sich zu sagen. »Dann sollten wir gemeinsam überlegen, was zu tun ist.«

Omai kramte die aktuelle Ausgabe von *Paris Match* aus der Schublade seines Schreibtisches und reichte sie Cording. ›Gottes Öko-Garten‹, Titelgeschichte, zwölf Seiten. Cording verzichtete auf die Lektüre und sah stattdessen den Präsidenten an, der seinen Blick standhaft erwiderte. Das freundliche Glimmen in den Augen seines Freundes war jedoch erloschen.

In diesem Moment betrat Maeva in Begleitung von Professor Engelhardt das Zimmer.

»Thorwald Rasmussen ist verschwunden«, sagte sie und setzte sich auf die Couch.

»Jedenfalls hat ihn seit gestern niemand mehr gesehen im Institut«, ergänzte Engelhardt. »Komisch, der Kollege ging nie alleine aus dem Haus. Er war ein wenig, wie soll ich sagen … paranoid. Ja, das war er. Seine Sachen sind alle noch da … Ich versteh das nicht …«

Cording hatte das Gefühl, als würde man ihm die Luft abschnüren. Wenn sie Rasmussen hatten, würden sie auch ihn bald kriegen! Die Spur führte eindeutig zu ihm, so blöd waren sie nicht. Doch anstatt in seinem Schrecken zu erstarren, fühlte er sich plötzlich herausgefordert.

Engelhardt war die eigenartige Stimmung in Omais Büro nicht verborgen geblieben. Er erkundigte sich vorsichtig nach den Hintergründen. Omai lud ihn ein, einen Blick auf Rudolfs Bilderbeute zu werfen und erklärte ihm über die Schulter hinweg, was diese Zeugnisse zu bedeuten hatten. Dem deutschen Wissenschaftler erging es ähnlich, wie es Cording zuvor ergangen war: er schämte sich.

»Erinnerst du dich, was du mir auf Moorea gesagt hast?«, fragte Cording Omai. »Am Marae, ich weiß es noch wie heute. Ich sagte dir, dass ich euch nicht helfen kann, da meine Redaktion einen Negativbericht über das Tahiti-Projekt erwartet. ›Du wirst uns helfen‹, hast du geantwortet. Erinnerst du dich?«

Omai lächelte.

»Du hattest recht,« sagte Cording. »Ich werde euch helfen. Ich kann die Sauerei publik machen. Wir hatten sie doch alle gerade hier, die Vertreter der Weltpresse, wir haben uns doch gut miteinander bekannt gemacht. Bessere Kontakte gibt es nicht. Ich organisiere das. Da wäre nur ein Problem: Meine Aufenthaltsgenehmigung läuft ab.«

Omai antwortete nicht. Er wusste um die Schwierigkeit, eine Ausnahmegenehmigung zu erwirken. Er entschied das nicht allein, er musste das Parlament um Einverständnis bitten, und es gab einige unter seinen Mitstreitern, die in dieser Angelegenheit nicht mit sich spaßen ließen, erst recht nicht, wenn sie Günstlingswirtschaft witterten.

»Du könntest ihn doch zum Sonderminister ernennen«, sagte

Maeva in die entstandene Stille hinein. »Zum Sonderminister auf Zeit. Das sehen die Statuten vor.«

»Maeva«, entgegnete Omai lachend, »wenn wir dich nicht hätten... Natürlich ist der Vorschlag total uneigennützig, nicht wahr?«

Maeva errötete. Cording auch.

»Da wäre noch etwas«, sagte er zögernd, »ich würde gerne mit Steve zusammenarbeiten. Der Junge ist ein Virtuose im Umgang mit dem Internet. Er könnte für uns von großem Nutzen sein. Ohne das Internet kommen wir nicht weit, wenn wir Erfolg haben wollen ...«

Omai zwinkerte ihm kurz zu.

»Also werde ich wohl zwei Ausnahmegenehmigungen beantragen müssen, richtig?«

Cording nickte. Professor Engelhardt verabschiedete sich. Sie kamen überein, dass er sie sofort informieren würde, sobald es Neuigkeiten über den Verbleib Rasmussens gab.

Bei der Londoner Telefonnummer, die ihm Steve hinterlassen hatte, ging keiner ran, einen Anrufbeantworter gab es auch nicht. Cording versuchte es den ganzen Tag über, aber ohne Erfolg. Gegen Mitternacht probierte er es erneut. Wenn nötig, würde er es bis zum Morgen klingeln lassen. Er stellte den Lautsprecher des Telefons ein und legte sich aufs Bett.

»Hallo?«

Damit hatte er nicht gerechnet. Cording kam nicht so schnell von der Matratze, wie es erforderlich gewesen wäre. Als er den Hörer ans Ohr setzte, war nur noch das Freizeichen zu hören. Also noch einmal.

»Hallo ...?! Wer ist denn da?!«

»Tahiti! Fenua ma! Mein Gott, bin ich froh, dich zu hören, mein Junge!«

»He, Mann! Das ist ja 'ne Überraschung ...«

»Wie geht es dir, Steve?«

»Na ja ... Geht so. Fara hat mir geschrieben, die Jungs auch. Bestell ihnen, dass ich so schnell wie möglich antworten werde.«

»Hör mal, Steve«, sagte Cording, »ich möchte, dass du nach Tahiti kommst. Lässt sich das einrichten?«

»Machst du Witze?«

»Nein, nein, das ist ernst gemeint. Ich brauche dich hier.«

»Was ist passiert? Ich dachte, du kommst am Sonnabend nach London.«

»Das dachte ich auch – bis gestern. Jetzt bleibe ich hier, und ich brauche niemand dringender als dich.«

»Aber warum?«

»Das kann ich dir am Telefon nicht erklären. Vertrau mir einfach. Wenn du in London irgendwie entbehrlich bist, setz deinen Hintern in den Flieger und komm her. Wir holen dich in Auckland ab. Mach schon.«

Steve reagierte nicht.

»Es ist verdammt wichtig, dass du kommst«, wiederholte Cording fast flehentlich.

»Na, wenn das so ist …«, gab Steve lachend zur Antwort, »dann mach ich mich hier mal aus dem Staub. Die Flugdaten schicke ich Anapa ins Hotel.«

»Danke, mein Freund, danke.«

Cording, der von Omai in wenigen Stunden zum Informationsminister auf Zeit ernannt werden sollte, hatte den idealen Mitstreiter für die vor ihm liegenden Aufgaben gewonnen, dessen war er sich sicher.

Nach dem Frühstück zitierte Kapitän Willis NSA-Agent Agnew in seine Kajüte. Agnew und drei weitere Mitarbeiter der Nationalen Sicherheit hatten seit einer Woche Gastrecht auf der South Pacific, erteilt von Robert McEwen persönlich.

»Was ist das für ein Mann, den Sie in Ihrer Unterkunft versteckt halten?«, fragte Willis ohne Umschweife.

»Sir?«

»Ich meine den Mann, den Sie vor drei Tagen nachts an Bord gebracht haben. Wer ist das?«

»Bei allem Respekt, Capt'n, aber das geht Sie nichts an.«

»Einige meiner Leute«, fuhr Willis unbeirrt fort, »wollen auf dem Flur des Öfteren ein lautes Stöhnen vernommen haben. Als würde jemand gefoltert. Ist das so?«

»Mit Verlaub, Sir: auch das geht Sie nichts an.«

»Ist das so, Agent Agnew?!«, wiederholte Willis scharf.

»Dazu darf ich mich nicht äußern, Sir.«

»Ich möchte den Mann sehen«, verlangte Willis.

»Das geht nicht, es ist gegen die Bestimmungen.«

Willis blickte seinem Gegenüber lange in die Augen, bevor er antwortete.

»Dies ist mein Schiff, Agent Agnew«, sagte er schließlich, »hier führe ich das Kommando. Ich bin es, der auf der South Pacific die Befehlsgewalt hat. Haben Sie das verstanden?«

Agnew, der es nicht gewohnt war, dass man so mit ihm redete, biss die Zähne zusammen.

»Der Mann ist ein gefährlicher Terrorist, Capt'n«, antwortete er. »Wir sind dafür ausgebildet worden, mit solchen Leuten effektiv umzugehen.«

»Bringen Sie mich zu ihm.«

»Das werde ich nicht tun«, sagte Agnew.

»Dann verlassen Sie auf der Stelle mein Schiff. Sie, Ihre Leute und der sogenannte Terrorist …«

»Keine Angst, Capt'n, das hatten wir ohnehin vor. Wir verbringen den Gefangenen auf den Ming-Pelikan, der heute Mittag Richtung L.A. startet.«

Kapitän Willis blickte an dem Mann vorbei auf die offene See. Es war gefoltert worden auf seinem Schiff und er hatte es nicht verhindern können. Zwei Stunden später beobachtete er, wie eine jämmerlich gebückte Gestalt in einem viel zu langen Trenchcoat von Bord geschafft wurde. Es war klar, was Agnew gemeint hatte, als er davon sprach, dass sie dafür ausgebildet worden waren, mit Gefangenen effektiv umzugehen …

Es war die Ruhe vor dem Sturm. Cording wollte nichts in Szene setzen, ohne es vorher mit Steve abgesprochen zu haben. Er war überzeugt davon, dass der Junge ein paar Dinge auf Lager hatte, die ihm nicht so ohne Weiteres einfallen würden. Die Vorstellung, den Widerstand gegen die imperiale Anmaßung zweier Weltmächte in Kooperation mit einem Neunzehnjährigen zu organisieren, erschien ihm reizvoll und logisch. Welche Generation hatte die Ergebnisse dieser skrupellosen Wirtschaftspolitik denn auszubaden? Hier ging es nicht nur um Tahiti, es ging darum, vor aller Welt eine Gesinnung zu desavouieren, die den selbstmörderischen Mechanismus der Gier um jeden Preis aufrechterhalten wollte. Im Kampf um die letzten Ressourcen wurde das staatliche Gewalttabu gerade pulverisiert, die westlichen Demokratien waren zu inhaltsleeren Gebilden verkommen, hinter denen autoritäre Strukturen ans Licht kamen, wie sie nur in Diktaturen möglich schienen. Milliarden Menschen fristeten in dieser hoch technisierten, vernetzten Welt unter dem Diktat multinationaler Konzerne ein elendes Sklavendasein. Sie galt es zu erreichen, die Kommunikationsmittel dafür waren vorhanden. Wenn Steve so gut war, wie Cording vermutete, hatte er jetzt die einmalige Chance, den ›World-Warrior‹ auf andere Weise zu interpretieren, als in der virtuellen Welt eines perversen Computerspiels.

»Was denkst du?«, fragte Maeva.

Cording nahm sie zärtlich in den Arm. Sie waren bereits eine ganze Weile auf dem beschwerlichen Wanderpfad unterwegs, der von Tautira, wo der Reva-Tae endete, an der Küste des Pari entlangführte. Begleitet wurden sie von zwei Leibwächtern, die Rudolf für sie abkommandiert hatte.

»Ich bin soeben Opfer eines ungeheuren Größenwahns geworden«, gab er lächelnd zur Antwort. »Ich konnte der Vorstellung einfach nicht widerstehen, dass wir gewinnen werden.«

»Das werden wir doch auch. Oder nicht?«

Er hätte lügen können, zog es aber vor zu schweigen.

»Wann fangt ihr an?«, fragte sie.

»Sobald Steve seinen Jetlag ausgeschlafen hat.«

»Wo ist er?«

»In Faras Haus. Er meldet sich, wenn er so weit ist.«

»Du magst ihn sehr, ja?«

Cording nickte.

Der äußerste Osten Tahitis hatte der Zivilisation widerstanden. Das Gelände eignete sich nicht für den Straßenbau. Wohin hätte eine Straße hier auch führen sollen? Außer einigen Einsiedlern lebte kein Mensch an der Ostflanke Itis, die sogar dem Ansturm der Touristen auf Tahiti erfolgreich getrotzt hatte. Cording empfand Ehrfurcht gegenüber dieser stolzen Landschaft, die nur Eingeweihten vorbehalten war. Rudolfs Eliteeinheit übte hier und auch die Mitglieder von Tahitis berühmtester Tanzgruppe OTahiti E tankten vor ihren Tourneen in aller Abgeschiedenheit die magische Kraft des Te Pari. So auch heute. Maeva war ganz versessen darauf, ihn an dieser außergewöhnlichen Versammlung teilnehmen zu lassen, wenn auch nur als stillen Beobachter. Nach den Aufregungen der letzten Tage hielt sie es für dringend geraten, die Seele ihres Verlobten mit einem speziellen Balsam zu beruhigen, den man nur auf Tahiti herzustellen vermochte. Sie wünschte sich, dass er seine quälende Melancholie verlor, dass er ganz und gar einer der Ihren werden würde – dass er seinen Verstand aufgeben und mit dem Herzen urteilen würde.

Kurz hinter dem Trou Du Diable, dem Teufelsloch, wie die Tahitianer den Fels nannten, durch den die Brandung rauschte, halfen Rudolfs Krieger Cording eine steinerne Terrasse hinauf, deren Stufen etwa eine Höhe von anderthalb Metern hatten. Die sieben Stufen waren Restbestände eines jahrhundertealten Tempels. Doch er konnte die nötige Ehrfurcht für diesen historischen Ort im Moment nicht aufbringen, stattdessen verfluchte er die Steine, an denen er fortwährend abrutschte, während die anderen nicht die geringsten Schwierigkeiten mit ihnen zu haben schienen. Immerhin war Maeva diskret genug, seine peinlichen Bemühungen zu ignorieren.

Als er keuchend auf der Ebene anlangte, versuchte er als Erstes, seinem rasselnden Atem Einhalt zu gebieten. Das funktionierte nur, indem er die Luft anhielt. Eine angemessene Reaktion angesichts eines solchen Bühnenbildes. Auf einer Fläche, die bequem fünfzig Personen und drei Kokospalmen Platz bot, saßen die Tänzer von OTahiti E im Gras. Die Männer trugen weite Trainingshosen und die Mädchen sahen aus, als seien sie aus den muffigen Proberäumen eines Balletts in die Natur geflüchtet. Sie trugen wollene Stulpen und zerrissene Trikots, wie überall auf der Welt, wo der grazile Ausdruck des Tanzes auf hartem Training basiert. Ein Mann in Cordings Alter, der sich ein Handtuch um den Hals geschlungen hatte, trat vor die Truppe. Das fröhliche Geplauder erstarb und es war nur noch der Gesang der Vögel zu hören.

»Unsere Erde schreit vor Schmerz«,
deklamierte der Mann mit fester Stimme.
»Die nährende Erde leidet.
Aber hören wir sie?
Nein, wir wollen nicht hören.
Wir wollen ihr Leid nicht wahrnehmen.
Sind wir bereits so degeneriert, dass wir unsere eigenen Interessen höher stellen, als die Erde?
Schaut hin, schaut, was die Menschen machen:
SIE VERGEWALTIGEN IHRE MUTTER!
Die Erde wird uns dafür verschlingen. Die Menschen werden sterben.
Nur Liebe und Respekt können sie retten.«

Der Mann klatschte in die Hände: »So, das Ganze noch mal im Chor! Und denkt daran, es sind die Schlusssätze des Stücks. Also ein bisschen mehr Ausdruck, wenn ich bitten darf. Die Mädels nach links, die Jungs nach rechts! Wir proben den Text noch einmal von Anfang an!«

Cording saß die nächste Stunde wie gebannt im Gras. Dabei lernte er auf eindrucksvolle Art, wie die Choreografie an der Verbindung der Geschlechter arbeitete, wie sie federleichten Hüftschwung mit energischem Auftreten verband. Die polynesischen Tänze lebten von der männlichen wie der weiblichen Interpretation. Die Frauen alleine lenken nur vom Wesentlichen ab, wenn auch in extrem verführerischer Form!, dachte Cording. Maeva, die seine Gedanken wieder einmal erraten hatte, stieß ihm den Ellenbogen in die Seite.

Gegensätzlicher als Omai und Cording hätten zwei Verbündete nicht sein können. Omai war Optimist, ein ›hemmungsloser Optimist‹, wie Cording ihn einmal scherzhaft genannt hatte. Der Präsident war von einem Urvertrauen gegenüber den Menschen beseelt, er resignierte nicht angesichts der immer wiederkehrenden, immer größer werdenden Probleme, er reagierte mit einem unbezähmbaren Veränderungswillen auf die Indikatoren der Katastrophe. Cording war Pessimist, obwohl er sich selbst gerne als Realist bezeichnete. Er hatte ein gespaltenes Verhältnis zu seiner Spezies, deren Wirken auf diesem Planeten er völlig wertfrei mit dem eines Krebsgeschwürs verglich. Seiner Meinung nach hatte die Evolution den Menschen dazu auserkoren, die Erde einmal kräftig umzupflügen, damit sie sich neue Bahnen suchen konnte. Wie war es sonst zu erklären, dass trotz aller medialen Aufklärung, die in den letzten fünfzig Jahren stattgefunden hatte, keiner der bedrohlichen Trends, die den Ökozid beförderten, gestoppt, geschweige denn umgekehrt werden konnte? Noch immer regierten die Wachstumsökonomen, noch immer wurde Fortschritt am Pro-Kopf-Einkommen, am Verbrauch von Ressourcen und Energie gemessen. Den Mahnern und Aufklärern hingegen gingen allmählich die Begriffe aus. Der inflationäre Gebrauch ihrer Untergangsmetaphern hatte nicht etwa dazu geführt, dass die Menschheit zur Besinnung kam, sondern im Gegenteil eine Tendenz zur Schönfärberei befördert, als bräuchten wir angesichts der verheerenden und einzusehenden Faktenlage zuallererst ein ruhiges Gewissen. Der verstörte Homo sapiens ahnte sehr wohl, dass die Aufgaben, denen er sich plötzlich gegenübersah, zu mächtig geworden waren. So urinierte er also munter weiter in sein Wohnzimmer. Anstatt aber seine Lebensweise infrage zu stellen, zog er es lieber vor, in aller Wissenschaftlichkeit über die Saugfähigkeit des Teppichs zu diskutieren …

Cording wusste, dass solch grundlegende Gedanken in der aktuellen Auseinandersetzung nicht weiterführten. In den Gesprächen mit Omai verzichtete er bewusst auf jeden zweiflerischen Einwand. Er begriff die Zusammenarbeit mit diesem charismatischen Mann als persönliche Chance. Indem er sich von der Zuversicht Omais anstecken ließ und sich ganz der gestellten Aufgabe widmete, verstand er plötzlich, dass es allemal besser war, den Kampf im Kleinen aufzunehmen, als sich als bezahlter Zeuge des großen Weltuntergangs an den Brandherden dieser Welt herumzutreiben und psychisch kaputtmachen zu lassen.

In nur einer Woche war es Omai gelungen, die Führer der 54 AOSIS-Staaten zu einer Konferenz nach Papeete einzuladen. Die meisten waren bereits eingetroffen, sie wohnten im selben Hotel, in dem zuvor der internationale Journalistentross untergebracht war und wo Cording noch immer residierte. Ziel der morgigen Konferenz war es, eine gemeinsame Anklage gegen die USA und China zu formulieren, die, von Rasmussens erdrückenden Beweisen unterstützt, vor der UN-Vollversammlung verlesen werden sollte, um sie anschließend der Internationalen Meeresbodenbehörde zur Prüfung vorzulegen.

Die AOSIS war ein Zusammenschluss kleinerer Inseln und niedrig liegender Küstenstaaten, deren Sorgen vor allem der globalen Erwärmung und dem steigenden Meeresspiegel galten. Zwar machten die Menschen in diesen Ländern nur fünf Prozent der Weltbevölkerung aus, aber auf den jährlichen Treffen der UN-Vertragsstaaten über die ›Rahmenvereinbarungen der Vereinten Nationen zum Klimaschutz‹ gehörten sie seit Jahren zu denen, die einer radikalen Klimapolitik am heftigsten das Wort redeten.

Vorsitzende der ›Alliance Of Small Islands States‹ und damit deren UN-Botschafterin, war zurzeit die Präsidentin von Trinidad und Tobago, Marie des Iles. Cording fand den Umstand, dass es eine Frau sein würde, die vor der Vollversammlung ihre Stimme gegen die pervertierten Supermächte und ihren dreisten Zugriff auf Tahitis Hoheitsgewässer erheben würde, äußerst spannend. Er hatte heute Mittag das Glück gehabt, die Dame mit Omai am Flughafen begrüßen zu dürfen. Sie passte perfekt in seine angedachte Inszenierung – sie war selbstbewusst, intelligent und attraktiv.

Cording, der Steve am Nachmittag detailliert über die Hintergründe der Affäre aufgeklärt hatte, erwartete den Jungen auf seinem Zimmer zu einem ersten Strategiegespräch. Er war gespannt, was sich sein zurückgekehrter ›World-Warrior‹ mittlerweile überlegt hatte.

»Marie ist doch prima zu vermarkten«, bemerkte Steve, während er gut gelaunt ins Zimmer trat. Dabei wedelte er mit dem Konterfei der UN-Botschafterin, das er gerade ausgedruckt hatte. »Wir stellen ihren Auftritt vor der Vollversammlung ins Netz! Dann greifen wir uns einen knackigen Satz aus ihrer Rede heraus. Als permanente Anklage, als Fanfare vor jeder weiteren Meldung! Übrigens wartet ein älterer Herr auf dich bei Anapa in der Lobby. Ich war mir nicht sicher, ob ich ihn gleich mitbringen sollte.«

Cording ahnte nichts Gutes, als er Engelhardt zusammengekauert in einem Korbstuhl auf der Terrasse erblickte.

»Professor! Was treibt Sie denn her zu so fortgeschrittener Stunde?«, fragte er.

»Können wir irgendwo ungestört reden?«

»Selbstverständlich. Kommen Sie!«

Sie gingen hinüber in sein Appartement.

»Mein Mitarbeiter Steve Parker, Professor Engelhardt vom Wissenschaftsinstitut«, stellte er die beiden einander vor.

Sie nahmen Platz.

»Also Professor, dann legen Sie mal los«, sagte Cording.

»Unser dänischer Freund ist verschwunden«, begann Engelhardt sichtlich geschockt und bat um ein Glas Wasser. »Ich vermute, dass er entführt worden ist. Bei der heutigen Routineinspektion sind schwere Schäden an dem Wellenkraftwerk vor Vairao ausgemacht worden. Die Pelamis, Sie erinnern sich, die Seeschlangen …«

»Ich erinnere mich.«

»Die Pelamis sind an drei Stellen regelrecht aufgeschlitzt worden, an anderen finden sich erhebliche Kratzspuren. Sieht aus, als seien sie mit einer Schiffsschraube in Berührung gekommen. Vairao ist nur zwei Kilometer vom Institut entfernt. Wäre doch möglich, dass er entführt worden ist.«

Cording musste daran denken, dass Omai ihm aus Sicherheitsgründen geraten hatte, die Gästewohnung des Präsidentenpalastes zu beziehen. Wenn es sich bei den Spuren an den Pelamis tatsächlich um die einer Schiffsschraube handelte, war das in der Tat ein alarmierendes Zeichen. Die Tahitianer benutzten keine Außenborder, es konnte sich also nur um eines der amerikanischen Zodiacs handeln. Dann befand sich Rasmussen wahrscheinlich als Gefangener auf der South Pacific. Vielleicht hatten sie ihn auch schon längst in die Staaten geflogen. Natürlich würden sie ihn so lange foltern, bis er seine Mitwisser preisgab.

Eine Stunde nachdem Professor Engelhardt sie verlassen hatte, packten Cording und Steve ihre Sachen, um ein Quartier in der gut bewachten Regierungszentrale von Papeete zu beziehen. Rudolfs Unterkunft befand sich direkt nebenan und er schien sich sehr über die neuen Nachbarn zu freuen. Seine Schutzbefohlenen schienen den Ernst der Lage endlich erkannt zu haben, damit erleichterten sie ihm seine Aufgabe erheblich.

Die doppelstöckigen Sightseeingbusse rollten im Schritttempo am Weißen Haus vorbei. Niemand stieg an diesem regnerischen Morgen aus, um seine Kamera durch das schmiedeeiserne Gitter auf den Amtssitz des amerikanischen Präsidenten zu richten, das wurde vom Bus aus erledigt. Der kurz geschorene Rasen glitzerte im Blitzlichtgewitter der Touristen, und die konisch gestutzten Büsche standen wie lackierte Wachen vor der Zentrale der Macht.

Dennis Phelbs blieb die Tristesse dieses Sommertages verborgen. Die Jalousien seines im Westflügel liegenden Arbeitszimmers waren wie immer heruntergelassen. Der Chefberater des Präsidenten verrichtete seine Arbeit am liebsten bei Kunstlicht. Er ließ sich einen kräftigen Kaffee kommen und studierte die Papiere, die dem amerikanischen UN-Botschafter von einer Geheimkonferenz der AOSIS-Staaten auf Tahiti zugespielt worden waren. Auf den Vertreter der Komoren, der bei dieser Konferenz ebenfalls anwesend war, konnte man sich verlassen. Washington bezahlte ihn nicht umsonst. Aber Phelbs hasste die Riege der in ihrem Sold stehenden Denunzianten, die sie mit Nebensächlichkeiten aus aller Welt nur so überschütteten. Die AOSIS-Staaten hatten also vor, die Vollversammlung als Bühne zu missbrauchen. Toll. Vermutlich ging es wieder einmal um so weltbewegende Themen wie das Korallensterben bei Surinam, den Küstenschutz der Grenadinen oder die Höhe des UN-Hilfsfonds für die Überlebenden der in den Fluten versunkenen Inselreiche Tuvalu und Kiribati, die ersten AOSIS-Mitglieder, die von der Landkarte getilgt worden waren. Was sollte dieser Mist? Warum landete das bei ihm?

Er knallte die Füße auf den Schreibtisch und lehnte sich zurück. Seit drei Jahren war er nun im Amt, drei Jahre, in denen er zur Verblüffung des politischen Establishments zum einflussreichsten Berater des Präsidenten avanciert war. Keiner seiner Vorgänger hatte es zu einer ähnlichen Machtfülle gebracht. Seine herausragende Stellung beruhte auf den lückenhaften Erfahrungen der übrigen präsidialen Berater, vor allem in außenpolitischen Fragen, und wie es der Zufall wollte, lagen genau diese dem Präsidenten besonders am Herzen. Selby verstand sich in dieser äußerst instabilen Weltlage als Friedenspräsident, er übte sich in dieser Rolle so leidenschaftlich, dass ihm der Sinn für den Zusammenhang von Wirtschaft und Verbrechen völlig abhandengekommen war. Die meisten seiner Berater waren doch ferngesteuerte Interessenvertreter, dachte Phelbs bei sich, abgestellt, um in Washington den obersten Segen zu erzwingen, wenn wieder einmal eine profitversprechende Attacke gegen die Menschlichkeit geritten werden sollte.

Er nahm noch einmal die Mappe aus dem Büro des UN-Botschafters zur Hand, die er vorhin nur flüchtig durchgeblättert hatte. Es musste vielleicht doch mehr dahinterstecken, sonst hätte der Mann, von dem er einiges hielt, ihm die Papiere nicht zukommen lassen. Als er zu lesen begann, traute er seinen Augen kaum. Was sollte das? Sind sie nun völlig durchgeknallt bei der AOSIS? »Wir beschuldigen die Vereinigten Staaten von Amerika und die Volksrepublik China, sich in den Hoheitsgewässern Polynesiens widerrechtlich an den Bodenschätzen eines anderen Landes zu bereichern«, las er. »Wir fordern die beiden Länder auf …« – das übliche Blabla. Natürlich entsprach nichts davon der Wahrheit, das musste er ja wohl am besten wissen. Sollten jetzt etwa auch schon die Ärmsten der Armen dazu übergegangen sein, die Lüge zum Primat ihrer Politik zu erheben? Schwer vorstellbar – die AOSIS war ein Zusammenschluss paradiesischer Gärten, denen seit Jahrzehnten übel mitgespielt wurde. Dort herrschte noch ehrliche Empörung …

Phelbs rief Robert McEwen in Dallas an. Er musste Global Oil zumindest in die Lage versetzen, den abstrusen Vorwürfen, die morgen vor der Vollversammlung auch gegen den Öl-Multi erhoben werden sollten, prompt und gezielt zu widersprechen.

»Hi, Bob, Dennis hier!«, rief er, als er McEwens brummige Stimme vernahm. »Halten Sie sich fest! Sie werden morgen vor der UN-Vollversammlung als Hühnerdieb im Hinterhof Polynesiens geoutet! Wenn Sie interessiert sind, schicke ich Ihnen den genauen Wortlaut der Anklage zu. Ich denke, dass Sie darauf antworten sollten. Würde sonst ein schlechtes Licht auf unser Land werfen. Können Sie mir verraten, Bob, wieso ausgerechnet die liebe AOSIS so versessen darauf ist, einen übermächtigen Gegner wie Global Oil in Misskredit zu bringen – und das ohne irgendwelche Beweise?«

»Dennis!«, unterbrach McEwen, »hören Sie mir zu: es gibt die Beweise. Alles entspricht den Tatsachen.«

»Verarschen Sie mich nicht, Bobby. Das ist nicht lustig. Sie werden sich also morgen dazu äußern, öffentlich und korrekt, wie sich das gehört. Mehr verlangt der Präsident nicht.«

»Einen Scheißdreck werden wir tun. Das können Sie dem Präsidenten ausrichten. Und sagen Sie ihm, dass, gesetzt den Fall, es müsste tatsächlich eine Klarstellung erfolgen, er es sein wird, der sich öffentlich und korrekt dazu äußern muss!«

Phelbs zog die Füße vom Schreibtisch. Jedes Haar seines Körpers hatte sich aufgestellt.

»Wie darf ich Ihre letzten Bemerkungen verstehen, Bob?«, hakte er so gefasst wie möglich nach.

»Sie haben die Unterlagen doch studiert. ›Ein von den Regierungen der Vereinigten Staaten und China gesponsertes Konsortium hat unter Führung von Global Oil damit begonnen, die Manganvor-kommen im Südpazifik großflächig abzubauen‹, steht dort. Können Sie alles nachlesen. Von amerikanischer Regierungsseite sind übrigens der Energieminister, der Finanzminister sowie die NSA involviert ...«

McEwen ließ seinem Telefonpartner einige Sekunden Zeit, den Schock zu verdauen.

»Das Weiße Haus kann jetzt Folgendes tun«, ließ er sich schließlich vernehmen. »Entweder, der Präsident entlässt zwei seiner wichtigsten Minister sowie den NSA-Chef, übernimmt die Verantwortung für seinen Sauladen und tritt anschließend selbst zurück. Das wäre demokratisch gehandelt, für solche Gesten ist er doch angetreten. Sollte Präsident Selby aber aus irgendeinem Grund im Amt bleiben wollen, dann müsst ihr euch anders entscheiden. Was läuft denn in Wirklichkeit ab, Dennis? Verantwortlich handelnde Politiker haben sich mit der Wirtschaft kurzgeschlossen, um einen von der UNO gelegten Ressourcenengpass zu beheben, damit die Volkswirtschaften der beiden Supermächte USA und China wieder auf Trab kommen. Und mit ihnen die gesamte Weltwirtschaft. Ein Verbrechen kann ich darin ehrlich gesagt nicht erkennen. Wenn sich der Präsident unsere stichhaltigen Argumente also zu eigen macht, bleibt er nicht nur im Amt, er demonstriert sogar Führungskraft, er zeigt, dass Amerika seine Verantwortung für die Welt ernst nimmt, wenn nötig unter Umgehung schwachsinniger Richtlinien und gegen den Widerstand der UN-Bürokratie. Lasst das morgen in Genf den Botschafter erklären, das reicht. Übermorgen kräht kein Hahn mehr danach, was viertausend Meilen hinter Honolulu bei den Hottentotten passiert.«

Nachdem er aufgelegt hatte, rief Phelbs im Büro des Präsidenten an und bat die Sekretärin um einen dringenden Gesprächstermin.

»Natürlich noch heute! Was dachten Sie denn?!«

Er knallte den Hörer auf und lud sich die Tagesordnungspunkte der morgigen Vollversammlung auf den Schirm. Die AOSIS-Botschafterin Marie des Iles war erst als siebte Rednerin an der Reihe. Vorher befasste sich das Gremium mit dem internationalen Terrorismus, den Folgen des japanischen Erdbebens, den Wasserkriegen in Bolivien und Brasilien, der UN-Reform, dem Armutsbericht der Vereinten Nationen und der Änderung der Genfer Konvention. McEwen hatte vermutlich recht, da würde ein Schürftanker vor Makatea kaum ins Gewicht fallen. Trotzdem beunruhigte ihn die ganze Sache mehr, als er sich eingestehen wollte.

Als die Präsidentin von Trinidad und Tobago am späten Nachmittag vor die Mikrofone trat, hatten sich die Reihen im Sitzungssaal der Generalversammlung bereits erheblich gelichtet. Von den achthundert Delegierten, die noch vor wenigen Stunden heftig über die Festlegung der neuen Mitgliedsbeiträge gestritten hatten, befand sich nur noch ein versprengter Haufen in den Bänken. Wenn es hoch kam, waren es zweihundert. Das reichte nicht einmal für eine Empfehlung an den Sicherheitsrat. Die meisten Anwesenden blätterten während der Rede ungeniert in den Akten, niemand hörte den Ausführungen der zierlichen Frau wirklich zu. Die schweren Anschuldigungen, die sie gegen die Vereinigten Staaten und China erhob, verpufften im nebulösen Reich des Desinteresses. Erschwerend kam hinzu, dass Marie des Iles nicht den frischesten Eindruck machte, die lange Reise nach Genf und der damit verbundene Zeitunterschied hatten ihre Spuren hinterlassen.

Cording, der die Debatte des Nachts zusammen mit Omai, Maeva, Steve und Rudolf via Satellit im Präsidentenpalast von Papeete verfolgte, zeigte sich dennoch beeindruckt von dem tapferen Vortrag der AOSIS-Botschafterin, die ankündigte, den völkerrechtswidrigen Raubzug der Supermächte nicht nur der ISA zu melden, sondern auch vor den Internationalen Gerichtshof in Den Haag zu bringen, was ihr zum ersten Mal Beifall einbrachte. So ganz in den Wind geschossen, wie er anfangs vermutete, war dieser erste Vorstoß, von dem sich hier alle so viel versprochen hatten, also nicht.

Marie des Iles schloss ihre Rede mit einigen persönlichen Bemerkungen, die Cording tief beeindruckten.

»Ich möchte nun zum Abschluss versuchen, Ihnen mit einem Bild des Kommunikationsforschers Rosenberg noch einmal die Kernaussage meines Vortrags zu verdeutlichen. Stellen Sie sich vor, Sie leben an einem Fluss«, sagte sie und faltete ihr Manuskript zusammen. »Sie sehen ein Kind im Wasser treiben, das mit dem Ertrinken kämpft. Was tun Sie? Sie springen hinein und retten das Kind. Kaum haben Sie es ans Ufer gezogen, entdecken Sie zwei weitere Kinder in der Strömung. Also springen Sie erneut in die Fluten, wie es Ihr Gewissen befiehlt. Nachdem Sie gerade im Begriff sind, sich von den Anstrengungen Ihrer Rettungsaktionen zu erholen, bemerken Sie drei, vier weitere Kinder, die flussabwärts treiben. Wann ist für Sie der Punkt erreicht, wo Sie die Sisyphosarbeit einstellen und stattdessen flussaufwärts gehen, um die Gründe für das rätselhafte Verbrechen in Erfahrung zu bringen?« Sie legte eine Pause ein und suchte die Augen ihrer Zuhörer. »Verstehen Sie, worauf ich hinauswill?«, fragte sie eindringlich. »In der Welt, in der wir leben, sterben täglich vierzigtausend Kinder den Hungertod! Sie sind Opfer eines weltweit agierenden kapitalistischen Systems. Unsere erste Aufgabe ist es daher, mit den Machtstrukturen zu brechen, die als Einziges dem Geld verpflichtet sind. Die immerfort jenes Unglück produzieren, gegen das wir schon so lange vergeblich anzukämpfen versuchen. Dabei bin ich davon überzeugt, dass alle Menschen dieses Planeten unter den politischen und wirtschaftlichen Strukturen leiden, die so wirksam die Zerstörung befördern. Auch diejenigen, die den größten Reichtum anhäufen, zahlen einen bitteren Preis dafür: sie mutieren zu psychischen und spirituellen Krüppeln. Was ist das für ein Leben? Unsere Art ist anders. Und ich weiß, dass wir bei Weitem in der Mehrzahl sind!«

Wieder entstand eine kurze Pause. Mit Genugtuung registrierte Marie des Iles, dass sie das Interesse der noch anwesenden Delegierten geweckt hatte. Keiner rührte sich. »Auf Tahiti hat man damit begonnen, vom puren Überleben ins Leben zurückzufinden«, fuhr sie fort. »Das Tahiti-Projekt hat die Menschen aus der Konsumabhängigkeit befreit und sie mit den Wurzeln ihrer Kultur in Berührung gebracht. Tahiti hat sich der modernsten technischen Mittel bedient und eine radikalökologische Wende eingeleitet, die seine Menschen wieder mit der Natur in Einklang bringt, anstatt diese auszuschlachten. Was sich in Polynesien ereignet, ist ein erster kleiner Hoffnungsschimmer. Deshalb sollten wir mit ganzem Herzen für das Tahiti-Projekt einstehen. Es funktioniert! Wir sollten es verteidigen wie unseren eigenen Augapfel – überall auf der Welt. Trinidad und Tobago und einige andere AOSIS-Staaten prüfen bereits, wie sie dem Beispiel folgen können. Ich danke Ihnen.«

Nachdem der spärliche Applaus verklungen war, gab der Sitzungspräsident bekannt, dass der amerikanische UN-Botschafter seinen Redebeitrag zurückgezogen habe und verkündete das Ende der Versammlung. Cording blickte zu Omai hinüber. Die Amerikaner hatten es nicht einmal für nötig befunden, Stellung zu beziehen! Sie fühlten sich so sicher, dass sie glaubten, die Anschuldigungen einfach auf sich beruhen lassen zu können. Sie spekulierten darauf, dass ihr ungeheuerliches Vorgehen innerhalb kürzester Zeit in der Informationsflut der Medien unterging. Unfassbar.

Cording wurde speiübel angesichts dieses eiskalten Kalküls, das seiner Meinung nach durchaus aufgehen konnte. 800 Billiarden Botschaften feuerte die Medienmaschine aus Fernsehen, Radio, Printerzeugnissen, Computernetzwerken und Werbung jährlich ab. Dieses Trommelfeuer hatte die Köpfe und Herzen der Menschen mittlerweile taub gemacht, die Mediengesellschaft zeichnete sich nicht durch einen besonders hohen Grad an Aufklärung aus, sondern durch Zynismus und Gleichgültigkeit. Das hätte er bedenken müssen, als er sich Omai leichtfertig als Retter empfahl. Er streichelte Maevas Haar, die auf dem Boden hockend zwischen seine Beine gerutscht war. Es war Steve, der die Sprache als Erster wiederfand.

»Was ist, Leute? Was sitzt ihr so deprimiert herum? ›Das Tahiti-Projekt. Es funktioniert!‹ Da haben wir ihn doch, unseren Slogan! Wir hämmern ihn raus. Jeden Tag. Vergesst die offiziellen Gremien und Ausschüsse, vergesst einfach alles, was sie uns in ihrem verlogenen System als Kontrollmöglichkeit anbieten. Das Einzige was zählt ist das Internet. Das Internet bedeutet Anarchie, das Internet ist überall. Und das Schönste daran ist: sie können es nicht umfassend kontrollieren!«

Er tigerte wild gestikulierend vor ihnen auf und ab. Cording hatte den Jungen noch nie so echauffiert erlebt.

»Wie ist unsere Ausgangslage?«, fragte Steve und fixierte jeden Einzelnen von ihnen. »Schauen wir genau hin. Wir haben es dort draußen mit einem Milliardenheer betrogener, sorgenvoller Menschen zu tun, die nur darauf warten, dass man ihnen eine Identifikationsfigur liefert, an die sie ihre Hoffnungen hängen können. Diese Identifikationsfigur wird Omai sein. Omai, der Öko-Gandhi. Wer eignet sich besser für diese Rolle, als der Präsident Polynesiens? Der Mythos vom Südseeparadies ist nach wie vor quicklebendig. Nutzen wir ihn doch. Bereichern wir ihn um das, was hier beispielhaft als Lösungsmöglichkeit in Szene gesetzt wurde. Omai wird zur Kultfigur der jungen aufgeklärten Generation werden, das verspreche ich. Jetzt, da die Ressourcen für jeden erkennbar geplündert und die Sozialsysteme verrottet sind, wächst der Widerstand gegen die Mächtigen auf andere Weise, als wir es bisher gewohnt waren. Die Idee des Tahiti-Projekts wird sich dort draußen auswirken wie ein Virus im weltweiten Computernetz. Tahiti ist lediglich der Anlass, um den Stein des Umdenkens ins Rollen zu bringen …«

Omai stand auf und drückte dem Jungen seine geschlossene rechte Faust aufs Herz. Dann deutete er auf sein eigenes Herz und forderte Steve auf diese Weise auf, es ihm gleichzutun. Steve gehorchte und war von der Geste wie benommen. Cording hatte das Gefühl, Zeuge eines historischen Augenblicks geworden zu sein: Omai hatte sich einverstanden erklärt, in die Rolle des Öko-Gandhis, die ihm ein neunzehnjähriger Knabe aus gutem Londoner Hause aufgezeigt hatte, hineinzuwachsen …

Steve legte sichtlich bewegt noch einige Details seiner Strategie dar. Von der Gründung eines Internet-Parlaments war die Rede, in dem Millionen Menschen abstimmen würden und nicht nur ein paar korrumpierte Abgeordnete. Er sprach davon, die getrennt arbeitenden und teilweise zerstrittenen Umweltschutzorganisationen – von Greenpeace bis ›Earth First!‹, von der Wilderness Society bis Robin Wood – unter dem Synonym Tahiti-Projekt zu vereinen. Er wollte zu Spenden aufrufen und die ökologisch ausgerichtete Wirtschaft ins Boot holen, deren Vertreter wie alle Ökonomen einen untrüglichen Instinkt für neue Märkte besaßen. Seine Begeisterung war so mitreißend, dass sich innerhalb weniger Minuten die Stimmung in Omais Büro total gedreht hatte.

Vor dem Einschlafen erzählte Steve Cording von einem New Yorker Radiosender, der seit einigen Tagen über nichts anderes als das Tahiti-Projekt berichtete.

»Der Moderator nennt sich Shocking Turner, ich werde morgen mit ihm Kontakt aufnehmen. Gute Nacht.«

Der Widerstand

Shocking Turner öffnete die Studiotür mit dem Ellbogen.

»Na endlich!«, rief sein Tontechniker Mavis, »die Leute spielen verrückt, sie wollen dich hören, Mann!«

»Das ist gut«, antwortete Turner, »das ist sehr gut!«

Sie klatschten ab. Turner stülpte sich den Kopfhörer über das schwarze Lederkäppi, setzte sich ans Mikrofon und gab Mavis ein Zeichen.

»Guten Morgen, Freunde! Hier ist Shok-Shok-Shocking Turner! Euer Shocking hat heute besonders gute Laune und er hofft, dass es euch Flaschen genauso geht! Also lüftet gefälligst die fetten Ärsche und steigt aus euren Pappkartons! Ich habe euch nämlich etwas zu sagen, Freunde, ich habe euch etwas zu sagen … Here comes the sun!«

Während die längst vergessene Hippie-Hymne der Beatles vom Band lief, machte sich der Moderator daran, sich willkürlich einige Nummern aus dem elektronischen Telefonbuch von Queens, der Bronx und Harlem zu notieren.

»Was soll das, Mann?«, fragte Mavis.

»Keine Fragen, Honey, keine Fragen! Ruf diese Leute an und stell sie mir durch. Okay?«

Turner hörte mit geschlossenen Augen in eine LP, die auf dem zweiten Plattenteller rotierte. Sie kratzte gewaltig, aber dies war der Sender des Vinyls, sie lebten von solchen Kultkratzern.

»Ich hoffe, Leute, ihr habt euch inzwischen den Schorf von den Wunden gekratzt und seid frisch und munter. Shocking will, dass ihr munter seid. Wir haben lange genug gepennt, damit muss Schluss sein! Eine neue Zeit ist angebrochen und ihr Prophet heißt Omai! Es ist Krieg, Freunde, Omais Krieg! Gewaltlos und zauberhaft. Und wir sind seine gottverdammte Armee! Unsere Farben sind black, white, yellow and red und dies ist unsere Hymne: ›Brothers in Arms!‹«

»Scheißjob«, hörte er Mavis sagen, »keiner von den Leuten, die du angekreuzt hast, hat jemals von dem Tahiti-Projekt gehört.«

Er signalisierte dem Moderator, dass ein Anruf in der Leitung sei. Turner kümmerte sich nicht darum, er legte den Kopf zurück und schloss die Augen. Das Geheimnis seiner Moderation bestand darin, sich keine voreiligen Gedanken zu machen. Seine Stärke war die Improvisation.

»Vergesst die Motherfucker aus den anderen Sendern, sie haben euch nichts zu sagen! Dies hier ist die Welle der Sympathie! WNYC auf Ultrakurzwelle einundneunzigkommadrei! Mein Name ist shocking: ich heiße Turner! Ich wende das Blatt! Am Telefon ist Chrissie Burnett, zu Gast aus Chicago. Lass mal hören wie alt du bist, Chrissie?«

»Siebzehn.«

»Süße siebzehn. So alt werde ich nie. Bevor du sagst, was du auf dem Herzen hast, möchte ich dir erzählen, was heute Nacht passiert ist. Wir haben eine E-Mail aus Tahiti bekommen. Von Steve, er wird jeden Moment anrufen. Steve ist viel älter als du, neunzehn, um genau zu sein. Er hat mir versichert, dass er es ist, der den Widerstand im Internet organisiert. Die Homepage heißt ›www.tahiti-project.org.‹ Merkt euch das. Ich wiederhole das jetzt jede Stunde. ›www.tahiti-project.org.‹ Was wolltest du uns sagen, Chrissie?«

»Naja, ich finde das schon endgeil, was du machst, aber manchmal denk ich, man sollte auch mal was tun und nicht nur quatschen.«

»Ich bin Moderator, Chrissie, ich quatsche gern. Aber sag: Was können wir deiner Meinung nach tun?«

»Die Brooklyn Bridge besetzen zum Beispiel. Jeden Abend zur Rushhour. Klar, sie werden uns einsperren, aber so viele Gefängniszellen gibt es im ganzen Land nicht, wie sie brauchen werden. Ich meine, wenn man so etwas erst einmal angestoßen hat, ist es nicht mehr zu bremsen.«

»Da sprach die Weisheit des Alters aus dir. Danke, Chrissie. Was immer du vorhast, wir geben dir ein Forum. Okay, Leute, hier ist Mr. David Bowie und ›Heroes‹. Just for one day …«

Turner bat Mavis, ihn eine Viertelstunde in Ruhe zu lassen. Er rief das Tahiti-Projekt auf den Schirm. Gute Arbeit. Nicht nur, dass die ökologischen Errungenschaften in allen Einzelheiten vorgestellt wurden, dass man Tänze downloaden konnte und mit der Geschichte Polynesiens vertraut gemacht wurde – die Links führten auch zu den Rasmussen-Papieren sowie zu den Fotos der South Pacific. Darüber hinaus wurde jeder weitere Schritt, den Steve im Internet zu unternehmen gedachte, angekündigt. Ab morgen würde dort jeden Tag ein neuer Spruch des Propheten Omai veröffentlicht werden.

Mavis klopfte wie verrückt an die Scheibe.

»Tahiti!«, brüllte er.

Turner nahm das Gespräch an.

»Hi, Steve!«, begrüßte er den Anrufer. »Bist du bereit, mit uns auf Sendung zu gehen?«

»Kein Problem.«

»Okay, zwanzig Sekunden ... Ich bin froh, Mann, dass du angerufen hast. Sechs, fünf, vier, drei, zwei, eins! Hi, Leute! Ich bin jetzt mit Steve Parker verbunden, dem Mann, der von Tahiti aus den Internetauftritt des Tahiti-Projekts organisiert. Wie läuft es denn so, Mann?«

»Fantastisch. Wir verzeichnen täglich mehr als eine Million Zugriffe auf unsere Website, Tendenz stark steigend. Aber bevor wir weiterreden, möchte ich dir danken, Shocking. Was du für uns machst, ist großartig. Wir bräuchten viel mehr von deiner Sorte.«

»Keine Angst, Mann, ich hab schon mit einigen Kollegen in L.A., in Boston und Seattle gesprochen, die wollen ebenfalls voll einsteigen. Wir hören nicht eher auf, bis die Schweinebande von Global Oil die Segel streicht, verlass dich drauf. Hier ist WNYC, ich bin verbunden mit Steve Parker, Omais wichtigstem Ökokrieger. Gleich wird uns Steve erzählen, wie es sich so lebt im sonnigen Ökoparadies. Aber zunächst hören wir Lou Reed mit ›Last Great American Whale‹. Man beachte die feinsinnige Lyrik, mit der Lou unsere Landsleute beschreibt: ›Steck ihnen eine Mistgabel in den Arsch und dreh sie um, sie sind fertig ...‹«

Cording verbrachte eine geschlagene Woche damit, die Journalisten, die mit ihm vor Ort über das Tahiti-Projekt recherchiert hatten, mit allen Informationen zu versorgen, die notwendig waren, um die Geschichte dramatisch fortzuschreiben. Fünfunddreißig der mühsam kontaktierten Kollegen teilten ihm umgehend mit, dass ihre Redaktionen zurzeit kein Interesse an dem Mangan-Thema hätten. Vier hatten versprochen, sich an höchster Stelle für einen Bericht einzusetzen, zehn von ihnen waren nicht erreichbar, unter ihnen die einzigen Personen, mit denen er näher bekannt geworden war: Meredith Rose, John Knowles und Jorge Luis Sabato. So etwas nannte man wohl einen Schlag ins Kontor. Dass es mühsam werden würde, die großen Medienhäuser für diesen Politskandal zu interessieren, war Cording schon vorher klar gewesen. Sie gehörten Verlagsgruppen an, deren Mehrheitsgesellschafter in der Wirtschaft angesiedelt waren. Keiner von den zwölf größten international agierenden Konzernen hatte es versäumt, sich seine journalistische Hausmacht zu sichern. Heute hielt man sich Printmedien und Fernsehsender anstatt Fußballvereine. Der Kampf David gegen Goliath war nur mit Unterstützung der Unerschrockenen im Gewerbe zu führen und davon gab es wenige.

Nur gut, dass Omai zu keiner Zeit wissen wollte, wie die Pressearbeit voranging. Er war wie geblendet von den fast täglich eintreffenden Berichten und Reportagen über das Tahiti-Projekt. Dass der ökologische Umbau in der Regel mit leicht bekleideten, betörend lächelnden Südseenymphen illustriert wurde, war vorauszusehen. Besonders beliebt: der Reva-Tae. Die Fotos von sich lasziv in den gläsernen Kabinen rekelnden Südseeschönheiten erinnerte eher an einen anzüglichen Urlaubsprospekt, als an eine ernsthafte Auseinandersetzung mit Tahitis neuem Weg.

Bis auf EMERGENCY und zwei, drei andere Magazine hatten alle eingeladenen Publikationen ihre Pflicht erfüllt. Cording fragte sich, warum Mike die Veröffentlichung seiner Reportage bisher zurückgehalten hatte. Bald wäre das Thema Tahiti verbrannt, dann würde kein Hahn mehr danach krähen.

Cording ging ans Fenster seines Büros und schaute dem Platzregen zu, der die Palmen im Innenhof ohrfeigte. Er war wieder einmal an jenem Punkt angelangt, an dem der Überdruss zur Person wird, zur verkörperten Fiktion seines Zusammenlebens mit sich selbst. Es gibt eine Müdigkeit der abstrakten Intelligenz, hatte Fernando Pessoa gesagt. Sie lastet nicht auf einem wie die Müdigkeit des Körpers, beruhigt auch nicht, wie die Müdigkeit nach einer Anstrengung. Es ist die Last des Weltbewusstseins, ein Nicht-mit-der Seele-atmen können.

»Iaorana …«, flüsterte Maeva.

Ihr warmer Atem kitzelte sein Ohr. Cording umarmte sie wie eine Heilsbringerin. Während er sich eben noch darüber Gedanken gemacht hatte, ob er ihr seine Stimmungsschwankungen überhaupt noch zumuten durfte, benahm er sich plötzlich wie ein streunender Hund, dessen man sich unversehens angenommen hatte. Er wollte diesen geschmeidigen Körper gar nicht mehr loslassen. Das musste er aber, denn Maeva war gekommen, um ihn abzuholen.

Omai hatte sie beide eingeladen, mit ihm nach Raiatea zu fliegen. Er wollte den dortigen Bürgermeister um Hilfe bitten – wofür genau, das behielt der Präsident für sich. Er glaubte, dass man einer Idee nur schadete, wenn man sie vor der Zeit benannte. Dass er nicht einmal Cording einweihte, wertete dieser nicht etwa als Vertrauensverlust, sondern als Beleg dafür, dass sich etwas Großes ankündigte, was ihrem Kampf sicher mehr Impulse verleihen würde, als seine bisher von wenig Erfolg gekrönten Bemühungen, die Weltpresse an ihre Seite zu holen, um das zarte Pflänzchen eines so überaus attraktiven Bewusstseinswandels nicht wieder von den Interessen des Kapitals ignorant in den Staub getreten zu sehen.

Sie landeten im Norden der Insel, bei Uturoa. Vor der Revolution hatten die Kreuzfahrtschiffe im Hafen von Uturoa Zwischenstopps eingelegt, das Städtchen hatte sich infolgedessen zu einem veritablen Handelszentrum entwickelt. Mittlerweile war es wieder auf Normalgröße geschrumpft. Von der Steilküste bot sich Cording ein herrlicher Blick über die Lagune zur Nachbarinsel Tahaa. Die

Tahitianer behaupteten, dass die beiden Inseln einst zusammengehörten, bis sie durch einen vom Geist einer Prinzessin besessenen Aal getrennt worden waren.

Während Omai in Begleitung des Clanchefs das Verwaltungszentrum in Uturoa aufsuchte, machten sich Maeva und Cording an der Ostküste Richtung Süden nach Opoa auf, der spirituellen Hauptstadt Polynesiens. Der Avera-Bezirk, den sie durchquerten, war Ende des 19. Jahrhunderts das letzte Schlachtfeld des französisch-tahitianischen Krieges gewesen.

»Dass die Franzosen uns bis hierher verfolgten, nehmen wir ihnen heute noch übel«, sagte Maeva. »Dies ist Raiatea, die Wiege der polynesischen Kultur!«

Auf Raiatea waren vor über tausend Jahren die ersten Maori gelandet, auf riesigen Bambusflößen. Von hier aus brachen sie später zu ihren großen polynesischen Entdeckungsfahrten auf. Sie nannten die Insel ›Hawaiki‹, ›Die Heilige‹. Und als heilige Insel galt Raiatea – ›Himmel mit sanftem Licht‹ – noch heute.

Während sie auf ihren Fahrrädern der sich windenden Uferstraße durch Felder und Vanillepflanzungen folgten, lauschte Cording wieder einmal einem Exkurs in tahitianischer Geschichte. Auf dem Berg Oropira war die Lanze gelandet, mit der der Halbgott Pai das Gebirge von Moorea durchlöchert hatte. Wenn Maeva ihre Welt erklärte, hatte er jedes Mal das Gefühl, an einer sinnlichen Speisung teilzunehmen. Als sie auf die heilige Riffpassage Avamo'a aufmerksam machte, durch die seit Jahrhunderten die Pirogen des Pazifiks ihren Weg zu der königlichen Kultstätte Taputapuatea gefunden hatten, glaubte sich Cording zum ersten Mal in den zeitlosen Mittelpunkt der Geschichte versetzt, während er im sogenannten Abendland vor ihr hergetreten wurde und die Rückschau immer nur bis Auschwitz reichte.

Der Marae Taputapuatea war bis heute erhalten. Sie stellten die Fahrräder ab und spazierten ins Innere der imposanten Anlage, die aus wuchtigen, in geraden Reihen aufgerichteten Korallenplatten bestand. Cording legte sich auf den Rücken und empfing Maeva mit ausgebreiteten Armen. Sie genoss die Massage, die er ihrer Kopfhaut angedeihen ließ. Als er aufhörte, stupste sie unwirsch mit dem Kopf.

»Erzähl mir mehr von Raiatea«, sagte er, »solange du sprichst, bekommst du meine Zauberfinger zu spüren …«

Maeva boxte ihn. Wenn das die Schläge waren, die jemand für ungebührliches Verhalten einzustecken hatte, wünschte er sich sein Leben als einen einzigen Boxkampf.

»Na, was ist?«, hakte er lachend nach.

Sie erzählte ihm von den Navigationskünsten der Maori, die die Besiedelung Polynesiens ermöglicht hatten. Maeva hatte sicher recht, wenn sie dies als eine der großen Kulturleistungen der Menschheit bezeichnete. Die Flöße aus Melanesien und Mikronesien legten schon vor Christi Geburt Tausende von Seemeilen zurück, bevor die Entdecker auf die winzigen Eilande des Südpazifiks trafen. Das Gebiet, das sie unter primitivsten Bedingungen zwischen Neuseeland, den Osterinseln und Hawaii erschlossen, war größer als die Oberfläche des Mondes. Navigiert wurde nach der Beobachtung von Sonne und Sternen, nach den Winden, anhand von Wolkenformationen, der Dünung und der Strömung sowie nach dem Zug der Vögel. Eigentlich sollte man der South Pacific das GPS ausbauen und das Radar zerschmettern, bevor man den Tanker davonjagte. Wäre interessant zu wissen, dachte Cording, wo sie dann wohl landen würden …

Als Maeva geendet hatte, hörte auch Cording auf mit der Massage.

»Wenn ich auf Maorisch weiterrede, machst du dann trotzdem weiter?«, fragte sie und führte seine Hand ungeduldig in ihren Nacken.

»Kein Problem. Hauptsache du hörst nicht auf zu sprechen«, sagte er. »Aber dir ist hoffentlich klar, dass ich nichts von dem verstehe, was du mir jetzt sagen willst …«

»Du verstehst das schon«, antwortete sie lächelnd und blickte ihm tief in die Augen, als sie ins Maorische wechselte. Ihre tiefe, weiche Stimme wurde durch die eigene Sprache noch einmal veredelt, die tahiatianischen Vokalgesänge saßen als blitzende Krönchen darauf. Als sich seine Hand unter ihrem Pareu auf blankem Rücken den neuralgischen Punkten am Ausgang der Wirbelsäule näherte, gebot ihm Maeva durch einen heftigen Kuss Einhalt. »Wir müssen gehen«, sagte sie, »ich möchte dir noch etwas zeigen, bevor wir Omai treffen.«

Die Fahrt entlang der Westküste war zwar beschwerlich, versöhnte sie aber mit herrlichen Ausblicken auf die Lagune, in der kleine Inseln die Köpfe hoben wie ertappte Seeungeheuer beim Nacktbaden, während sie zur Rechten mit dem Anblick rauschender Wasserfälle, üppiger Wiesen und leuchtender Obstgärten belohnt wurden. Gut, dass er mit dem Rauchen aufgehört hatte, die zweistündige Strampelei hätte ihm vor drei Monaten noch den Rest gegeben. So aber konnte er Maeva ohne große Schwierigkeiten folgen, nachdem sie die Räder abgestellt hatten und auf engem Pfad den Gipfel des heiligen Berges Temehani erklommen, von dem die Völker der Südsee glaubten, dass er für ihre Ahnen Paradies und Hölle zugleich war.

Auf dem polynesischen Olymp angekommen, heftete Maeva ihre Augen auf den Boden und wanderte behutsam im Kreis. Schließlich kniete sie nieder und winkte ihn zu sich. Sie zeigte auf eine weiße Blume, die Tiaré apetahi, das Wahrzeichen Raiateas. Im Gegensatz zu der Tiaré, die sie im Haar trug – nach ihrer Verlobung in Point Venus wieder auf der linken Seite – hatte diese nicht acht, sondern nur fünf Blütenblätter, die auch nicht von der Mitte auseinanderliefen, sondern sich alle derselben Seite zuneigten. Die Blüte war eingefasst von einem Kranz fleischiger, gezackter Blätter, die sie umstanden wie eine Leibwache.

»Die Tiaré apetahi ist einzigartig auf der Erde«, bemerkte Maeva. »Sie wächst ausschließlich auf dem Gipfel des Temehani. Bisher ist jeder Versuch, sie woanders anzusiedeln, fehlgeschlagen. Botaniker in aller Welt streiten heute noch, warum das so ist. Wir wissen, warum ...«

»Warum?«, fragte Cording.

Maeva schien seine Frage überhört zu haben. Sie saß mit geschlossenen Augen vor ihm, als würde sie beten.

»Wusstest du, dass sich in keiner der polynesischen Sprachen ein eigenständiges Wort für Religion findet?«, fragte sie, ohne die Augen zu öffnen.

»Nein, wusste ich nicht.«

»Warum ist das so? Was glaubst du?«

Cording erinnerte sich, dass dies auch für die nordamerikanischen Indianerkulturen zutraf. Aber er verzichtete auf den Hinweis, um sich nicht in seinem jämmerlichen Halbwissen zu verstricken.

»Welche Energie lässt dein Herz schlagen?«, hakte Maeva nach. »Oder bist du an eine Steckdose angeschlossen?«

Cording fühlte sich nicht wohl bei diesem »Verhör«, eine simple Frage hatte ausgereicht, ihm das gesamte Defizit der abendländischen Denkweise vor Augen zu führen.

»Wir haben das Wort Religion nicht nötig«, fuhr Maeva fort, »das ganze Leben ist Religion für uns. Wir machen keinen Unterschied zwischen der diesseitigen und der jenseitigen Welt. Hier wie dort ist alles von demselben Geist durchdrungen. Jede materielle Erscheinung besitzt ihr eigenes Mana, das uns auf magische Weise miteinander verbindet, uns sozusagen zu einem Körper verschmelzen lässt. Unter Mana verstehen wir die spirituelle Energie, die den Dingen und Personen innewohnt. Es ist die universelle Kraft, die jede materielle Form mit Leben erfüllt. Ob Stein, Pflanze, Tier oder Mensch: alles ist beseelt, alles besitzt sein eigenes energetisches Kraftpotenzial. In seiner elementaren Bedeutung meint Mana einfach Macht. Ein Mensch, der sich durch große Fähigkeiten, Kraft und Selbstvertrauen auszeichnet, besitzt ein bedeutendes Mana und damit zwangsläufig auch eine große spirituelle Energie. Diese Untrennbarkeit spirituellen wie weltlichen Denkens hatte für uns allerdings verheerende Folgen, als die polynesische Kultur auf die Europäer traf. Da wir der Meinung waren, dass weltliche Macht zwangsläufig auch spirituelle Macht repräsentierte, unterwarfen wir uns den Eroberern ohne nennenswerten Widerstand. Ein verhängnisvoller Irrtum, der uns nicht ein zweites Mal passieren darf. Aita!«

Maeva hatte die Augen während des gesamten Vortrages geschlossen gehalten. Jetzt blickte sie Cording prüfend an, als wollte sie sich vergewissern, dass ihre Worte auf fruchtbaren Boden gefallen waren. Dann strich sie mit der flachen Hand über die Tiaré apetahi, näherte sich ihr bis auf wenige Millimeter – berührte die Blüte jedoch nicht. Kein Polynesier würde es wagen, die heilige Blume anzufassen, geschweige denn, sie zu pflücken.

Auf dem Weg zurück ins Tal achtete Cording auf jeden seiner Schritte. Er zweifelte nicht daran, dass der kleinste Fehltritt, der ihn mit der Blume in Kontakt brachte, verheerende Folgen für ihn haben würde. Die Grenzen zwischen Aberglaube und Gewissheit verschwammen für ihn immer mehr, je länger er auf Tahiti weilte.

Auf dem Rückflug nach Papeete teilte ihnen Omai mit, dass die Inselbewohner sich bereit erklärt hatten, seinen Plan zu unterstützen.

»Wenn nicht die Leute von Raiatea, wer denn sonst …«, fügte er lachend hinzu.

Den Plan selbst wollte er noch immer nicht verraten. Cording war jedoch sicher, dass Maeva davon wusste, denn sie lächelte in diesem Augenblick genauso zufrieden wie ihr Bruder.

Steve hatte sich in seine Arbeit vergraben wie ein Maulwurf. Vierzehn bis achtzehn Stunden täglich verbrachte er an dem Computer, den Omai für ihn aus der Verwaltung abgezweigt hatte. Es handelte sich um den Table Mac, den Apple erst vor wenigen Monaten auf den Markt gebracht hatte. Seine Funktionen waren in einer schreibtischgroßen Glasplatte integriert, die man durch Berührung oder Ansprache aktivierte. Die Spracherkennung war inzwischen so ausgereift, dass Steve mit dem Mac reden konnte wie mit einem guten Bekannten. Der gläserne Freund war so sensibel programmiert, dass er sich die ihm erteilten Befehle sogar aus einer laufenden Unterhaltung fischen konnte, an der Steve beteiligt war. Dann warf der Mac die Ergebnisse seiner Recherchen umgehend auf den Screen, der fast die gesamte Stirnwand einnahm.

Cording erschien gerne zum morgendlichen Briefing bei dem Jungen, er liebte es, sich verblüffen zu lassen von der Interaktion menschlicher und künstlicher Intelligenz. Und heute hatte auch er endlich ein Erfolgserlebnis zu vermelden: Seine Reportage war Titelgeschichte der aktuellen EMERGENCY-Ausgabe. Und nicht nur das: Mike hatte sie sogar mit den Rasmussen-Papieren verknüpft, die er ihm über das gute alte Faxgerät hatte zukommen lassen. Cording war zuversichtlich, dass die Veröffentlichung in der etablierten Medienlandschaft eine Art Dominoeffekt auslösen würde. Außerdem befand sich ein Bericht über den Meuchelmord an Rasmussens Familie im Blatt, das auf satten vierzig Seiten über das gefährdete Tahiti-Projekt berichtete. In der folgenden Ausgabe wollten sie in London nachlegen, dann sollte der Widerstand im Internet vorgestellt werden, den Steve von hier aus organisierte. Damit stellte sich EMERGENCY an die Spitze der Widerstandsbewegung. Cording war stolz auf Mike, dies war die mutigste Entscheidung, die er jemals getroffen hatte. Er mochte sich gar nicht vorstellen, welche Kämpfe sein alter Kumpel mit der Chefetage hatte austragen müssen, um sie von dem Beitrag zu überzeugen. Was mochte Mike geritten haben? Witterte er hier die Chance, einen neuen Trend zu setzen, oder hatte sich sein Gewissen endlich mal wieder zu Wort gemeldet?

»Welche Company war denn so verwegen, in diesem Umfeld zu inserieren?«, fragte Steve, als er das EMERGENCY-Heft zur Hand nahm.

»Gazprom, BASF und Toyota zum Beispiel«, antwortete Cording. »Doppelseiten ohne Ende. Gazprom hat sogar eine zwölfseitige Beilage einheften lassen.«

»GAZPROM!«, rief Steve.

Innerhalb weniger Sekunden baute sich die Homepage des russischen Energiemultis auf.

»MAKATEA!«

Cording blickte auf den Screen und las die Erklärung des Moskauer Vorstands, mit der dieser das Vorgehen von Global Oil aufs Schärfste kritisierte. Interessant … Die beiden Giganten begannen sich aneinander zu reiben und im Mittelpunkt der Auseinandersetzung stand Tahiti!

»Ich habe übrigens ebenfalls Erfreuliches zu berichten!«, bemerkte Steve. »Schau mal.« Und er befahl dem Computer, eine Seite zum Thema »TAHITI-PROJEKT FRANKREICH!« aufzurufen.

Der *Nouvelle Observateur*, der seltsamerweise keinen eigenen Reporter auf die Insel geschickt hatte, versuchte Boden gutzumachen. Das unabhängige Blatt – so etwas gab es noch! – plädierte energisch dafür, dass sich Paris für eine Fortsetzung der EU-Zahlungen an Polynesien einsetzte.

»TAHITI-DEMOS!«, rief Steve.

Cording mochte kaum glauben, was sich ihm auf dem Bildschirm offenbarte. Überall in Frankreich gingen Studenten auf die Straße, um gegen die Machenschaften von Global Oil zu demonstrieren. Anschläge auf das Tankstellennetz des amerikanischen Öl-Multis waren an der Tagesordnung. Die französische Polizei schien sich der Gewalt nur zögerlich entgegenzustellen, was prompt zu diplomatischen Verwicklungen mit Washington geführt hatte, die Paris relativ gelassen zur Kenntnis nehmen konnte, da der Energiebedarf der Europäischen Union mittlerweile zu achtzig Prozent aus russischen Beständen gedeckt wurde. Aber nicht nur die Studenten protestierten. Gewerkschafter und Kirchenvertreter begannen sich ihnen ebenso anzuschließen wie die Bauernverbände. Im Grunde rührte sich dasselbe breit gestreute Protestpotenzial, das der Regierung vor neun Jahren keinen anderen Ausweg gelassen hatte, als Französisch Polynesien in die Unabhängigkeit zu entlassen.

Seit dem Unfall im elsässischen Kernkraftwerk Fessenheim, dessen Umgebung in einem Umkreis von dreißig Kilometern immer noch Sperrgebiet war, waren Franzosen und Deutsche, was die Energiegewinnung betraf, so sensibilisiert, wie kein anderes Volk in Europa. Das Tahiti-Projekt verfehlte seine Wirkung in diesen Ländern nicht. Hinzu kam, dass die große Mehrheit der Franzosen es als nationale Schande empfand, wie ihre Regierung sich Polynesiens Unabhängigkeit hatte abkaufen lassen. Die Franzosen schienen an ihrer Erblast erheblich zu leiden. Niemals, so die überwiegende Meinung, hätte man die Reparationszahlungen an die Opfer der Atomversuche einstellen dürfen. 176 H-Bomben waren von 1966 bis 1996 auf Mururoa und im Fangataufa-Atoll gezündet worden. Die Internationale Atomenergiebehörde IAEA konstatierte lapidar, dass die im Südseeparadies entfachten Höllenfeuer den Inselbewohnern 31 Krankheiten beschert hatten, darunter 25 neue Krebsarten. Von den geschätzten dreitausend polynesischen Arbeitern, die auf Mururoa beschäftigt waren, lebten nur noch wenige. Wie viele Leute auf dem Testgelände wirklich Dienst getan hatten, hielt man in Paris bis heute streng geheim.

»TAHITI-PROJEKT PARLAMENT!«, befahl Steve. »Na bitte, was hab ich dir prophezeit?«, rief er. »Die Zwanzigmillionengrenze ist geknackt! Das Internet-Parlament funktioniert. Ich möchte, dass bis zu zweihundert Millionen Menschen abstimmen! Das kriegen wir hin, wollen wir wetten? TAHITI-PROJEKT SPENDEN! Schau an, wen haben wir denn da? B.A.U.M. Der Bundesdeutsche Arbeitskreis für Umweltbewusstes Management ist mit hunderttausend Euro dabei. Wow! Insgesamt sind wir schon bei 27 Millionen Euro! Ich sag dir, wenn das so weitergeht, kaufen wir Omai bald einen eigenen Überwachungssatelliten!«

Cording musste lachen. Steve und sein elektronischer Freund schienen die Welt im Handstreich umzukrempeln. So sah es jedenfalls aus. Vielleicht gelang es ja wirklich, übers Internet so viel öffentlichen Druck aufzubauen, dass selbst ein schwergewichtiger Multi wie Global Oil mitsamt seiner Regierung beiseitetreten musste.

»Tahiti-Projekt Umweltschutzorganisationen!«, rief Cording und vergaß dabei, dass seine Stimme beim Table Mac keinen Eindruck machte.

»TAHITI-PROJEKT UMWELTSCHUTZORGANISATIONEN!«, wiederholte Steve.

Sieh an. Greenpeace hatte zu einer Konferenz nach Amsterdam eingeladen. Sogar die militanten Öko-Krieger von ›Earth First!‹ durften dabei sein. Cording hätte den von Steve gelegten Flächenbrand an Solidarität gerne weiterverfolgt, aber er musste dringend die Anfragen eines italienischen und eines australischen Fernsehsenders beantworten, die vor Makatea drehen wollten, was Omai seltsamerweise nicht duldete.

»Was ist denn das hier?!«, rief Steve überrascht, als Cording gerade dabei war, sich zu verabschieden.

Der Junge hatte über Google Earth ein Satellitenfoto von Makatea auf den Schirm geladen. Dort hatten sich zwei weitere Hebetanker eingenistet! Sie mussten erst kürzlich vor Anker gegangen sein.

Shocking Turner massierte seine müden Augen. Seit fünf Tagen zogen sie dieses Mammutprogramm nun ohne Pause durch. Außer einigen Cheeseburgern hatte er nichts Warmes in den Bauch bekommen und wach gehalten wurde er von einem Mix aus Cola und Amphetaminen.

»Wie spät haben wir es?«, fragte er seinen Tontechniker Mavis.

»Halb vier, Mann. Machen wir Schluss für heute.«

»Eine Ansage noch, dann kannst du meinetwegen die CD einlegen … He, Freunde, die ihr dort draußen durch die Nacht stolpert: Hier ist Shocking Turner auf WNYC, die Welle der Sympathie! Die Vorbereitungen für das Tahiti-Concert im Central Park laufen auf Hochtouren, es werden aber noch Helfer gesucht. Am besten meldet ihr euch bei Jesse Burt hinter der Bühne, er wird euch schon zeigen, wo der Hammer hängt. Eastern Airlines stellt zehn Chartermaschinen für unsere kalifornischen Freunde zur Verfügung, kostenlos! In Zukunft wird bei Eastern gebucht, ist doch klar. Die Firma Eco-Industries, Gott hab sie selig, baut ein Riesenzelt am Lake auf, in dem ihr pennen könnt, wenn euch die Müdigkeit übermannt. Danke Eco-Industries! Gerade habe ich aus Tahiti erfahren, dass uns Omai eine Videobotschaft zukommen lassen will. Aus Hollywood haben sich ebenfalls eine Menge prominenter Unterstützer angesagt. Und es hält sich hartnäckig das Gerücht, dass sogar Präsident Selby ein Wörtchen mitreden möchte. Ein Scherz, Leute, ein Scherz …! In Madrid, Moskau, Paris, London, Berlin, Rio, Sydney, Bangkok und Tokio stellen sie Großbildschirme auf. Ingesamt wird das Konzert in 72 Länder übertragen, live! Hier ist Shocking Turner, wir hören uns in vier Stunden wieder! Bis dahin gibt es ein unvergleichliches Potpourri lauschiger Südseemelodien auf die Ohren …«

Mavis legte den Tonträger ein, der ihre Hörer für die nächsten Stunden mit Musik versorgen würde und zog Shocking zum Abschied das Lederkäppi in die Stirn.

»Ich hau ab, Mann!«, sagte er, »du solltest dir auch ’ne Mütze Schlaf gönnen.«

»Mach ich. He Mavis …!«

»Was ist?«

»Danke, Mann! Danke für alles!«

»Schon gut, Bruder.«

Der Toningenieur schloss die Tür hinter sich und ließ den Moderator allein. Turner konnte sich nicht entschließen zu gehen. Warum brachte er nicht einfach eine Matratze mit und pennte in den nächsten Tagen hier? Zumindest bis zum Konzert? Er nahm die Jacke vom Haken und blickte sich noch einmal prüfend im Studio um. Plötzlich verspürte er einen kurzen, trockenen Schlag im Nacken. Es war ein Gefühl, als sei der Kopf schmerzlos vom Rumpf getrennt worden und segelte nun gemächlich davon, während sein tauber Körper unter ihm langsam in sich zusammenbröselte. Er sah nichts mehr, außer diesem Farbgewitter, das man vermutlich immer zu sehen bekam, wenn man starb … Stimmen umgaben ihn, entfernten sich, kehrten wieder. Kichernde, heulende, zischelnde, befehlende Stimmen. In seinem Kopf dröhnte es wie im Innern eines Walzwerkes, seinen Ohren entströmte eine ungeheure Hitze. Alles um ihn herum ächzte, knirschte, splitterte und brüllte. Von irgendwoher wehte eine herrlich kühle Brise über den Boden. Jemand trat gegen sein Bein.

»Was ist mit dem hier?!«

»Lass gut sein, der ist fertig, der Nigger!«

Wieder spürte Turner einen dumpfen Knall, diesmal hatte ihn ein Stiefel im Gesicht getroffen.

Er wusste nicht, wie lange er bewusstlos so dagelegen hatte. Das Studio war nur noch eine einzige Trümmerlandschaft. Er kroch durch die Splitter zum Telefon, das seltsamerweise noch funktionierte. Als sich die Notrufzentrale meldete, vermochte er sich kaum zu artikulieren, so geschwollen waren seine Lippen. Nachdem er aufgelegt hatte, taumelte er ins Treppenhaus. Dort entdeckte er Mavis, der mit verdrehten Augen in der Fahrstuhltür klemmte. Sie hatten ihn regelrecht geschlachtet. Shocking zerrte seinen Freund aus dem Lift und ließ sich erschöpft neben die Leiche auf den Boden fallen. Er legte die Hand auf Mavis' Herz, das nicht mehr schlug. Die ganze Welt schien für einen Moment lang stillzustehen. Selbst als die Sirenen der herbeigerufenen Ambulanz die Nacht wie mit dem Seziermesser durchschnitten, konnte er sich nicht aus seiner Erstarrung lösen.

Robert McEwen strich sich durchs Haar, öffnete das Seidenpapier über dem Blumenstrauß und klingelte.

»Donnerwetter!«, entfuhr es ihm in seiner robustcharmanten Art, als Faye öffnete.

Sie trug ein rotes Kleid mit gewagtem Ausschnitt, die Haare waren hochgesteckt, sodass ihr langer, schmaler Hals zur Geltung kam, der ihn immer wieder aufs Neue stimulierte. McEwen verspürte eine unbändige Lust, sie noch im Flur zu nehmen. Sie entzog sich seinem Zugriff, stellte die Rosen in eine Vase und setzte diese auf dem für drei Personen gedeckten Tisch ab.

»Aber Mrs. Manzarek …!«, kommentierte McEwen ironisch und tunkte den Zeigefinger in den Kaviar. »Das wäre doch nicht nötig gewesen …!«

Er nahm die Champagnerflasche aus dem Kübel und löste den Drahtverschluss.

»Es ist ein ganz normales Geschäftsessen, Bob«, mahnte Faye. »Du bist doch geschäftlich hier, oder?«

»Sicher, Baby …«

Der Korken knallte gegen die Zimmerdecke. McEwen füllte die Gläser und ging hinüber zur Hausherrin, die vom Fenster ihres Apartments im 27. Stock auf den Central Park hinabblickte, der unter dem Ansturm der Konzertbesucher aussah, wie ein einziger Ameisenhaufen.

»Cheers, Darling! Auf uns …«, sagte McEwen und reichte seiner Gastgeberin eines der Gläser.

Faye reagierte nicht. McEwen stellte die Gläser auf dem Tisch ab und begann, ihren Nacken zu massieren. Ihr Kopf neigte sich dabei wie selbstverständlich nach hinten. Behutsam öffnete er den Reißverschluss des Kleides und streifte ihr die dünnen Träger von den Schultern, sodass der Seidenfummel herunterrutschte und ihre Füße umspülte.

Sie sah sich in der Scheibe über New York schweben wie einen überdimensionalen Engel. Das Gefühl, sich dieser Stadt in luftiger Höhe derart schamlos auszuliefern, erregte Faye. Ihr Atem schlug sich stoßweise auf dem bis zum Boden reichenden Fenster nieder. Irgendwann schimmerte Manhattan nur noch verschwommen durch den feuchten Nebel, in den ihre Finger allerlei abstrakte Muster zeichneten. Als Bob sie nahm, hörte sie sich erschreckend laut schreien. Von ihm hörte sie nichts. So lange sie sich von diesem Mann vögeln ließ, hatte er sich noch nicht ein einziges Mal wirklich fallen lassen …

Als der Gatte eine Stunde später aus Washington eintraf, empfing ihn seine Frau in einem züchtigen Hosenanzug.

»Also, Ray«, begann McEwen ohne Umschweife, »was ist bei Ihrer Unterredung mit dem Präsidenten herausgekommen, was gedenkt Selby jetzt zu tun?«

»Er macht es.«

»Gute Arbeit, Ray. Gute Arbeit … Ich kann mich also darauf verlassen: es läuft alles wie besprochen.«

»So ist es.«

»Die Vereinigten Staaten und China werden im Sicherheitsrat Beschwerde einlegen gegen die unsinnige Politik der Internationalen Meeresbodenbehörde, richtig?«

»Ganz recht.«

»Der Präsident der Vereinigten Staaten wird sich notfalls vor die Vollversammlung stellen, und unser Vorgehen nicht nur verteidigen, sondern es zu einer nationalen Angelegenheit von höchster Wichtigkeit erklären, so ist es doch?«

Der Energieminister nickte.

»Was ist mit den Zerstörern, die Admiral Morgan uns zum Schutz vor Piraten zugesichert hat?«

»Genehmigt.«

»Sehen Sie, Ray«, sagte McEwen triumphierend und bediente sich an dem sündhaft teuren Kaviar, der selbst unter den Wohlhabenden des Landes nur noch unter der Hand zu haben war, »war doch gar nicht so schwer. Gesellschaftspolitik ist Wirtschaftspolitik, mein Lieber. Sie folgt ihren eigenen festgeschriebenen Regeln. Da gibt es keinen Spielraum für moralische Skrupel, nicht wenn man einen Ertrag vor Augen hat, der letztlich allen nützt. Freut mich, dass der Präsident das endlich eingesehen hat.« Er leckte sich die Finger. »Eine Anklage durch die Vereinten Nationen und die damit verbundenen Regressforderungen Tahitis hätte sich Global Oil auch nicht leisten können. Das wäre in die Milliarden gegangen. So wie es jetzt läuft, ist es gut. Schließlich ist unsere Tankerflotte mit Geldern des amerikanischen Steuerzahlers gebaut worden. Wenn auch ohne Wissen des Präsidenten …« Er lachte. Für Ray Manzarek klang es, als käme dieses Lachen direkt aus der Hölle. »Was hätte Selbys Rücktritt auch bewirkt?«, bemerkte McEwen. »Er hätte das Land vor aller Welt bloßgestellt und geholfen hätte es niemandem.«

Manzarek dachte daran, was es wohl helfen würde, wenn er dem Chef des größten Energiekonzerns der Welt augenblicklich eine Kugel durch den Kopf jagte. Er konnte die Großkotzigkeit dieses Mannes nicht länger ertragen, der glaubte, die frei gewählte Regierung dieses Landes nach Belieben gängeln zu können. Aber natürlich würde es nichts helfen, wenn er diesem arroganten Mistkerl das Lebenslicht ausblies. Das Fatale an diesem System war ja, dass man niemand persönlich verantwortlich machen konnte. Die Demokratie diente lediglich als Deckmantel für legalisierte Schweinereien. Es spielte keine Rolle, wer in ihr welche Position bekleidete. Dass alles auf Korruption und Übervorteilung hinauslief, lag nicht vorrangig an den Mächtigen, sondern an der Grundphilosophie einer Gesellschaft, die dem Gedanken der persönlichen Bereicherung weitaus mehr verbunden war, als dem des Teilens.

Manzarek stand auf und ging ans Fenster. Der Central Park war schwarz von Menschen. Er musste daran denken, was Selby ihm angesichts der weltweiten Solidaritätsbekundungen für Tahiti gesagt hatte. »Ich beneide Omai«, hatte er gesagt, »ich wünschte mir, ich hätte ein solches Volk im Rücken …«

Er spürte den Druck einer Hand auf seiner Schulter.

»Wir werden diesen Südseeindianern ein Angebot machen, Ray«, knurrte McEwen. »Eine Milliarde Dollar für jedes Jahr, das sie uns dort schürfen lassen.«

»Das wird nicht funktionieren«, entgegnete Manzarek ruhig. »Sie werden sich nicht korrumpieren lassen. Warum sollten sie? Wenn das so weitergeht, werden sie von der Weltbevölkerung bald auf Händen getragen. Diese Polynesier sind über uns gekommen, wie der Geist aus der Flasche. Den kriegen Sie nicht so einfach wieder hinein …«

»Ach, Ray. Die CIA bräuchte nur zu beweisen, dass es sich bei Tahiti mit seinen Hanfplantagen um ein bedeutendes Drogendrehkreuz handelt. Schwupp, wäre das gute Renommee zum Teufel. Schon vergessen, wie man so etwas macht? Das Tahiti-Projekt ist nur ein Strohfeuer. Die Menschen brauchen solche Ventile, aber in Wirklichkeit haben sie Wichtigeres zu tun, als sich um ihre Zukunft zu sorgen. Ihre Gegenwart ist schwer genug …«

Wieder gab McEwen dieses teuflische Lachen von sich, dabei wischte er mit seinem Taschentuch Spuren von Lippenstift von der Fensterscheibe.

»Ihr solltet die Putzfrau feuern«, bemerkte er und verabschiedete sich mit einem formvollendeten Handkuss von der beschämten Hausherrin.

»Deine Frau ist zauberhaft, Ray. Gib gut auf sie acht. Und nun wünsche ich euch viel Spaß beim Konzert. Nirgendwo hat man einen besseren Blick auf die Weltverbesserer als von hier oben …«

Shocking Turner zückte seinen Backstagepass, den man ihm gestern ins Krankenhaus gebracht hatte, und machte sich auf den Weg ins Musikerzelt. Bisher hatte den Mann im Rollstuhl niemand erkannt, obwohl er doch auffällig genug aussah mit seinem Kopfverband und dem zerschundenen Gesicht. Aber die meisten kannten ihn nur aus dem Radio. Er schlug die Plane zurück und stand in einem warmen Licht, das durch die gelben Plastikfenster in der Zeltdecke drang. Der Boden war mit Sägespänen ausgelegt, es roch nach Zirkus. Shocking hielt wie verzaubert inne. Der Anblick dieser kleinen, in sich geschlossenen Welt machte ihn glücklich. Oh, wie er sie liebte, diese schrägen Musiker mit ihren goldenen Seelen und den flinken Fingern! Zwischen den Bänken türmten sich die Instrumentenkoffer: offene mit rotem, blauem, grünem und gelbem Samt ausgeschlagene Gitarren-, Geigen-, Saxophon- und Klarinettenkoffer. Die Luft war von den bizarrsten Lauten erfüllt. Bis auf die Rock'n' Roller hatte niemand der Anwesenden je ein Tonstudio von innen gesehen. Die Aborigines nicht, die Navajos nicht und schon gar nicht das wettererprobte Ensemble aus den Tiefen der russischen Tundra. Dass es ihnen gelungen war, 24 Gruppen aus allen Winkeln der Erde zu rekrutieren, in denen indigene Völker ihr tristes Dasein fristeten, grenzte an ein Wunder. Möglich war es geworden, weil Steve die Organisatoren großzügig aus dem Spendentopf bedient hatte, der sich in Papeete seit einem Monat auf wundersame Weise füllte. Shocking verharrte fasziniert im Rollstuhl. Neben ihm saß Jerry Butler von den ›Tombstones‹ über eine nicht angeschlossene Fender gebeugt und lauschte verzückt dem virtuosen Stepptanz, den seine Finger auf den Saiten vollführten. Aber auch er hob den Kopf, als plötzlich eine Gruppe von vierzig Tahitianern das Zelt betrat, die Männer martialisch gezeichnet, die Frauen in Baströcken, schimmernd und von Blumen umkränzt. Keinen der Anwesenden hielt es auf seinem Platz. Die Tänzer von OTahiti E reagierten ein wenig verlegen auf den Beifall, der sie umtoste. Shocking Turner hielt die paar salzigen Tränen, die ihm in den Wunden brannten, tapfer aus. Dies war der bewegendste Moment seines Lebens.

Omai war sich bis vor wenigen Stunden noch nicht sicher gewesen, vor welchem Hintergrund er die Videobotschaft sprechen sollte. Cording hatte den Strand vorgeschlagen, mit der Silhouette Mooreas als Hintergrundkulisse. Maeva hatte dafür plädiert, dass ihr Bruder vor einem Gemälde von Gauguin posierte. Letztendlich entschied sich Omai für die staatsmännische Lösung: die Aufnahme fand in seinem Arbeitszimmer statt, vor der Fahne der Ökologischen Konföderation Polynesiens*. Er korrigierte den Sitz des weißen Gewandes, nahm den Schemel seines Urahnen unter den Arm, den die Tahitianer in den fünfziger Jahren des zwanzigsten Jahrhunderts bei Christie's zurückersteigert hatten, und betrachtete sich im Monitor.

Außer Omai, Cording, Steve und Maeva war niemand zugegen, abgesehen von den Leuten vom Fernsehen natürlich. ›Zehn Minuten!‹, signalisierte der Aufnahmeleiter. In New York feierte das Publikum gerade den Auftritt von OTahiti E.

»Sie machen das sehr gut …«, ließ sich Omai anerkennend vernehmen, der den Auftritt mit den anderen gebannt verfolgte.

Die Gruppe erntete zu Recht den frenetischen Beifall der zwei Millionen Besucher, von denen in den Vorberichten ständig die Rede gewesen war.

Als die tahitianischen Tänzer die Bühne verließen, ergriff ein Mann im Rollstuhl das Mikrofon. Er trug ein Lederkäppi auf dem bandagierten Schädel und ließ den Blick aus seinen geschwollenen Augen über die Menge streifen, als wollte er ganz sichergehen, dass er sich zur rechten Zeit am richtigen Ort befand.

»Yesss …«, flüsterte er, »yesss …«

Das langgezogene S war charakteristisch für den Moderatior und allmählich begriffen die Leute, wer sich ihnen dort so fürchterlich angeschlagen auf den großflächigen Leinwänden präsentierte.

»Hier ist Shok-Shok-Shocking Turner und ich verspreche euch: wir wenden das Blatt!«

Ein ohrenbetäubendes Geschrei antwortete dem Moderator.

»Yessss …«

Es dauerte Minuten, bevor es Turner gelang, die Massen einigermaßen zu beruhigen.

»Danke, Leute, herzlichen Dank! Danke! He …! Jetzt reicht's! Wir haben Wichtigeres zu tun, als einen Bastard wie mich zu feiern! Unterstützen wir das Tahiti-Projekt oder nicht?! Lasst hören, euer Shocking will hören …!«

Es war, als platzte der Himmel und aller Lärm, der dort für die Zukunft gespeichert war, prasselte auf einmal herab. Diesmal ließ Turner den Begeisterungsstürmen freien Lauf. Irgendwann hob er die Hand zum Käppi und salutierte vor der Menge wie ein Soldat.

»Eine neue Zeit ist angebrochen«, sagte er beschwörend in das abebbende Getöse hinein, »es ist Krieg, Freunde, Omais Krieg! Gewaltlos und zauberhaft. Und wir sind seine gottverdammte Armee! Unsere Farben sind black, white, yellow and red! Bevor wir nach Tahiti schalten, um zu hören, was uns Omai zu sagen hat, möchte ich euch bitten, mit mir einiger Menschen zu gedenken, die in diesem Krieg gefallen sind. Wir beten für Agnes Rasmussen und ihre Kinder Lars und Jette, die in ihrem Ferienhaus heimtückisch erschossen wurden. Wir beten für Professor Thorwald Rasmussen, der uns über die Hintergründe der amerikanisch-chinesischen Verschwörung aufgeklärt hat und auf Tahiti entführt worden ist. Niemand weiß, wo er sich zurzeit aufhält und ob er überhaupt noch lebt. Wir beten für Michelle Latour, die auf einer Pariser Tahiti-Demo brutal zusammengeschlagen wurde und gestern ihren Verletzungen erlag. Wir beten für meinen Tontechniker und Freund

Mavis, der beim Angriff auf das Studio von WNYC ermordet wurde …«

Turner nahm das Käppi ab, senkte den Kopf und schwieg. Zwei Millionen Menschen standen mit ihm still. Auf den Projektionsflächen, die überall im Park aufgestellt waren, erschien der Geist Omais. Als solchen musste man die in Weiß gehüllte Erscheinung, die sich dank eines genialen Regieeinfalls langsam aus dem Nichts schälte, wohl bezeichnen.

»Iaorana!«

Omai begrüßte die ferne Gemeinde in seiner Landessprache. Dabei neigte er den Kopf diskret nach vorne wie seinerzeit bei der Begrüßung der Journalisten. »Die Menschen von Tahiti lieben euch!«, sagte er ergriffen. »Sie sitzen in ihren Versammlungshäusern und schauen euch zu. Wir sind bei euch – mit ganzem Herzen und voller Dankbarkeit!«

Wieder brach sich ein Sturm der Begeisterung Bahn, die Leute in Manhattan mussten allmählich das Gefühl bekommen, dass die Jubelarien, die ihrer beschädigten grünen Lunge entsprangen, nichts Geringeres als die endgültige Erlösung ankündigten. Omai war sichtlich irritiert von der hysterischen Reaktion, die seinen bescheidenen Worten folgte. Er hob beschwichtigend die Hände und wunderte sich, wie einfach es war, diese Massen via Satellit im Zaum zu halten.

»Wie ihr alle wisst, hat Tahiti einen neuen Lebensweg gewählt«, begann er seine Rede. »Nach vielen Umwegen ist unser Volk wieder dort angekommen, wo es hingehört: bei sich selbst. Wir haben unsere innere Natur mit der äußeren Natur versöhnt. Das ist wichtig, wenn der Mensch und die ihn nährende Erde gesund werden wollen. Nun sind wir natürlich nicht die Einzigen, die darum wissen, dass jede Lebensform miteinander verknüpft ist. Die indigenen Völker haben trotz aller Erniedrigungen und Vergewaltigungen, die sie im Laufe ihrer Geschichte zu erleiden hatten, nicht vergessen, dass der Mensch nur eine Faser im filigranen Gewebe des Lebens ist. Und dass wir das, was wir diesem Gewebe antun, letztendlich uns selbst antun. Es ist höchste Zeit, dass wir unser versprengtes Wissen bündeln – zum Wohle der gesamten Menschheit. Es gibt keinen Grund für die indigenen Völker, sich länger kleinzumachen. Sie sind es doch, die sich auf ihrer irdischen Zwischenstation zu benehmen wissen, anstatt das gastliche Haus Erde in Trümmer zu legen! Es ist höchste Zeit, dass wir uns gemeinsam an einen Tisch setzen, um unser Wissen und unsere Visionen auszutauschen.«

Die Ruhe und Souveränität, mit der Polynesiens junger Präsident die gemeinsam ausgearbeitete Ansprache vortrug, bereitete Cording Gänsehaut. Omai schlüpfte in das geschriebene Wort wie in einen Maßanzug. Die sparsamen Gesten, mit denen er seine melodischen Aussagen untermauerte, verhinderten, dass die Botschaft trotz aller Deutlichkeit zur Kampfansage geriet. Es waren ja nicht nur die Besucher des Tahiti-Concerts, die ihm jetzt zuhörten. Von San Francisco bis Sydney, von Rio bis Rom verfolgten über eine Milliarde Menschen seinen Auftritt! Sie alle erlebten Omai als Wortführer ihres Vertrauens. Cording wurde gerade Zeuge, wie sich sein Freund problemlos zu einer historischen Figur aufschwang – zu ebenjenem Öko-Gandhi, den Steve hatte kommen sehen …

Präsident Selby verfolgte das Spektakel vom Oval Office aus, zusammen mit seinem Chefberater Dennis Phelbs. Vor wenigen Stunden hatte er das völkerrechtswidrige Vorgehen der Amerikaner und Chinesen im Südpazifik in einer eigens einberufenen Pressekonferenz nicht nur verteidigt, sondern zu einer notwendigen Maßnahme zur Erhaltung des Weltfriedens erklärt. Er hatte sich praktisch am Nasenring von Global Oil durch die Manege führen lassen. Aber was war ihm anderes übrig geblieben? Wie stünden die USA jetzt da, wenn ihr Präsident hätte eingestehen müssen, dass er nicht mehr Herr im eigenen Hause war, dass der dreiste Coup in polynesischen Hoheitsgewässern zwar aus amerikanischen Steuermitteln finanziert wurde, er selbst aber keine Ahnung davon hatte?

Ein solches Eingeständnis hätte nicht nur der Reputation seiner Regierung, sondern dem ganzen Land unermesslichen Schaden zugefügt. Das Vertrauen in die amerikanische Demokratie wäre endgültig erschüttert worden und der Vertrauensverlust auf ewig mit seinem Namen verbunden. Selby hätte sich nie vorstellen können, jemals in eine solche Lage zu geraten.

Um den Kopf aus der Schlinge zu ziehen, hatte er behaupten müssen, dass eine kränkelnde amerikanische Volkswirtschaft das gesamte Weltwirtschaftssystem infizieren würde, weshalb die Schürfaktion letztlich allen Menschen zugutekam. Das war absurd. Raubbau an den letzten Ressourcen konnte doch unmöglich die Lösung sein. Es war höchste Zeit, die Leitvorstellungen der politischen Ökonomie den Leitvorstellungen der Ökologie unterzuordnen, wenn man mit den Machtstrukturen brechen wollte, die der ungezügelte Kapitalismus bis zur Selbstvernichtung aufrechterhalten würde. Dafür war er angetreten, zumindest wollte er diesen Prozess ein Stück weit befördern. Und ausgerechnet er stand jetzt als reaktionäres Arschloch da, das sich einen Dreck um die wirklichen Probleme der Welt kümmerte. Er musste erleben, wie ein junger, charismatischer Mann aus dem fernsten Winkel der Erde seine Politik mit schlichten Worten vor aller Welt konterkarierte, ohne dass er die Chance hatte, dazu ehrlich Stellung zu nehmen.

»Die Gemeinschaften der Ureinwohner müssen lernen, wie sie auf die verheerende Situation reagieren können, die von der Gier des Kapitals herbeigeführt wurde«, hörte Selby Omai sagen. »Und zwar auf der Grundlage ihres eigenen Wissens und ihrer eigenen Lebensweise. Auf der Grundlage ihrer eigenen Werte, ihres eigenen Potenzials und ihrer eigenen Ressourcen. Genau das haben wir auf Tahiti getan. Unsere Lebensweise ist kein Relikt aus der Vergangenheit, wie vielerorts zu lesen war. Im Gegenteil: die Insel ist technisch sehr gut ausgerüstet. Die meisten von euch würden erstaunt sein zu sehen, wie dienlich die moderne Technik sowohl dem Menschen als auch der Natur sein kann. Tahiti ist zu einer Art Labor geworden. Ein Labor für die gesamte Welt. Bedient euch! Macht euch unsere Erfahrungen zunutze! Tut etwas, anstatt euch weiterhin vom Verwesungsgeruch der trägen Herzen betäuben zu lassen!«

Diesmal wollte es Omai nicht gleich gelingen, die Beifallsstürme zu bändigen, die seine letzten Worte ausgelöst hatten. Also wartete er lächelnd ab. Quälende fünf Minuten lauschten auch Selby und Phelbs den Eruptionen einer Begeisterung, die sich vom Central Park aus ihren Weg um den Globus bahnten.

»Es wird euch vermutlich nicht überraschen«, schloss Omai seine Rede, »wenn ich euch verrate, dass sie uns inzwischen eine Menge Geld für dic Schürfrechte geboten haben. Ist das nicht sonderbar? Sie glauben immer noch, dass es eine Sache des Geldes ist, Frieden mit der Schöpfung zu schließen! Sie wollen nicht akzeptieren, dass dieser Frieden allein durch Verständigung erreicht wird und nicht durch Verträge! Ich habe in meiner Botschaft an euch bewusst darauf verzichtet, den respektlosen Übergriff auf unser Hoheitsgebiet in den Mittelpunkt meiner Rede zu stellen. Dieses Problem wird sich regeln, die Amerikaner und Chinesen werden nicht bleiben, da bin ich sicher, nicht so lange wir eure Unterstützung haben!«

Spätestens als Tahitis Präsident ankündigte, demnächst vor der UN-Vollversammlung in Genf sprechen zu wollen, wurde Präsident Selby und seinem Chefberater klar, dass sie die Angelegenheit völlig falsch eingeschätzt hatten.

Am Tag nach Omais spektakulärem Auftritt schnellte die Zahl der Zugriffe auf die von Steve verwaltete Homepage in ungeahnte Höhen. Die meisten Downloads verzeichnete die Show von OTahiti E. Bei den Sachthemen rangierten Verkehr und alternative Energien gleichauf an erster Stelle, gefolgt von der neuen Geldordnung, der Baubiologie, der Landwirtschaft, dem Gesundheitswesen und der Bildung. Aber selbst die Parlamentsreform sowie das Bodenrecht verzeichneten mit 27 beziehungsweise 25 Millionen Zugriffen ein erstaunlich hohes Interesse. Insgesamt hatten bisher über 800 Millionen Menschen aus aller Welt das Tahiti- Projekt im Internet besucht, ein Drittel davon allein in den vergangenen 24 Stunden. Der Spendenertrag belief sich auf knapp 600 Millionen Euro, eine gewaltige Summe, die wohl nur dadurch zustande gekommen war, dass seit dem Tahiti-Concert jeder Zugriff aus der EU, China, Japan und den USA einen Euro kostete, der offensichtlich gerne bezahlt wurde.

Als Cording zum morgendlichen Briefing erschien, fand er nicht nur Steve und Fara vor, sondern auch Omai, der dem Jungen für dessen Einsatz und Erfolg dankte und ihn beglückwünschte. Vermutlich war der Präsident von der Reaktion auf Tahitis Internet-Performance ebenso überrascht wie Cording, der nicht ohne Wehmut daran erinnert wurde, dass die klassischen Medien beim großen Publikum ausgespielt hatten. Die Internet-User gestalteten ihre eigenen Programme, das Podcasting erfreute sich vor allem in der jungen Generation großer Beliebtheit. Für Cording war die Mediengesellschaft längst ins schwarze Loch der Erkenntnis gefallen, wo alles gezählt und nichts bemerkt wurde. Dass es sich im Fall Tahitis anders verhielt, dass im allgemeinen Info-Overkill tatsächlich noch so etwas wie eine Initialzündung möglich war, hätte er nicht zu hoffen gewagt. Steve hatte ihn eines Besseren belehrt. Ihm war es gelungen, Tausende von Geo-Bloggern zu vernetzen und damit einen Bodensatz an weltweiter Empörung aufzuwühlen. Sogar das von ihm installierte Internet-Parlament funktionierte. Über neunzig Prozent der Besucher stimmten für den Abzug der Amerikaner und Chinesen aus dem Südpazifik.

»Ich hab ein neues Portal gebastelt, das müsst ihr angucken!«, sagte Steve und rief die Homepage des Tahiti-Projekts auf.

Sie sahen, wie sich Omai auf den Großbildschirmen im Central Park aus dem Nichts schälte. Eine Majestät im weißen Gewand, die sich dezent verneigte. »Tut etwas, anstatt euch weiterhin vom Verwesungsgeruch der trägen Herzen betäuben zu lassen!«, ließ sich der Präsident sanft vernehmen, bevor die Mädels von OTahiti E die Hüften schwangen. Klischeehafter hätte der Einstieg nicht sein können. Aber Cording hatte es aufgegeben, mit Steve zu diskutieren. Sobald er es versuchte, sah er alt aus in diesen Tagen …

Omai hatte ihn sicher nicht ohne Grund auf diesen Spaziergang eingeladen. Cording hoffte, dass Tahitis Präsident ihn endlich in den Geheimplan einweihte, der seit ihrem gemeinsamen Besuch auf Raiatea keinerlei Erwähnung mehr gefunden hatte. Zwar ließ sich Maeva gelegentlich zu einigen Bemerkungen hinreißen, aber schlau wurde er aus ihren euphorischen Andeutungen nicht.

Sie starteten ihren Ausflug an der Nordküste der Hauptstadt, wo auf dem Gebiet des alten Industrieviertels eine tropische Parklandschaft heranwuchs, die sich schon nächstes Jahr bis zu den Fähranlegern im Herzen Papeetes erstrecken sollte. Die beiden Leibwächter hielten sich diskret im Hintergrund.

Omai hüllte sich zunächst in Schweigen. Cording hatte kein Problem damit, er war die letzten Tage kaum aus dem Büro gekommen und so genoss er die frische Brise, die von der Lagune herüberwehte. Die Ufer der Lagune waren zu seinem Erstaunen mit unzähligen miteinander vertäuten Pirogen gesäumt. Ihm fiel ein, dass das Heiva-Fest kurz bevorstand. Die Bootsrennen gehörten neben den Tanzwettbewerben zu den Höhepunkten dieses jährlichen Spektakels. Er machte allerdings eine Reihe von Bootstypen aus, die zu den Rennen nicht zugelassen waren. Ein sechzehnsitziges, mit zwei Auslegern bestücktes Kanu zum Beispiel. Je näher sie dem Damm kamen, der Papeete mit dem ehemaligen Tanklager Motu Uta verband, desto dichter wurde dieser skurrile Bootsteppich, der die Lagune bald vollständig bedeckt hielt.

»Wir werden die Eindringlinge vor Makatea wie Moskitos umschwirren«, sagte Omai, der Cordings Verwunderung bemerkt hatte. »Unsere Belagerung wird sie so sehr jucken, dass sie freiwillig das Weite suchen …«

Er wies Cording auf die vier Autofähren hin, die an den Kais entladen wurden. Dutzende fleißiger Helfer flitzten unter dem Beifall zahlreicher Schaulustiger die Rampen auf und ab und schleppten Boote der unterschiedlichsten Größen aus dem Bauch der Fähren, die allesamt den langen Weg von Neuseeland hierher gefunden hatten.

»Diese Schiffe waren zwischen den Fidschis, Tonga und den Cook Islands unterwegs, um aufzusammeln, was uns dort als Unterstützung zugesagt worden ist«, bemerkte Omai. »Neuseeland zeigt sich erfreulich hilfsbereit. Überhaupt gibt es unter den Inseln des Südpazifiks, die ich um Hilfe gebeten habe, nicht eine, die ihren Beistand versagt hätte. Unsere polynesische Armada wird aus mehr als zehntausend Booten bestehen. So etwas hat es in der Geschichte der Menschheit noch nie gegeben. Oder täusche ich mich …?«

Das also war der geheime Plan! Während Cording sich in den letzten Wochen krampfhaft darum bemüht hatte, der Weltpresse einen Funken Aufmerksamkeit für die dreiste Völkerrechtsverletzung der Amerikaner und Chinesen abzuringen, was erst durch Steves aggressive Internetauftritte von Erfolg gekrönt gewesen war, hatte es Omai in aller Stille vermocht, eine Solidaritätsaktion auf die Beine zu stellen, die alles übertreffen würde, was sich bisher in Sachen Tahiti auf der weltweiten Protestbühne zugetragen hatte.

»Tut mir leid«, sagte Omai entschuldigend, »ich konnte dir nicht eher davon erzählen – nicht bevor ich hundertprozentig sicher war, dass der Plan auch funktionieren würde.«

Cording erfuhr, dass die Boote, die hier vor Tahiti auf ihren Einsatz warteten, längst nicht alle waren. Der Großteil fand Unterschlupf im weitläufigen und gut geschützten Atoll von Rangiroa, das nur hundert Kilometer von Makatea entfernt lag.

»Die Leute, die dort warten, kommen von den Tuamotus«, sagte Omai, »von Kaukura, Fakarava, Makemo, Hao. Nicht wenige sogar von den Marquesas. Sie alle wollen uns helfen. Das ist die wunderbarste Erfahrung meines Lebens, mein Freund, glaub mir.«

Omai bat Cording, dafür zu sorgen, dass ein Team von EMERGENCY TV vor Ort sein würde, um das Spektakel live in alle Welt zu übertragen. Aber er sollte Mike erst kurz vor Beginn der Aktion anrufen. Gerade rechtzeitig genug, dass dieser seine Leute noch nach

Tahiti einfliegen konnte. Omai schien von Kühlings Sinneswandel nicht restlos überzeugt. Offenbar befürchtete er, dass sich Mike auf alte Allianzen zurückbesinnen und Global Oil über die bevorstehende Aktion informieren könnte. Sicher würde sich der Öl-Multi eine solche Information ein Vermögen kosten lassen.

Am Quai d'honneur wartete Rudolf mit dem Wagen auf sie. Sie fuhren zum Flughafen, wo vor wenigen Minuten eine Transportmaschine der Air New Zealand gelandet war. Die Fracht, die sie an Bord hatte, musste von äußerster Wichtigkeit sein. Warum sonst hatte Omai für die Landung des vierstrahligen Jumbos die erste Ausnahmegenehmigung seit fünf Jahren erteilt?

Das Rollfeld war voller Menschen. Sie traten beiseite, als Omai, Cording und Rudolf sich der Maschine näherten. Viele verneigten sich, andere klatschten rhythmisch in die Hände. Die drei Männer marschierten zum Heck des Flugzeugs, wo sich die Ladeluke zu Boden senkte. In der dunklen Höhle lag ein schneeweißes, aufgeblasenes Monstrum, das den gesamten Raum ausfüllte. Es erinnerte Cording an einen gefesselten Wal. Das Ding war etwa vier Meter hoch und dreißig Meter lang. Die Menge mochte sich bei seinem Anblick kaum beruhigen. Nachdem das Monstrum ausgeladen worden war, erkannte Cording, dass es sich um eine Art Zeppelin handelte. Omai gab den Menschen zu verstehen, dass sie nähertreten sollten. Hunderte zierlich brauner Hände strichen daraufhin zärtlich über die Außenhaut des weißen Ungetüms, als wollten sie es für ihre gute Sache verpflichten.

Der Pilot bat Tahitis Präsidenten und seine Begleitung ins Innere des Skycats*. Der Raum, in dem sie sich nun befanden, war kein Kommandostand, er war eine Kathedrale der Technik! Das Cockpit, die Steuer- und Mischpulte, die Touchscreens, der ganze blanke Wahnsinn regenbogenfarbener Anzeigen waren eine Welt für sich. Beeindruckt betrachtete Cording das Tonstudio, die Monitore und den Wandbildschirm, auf dem das Flugfeld mit den begeisterten Massen zu sehen war. Der Skycat war ein fliegendes Studio, ideal, um den unendlichen Zug der Pirogen übers Meer nach

Makatea zu begleiten, wo sie den schwarzen Hebetankern die Luft abschnüren wollten. Ursprünglich war der Skycat gebaut worden, um Naturkatastrophen aus der Luft zu beobachten, damit die Hilfe so effektiv wie möglich organisiert werden konnte. In diesem Fall jedoch würde das seltsame Luftschiff als Auge der Weltöffentlichkeit fungieren.

Es war kurz nach zehn, als Cording an diesem Abend nach Hause kam. Er schaltete den Fernseher ein, Steve hatte eben angerufen und ihn darauf aufmerksam gemacht, dass auf CBS eine Tahiti-Reportage lief. Leider bekam er nur noch die letzten fünf Minuten davon mit und die waren mit Tanzdarbietungen, Surfern und einem Sonnenuntergang gefüllt. Inwieweit das Tahiti-Projekt in dem Bericht eine Rolle gespielt hatte, konnte er nicht beurteilen.

Cording überlegte, wann die Zeit gekommen wäre, in London anzurufen. Das Team brauchte mindestens 48 Stunden, um hierherzukommen. Einigermaßen ausgeschlafen sollte es ja auch sein. Er verstand Omais Bedenken, wenn er sie auch nicht ganz teilte. Schließlich hatte Mike mit seiner Veröffentlichung der Rasmussen-Papiere Mut bewiesen und gezeigt, bei wem seine Loyalitäten lagen. Aber man wusste ja nie. Die Chefetagen verfügten immer über Mittel, ihre Leute wieder auf Linie zu bringen.

Die Tatsache, dass Omais Plan in ganz Polynesien bekannt war, während der Rest der Welt nicht die leiseste Ahnung davon besaß, war für Cording kaum zu glauben, wenn er an die engmaschige Vernetzung im Global Village dachte. Omai hatte sich des gleichen Tricks bedient, den die Amerikaner im Zweiten Weltkrieg angewandt hatten, als sie nach Pearl Harbor dazu übergegangen waren, ihre Geheimcodes in der Navajosprache abzufassen. Die Navajosprache kennt keine modernen Worte, es war für den Feind unmöglich, das komplexe System aus Lautmalereien, phonetischen Feinheiten und bildlichen Umschreibungen zu durchschauen. Omai war noch einen Schritt weiter gegangen, er benutzte eine vergessene Kunstsprache. Vor fünfzehn Jahren hatte der Präsident der Victoria

Universität auf Samoa die Idee gehabt, die verschiedenen maorischen Dialekte in einer für alle verständlichen Form zu einer Art polynesischen Esperantos zusammenzufügen. Das Experiment war kläglich gescheitert, aber die Sprache, die nie zum Leben erweckt worden war, schlummerte noch in den Archiven. Jede Gemeinde, mit der es Omai auf seinem Werbefeldzug zu tun hatte, konnte sich ohne Weiteres aus den vergessenen Büchern bedienen.

Cording strich sich mit der Handfläche übers Kinn und stellte fest, dass es höchste Zeit war, sich zu rasieren. Und da er sich lieber vor dem Einschlafen rasierte als morgens nach dem Aufwachen, verschwand er im Badezimmer und kramte eine neue Klinge, Rasierschaum und Pinsel hervor. Während der Apparat sein Gesicht wie ein Schneepflug von der weißen Schaumpracht befreite, sah er im Spiegel die üblichen Horrorbilder auf dem Fernsehschirm. Es war immer der gleiche elende Salat, den die Nachrichtensendungen seit Jahren auftischten: Feuersbrünste, Verhaftungen, Helikoptereinsätze, Politikerstatements, ausgemergelte Kinder an den schlaffen Brüsten ihrer afrikanischen Mütter, eine Prise Basketball, Börsenkurse und Wetterberichte. Plötzlich hielt er inne. Sie fischten eine Leiche aus dem Potomac, das war an sich nichts Besonderes, aber Cording glaubte, ihn träfe der Schlag. Kurz bevor ein Polizist den Reißverschluss des Plastiksacks zuzog, war die Kamera auf das Gesicht des Toten gezoomt. Die Leiche war übel zugerichtet und grotesk aufgeschwemmt, aber trotzdem glaubte er für einen Moment, die charakteristischen Züge Thorwald Rasmussens erkannt zu haben. Jetzt spinn nicht rum, dachte er, da hat dir dein Unterbewusstsein einen Streich gespielt.

Dennoch: die Sache ließ ihm keine Ruhe. Er ging hinüber zu Steve und bat ihn, die aktuellen CBS-News übers Internet aufzurufen.

»Stop!«, rief er, als der Leichensack geschlossen wurde. »Noch mal zurück. So ist gut. Kannst du das Bild vergrößern?«

Steve gehorchte und brachte das entsetzlich entstellte Gesicht formatfüllend auf den Schirm. Diesmal war sich Cording nicht mehr so sicher.

»Was meinst du?«, fragte er den Jungen. »Könnte das Rasmussen sein?«

»Glaub ich nicht«, antwortete Steve. »Der Kerl muss ziemlich lange im Wasser gelegen haben, dem sind die Gesichtszüge ja total entglitten. Klar, bei sehr viel gutem Willen lässt sich eine gewisse Ähnlichkeit nicht leugnen. Aber was bedeutet das schon?«

Er drehte sich schmunzelnd um.

»Sie glauben doch nicht im Ernst, dass Rasmussens Entführer, falls sie ihn denn überhaupt umbringen wollten, keine effektiveren Methoden kennen würden, als ihn im Potomac zu versenken, an dessen Ufern er garantiert wieder auftauchen wird. So blöde können die gar nicht sein …«

Da war was dran. So dumm waren sie nicht. Schon gar nicht in einer so hochbrisanten Angelegenheit. Cording legte Steve die Hand auf die Schulter und ging zurück in sein Zimmer.

Als er am nächsten Morgen aufwachte, saß der Stachel des Verdachts noch immer tief. Irgendwie mochte er sich von dem Gedanken, dass Rasmussen ermordet worden war, nicht verabschieden. Sein Instinkt, auf den er sich in den meisten Fällen verlassen konnte, beharrte auf dieser Annahme. Und mit ihr wuchsen die Bedenken, was die bevorstehende Protestaktion der Polynesier betraf. Jeden Tag landeten Hunderte neuer Boote auf Tahiti an, die sich dem Pirogenzug nach Makatea anschließen wollten. Die Lagunen entlang der Südküste füllten sich, als leide die Insel unter einem seltsamen Pilzbefall.

Wer garantierte ihnen, dass Präsident Selby, der sich ja erstmals offen zu dem Raubbau bekannt hatte, keine Kriegsschiffe gegen Omais Armada in Marsch setzte? Was passierte, wenn der Pirogenzug auf offenem Meer beschossen und niedergepflügt würde? Eine schreckliche Vorstellung, die so abwegig nicht war. Außer ihm aber schien sich in Omais Stab niemand darüber Gedanken zu machen. Die logistischen Vorbereitungen für das Unternehmen liefen auf Hochtouren. Cording kam sich dabei ein wenig überflüssig vor.

Omai bekam er nur selten zu Gesicht, Maeva ging ihren Pflichten an der Universität nach und Steve ließ sich nur ungern bei der Arbeit am Table Mac stören. Immerhin verriet ihm der Junge, dass es ihm gelungen war, via Internet die zusätzliche Unterstützung ganzer Yachtclubs bis hin nach Neuseeland einzuholen. Sogar ein deutsches Kreuzfahrtschiff, das zurzeit vor den Pitcairns ankerte, hatte zugesagt, die Armada zu begleiten. Cording beschloss, den Verdacht, Rasmussen betreffend, zunächst für sich zu behalten.

Da seine Dienste in Papeete zurzeit nicht benötigt wurden, beschloss Cording dem allgemeinen Trubel in der Hauptstadt für einen Tag den Rücken zu kehren. Er wollte sich so weit wie möglich zurückziehen, bis ans andere Ende der Insel, wo keine Aufbruchstimmung, sondern Ruhe und Gelassenheit herrschten. Auf Iti gab es einen Platz, dessen schlichte Schönheit ihn bereits bei seinem ersten Besuch auf Tahiti überwältigt hatte. Der Point de Vue lag oberhalb der ›kleinen Normandie‹, jener landwirtschaftlichen Nutzfläche, auf der siebzig Prozent aller Erzeugnisse angebaut wurden, die die Tahitianer zum Überleben brauchten. Von dort hatte man einen wunderbaren Blick über das Tal auf die Taille der Insel, hinter der sich die dunkelgrünen Bergrücken von Tahiti Nui in der Sonne rekelten.

Der Elektroroller, den er sich an der Reva-Tae-Station Taravao genommen hatte, war durch den gar nicht so steilen, aber stetigen Anstieg überfordert. Einen Kilometer unterhalb des Gipfels legte Cording das Gefährt in den Straßengraben und erklomm den Rest der Strecke zu Fuß. Oben angekommen ließ er sich auf einer leicht abfallenden Wiese voller Gräser und Wildblumen nieder, umgeben von einer Herde weißer Kühe, die kaum Notiz von ihm nahmen.

Was für eine grandiose Aussicht! Er lag unter einem strahlend blauen Himmel inmitten eines Paradiesgartens, der sich als farbenfroher Teppich in sanften Schwüngen dem Ozean näherte. Schon auf dem Weg hierher war ihm aufgefallen, dass es in der Gegend keine Zäune mehr gab, keine parzellierten Felder und Äcker, auf denen die Nutzpflanzen in Reih und Glied standen. Bemerkenswert auch, dass er auf den letzten Kilometern keinem einzigen Menschen begegnet war, als seien die Bauern kollektiv in die Ferien geschickt worden. Ihm fiel ein, was Maeva gesagt hatte, als sie ihn vor Wochen in einer quälend langen Lektion mit der Philosophie der neuen tahitianischen Landwirtschaft* vertraut zu machen versuchte: »Um zu verstehen, wie Landwirtschaft betrieben wird, muss man das Wesen der Natur verstehen.« Die Grundidee einer natürlichen Landwirtschaft bestand darin, durch die richtige Kombination von verschiedenen Pflanzen ein sich selbst erhaltendes Ökosystem zu schaffen, das kaum mehr weiter bearbeitet werden musste. Diese Mischkultur, in der sich die Pflanzen gegenseitig unterstützten, verhinderte das einseitige Auslaugen der Böden und sorgte dafür, dass die Hauptarbeit der Bauern in der Ernte bestand. Indem man die ursprünglichen Wildpflanzen stehen ließ, schaffte man einen Verbund robuster, widerstandsfähiger Gewächse, die keine Unterstützung des Menschen nötig hatten. Der Einsatz von Schädlingsbekämpfungsmitteln und Dünger war praktisch überflüssig geworden.

Er ließ eine Handvoll Erde durch die Finger rieseln. Ein gesunder Boden, hatte er einmal gelesen, enthielt in der obersten Schicht durchschnittlich etwa 60 000 000 000 000 Bakterien und 1 000 000 000 Pilze pro Kubikmeter. Zusammen mit den 600 Regenwürmern betrieben sie ihren eigenen Ackerbau. Was brauchte es den Menschen? Wie hatte Maeva gesagt? »An der Natur gibt es nichts zu verbessern. Wenn der Mensch einmal angefangen hat, in die Natur einzugreifen, zerstört er die natürliche Ordnung und ist gezwungen, immer wieder für Ausgleich zu sorgen. Daraus entsteht eine Unmenge an sinnloser Arbeit und neuer Belastungen.«

Er musste an den Wahnsinn denken, welcher der heimischen Agrarwirtschaft innewohnte, die ausschließlich auf Hocherträge ausgerichtet war. Die konventionelle Landwirtschaft arbeitete nicht mit, sondern gegen die Natur. In ihr waren die Bauern von Verwaltern und Förderern der Natur zu Zwangsernährern verkommen, zu bedauernswerten Sklaven der Banken, der Maschinenfabriken und der Chemieindustrie. Na Mahlzeit!

Cording schloss die Augen und inhalierte die von den Düften tropischer Früchte geschwängerte Luft. Die Orangen, die sich unter der heißen Mittagssonne erhitzten, dominierten den aromatischen Äther und übten eine fast betäubende Wirkung auf ihn aus.

Er musste eingeschlafen sein, jedenfalls stand die Sonne erstaunlich tief. Wenn er es bei Tageslicht noch bis zum Reva-Tae schaffen wollte, musste er jetzt aufbrechen. Er stand auf und blickte ein letztes Mal über das weite Tal auf die zerklüfteten Berge von Tahiti Nui, die sich bereits in den Schattenmantel gehüllt hatten. Für einen kurzen Augenblick hatte er das Gefühl, auf der Kommandobrücke eines Containerschiffes zu stehen, das sich mit einer Fracht neuer Ideen den Weg durch die endlosen Weiten des Pazifiks bahnte.

Anstatt den Elektroroller nach Taravao zu steuern, bog er auf halber Strecke rechts ab. Die Straße führte zur Nordküste Itis, nach Afaahiti, auch dort gab es eine Reva-Tae-Station. Somit sparte er sich fünf Kilometer Weg. Zu seiner Überraschung herrschte in dem Dorf ein erstaunlich reges Treiben. Als er sich der Station näherte, entdeckte er den Grund dafür: es war die Stunde, da der Reva-Tae-Supermarkt hier haltmachte. Cording hatte das zwanzig Meter lange Gefährt, welches die Insel zwei Mal wöchentlich umrundete, schon des Öfteren an anderen Orten gesehen. Und jedes Mal herrschte Volksfeststimmung unter den Anwohnern, die sich bei dieser Gelegenheit mit allem eindeckten, was im Haushalt gerade benötigt wurde. Was für ein Einfall, den Supermarkt zu den Menschen kommen zu lassen und nicht umgekehrt! Auf diese Weise wurden nicht nur die Verkehrswege extrem entlastet, sondern auch der Zusammenhalt der Dorfgemeinschaften gefördert. Der Reva-Tae-Supermarkt war kein einseitiges Geschäft. Die Bauern und Fischer am Rande der Strecke belieferten ihn mit ernte-und fangfrischer Ware. Auf Iti waren es vor allem Kinder, die Brotfrüchte, Süßkartoffeln, Yamswurzeln, Bergbananen, Edelkastanien, Kokosnüsse, Zitronen, Ananas, Passionsfrüchte, Papayas, Orangen, Sternfrüchte, Mangos, Wassermelonen, Pampelmusen, Vanille und die gewonnenen Monoi- und Tamanu-Öle herbeischleppten und dafür einen kleinen persönlichen Obolus empfingen.

Cording beobachtete die lautstarke, fröhliche Transaktion von einer Roulotte aus, die unweit der Station hielt. Erst als sich der Supermarkt aus dem Staub gemacht hatte und die Leute wieder in ihre Häuser zurückgekehrt waren, erhob auch er sich. Bevor er ins Hotel aufbrach, ging er ans Ufer und blickte hinaus aufs Meer, aus dem fahle Leuchtwolken stiegen und unter der Oberfläche pulsierend kreisten wie riesige Quallen. »Millionen Schatten und Phantome, versunkene Wünsche, nachtwandlerisch abenteuerliche Träume …« So hatte Herman Melville die phosphoreszierenden Planktonwolken beschrieben, die Cordings Sinne verwirrten. Sich vorzustellen, dass diese zauberhaften Küsten ganz allmählich unter dem Dreck ersticken würden, den die Hebetanker vor Makatea aufwirbelten, machte ihn zornig.

Cording war froh, sich diesen Ruhetag gegönnt zu haben, denn wer wusste, welche Strapazen ihn und die Tahitianer auf dem Weg nach Makatea erwarteten.

»Was zum Teufel wollen die hier?!«, entfuhr es Bill Murray. »Warum greifen die Zerstörer nicht ein?«

»Die haben kein Recht dazu, Sir«, antwortete Agent Sledge, »immerhin befinden wir uns in fremden Hoheitsgewässern.«

Murray warf dem Mann einen abschätzigen Blick zu und starrte auf die zahlreichen Segel- und Motoryachten, die die drei Hebetanker vor der Nordküste Makateas seit gestern wie Schmeißfliegen umkreisten. Das behagte ihm ganz und gar nicht. Ihn quälte der Gedanke, dass ihnen offenbar jeder ungestraft auf den Pelz rücken konnte, obwohl er doch eigens dafür abkommandiert worden war, eben dies zu verhindern. Wer garantierte ihnen, dass sich keine Terroristen an Bord dieser millionenschweren Yachten befanden? Unter diesen Umständen wäre es ein Leichtes für sie, dem Tanker eine Haftmine an den Rumpf zu backen. Mit was für merkwürdigen Weisungen war die Marine hier erschienen? Das Völkerrecht zu verteidigen? Sie sollten unmissverständlich klarmachen, dass diese Region im Umkreis von zwanzig Seemeilen nicht betreten werden durfte! Damit würde man sich eine Menge Ärger vom Hals halten. Sie waren die Vereinigten Staaten von Amerika, mein Gott ... Sie waren doch sonst nicht zimperlich!

»Sieht so aus, als müssten wir den für morgen geplanten Start der Armada auf unbestimmte Zeit verschieben«, eröffnete Omai seinen Besuchern am nächsten Vormittag, »es gibt eine ernst zu nehmende Zyklonwarnung.«

Er bat Steve, den Wetterdienst aufzurufen. Das Satellitenbild zeigte nördlich von Hawaii einen mächtigen, sich aufbauenden Wolkenwirbel. »Die Meteorologen behaupten, dass er über Makatea auf die Gesellschaftsinseln zusteuert«, sagte Omai. »Wenn das passiert«, fügte er leise hinzu, »haben wir verloren ...«

Cording war tief betroffen von der resignativen Stimmung, die plötzlich von Omai Besitz ergriffen hatte. Die mörderische Wucht des letzten Zyklons war jedem Tahitianer noch in deutlichster Erinnerung. Vor drei Jahren war es, als so ein Himmelsgebräu an den Gesellschaftsinseln gerüttelt und nahezu 700 Todesopfer gefordert hatte. Seltsamerweise war Tahiti damals weitgehend verschont geblieben, es hatte hier nur zwölf Tote gegeben und es waren vor allem Gebäude eingestürzt, die ohnehin vor dem Abriss standen, wie zum Beispiel die wacklige Aluminiumkonstruktion der Universität auf dem Berg über Faaa. Früher dauerte es bis zu fünfzig Jahre, bevor sich ein solcher Brachialangriff wiederholte, inzwischen klopfte die Katastrophe in der Südsee in weit kürzeren Abständen an.

Wie aussichtslos der Versuch der Menschen war, sich mit der Natur zu versöhnen, dachte Cording. Die Erde tobte vor Schmerzen und sie schüttelte sich unterschiedslos auch jene aus dem Pelz, die ihr respektvoll die Hand reichten.

»Mit den Folgen des Zyklons könnten wir leben«, hörte er

Omai sagen, »mit der Müllschwemme, die dieser mit sich bringt, nicht. Der Plastikdreck wird die Korallenriffe verkleben und die Fischgründe ruinieren. Unsere Atolle und Strände werden hinterher eine einzige Müllkippe sein.«

Omais Ängste waren nicht unberechtigt. Seit Jahren musste man befürchten, dass der sechs Millionen Tonnen schwere Plastikteppich von der Fläche Europas, der sich nördlich von Hawaii im Kreis drehte, die Richtung änderte. Bisher war er unter dem Einfluss subtropischer Winde und kontinentaler Randströmungen, die den Pazifik an dieser Stelle in eine spiralähnliche Bewegung zwangen, im energiearmen Zentrum des Giga-Wirbels gebunden. Zyklon ›Martha‹, wie ihn die Meteorologen nannten, begann nun, die gespenstische Halde durcheinanderzuwirbeln. Tausende Tonnen von Strandsandalen, Giftmüllbehältern, Kathodenstrahlröhren, Kleiderbügeln, Feuerzeugen, Volleybällen, Badeenten, Kunststofftauen, Zahnbürsten und Styroporplatten schossen in die Atmosphäre, regneten herab, wurden erneut hochgeschleudert, als wollte der Zyklon sie in seinem unendlichen Zorn zum Mond schießen. Aber selbst wenn ihm das gelänge, blieben immer noch siebzig Prozent der plastilinen Abfälle als Altlast auf dem Meeresgrund zurück, die sich dort zersetzen und das feinnervige Ökosystem des Pazifiks unter einem chemischen Schwamm ersticken würden. Was waren dagegen die Schäden, die drei Hebetanker vor Makatea anrichten konnten, dachte Cording. Der politische Kampf war aus der Proportion geraten. Während die Menschen für Unabhängigkeit, Medikamente, Selbstbestimmung, Trinkwasser, Frauenrechte und neue Fahrradwege stritten, hatte die Waschmaschine der Evolution längst den Schleudergang eingelegt. Er sah Omai an. Gemeinsam holten sie tief Luft.

Auf der Brücke der South Pacific herrschte hektische Betriebsamkeit. Kapitän Willis, der das Kommando über die kleine Tankerflotte vor Makatea führte, hatte angesichts der Zyklonwarnung den Befehl erteilt, die Schürfarbeiten unverzüglich einzustellen.

Global Oil legte zwar energisch Protest ein, aber dies hier war eine seemännische Entscheidung, darüber hatten die in Dallas nicht zu befinden. ›Martha‹ raste schnurstracks auf die Marquesas zu, der Zyklon hatte in den letzten Stunden an Größe und Geschwindigkeit enorm zugenommen. Es würde bis tief in die Nacht dauern, bis die komplizierten Schürfeinrichtungen sicher im Bauch der Schiffe verstaut waren, bis die hochsensiblen Tiefseekollektoren und die kilometerlangen Ketten mit den Schaufelbaggern geborgen und die Luken dicht waren. Viel Zeit, um die Anker zu lichten und die drei Schiffselefanten behutsam um die Insel in den Windschatten zu dirigieren, blieb dann nicht mehr. Im Rücken Makateas wären sie hinter diesem hundert Meter hohen Phosphatblock in Sicherheit.

»Mr. McEwen aus Dallas, Sir!«, meldete der Erste Offizier und reichte Willis den Hörer.

»Sie werden sich keinen Zentimeter von der Stelle rühren!«, hallte es dem Kapitän entgegen. »Jede Stunde, die wir verlieren, kostet den amerikanischen Steuerzahler Millionen. Falls Sie meinem Befehl nicht Folge leisten, werde ich dafür sorgen, dass sie noch heute suspendiert werden – und zwar vom Präsidenten der Vereinigten Staaten persönlich. Ist das klar, Kapitän?!«

Ohne darauf einzugehen legte Willis auf.

»Die Leute sollen sich mit dem Einholen der Baggerketten beeilen«, sagte er betont sachlich zu den umstehenden Offizieren, denen die Erleichterung ins Gesicht geschrieben stand.

Willis zog sich zurück. Er hatte während der langen Dienstjahre auf See gelernt, seine innere Uhr minutengenau einzustellen. Nach exakt vier Stunden Schlaf wachte er auf. Er erkundigte sich telefonisch nach dem Stand der Dinge und war erfreut zu hören, dass alle Tanker zum Ablegen bereit waren. Zum Glück würden sie bei ihrem Ausweichmanöver nahe an der Küste bleiben können, Makatea fiel nach allen Seiten hin steil ab.

Als er auf die Brücke zurückgekehrt war, spürte Willis die Vibrationen der angeworfenen Turbinen in seinen Gliedern, die das Schiff langsam in Fahrt brachten. Sie steuerten eine Meile auf die offene See hinaus. Wenn es nach ihm gegangen wäre, war der Stillstand in polynesischen Hoheitsgewässern damit beendet. Aber da es nicht nach ihm ging, gewann er der kurzen Verbundfahrt, die von ihm größtes Geschick erforderte, alle Freuden ab, die er in den letzten Wochen als Verwalter eines festgezurrten Hebetankers hatte entbehren müssen. Gegen drei Uhr morgens waren die South Pacific, die Dallas und die Shanghai mitsamt den drei Zerstörern, die die US-Marine zu ihrem Schutz entsandt hatte, an der Südküste Makateas in Deckung gegangen.

Entgegen aller Voraussagen hatte ›Martha‹ nicht das geringste Interesse an Polynesien. Der Zyklon hatte kurz vor den Marquesas eine überraschende Kehrtwendung vollzogen und steuerte nun auf die chilenische Küste zu. Bis er dort ankäme, würde er sich vermutlich ausgepustet haben. Den Müllteppich hatte er tausend Meilen südlich von Hawaii liegen lassen. Seit Tagen versuchten die Menschen dort bereits vergeblich, sich unter der schmutzigbunten Plastikdecke frei zu strampeln, die der Orkan vor ein paar Tagen über die Insel geworfen hatte. Auf Hawaii zeugten mittlerweile nur noch die glühenden Lavaströme von natürlicher Reinheit.

In Erwartung des Zyklons hatte Cording nichts anderes getan, als alle anderen Bürger Tahitis auch: er half Häuser zu sichern, Geräte zu verstauen, Boote einzuholen und Fahrzeuge in Deckung zu bringen. Sämtliche Einwohner waren auf den Beinen, um dafür zu sorgen, dass ›Martha‹, deren erste Ausläufer bereits zu spüren waren, so wenig Angriffsflächen wie möglich vorfand. Die Schutzmaßnahmen liefen äußerst effizient und ohne jede Hektik ab, als seien sie eingeübt. Jeder Tahitianer schien genau zu wissen, wo sein Platz war und was er dort zu tun hatte. Kaum war die Arbeit getan, versammelten sich die Menschen in den Gemeindehäusern vor den Fernsehern und verfolgten die Wetterberichte. Als spät in der Nacht feststand, dass der Wettergott in einem nicht nachvollziehbaren Kraftakt die Katastrophe abgewendet hatte, begannen die Leute zu tanzen. In den Straßen Papeetes, an den Stränden und in den Dörfern. Allein auf dem One-Tree-Hill hatten sich über zweitausend Menschen versammelt, um dem Himmel Dank zu sagen für die Gnade, die ihnen zuteilgeworden war. Cording und Maeva befanden sich mitten unter ihnen. Irgendwann verbreitete sich das Gerücht, dass die Regatta nach Makatea am nächsten Morgen gestartet würde.

Die Sonne schoss ihre Goldpfeile über den Horizont und ließ die Gesichter von mehr als hunderttausend Menschen erstrahlen, die sich entlang des Hafens von Papeete und seiner nordseitigen Lagune eingefunden hatten, um die Armada zu verabschieden. Während es über Nacht noch heftig geregnet hatte, war der Himmel jetzt klar. Er war so blank geputzt, dass jeder Blick nach oben den Betrachter sofort in den unendlichen Raum katapultierte – es schien, als zeigte sich das Firmament nur deshalb so transparent, weil es die Menschen dazu ermutigen wollte, das Unmögliche zu wagen.

Von dem Ponton aus, der in der Hafenmitte verankert war, bot sich Cording ein prächtiger Blick über das von Booten besetzte Hafenbecken und auf die Uferpromenade. Auf dem Platz To'ata hatten die Tänze* begonnen, die im Rhythmus der Toere und des Pahu die alten tahitianischen Legenden interpretierten. Die ersten Krieger bestiegen ihre Boote. Es war nicht einfach, unter Tausenden von Pahi und Va'a das richtige Boot herauszufinden. Cording, Maeva und Steve wurde die Ehre zuteil, das Spektakel an Omais Seite beobachten zu dürfen. Von hier aus würde der Präsident das Startsignal geben. Außer ihnen und Omai waren nur noch dessen Minister, ein Schamane und das Aufnahmeteam von EMERGENCY TV anwesend, das erst ein paar Stunden zuvor auf Tahiti gelandet war, nachdem sich der Sturm gelegt hatte. In wenigen Minuten würden sie Zeuge werden, wie das Wasser im Hafenbecken aufwirbelte und Tausende von Booten an ihnen vorbeizogen, um den Ozean auf eine Weise zu erobern, wie es in Polynesien seit Jahrhunderten nicht mehr geschehen war. Vierundzwanzig Stunden rechnete man für die Überfahrt nach Makatea. Sollten sie es schaffen, die Zeitvorgabe einzuhalten, würden sich die Besatzungen der Hebetanker und die Herrschaften auf den Zerstörern der US-Marine morgen früh in einen Albtraum verwickelt sehen.

Als der letzte Krieger Platz genommen hatte, raffte Omai sein weißes Gewand und trat ans Mikrofon.

»Liebe Schwestern und Brüder, die ihr aus ganz Polynesien gekommen seid, um uns zu unterstützen«, begann er seine Ansprache, »wir Tahitianer danken euch!« Ergriffen lauschte er dem Beifall, der ihm entgegenbrandete. »Wir haben uns zusammengeschlossen, um der Welt zu beweisen, dass wir für unsere Lebensweise einstehen. Wir treten an, um den Hochmut zweier Supermächte zu brechen, die unsere Herzen mit Füßen treten.« Seine Worte hallten als Echo von den Häusern des Boulevard Pomare wider, was Omai dazu zwang, hinter jedem Satz eine Pause einzulegen. »Wenn Amerikaner und Chinesen uns fragen würden: Was um Himmels willen ist eure Lebenseinstellung? Wofür kämpft ihr?, so würden wir ihnen antworten: Unsere Lebenseinstellung ist einfach: wir sind des festen Glaubens, dass uns die ganze Welt gehört …« Ein infernalisches Gebrüll erhob sich in den Booten und entzündete sich am Ufer. »Aber der Meinung sind wir doch auch!, würden sie erstaunt antworten«, fuhr Omai fort. »Sie verstehen dabei nur nicht, dass alles, was ihnen und uns gehört, heilig ist... Dass sie es nicht vernichten dürfen, sondern beschützen müssen, wenn sie reich werden wollen … Ich wünsche allen Kriegern, die bereit sind, den Weg über das Meer zu wagen, eine glückliche Überfahrt … Wir sehen uns vor Makatea!«

Omai schwenkte die Startflagge. Das Wasser stob auf, als hätte sich ein Piranhaschwarm über die Kanus hergemacht, die im Rhythmus scharfkantig skandierter Gesänge Kurs auf die Hafenausfahrt nahmen. Es dauerte über zwei Stunden, bis die letzten Boote aus der Umklammerung befreit waren, und sich an den Schwanz dieses seltsamen Wesens mit den blinkenden Ruderblattschuppen hängen konnten, das sich den Ozean eroberte wie eine freigelassene Seeschlange.

Am Ufer war es ruhiger geworden. Viele Tahitianer folgten der Armada am Strand, sie winkten und warfen Blumen in die Wellen. Nach zwei Kilometern schwenkten die Boote auf die offene See. Die Gesänge, die aus den Pirogen herüberschollen, wurden leiser, kamen nur noch bruchstückhaft mit dem Wind.

Maeva nahm Cording und Steve bei der Hand und lief mit ihnen zu den Steinhebern, den Früchteträgern, den Feuerläufern und ins Zelt mit den erschöpften Tänzern. Rudolf, der unauffällig in ihrer Nähe geblieben war, mahnte zum Aufbruch. Er fuhr sie zum Flughafen, wo sie den Skycat bestiegen und höflich gebeten wurden, in der Sofaecke Platz zu nehmen und sich ruhig zu verhalten. Sie hatten tatsächlich eine Sofaecke in ihrem Aero-Studio!

Cording blickte seine Freunde der Reihe nach an: da saßen sie und schauten verzückt den Fernsehleuten zu, die Signale austarierten, Außenkameras schwenkten und jede Menge Bilder auf die Monitore holten. Links Maeva, in der Mitte Steve, rechts außen Rudolf. Der Moderator fummelte nervös an seinem roten, mit Hibiskusblüten bedruckten Hemd herum. Anscheinend wusste er nicht, ob er es reinstecken oder über der Hose tragen sollte. In einer halben Stunde wollten sie vom Begleitboot auf den Skycat umschalten, live und weltweit. Da konnte man sich schon Sorgen machen, ob das Tropenhemdchen korrekt saß. Wo war Omai?

»Im Cockpit«, sagte Maeva. »Möchtest du zu ihm?«

Cording schüttelte den Kopf. Der weiße Wal, in dessen leuchtendem High-Tech-Bauch sie gefangen waren, verlor gerade die Bodenhaftung. Das entnahm er dem Screen, auf dem das winkende Flughafenpersonal immer kleiner wurde. In der Kabine selbst war keinerlei Erschütterung zu spüren.

Nettes Kino. Luftkissenkino, antiseptisch. Unter ihnen zogen die Häuser von Faaa hinweg. Der Moderator stellte sich in Positur, während sein Toningenieur den ausgestreckten Zeigefinger unter die Nase stieß, und einen warnenden Blick in ihre Richtung warf. Wie gerne hätte Cording jetzt in einem der Boote gesessen, denen sie hinterherjagten und die sich bereits im Fokus der Kameras befanden. Stattdessen hockte er in dieser fensterlosen Höhle und konsumierte das Ereignis als elektronische Kost auf der Videowand. Und das nach den Vorgaben eines Regisseurs, der sich als Meister der schnellen Schnitte verstand. Aber einen solch brutalen Bildersalat aus tätowierten Fratzen, schäumenden Bugwellen, einstechenden Ruderblättern, geblähten Segeln, vibrierenden Trommelfellen und springenden Delfinen hielt kein Mensch auf Dauer aus, zumal man die Schnipsel aus zwei Perspektiven empfing, aus der Luft und vom Wasser aus. Da musste Ruhe rein, Bedenkzeit, Erklärung. Mit welchem Konzept war EMERGENCY TV hier angetreten? Hatten sie überhaupt eines oder behandelten sie den Zug der Pirogen wie ein Rock-Konzert?

Die Arroganz des leitenden Redakteurs brachte Cording auf die Palme. Was er bisher ablieferte, trug nicht im Geringsten zum Verständnis einer Aktion bei, die von Menschen ausgeführt wurde, welche sich sowohl dem weltlichen wie dem spirituellen Reich zugehörig fühlten, und die den Glauben daran weder abzulehnen noch aufzugeben vermochten. Cording hielt es nicht länger auf seinem Sitz. Er stellte sich dem Engländer vor, der die Reportage zu verantworten hatte.

»Sie sind Cording?!«, fragte der Angesprochene erfreut. »Ich habe schon überall nach Ihnen gesucht, aber Sie waren nicht aufzutreiben. Ich bin ein großer Fan von Ihnen, das können Sie mir glauben. Ohne Ihren Tahiti-Bericht hätte ich mich bei diesem Job glatt überfordert gefühlt …!«

Er schüttelte Cording kräftig die Hand und bat ihn in sein ›Büro‹ neben der Monitorwand.

»Ich stelle mir das so vor«, begann er voller Enthusiasmus, »sobald sich die Boote auf hoher See befinden und die Bergrücken Tahitis hinter ihnen verschwunden sind, schalten wir in die Verpflegungsküchen auf den Begleitfähren. Ich möchte die Logistik dieses Unternehmens aufdröseln, das ist ja unvorstellbar, was sich hier abspielt. Anschließend soll eine Helmkamera in eine der großen Pirogen steigen und die Stimmung an Bord einfangen. Dann sind Sie dran. Sie berichten von Ihrer Zeit auf Tahiti, Sie fungieren praktisch als unser Co-Kommentator. In der Nacht würzen wir die Berichterstattung durch Schaltungen nach London und Paris, wo die Menschen das vorsintflutliche Spektakel auf öffentlichen Plätzen verfolgen. Glauben Sie, dass es zu Gewalttätigkeiten kommt? Was meinen Sie?«

»Weiß nicht«, antwortete Cording. »Liegt nicht an diesen Leuten. Hören Sie, wir haben den Präsidenten an Bord, warum lassen wir ihn nicht zu Wort kommen? Ich weiß, dass er den Skycat bald verlassen wird, um in das traditionelle Königskanu zu steigen, das der Clanchef von Raiatea zur Verfügung gestellt hat.«

»Omai ist schon eingeplant«, erwiderte der Engländer stolz. »Wir spielen einen Film über ihn ein, eine Art Porträt. Ich habe es in London produziert, ist nicht übel geworden. Der Mann gibt ja 'ne ganze Menge her.«

»Wissen Sie, Mr …«

»Rooney. Paul Rooney.«

»Paul … Wissen Sie, was eine wirklich gute Idee wäre? Wenn Sie Omai bitten würden, die Armada zu erklären. Bis auf eure Presseyacht und die vier Versorgungsdampfer sind dort unten ausschließlich Boote traditioneller Bauart auf dem Wasser. Mit solchen Booten waren die Polynesier früher in den Weiten des Pazifiks Monate unterwegs, ohne dass sie von außen gefilmt und bekocht worden wären. Lassen Sie Omai die Bootstypen erklären, das macht er sicher gerne.«

»Ich weiß nicht …«, zögerte Rooney, »dies ist eine Fernsehshow, da darf man sich solch didaktischer Elemente nur sehr begrenzt bedienen. In einem Artikel geht das, das haben Sie ja bewiesen …«

»Es funktioniert in Ihrer Show genauso, Paul«, beruhigte ihn Cording und machte sich auf zum Cockpit. Als er Omai von seinem Einsatz überzeugt und bei Rooney abgeliefert hatte, setzte er sich wieder zu Maeva in die Sofaecke.

Omai bat den Regiseur, mit der Kamera an die Spitze des Zuges zu fahren, dort wo ein 36-sitziges Reise-Va'a den moderaten Takt angab.

»Soll ich mit diesem Bild auf Sendung gehen?«, fragte der Regisseur.

Omai nickte, setzte die Kopfhörer auf und begann, das Reise-Va'a zu erklären. Die Boote der Gesellschaftsinseln, so Omai, ließen sich in zwei Klassen aufteilen. Va'a und Pahi. Ein normales Va'a diente zum Fischfang und war im Gegensatz zum Pahi für lange Reisen nicht geeignet. Die Va'a hatten ein um anderthalb Meter erhöhtes Heck, waren vorne ziemlich flach und an der Spitze mit einem Brett ausgestattet, das einen Meter über den Bug ragte. Ein Reise-Va'a hingegen bestand aus zwei Bootskörpern, die miteinander verbunden waren. Wie alle Va'a hatte es gerade Seitenwände und einen flachen Boden. Im Gegensatz zu den Pahi, deren Seiten nach außen gewölbt waren und einen spitzen Boden besaßen, der wie ein Kiel wirkte. Die gebogenen Seiten erlaubten das Mitführen viel größerer Lasten und erhöhten die Sicherheit, weshalb man sie vorzugsweise für Kämpfe und auf langen Reisen einsetzte. Omai wies darauf hin, dass die Boote im Vergleich zu ihrer Länge sehr schmal waren, was die Gefahr in sich barg, dass sie leicht kenterten. Um das zu verhindern, waren die Polynesier auf die Idee gekommen, zwei sich gegenseitig stabilisierende Bootskörper miteinander zu verbinden oder zumindest mit einem Ausleger zu versehen. Im Gegensatz zu anderen Völkern benutzten die Südseebewohner zum Steuern keine Ruderpinne, sondern die Paddel.

Cording beobachtete den Regisseur, der abseits am Mischpult saß und dem es tatsächlich gelang, Omais Ausführungen mit adäquaten, ruhigen Bildern zu begleiten. Die Lektion in polynesischer Bootskunde dauerte fast dreißig Minuten. In dieser halben Stunde hatte Cording das Gefühl, zum Pirogenexperten zu reifen. So erfuhr er, dass die Rümpfe der Kanus an Bug und Heck von gleicher Gestalt waren. Sie konnten sich ohne zu wenden in beide Richtungen bewegen. An flachen Sandstränden war das beim Landen und Ablegen von großem Vorteil. Bei Segelbooten galt, dass die Mannschaft beim Kreuzen das Segel samt Mast nehmen konnte, um es am anderen Ende des Schiffes wieder einzupflanzen. Auf diese Weise wurde erreicht, dass sich Mannschaft und Ausleger immer auf der Windseite des Bootes befanden. Das polynesische Segel, welches einem mit der Spitze nach unten zeigenden Dreieck glich, erlaubte sogar ein Kreuzen gegen den Wind.

Als Omai seine Ausführungen beendet hatte, nickte Paul Rooney zufrieden mit dem Kopf.

»Okay, wir wassern!«, rief er. »Omai steigt aus!«

»Wir gehen mit!«, rief Cording.

»Das geht nicht! Ich brauche Sie hier.«

»Tut mir leid, Paul, wir steigen aus!«

Cording war es inzwischen egal, was EMERGENCY TV sendete, er wollte diese außergewöhnliche Regatta als freier Mensch erleben, frei von irgendwelchen journalistischen Zwängen.

Der Skycat schaukelte in den Wellen. Ein ungewöhnliches Gefühl nach dem schwerelosen Flug. Ein Zodiac nahm sie auf. Da sie weitab des Pirogenschwarms an dessen westlicher Flanke gelandet waren, dauerte es einige Minuten, bis sie das Königskanu erreicht hatten, das in der konisch zulaufenden Spitze der Armada platziert war. Omai setzte seinen Fuß an Bord des festlich geschmückten Schiffes, das einem westlichen Katamaran nicht unähnlich war. Die 36 maorischen Krieger stellten die Ruder auf, erhoben sich und streckten ihrem Präsidenten Grimassen schneidend die Zunge entgegen, um gleich darauf in ein donnerndes »Aita!« auszubrechen. Omai nahm die traditionelle Huldigung ohne Regung entgegen und setzte sich auf den Thron, der auf einer zwischen den Bootskörpern angebrachten Plattform installiert war. Von nun an würde er wortlos geradeaus schauen, seine Augen würden nicht ermüden, bis die Armada ihr Ziel erreicht hatte. Der Mann auf dem Thron war das sprituelle Kraftwerk des Unternehmens. Omai stellte sich dieser Aufgabe zum ersten Mal in dieser Form.

Das Zodiac nahm nun Kurs auf die Auckland Ferry und Cording wurde plötzlich klar, dass er dieses Seeabenteuer, diesen Aufstand der polynesischen Seele nicht von innen heraus erleben durfte. Ihm war ein Platz auf der Fähre zugewiesen worden. Die Fähre hielt allerdings einen beträchtlichen Abstand und so fanden sich Steve, Rudolf, Maeva und er schließlich in den Sesseln der Bar vor dem Fernseher wieder.

»Was hatten die herausgestreckten Zungen zu bedeuten?«, fragte er Maeva.

»Die Krieger zeigen ihrem Häuptling durch diese Geste, dass sie genügend Mana in sich tragen, um den Gegner vor Angst erstarren zu lassen.«

»Und warum bist du nicht bei deinen Leuten?«

»Weil ich bei dir bin«, flüsterte sie und lehnte den Kopf an seine Schulter.

Cording blickte nur noch ab und zu auf den Bildschirm. Bei einer dieser Gelegenheiten stellte er zu seiner Überraschung fest, dass mehr Frauen in den Booten saßen, als er vermutet hatte. Ihre Kanus hielten gut mit, fielen im Tempo keineswegs ab. Als die Nacht hereinbrach, weckte er Maeva, die ihm schlaftrunken in die Kabine folgte, wo sie sich eng umschlungen aufs Bett fallen ließen.

Gegen vier Uhr morgens wurde er wach. Maeva war verschwunden. Er machte sich frisch und stieg hinauf auf die Brücke, um sich zu erkundigen, wo sie sich befanden und wann sie vor Makatea ankommen würden.

»Wir sind nur noch fünfundzwanzig Seemeilen von der Küste entfernt«, sagte der Kapitän. »Vorne fangen sie bereits an, die Fahrt extrem zu drosseln, um den Zug wieder zusammenzuführen. Es sind im Laufe der Nacht doch erhebliche Lücken entstanden im Verbund.«

»Gab es keine Pausen?«

»Nur zwei kurze Verpflegungspausen.«

Er zeigte Cording das Radar. Die Armada hatte die Form einer Kaulquappe – einen aufgeblasenen Kopf und einen langen, dünnen Schwanz. Ein ähnliches, noch größeres Meeresungeheuer näherte sich Makatea von Nordwesten her.

»Sind das die Boote aus dem Rangiroa-Atoll?«

Der Kapitän nickte.

»Was für ein Timing!«, sagte er anerkennend.

Seine goldbetresste Uniform konnte nicht verbergen, dass Maoriblut in seinen Adern floss. Cording erwartete jeden Augenblick, dass er sich mit einem Schrei in den Kriegszustand versetzte. Stattdessen machte ihn der Kapitän auf die rasenden Motoryachten aufmerksam, welche die Armada umrundeten wie Hütehunde. Ihr Motorenlärm überdeckte die heiligen Kriegsgesänge aus den Pirogen. Die reichen Säcke aus Bora Bora, Moorea, Tahaa und Huahine unterstützten die ›tahitianische Sache‹ aus purem Eigennutz, dachte Cording grimmig. Eine raumgreifende Umweltverschmutzung war das Letzte, was diese Milliardäre sich auf ihrem paradiesischen Grundbesitz gefallen ließen.

Er verließ die Brücke und hangelte sich an der Reling entlang Richtung Vorschiff. Dort angekommen, ließ er sich in die Taurolle neben den Poller sinken. Er sah Maevas Silhouette, die sich im Takt der Kriegsgesänge wiegte.

»Hörst du sie singen?«, fragte er sie.

»Ja.«

»Und? Wie sind sie drauf, deine Krieger?«

»Sprich nicht so …«, ermahnte ihn Maeva lachend und winkte ihn zu sich.

Sie beugte sich weit nach vorn und deutete auf die Delfine und Tümmler, die der Fähre in eleganten Sprüngen vorauseilten.

»Es sind Hunderte, die unsere Pirogen begleiten. Du wirst sehen.«

Im Osten kündigte sich die Dämmerung an. Cording erschrak, als er plötzlich Scheinwerfer aufflammen sah. Die gleißenden Lichtfinger glitten über die Armada. Der Pirogenzug war von Kriegsschiffen in die Zange genommen worden. Aber anders als Cording, der sich geblendet die Hand vor die Augen hielt, reagierten die Frauen und Männer in den Booten sehr gelassen. Von Bord der amerikanischen Zerstörer wurden Omais Krieger im Stil einer Bahnhofsdurchsage aufgefordert, sofort umzukehren. Viel Zeit für eine unbeobachtete Schweinerei blieb den Marines nicht mehr, der Himmel zog bereits sein schönstes Violett auf. Plötzlich fielen

Schüsse. Warnschüsse. Schschschschschttt … über die Köpfe der sturen ›Steinzeitindianer‹ hinweg. Schschschschschttt … Hatte Samuel Wallis 1767 nicht ähnlich gehandelt vor Tahiti?

Die Zerstörer drehten unversehens bei, als über ihnen der weiße Wal am Himmel erschien. Er hatte Videoscreens an den Außenhäuten, auf denen die militärische Nötigung dokumentiert wurde. Cording und Maeva liefen zurück in die Bar, um die Übertragung live im Fernsehen zu verfolgen. Der Skycat befand sich jetzt über Makatea. Das Zusammenfließen der beiden Pirogenschwärme war ein berauschender Anblick. Wie ein Strom aus flüssigem Honig legten sie sich um die Insel. Die Hebetanker steckten fest. Cording wunderte sich über die erstaunlich hohe Zahl an Segel- und Motoryachten, an Fischerbooten und Luxuskatamaranen, die sich dem Zug auf der nächtlichen Reise angeschlossen hatten. Viele hatten Transparente aufgehängt oder ihre guten Wünsche einfach auf die Segel geschrieben.

Omai ließ sich auf seinem Thron nach vorne zum Bug der South Pacific rudern, der über ihm im hohen Bogen aufschoss. Sie standen sich gegenüber, das Königskanu und der Supertanker. Was für eine grandiose Inszenierung! Der Mann im weißen Gewand und der schwarze Moloch! Von unten und von oben. Aus der Ameisen- und der Vogelperspektive, auch von der Seite: Größenunterschiede. Die Fratze der Macht, von vorne und von hinten. Der Mut der Polynesier konnte neu bemessen werden.

Kapitän Willis schüttelte immer wieder ungläubig den Kopf. Das Bild, das sich ihm und seinen Offizieren von der Brücke der South Pacific aus bot, war überwältigend. Die ganze Insel war im weiten Umkreis von Kanus umzingelt. Bunte Boote, so weit das Auge reichte.

Wieso hatten die Geheimdienste nicht rechtzeitig Wind von der aufwändigen Aktion bekommen? Die Boote mussten sich doch irgendwo gesammelt haben!

Aber was hätte es ihnen genützt, wenn sie vorbereitet gewesen wären? Was konnten sie diesem friedlichen Aufmarsch der Polynesier schon entgegensetzen? Die Marineführung schien das ähnlich zu sehen, sie hatte die Kommandanten der Zerstörer inzwischen angewiesen, jedes Scharmützel zu vermeiden. Willis seinerseits zögerte den Befehl, die Schürfarbeiten wieder aufzunehmen, trotz des wachsenden Drucks aus Dallas Stunde um Stunde hinaus. Es wäre unverantwortlich gewesen, die unter ihnen treibenden Nussschalen den Turbulenzen und dem Lärm der Förderketten auszusetzen, die diese rund um die Hebetanker auslösten.

Welche Blamage für unser Land, dachte er, und entdeckte sein Gesicht kurz darauf durch den Feldstecher starrend auf der Außenhaut des Skycats wieder. Unwillkürlich trat er einen Schritt zurück. Er hatte keine Lust, vor einem Millionenpublikum den Bösen zu geben, er war nicht verantwortlich für das politische Desaster seiner Regierung. Schlimm genug, dass ihn Washington seit gut sechs Stunden im Unklaren darüber ließ, wie mit der Situation zu verfahren sei, während sie von den Kriegern der Südsee an der Küste Makateas festgezurrt wurden wie Gulliver in Lilliput.

Die Mannschaft der South Pacific hatte sich längst vollständig an Deck begeben, um das faszinierende Schauspiel hautnah mitzuerleben. Viele winkten ihren Besatzern zu, nachdem sie mitbekommen hatten, dass sich auch Frauen in den Kanus befanden. Kapitän Willis zog sich in seine Kajüte zurück und studierte das neueste ›Strategiepapier‹ von Global Oil, das eben per E-Mail eingetroffen war. Demnach sollten sie in ihrer Tätigkeit unbeirrt fortfahren. Jeglicher Kontakt zu den Einheimischen habe zu unterbleiben. »Verhandlungen werden nicht geführt!«, hieß es lapidar. Nach Meinung des Vorstandes würde sich der Spuk innerhalb der nächsten achtundvierzig Stunden von alleine auflösen, dann nämlich, wenn den polynesischen Besatzern die Verpflegung ausging. Da war was dran. Willis fragte sich nur, warum niemand den irreparablen Imageschaden kalkulierte, den die USA und China gerade vor den Augen der ganzen Welt erlitten.

Willis schaltete den Fernseher ein und sah, wie zwei seiner Besatzungsmitglieder dem Gesang der Krieger von oben herab mit obszönen Gesten begegneten. Er forderte die Bordwache auf, die Männer festzunehmen.

Der Strand von Makatea war ein einziges Leuchtfeuer in dieser Nacht. Die im Abstand von fünfzig Metern lodernden Feuer aus gesammeltem Strandgut ließen die Phosphatklippen erglühen und zauberten die flackernden Silhouetten der umzingelten Hebetanker aus dem Dunkel. Cording, Maeva und Steve hatten sich mit einem der Verpflegungsboote übersetzen lassen, die im unermüdlichen Einsatz waren, um die Krieger an Land mit Obst und Wasser zu versorgen.

Die Pirogen dümpelten eng vertäut auf dem Wasser. Ihre Besatzungen hatten sich bei Sonnenuntergang an den Strand begeben, um sich im warmen Sand von den Strapazen der Überfahrt zu erholen. Omai saß im Kreise seiner Mannschaft und starrte entrückt in die Flammen. Rudolf fing die drei Ankommenden ab. Maeva begriff als Erste, dass dies nicht der Moment war, ihren Bruder in seiner Meditation zu stören. So hockten sich Maeva, Cording und Steve im Abstand von zehn Metern dazu und lauschten dem rauen Sprechgesang der Krieger, der Omais stille Zwiesprache mit den Schutzgeistern untermalte.

Cording war bewusst, dass er gerade Zeuge von etwas wurde, was der Welt trotz der Totalen, trotz aller indiskreten Großaufnahmen, die EMERGENCY TV lieferte, verborgen blieb. Er befand sich im spirituellen Zentrum des Widerstands. Während auf dem zu Wasser gegangenen Skycat von der Solidaritätskundgebung auf der Place de la Concorde in Paris berichtet wurde, bat Omai die Götter am Strand von Makatea in aller Bescheidenheit um Beistand. Und wie es aussah, mit Erfolg. Für die US-Marine wäre es ein Leichtes gewesen, die hölzernen Pirogen in Treibholz zu verwandeln. Aber die offene Flanke, die Omai ihnen anbot, hätte sich nach Lage der Dinge keine Macht der Welt zunutze machen können, ohne dass sich dieser Sieg für sie sofort ins Gegenteil verkehrte. Hier haben wir es wohl mit dem friedlichsten Feldzug zu tun, den die Welt je gesehen hatte, fuhr es Cording durch den Kopf. Er war wirkungsvoller als jede bewaffnete Auseinandersetzung, wirkungsvoller als alle Guerillakriege und Terroranschläge zusammen. Weil er die Herzen der Menschen erreichte. Und die Herzen der Menschen waren hungrig geworden nach Gerechtigkeit.

Präsident Selby hatte sein Kabinett zu einer Sondersitzung zusammengerufen. Außer den Ministern waren noch Francis D. Copland sowie Selbys Chefberater Dennis Phelbs anwesend. Sie wollten darüber beraten, wie man der polynesischen Herausforderung am wirkungsvollsten begegnen konnte, die die beiden Supermächte USA und China derart in Misskredit brachte. Pekings Standpunkt war bekannt. Die Chinesen drängten auf eine gewaltsame Lösung. Ihr Argument: solange die in China entwickelten Sammelroboter, die bis zu einer Tiefe von sechstausend Metern schürfen konnten, technisch noch nicht vollständig ausgereift waren, hatte man keine andere Wahl, als sich an dem flacheren Mangangürtel zwischen Tahiti und Makatea zu bedienen, wenn man keinen Versorgungsengpass riskieren wollte.

Zur Überraschung aller, die sich an diesem Morgen am Kabinettstisch einfanden, ging der Präsident jedoch mit keinem Wort auf die aktuelle Problematik ein. Er verkündete in knappen Worten die Entlassung des Energieministers Ray Manzarek, des Finanzministers Hubert Brill und des NSA-Chefs Francis D. Copland. Anschließend löste er die Versammlung so schnell wieder auf, wie er sie einberufen hatte. Eine Begründung für seine spektakuläre Entscheidung gab er nicht. Nicht einmal sein engster Vertrauter Dennis Phelbs war über die Hintergründe informiert. Dafür durfte dieser wenig später im Oval Office Zeuge werden, wie der Präsident der Vereinigten Staaten den Befehlshaber der Südpazifikflotte, Admiral Morgan, telefonisch anwies, die Zerstörer unverzüglich aus den tahitianischen Hoheitsgewässern zu entfernen. Ein entsprechender Befehl des Weißen Hauses erging auch an den Kommandanten der South Pacific.

Während Phelbs noch konsterniert nach Worten rang, wies Selby seinen herbeizitierten Stabschef an, eine Pressekonferenz für morgen früh um zehn Uhr einzuberufen.

»Was wollen Sie der Presse erzählen?«, fragte Phelbs, der immer noch nicht glauben mochte, was in den letzten Minuten passiert war.

»Ich werde zurücktreten«, antwortete Selby ruhig.

Phelbs war geschockt. Der Präsident, dessen Zögerlichkeit die Nerven seiner Mitarbeiter im Laufe seiner dreijährigen Amtszeit mehr als einmal strapaziert hatte, der auch auf internationalen Meetings als Zauderer galt, agierte in dieser heiklen Situation so entschlossen wie nie zuvor. Der Befreiungsschlag schien ihm gutgetan zu haben. Phelbs hatte den Mann, dessen politische Karriere er seit fünfzehn Jahren begleitete, noch nie so entspannt gesehen. Brandon Selby war gewiss kein großer Präsident, ein großer Mensch war er allemal. Vielleicht würde er gar in die Geschichte eingehen. Als erster Präsident im Weißen Haus, der den American Way of Life öffentlich in Frage stellte.

»Lassen Sie mich für einen Augenblick allein, Dennis«, sagte Präsident Selby lächelnd, »es steht mir nämlich noch die schwierige Aufgabe bevor, Mrs. Selby von meiner Entscheidung zu unterrichten …«

Kapitän Willis empfing den Befehl aus Washington mit großer Erleichterung. Da die komplizierten Hebetechniken noch unbenutzt in den Bäuchen der Tanker schlummerten, würde es ihnen möglich sein, die Stätte der Schmach relativ schnell zu verlassen. Auch wenn sich die Polynesier erstaunlich friedlich verhielten, ein Belagerungszustand barg immer das Risiko, dass sich die feindlichen Truppen aneinander entzündeten.

Willis hielt es nicht nur für seine Pflicht, den weiß gewandeten Häuptling über die neueste Entwicklung zu unterrichten, er empfand es als Ehre, einem Mann gegenüberzutreten zu dürfen, dessen Courage zurzeit die ganze Welt begeisterte. Er ließ ein Zodiac wassern, was in den Pirogen, die nahe der Bordwand dümpelten, für Unruhe sorgte. Zusammen mit seinem ersten Offizier, der des Französischen einigermaßen mächtig war, kletterte er das Fallreep hinunter und ruderte behutsam durch ein sich nur zäh öffnendes Bootsspalier die dreihundert Meter lange Flanke der South Pacific entlang Richtung Bug. Selbst in der warmen Morgensonne der Südsee strahlte der Stahlkoloss eine Kälte aus, die ihn frösteln ließ. Das lag sicher auch an den Fratzen schneidenden Gesichtern, die ihn begleiteten und denen seine Blicke so gut es ging auszuweichen versuchten.

Omai erwartete den Kapitän auf seinem Thron. Wäre da nicht das über Nacht eingetroffene deutsche Kreuzfahrtschiff im Hintergrund zu sehen gewesen, und würde nicht der Skycat am Himmel kreisen, Willis hätte sich beim Betreten des Königskanus um einige Jahrhunderte zurückversetzt gefühlt. Er nahm Omais Einladung an und setzte sich. Sein Offizier blieb stehen. Nachdem sich der Kommandant vorgestellt hatte und sie sich einige Minuten schweigend gegenübergesessen hatten, bedeutete Omai dem Gast mit einer sanften Handbewegung, sein Anliegen vorzutragen.

»Ich darf Ihnen mitteilen«, begann Willis, »dass der amerikanische Präsident soeben den Abzug aller drei Hebetanker aus den polynesischen Hoheitsgewässern befohlen hat.«

Omai neigte kaum merklich den Kopf.

»Ich habe Order, die Schiffe unverzüglich in Fahrt zu setzen«, ergänzte Willis. »Um Unfälle zu vermeiden, ist es allerdings erforderlich, dass sich Ihre Boote aus der Bucht entfernen. Ich lasse nicht eher ablegen, bis alle Tanker vollständig aus der Umklammerung befreit sind.«

Wieder verneigte sich Omai wortlos und Willis tat es ihm gleich.

Als der Kapitän eine halbe Stunde später auf die Brücke der South Pacific trat, war die Schneise aufs offene Meer bereits großzügig geöffnet worden. Nach einer Stunde waren die Turbinen warm gelaufen. Willis gab den Befehl zum Ankerlichten. Wie geprügelte Hunde schlichen die Tanker davon, begleitet von einem infernalischen Triumphgeheul, das in diesem Moment auf vielen Plätzen der Welt begeistert aufgenommen wurde.

In Dallas rammte Robert McEwen seine Zigarre in den Aschenbecher und verlangte eine Direktverbindung ins Weiße Haus. Er wusste nicht, dass Präsident Selby gerade auf dem Weg zur Pressekonferenz war, um seinen Rücktritt zu verkünden.

Auf Tahiti erwarteten die Menschen fieberhaft die Rückkehr ihrer erfolgreichen Armada. Zehntausende hatten sich an den Stränden versammelt und schauten erwartungsvoll aufs Meer hinaus. In der Hauptstadt war der Boulevard Pomare für den Verkehr gesperrt und zu einer einzigen Garküche umfunktioniert worden, in der die erschöpften Krieger beköstigt werden sollten. Auf zwei Kilometern Länge reihte sich eine Roulotte an die nächste. Die ganze Stadt duftete nach Fisch, Gemüse und Obst. Hunderte von Frauen kauerten entlang des Hafenbeckens und flochten ihren Heldinnen und Helden Blumenkränze. Tanzgruppen aus ganz Polynesien probten ihren großen Auftritt. Es herrschte eine Atmosphäre, als sei der Weltfrieden für immer garantiert.

Cording war für die Rückfahrt in den Skycat gestiegen, weil Paul Rooney ihm gesagt hatte, dass sie erst wieder aus Papeete berichten würden, wenn die ersten Boote zurückkamen. Da Maeva unbedingt neben Omai im Königskanu sitzen wollte (was ihr auch gestattet wurde), und da Steve auf der Auckland Ferry mit dem Laptop beschäftigt war, hielt er es für sinnvoll, so schnell wie möglich nach Tahiti zurückzukehren. Er wollte die Stimmung vor Ort atmen. Aber der Skycat ging nicht wie versprochen vor Papeete zu Wasser, er drehte eine flache Runde nach der anderen über den Köpfen der Menschen, die sich in ihren Empfangsvorbereitungen sichtlich belästigt fühlten. Anstatt jetzt unter ihnen zu weilen, musste Cording in diesem geschlossenen Luftstudio mit ansehen, wie gnadenlos der Regisseur die Gefühle der Polynesier missachtete, um seine Bilder zu bekommen. Irgendwann schwirrten sie ab

Richtung Papenoo, um die wartenden Massen an den Stränden zu filmen. Auf einigen Monitoren des Aero-Studios war die Armada zu sehen. Cording hätte gerne seinen Kopf aus dem Fenster gesteckt, um nach ihr Ausschau zu halten, aber das ging nicht, er steckte ja fest in dieser Gummizelle, in der er blind geworden war für die Außenwelt – wo man ihm Augenprothesen in Form von Kameras verpasst hatte.

»Sie kommen«, bemerkte der Regisseur und schaltete ins Begleitboot.

Cording sah die Berge Tahitis am Videohorizont auftauchen, die er von hier aus vermutlich mit Händen greifen könnte, wenn dieses Fluggerät denn über ein Fenster verfügt hätte …

»Cut und Ende!«, rief Rooney. »Lasst uns abhauen! Den Rest übernehmen die Außenteams.«

»Wo geht's hin?«, wollte Cording wissen.

»Zurück zum Flugplatz. Die Australier benötigen den Skycat dringend über Sydney. Irgendetwas scheint da aus dem Ruder gelaufen zu sein. Sie wollen keine Informationen herausgeben, aber die Bilder bei Google Earth belegen deutlich, dass sie begonnen haben, die Stadt zu evakuieren. Tja, so ist das … Es gibt doch tatsächlich noch andere Probleme auf der Welt. War aber ein verdammt spannendes Spektakel, finden Sie nicht?«

Cording schwieg. Rooney hatte ihm gerade in unnachahmlich schlichter Weise zu Bewusstsein gebracht, dass er die Erde unterscheiden musste: in Tahiti und den Rest der Welt. Im Rest der Welt hatte er von nun an nichts mehr zu suchen.

Als er in Faaa endlich aus dem Skycat steigen durfte, war Omais Königskanu längst in den Hafen eingelaufen. Es würde noch Stunden dauern, bis auch die letzte Piroge von ihrer Mission zurückgekehrt war. Und mit ihr Steve auf der Auckland Ferry. Die Fähre diente als ›Besendampfer‹ am Ende der Armada. Was tun? Maeva würde er in dem Getümmel in und um Papeete nicht finden. Vielleicht sollte ich nach Hause gehen, Mike anrufen und zu schreiben anfangen, dachte Cording. Dann aber besann er sich eines Besseren und tauchte ein in den fröhlichen Karneval rund um den Boulevard

Pomare, der ihn bis tief in die Nacht gefangen hielt. Die Klänge* der großen und der kleinen Trommel, der Nasenflöte, der Meerschnecke und der Ukulele, die die vier traditionellen tahitianischen Tänze* begleiteten, vibrierten in den Straßen. Beim Betrachten der Tänze, des Otea, des Hivinau, des Aparima und des Paoa wich auch das letzte Quäntchen Müdigkeit aus seinen Gliedern.

Omai hatte sich für einige Tage von seinen Amtsgeschäften zurückgezogen. Niemand wusste, wie lange die Auszeit dauern würde. Auch Rudolf nicht, dem sein Aufenthaltsort als Einzigem bekannt war. Aber auch Rudolf kam an Omai nicht heran, er hatte den strikten Befehl erhalten, ihn nicht zu stören. Außer in einem ganz bestimmten Fall, und dieser Fall war soeben eingetreten. Die UNO vermeldete, dass Generalsekretär Bagdar Singh Tahitis Präsidenten eingeladen hatte, vor der Vollversammlung in Genf über seine Visionen für eine bessere Welt zu sprechen.

Als Omai kurz darauf gut gelaunt im Regierungspalast erschien, ließ er als Erstes Cording und Steve in sein Büro bitten. Er erzählte den beiden von der Einladung aus Genf, die für das Tahiti-Projekt so etwas wie die Krönung darstellte.

»Ohne euren Beistand, ohne euer Wissen, eure Fantasie und euren Einsatz wären wir verloren gewesen«, sagte er gerührt. »Ich möchte euch dafür im Namen aller Polynesier von Herzen danken. Als Zeichen unserer Anerkennung hat das Parlament beschlossen, euch die unbefristete Aufenthaltsgenehmigung zu erteilen.«

Cording wusste um die Bedeutung eines solchen Erlasses, er war wie ein Ritterschlag, der nur wenigen Fremden zuteilwurde. Er ging auf Omai zu und umarmte ihn – das hatte er noch nie getan, das gehörte sich auf Tahiti eigentlich auch nicht. Steve und Omai machten es richtig: zum Zeichen ihres gegenseitigen Respekts legten sie sich die Fäuste auf die Brust.

»Ihr dürft zwar bei uns bleiben«, fügte Omai verschmitzt lächelnd hinzu, »aber Polynesier seid ihr damit noch lange nicht. Polynesier wird man erst, wenn man sich uns mit Haut und Haaren verschreibt … Wenn das Verdienst, das euch zum gleichwertigen Mitglied unserer Gesellschaft gemacht hat, auch auf euren Körpern abzulesen ist. Mit anderen Worten: wenn ihr euch die Erfolgsgeschichte der letzten Wochen tätowieren lasst, und zwar auf traditionelle Weise …«

Omais Sekretärin schaute herein und meldete, dass ein gewisser Brandon Selby aus Montana in der Leitung sei.

»Er sagt, du wüsstest schon, um wen es sich handelt.«

Omai setzte sich hinter seinen Schreibtisch und nahm den Anruf entgegen.

»Mr. President!«, begrüßte Omai den Anrufer. »Es ist mir eine Ehre, mit Ihnen sprechen zu dürfen. Sie haben sich als sehr weitsichtig erwiesen. Ihren Rücktritt bedaure ich …«

»Um ehrlich zu sein, Omai«, sagte Selby, »ich hätte es nicht so weit kommen lassen dürfen, ich hätte mich niemals vor den Karren des Energie-Multis Global Oil spannen lassen dürfen. Aber jetzt ist die Sache ja ausgestanden. Eigentlich wollte ich Sie nur beglückwünschen, Sie haben einen fabelhaften Sieg errungen. Sie haben der Welt bewiesen, dass man einer finanziell hochgerüsteten Allianz aus Machtgeilheit, Ignoranz und Hochmut mit friedlichen Mitteln erfolgreich begegnen kann. Dafür möchte ich Ihnen meine Anerkennung aussprechen. Aber überheben Sie sich nicht in der Rolle des Hoffnungsträgers, zu der die Medien Sie derzeit hochstilisieren!«

»Es sind die Wünsche der Menschen, die zählen, nicht meine Person«, antwortete Omai. »Die Welt besteht aus manifestierten Wünschen. Und die Wünsche der Menschen sind groß zurzeit. Aber zu Ihnen, Mr. President: was werden Sie jetzt tun?«

»Ich werde mich um das Amt des Gouverneurs von Montana bewerben. So ganz aussichtslos sind meine Chancen nicht. Der Rücktritt hat mir eine Menge Sympathien eingebracht … Sollte ich gewinnen, werde ich versuchen, Montana herauslösen aus den Vereinigten Staaten, um die erste Ökorepublik Nordamerikas auszurufen. Kann sein, dass ich dann einige Amtshilfe nötig habe … Ich wünsche Ihnen für die Zukunft alle erdenkliche Kraft, Omai.«

»Danke, Mr. President. Wann immer Sie Hilfe benötigen, rufen Sie mich an. Ich habe mich über Ihren Anruf gefreut, er bedeutet mir viel. Auf Wiedersehen.«

Mike Kühling kannte nicht viele Menschen, denen Zutritt in die Etage des Tycoons gewährt wurde. Nicht einmal seine Vorgängerin Lydia Parker hatte das verlagsinterne Heiligtum jemals betreten. Entsprechend nervös bestieg er den Expresslift, der für gewöhnlich nur dem Mann an der Spitze des Konzerns vorbehalten war. Was war so wichtig, dass der Verleger ihn zu sich in den 57. Stock bat? Eigentlich konnte er sich die Einladung nur durch den immensen Erfolg erklären, den Emergency seit der Live-Übertragung aus der Südsee weltweit verbucht hatte.

Als sich die Fahrstuhltür mit leisem Glockenschlag öffnete, betrat Kühling einen langen Gang, auf dem ihm zwei Schiebetüren aus Panzerglas den Weg versperrten, die sich aber auftaten, als er ihnen auf dem chinesischen Seidenläufer lautlos entgegenschritt. Am Ende des Flurs befand sich der Empfangsraum, in dem Matlocks Sekretärin hinter einer konvexen Glaswand residierte, auf der ein Spruch von Albert Einstein eingraviert war: »Mehr als die Vergangenheit interessiert mich die Zukunft, denn in ihr gedenke ich zu leben.«

»Sie dürfen eintreten«, sagte die Dame.

Kühling klopfte an die schwere Eichentür.

»Gehen Sie einfach hinein«, ermunterte ihn die Sekretärin lächelnd.

Rupert Matlock erhob sich hinter seinem Schreibtisch, legte dem Gast zur Begrüßung jovial den Arm um die Schulter und führte ihn an die Fensterfront, von wo aus sie einen herrlichen Blick über die Docklands und auf die Themse hatten.

»Sie sind gefeuert, Mike!«, hörte er Matlock just in dem Moment sagen, als die Sekretärin das Kaffeeservice auftischte.

Kühling bekam weiche Knie.

»Setzen wir uns!«, sagte Matlock und nahm in dem schweren

Ledersessel Platz, während sich sein Chefredakteur auf die Couch sinken ließ.

»Das hat gutgetan!«, brummte der Verleger. »Ich wollte die Kündigung doch zumindest einmal laut ausgesprochen haben. Aber so sehr es mich auch drängt, Sie von Ihrer Funktion zu entbinden, so sehr sind mir in dieser Angelegenheit die Hände gebunden. Jetzt, da unser Haus vor aller Welt die grüne Fahne der Gerechtigkeit gehisst hat, würde es einen verdammt schlechten Eindruck machen, wenn ich ausgerechnet jenen Mann entlasse, der diesen Ruck ins engagierte Ökolager zu verantworten hat. Was haben Sie sich eigentlich dabei gedacht?«

»Ich versteh nicht recht, Sir ...«

»Natürlich nicht. Sonst wären Sie wohl kaum so dumm gewesen, unser Flaggschiff EMERGENCY im Alleingang inhaltlich komplett neu zu positionieren. Mein Gott, Kühling! Sie wissen doch, wie das Spiel funktioniert. Dass wir mit Global Oil einen unserer potentesten Anzeigenkunden verloren haben, kann ich verschmerzen. Die haben sich selbst ins Bein geschossen und tun gut daran, wenn sie das Maul halten. Sollen sie ihren Werbeetat ruhig anderswohin verschieben. Sie werden schon merken, dass sich ein so gründlich ramponiertes Image mit den Mitteln der klassischen Werbung nicht reparieren lässt. Aber was ist mit den anderen? Was, wenn unsere Inserenten zu befürchten beginnen, dass sie ihre falschen Versprechungen im Zentralorgan des ökologischen Widerstands abgeben? Ich sag Ihnen, die Sache ist hochbrisant. Sie müssen diesem Ökotrend im Blatt unbedingt ein Ende setzen. Vor allem kein Wort mehr über Polynesien und Omai, das bringt uns in Teufels Küche. Haben wir uns verstanden?«

»Ja, Sir.«

Matlock geleitete Kühling zur Tür.

»Die Berichterstattung aus Tahiti war übrigens hervorragend«, sagte er zum Abschied, »sowohl im Blatt als auch im TV. Saubere Arbeit, wirklich. Aber Job ist Job. Ich verlass mich auf Sie.«

Die UNO hatte der polynesischen Delegation eine ganze Etage im Palast-Hotel von Genf reservieren lassen. Rudolfs Leute leisteten auf dem Flur Schwerstarbeit, um die Pressemeute im Zaum zu halten, die sich ihnen von der Treppe her entgegenstemmte. Omai stand unterdessen am Fenster der Präsidentensuite und blickte durch einen Gardinenspalt auf den Quai du Mont-Blanc, wo sich tausende von Menschen hinter den Sperrgittern drängelten. Er wunderte sich über die zahlreichen Transparente und Spruchbänder, auf denen er gefeiert wurde. Viele der Demonstranten trugen T-Shirts mit seinem Konterfei. Er hätte sich gerne gezeigt unter diesen Menschen, aber das hätte Rudolf nie gestattet. Er organisierte gerade die Autos, damit sie dem Grab von Sir Peter Ustinov einen Besuch abstatten konnten.

»Kleine Änderung«, hörte er seinen Leibwächter sagen, der unbemerkt ins Zimmer getreten war. »Wir nehmen nicht die Autobahn, wir nehmen die Landstraße. Außerdem fahren wir in anderer Wagenfolge. Du nimmst also nicht wie vorgesehen im zweiten, sondern im letzten Wagen Platz.«

»Mir gefällt das nicht«, antwortete Omai ohne sich umzusehen. »Ich trete auf wie ein Potentat. Das ist das Letzte was die Menschen von mir erwarten.«

»Lässt du mich jetzt meinen Job machen oder nicht?«, fragte Rudolf nicht ohne Schärfe in der Stimme.

Omai schwieg und seufzte.

»Sie sind ein Popstar, Monsieur le President! Ein Heiliger für manche Leute. Um deine Person ist Hysterie entstanden, ist dir das entgangen? Hysterie ist immer gefährlich. Darf ich jetzt meinen Job machen?«

Omai nickte.

»Na dann los«, mahnte Rudolf und sorgte dafür, dass der Fahrstuhl zur Tiefgarage für Omai bereitstand.

Die drei verdunkelten Limousinen waren bereits vorgefahren. In der ersten saßen vier Männer aus Omais Leibgarde, in der zweiten, die mit dem Stander der Ökologischen Konföderation Polynesiens versehen und somit als Präsidentenkarosse ausgewiesen war, hatten zwei hochrangige UN-Vertreter sowie eine Dolmetscherin Platz genommen. Omai bestieg die Rückbank des letzten Wagens. Rudolf setzte sich ans Steuer. Als sich der Mercedesstern beim Verlassen der Tiefgarage wieder auf Straßenniveau begab, scherten Motorradstreifen aus und setzten sich vor und hinter die Kolonne. Omai winkte den begeisterten Menschen entlang der Strecke zu und musste sich von Rudolf darüber belehren lassen, dass ihn draußen niemand zur Kenntnis nehmen konnte.

Sie fuhren auf der Uferstraße an der Westflanke des Genfer Sees Richtung Nyon, wo Peter Ustinov bis zu seinem Lebensende gewohnt hatte. Seitdem er dessen Begleitwort zu dem Buch *Equilibrismus* gelesen hatte, das ihm die Autoren in Papeete überreicht hatten, und das so entscheidenden Einfluss auf das Tahiti-Projekt nehmen sollte, hatte Omai alles über den großen Weltbürger Sir Peter Ustinov in Erfahrung zu bringen versucht. Der Mann war bereits vor einundsiebzig Jahren den Weltföderalisten beigetreten und amtierte von 1991 bis zu seinem Tod 2004 als Präsident ihrer internationalen Organisation, dem World Federalist Movement.

Omai schaute hinaus auf den Genfer See, dessen Horizont sich im Herbstnebel verlor. Vor sechs Jahren hatte die UNO ihr Hauptquartier in die Schweiz verlegt. Das Gebäude am New Yorker East River war zu marode geworden, um eine solche Mammutorganisation weiterhin zu beherbergen. Aber der eigentliche Grund des Umzugs bestand darin, dass die meisten Mitgliedstaaten es als Hohn empfanden, mit den Vereinten Nationen ausgerechnet in jenem Land zu residieren, das mit seiner Vetopolitik nicht nur die UN-Reform, sondern alle notwendigen Richtungswechsel blockierte, die die Mehrheit des Hauses insbesondere in Fragen der Energie- und Klimapolitik für notwendig hielt.

Auch Omai empfand es als Erleichterung, seine Rede nicht in New York halten zu müssen. Das aggressive Tempo der Stadt hätte ihm nicht behagt. Außerdem wäre das Risiko eines Attentates nicht zu bemessen gewesen. Sie durchquerten Founex. Die Straße war menschenleer. Sir Peters Grab befand sich in Bursins, einem beschaulichen Schweizer Städtchen. Omai musste schmunzeln. Ihm war eine Bemerkung eingefallen, die Peter Ustinov kurz vor seinem Tod in einer Talkshow hatte fallen lassen: »Die letzte Stimme, die man hört, bevor die Welt explodiert, wird die Stimme eines Experten sein, der sagt: ›Das ist technisch unmöglich!‹«

»Hinlegen!«, schrie Rudolf.

Omai riss die Arme vors Gesicht und prallte gegen den Vordersitz. Ein kreischendes Bremsgeräusch zerrte an seinen Nerven, bevor der Wagen eine radikale Kehrtwendung vollführte und mit Vollgas davonstob. Als er sich aufrichtete und zurückblickte, sah er die Limousine mit dem Polynesien-Stander explodieren, als wollte sie sich von der Last des Lieferwagens, der quer auf ihr lag, gewaltsam befreien.

»Was ist passiert?«, fragte er entsetzt.

»Ein Scheißattentat ist passiert!«, rief Rudolf und attackierte ein entgegenkommendes Fahrzeug mit der Lichthupe.

Omai nahm die panische Flucht zurück nach Genf relativ gelassen zur Kenntnis. Nach einigen Kilometern griff er ein:

»Geh auf die Autobahn. Wir fahren zum Grab.«

»Was?!«, schrie Rudolf.

»Es wird sich nicht wiederholen«, entgegnete Omai ruhig, »wir fahren zum Grab.«

Während die Polizei die Unfallstelle sicherte, gedachte Polynesiens Präsident in aller Stille zwanzig Kilometer entfernt auf dem Friedhof von Bursins eines Mannes, dessen Botschaft vom gegenseitigen Respekt ebenso eindringlich wie erfolglos war. Omai bat den Geist Sir Peters um Unterstützung für die vor ihm liegenden Aufgaben. Und gemeinsam mit Rudolf betete er an dessen Grab für die Opfer, die seinetwegen auf der Straße nach Nyon in dem brennenden Auto auf grausamste Weise gefangen waren.

Das Attentat auf Omai stellte am nächsten Morgen alle anderen Nachrichten in den Schatten. Der Schweizer Generalstaatsanwalt präsentierte der Öffentlichkeit das Überwachungsvideo aus dem Helikopter, der den Konvoi in der Luft begleitet hatte. Daraus ging hervor, dass der Lieferwagen auf einem rechtwinklig zulaufenden Feldweg geparkt hatte, bevor er sich beim Herannahen der Kolonne gezielt in Bewegung setzte, um die mittlere der schwarzen Limousinen bei voller Fahrt zu rammen. Die Bilanz des Anschlags: drei tote UN-Mitarbeiter, ein schwer verletzter Fahrer. Es stand außer Frage, so der Staatsanwalt, dass die Attacke dem polynesischen Präsidenten gegolten habe, der kurz vor Abfahrt in den hinteren Wagen umgestiegen war, was ihm letztlich das Leben gerettet hatte. Auf die Frage nach den Tätern mussten die Ermittler passen. Außer den drei bereits erwähnten Todesopfern waren keine weiteren Leichen vor Ort gefunden worden. Es war also davon auszugehen, dass es sich bei dem Lieferwagen um ein ferngesteuertes Fahrzeug handelte. In den Trümmern habe man Spuren von Nitroglyzerin gefunden, was auf einen von langer Hand vorbereiteten Terroranschlag schließen ließ. Der Generalstaatsanwalt bat um Verständnis, dass weitere Ermittlungsergebnisse zurzeit nicht bekannt gemacht werden konnten, was bedeutete, dass sie nicht die geringste Ahnung hatten.

Omai hatte sich nach dem Attentat in seine Suite zurückgezogen und Anweisung gegeben, ihn nicht zu stören. Er weigerte sich sogar, den UN-Generalsekretär Bagdar Singh zu empfangen, der sich extra seinetwegen ins Palast-Hotel bemüht hatte. Der gestrige Mordanschlag lastete schwer auf seiner Seele. In den langen leeren Stunden des folgenden Tages, in denen sich auf der Straße wieder Tausende von Menschen hinter den aufgestellten Sperrgittern versammelten, um seinen Namen zu skandieren, fühlte er sich ohnmächtiger denn je. Ein Gemisch aus Traurigkeit und Verbitterung hatte von ihm Besitz ergriffen, das neu für ihn war. Er empfand gar eine Feindschaft der Götter gegenüber seiner Sehnsucht nach einer besseren Welt. Wer war er denn, die göttlichen Pläne zu durchkreuzen, die der Menschheit offensichtlich anderes zugedacht hatten, als in Frieden und Harmonie zu leben? Omai betrachtete das Kruzifix an der Wand und ihm hallte der Aufschrei Christi auf Golgatha in den

Ohren: ›Mein Gott, warum hast du mich verlassen?‹ Er fühlte sich nicht wohl in seinem Selbstmitleid, die kleinmütigen Gedanken bereiteten ihm fast physische Übelkeit, also zwang er sich zur Arbeit. Seine Rede vor der Vollversammlung bedurfte noch der Vollendung. Peinlich genau achtete er darauf, dass sich nicht der kleinste Schatten der Verbitterung auf seine Worte legte.

Maeva zitterte am ganzen Körper, als sie die Nachricht aus Genf erhielt. Sie versuchte mehrmals vergeblich, ihren Bruder im Palast-Hotel zu erreichen, aber Omai hatte angeordnet, keinerlei Gespräche durchzustellen. Er wolle sich in aller Ruhe auf seinen morgigen Auftritt vor der Vollversammlung vorbereiten, hieß es.

Maeva beruhigte sich erst, als Rudolf anrief und ihr versicherte, dass Omai unversehrt sei. Er habe das Attentat auf seine Person erstaunlich gefasst zur Kenntnis genommen, leide aber sehr unter der Tatsache, dass drei Menschen seinetwegen ihr Leben lassen mussten. Dennoch feile er mit großem Eifer an seiner Rede. Ganz lieben Gruß und kein Grund zur Sorge. Gruß auch an Cording.

»Was ist? Lässt er sich nun tätowieren?«, fragte Rudolf zum Abschied.

»Ja«, sagte Maeva, mit Blick auf Cording. »Ich denke, er wird es machen.«

»Na dann: Viel Glück beim Händchenhalten!«, antwortete Rudolf lachend.

»Wer wird was machen?«, fragte Cording, der mitbekommen hatte, dass es offenbar um ihn ging.

»Maximüljan …«, sagte Maeva tröstend und zugleich ermunternd. Das hatte er befürchtet. Sie meinten es also ernst mit der Tätowierung, die Omai ihm angedroht hatte.

»Auf traditionelle Art, richtig?«

»Ganz genau.«

»Die traditionelle Methode tut aber höllisch weh, hab ich gehört.«

»Der Schmerz ist der Schlüssel zu unserer Gemeinschaft«, entgegnete Maeva ernst, als erwarte sie von ihm nichts anderes, als dass er die Mutprobe akzeptierte. »Erst das Aushalten und Überwinden des Schmerzes gibt dir das Recht, Tatau und Malu zu tragen«, fügte sie leise hinzu.

Die Kunst des Tätowierens, belehrte Maeva ihn, hatte sich in Polynesien über eintausendfünfhundert Jahre hinweg entwickelt. Tatau und Malu wurden traditionell als »beste Bekleidung« angesehen. Männer erhielten das erste Tatau Anfang zwanzig, während Frauen ihre Malu vor der Hochzeit empfingen. Durch das Tatau gewann ein Mann das Recht, seiner Gemeinschaft in allen Belangen, einschließlich des Krieges, zu dienen. Er war nun bereit, die Künste seiner Gesellschaft zu erlernen, wobei die am höchsten geschätzte Kunst die Redekunst war.

»Das müsste dir doch sehr entgegenkommen«, bemerkte Maeva lächelnd und ließ ihre Lippen über seine Stirn hüpfen. »Ich habe den großen Rauura gebeten, dein Tatau zu machen, er ist der Beste. Morgen, während Omai seine Rede vor der UNO hält, wirst du einer von uns …«

Sie biss ihm kräftig in den Hals. Zu kräftig, wie Cording fand. Er war der Meinung, dass die Zeremonie beim großen Rauura nun entbehrlich war, er hatte gerade genügend süßen Schmerz empfangen. Das reichte normalerweise für drei frischgebackene Polynesier …

Rauura wohnte als Einsiedler auf dem Pari. Als Maeva und Cording nach einstündigem Fußmarsch in seiner Berghütte ankamen, warteten dort zu ihrer Überraschung über dreißig Leute auf sie. Steve, Fara und die Anapa-Clique waren darunter, Musiker, Tänzerinnen, der Bürgermeister von Teahupoo und sogar der Umweltminister. Rauura war nicht dabei. Cording registrierte eine rote Decke auf dem Boden unter dem Pandanusdach, umrahmt von Schalen voller Früchte und Blumen. Die Folterbank!

»Rauura erwartet dich hinter dem Vorhang«, sagte Maeva.

Cording löste sich aus der ihm Mut zusprechenden Menge und

schlug das Tuch zurück. Rauura war von den Haarwurzeln bis zu den Zehen tätowiert. Obwohl der Meister aufrecht und regungslos saß, hatte Cording den Eindruck, als seien die Konturen seines Körpers fließend. Das lag an den Tatoos, die so etwas wie ein Eigenleben zu entwickeln schienen.

»Bist du bereit, dein Tatau zu empfangen?«, fragte der Tahitianer.

Cording war irritiert von diesen Augen, von denen das linke aus einem schwarzen tätowierten Quadrat schaute, während das rechte unterhalb eines solchen im Licht lag.

»Ja«, hörte er sich sagen.

»Dann wird es gut«, antwortete Rauura und blickte begehrlich auf die weiße Haut seines Patienten. Eine solche Haut bekam er nicht alle Tage unter den Stichel.

Als Cording in die erwartungsfrohe Runde zurückkehrte, wurde er das Gefühl nicht los, dass man ihn wie ein Opfertier betrachtete, das gleich geschlachtet werden sollte. Eigentlich hätte er längst auf der roten Decke liegen sollen, aber durch einen überraschenden Antrag zur Geschäftsordnung verzögerte sich Omais Auftritt in Genf. Heißes und kaltes Wasser wurde herbeigeschafft, Maeva bastelte gar an einem Knebel. Wo war der Fernseher?

»Rauura hat keinen Fernseher«, sagte Maeva und wischte ihm den Schweiß von der Stirn. »Wir werden Omai im Radio zuhören.«

Anapa wechselte die Batterien an dem vorsintflutlichen Kofferradio, richtete die Antenne aus und versuchte, den richtigen Sender einzustellen, was ihm auch gelang. Radio Helvetia sendete auf Französisch, das kam den Anwesenden natürlich entgegen. Man merkte dem Parlamentsreporter an, wie sehr er sich mühte, die unerwartete Pause zu überbrücken. Plötzlich öffnete sich der Vorhang und Rauura trat ein. Maeva nestelte an den Knöpfen von Cordings Hemd und begann ihn vor den Augen aller zu entkleiden. Dann band sie ihm ein Tuch um die Hüften und bat ihn, sich hinzulegen. Die Tahitianer hockten sich im Kreis um ihn herum, während Rauura Knochenkamm, Tätowierstichel und Meißel zurechtlegte.

Das Gemisch aus Asche und Wasser, das der Meister ihm gleich unter die Haut treiben würde, befand sich in einer Schale am Kopfende.

»In diesem Moment betritt Omai die Bühne«, ließ sich der Radioreporter vernehmen. »Er ist in sein weißes Gewand gekleidet und hält den berühmten Schemel unterm Arm. Die Abgeordneten der Vollversammlung hält es nicht auf den Sitzen, sie begrüßen ihren charismatischen Gast mit tosendem Applaus …«

Cording schloss die Augen. Rauura tunkte den Kamm in die Tinte, setzte ihn auf Cordings Schulter und drehte ihn auf der Stelle einmal um sich selbst. In dieser aufgemalten Zielscheibe würde das Tatau entstehen, das man ihm zugedacht hatte. Die verschlungenen, symmetrischen Muster waren eine Sprache für sich, die Polynesier verfügten über ein ganzes Vokabular von Motiven und Symbolen. Früher war es für einen tahitianischen Mann undenkbar, sich nicht tätowieren zu lassen, ohne von der Gesellschaft verspottet zu werden.

»Anstatt hinter das Rednerpult zu treten, zieht es Omai vor, auf seinem Schemel Platz zu nehmen. Im Plenum herrscht jetzt absolute Ruhe. Unter den Delegierten hat sich eine geradezu feierliche Stimmung breitgemacht …«

Rauura strich die zu bearbeitende Schulter mit Kokosnussöl ein und tunkte den Meißel in die Farbe. Cording bäumte sich auf, als ihn das Gerät das erste Mal traf. Das feste, rhythmische Klopfen des Stabes auf den Kamm nagelte ihn stöhnend am Boden fest. Maeva legte ihm ein kaltes Tuch auf die Stirn und drückte beschwichtigend seine Hand. Seltsam, dachte Cording, als ihm der Atem qualvoll durch die Lippen strich, die schnelle Reihenfolge der Einstiche webten einen so dichten Schmerzteppich, dass er zumindest nicht einbrach, nicht in Ohnmacht fiel, während ihn jene Stiche, die Rauura vereinzelt als Korrektur nachreichte, augenblicklich auf die Palme brachten.

»Haben Sie herzlichen Dank für den freundlichen Empfang«, scholl Omais Stimme aus dem Radio. »Ich werde heute nicht von dem Attentat sprechen, das auf mich verübt wurde, und auch nicht von dem, was vor Makatea passiert ist. Ich werde über das sprechen, was derartige Ereignisse in Zukunft verhindern soll. Über unseren gemeinsamen guten Willen werde ich sprechen und über die Möglichkeiten, die uns aus solidarischem Verständnis erwachsen. Ich verlasse diese Versammlung nicht eher, bis wir darüber Einigkeit erzielt haben.«

Die Tahitianer lachten, da unterschieden sie sich in nichts von den Delegierten der Vollversammlung. Als ihr Blick jedoch auf Cordings schmerzverzerrtes Gesicht fiel, stimmten sie einen sanften Gesang an, der eine beruhigende Wirkung auf ihn ausübte.

»Natürlich kann ich Ihnen die Schreckensbilanz des menschlichen Treibens nicht ganz ersparen. Tatsache ist, dass wir dabei sind, jegliches Leben auf diesem Planeten auszulöschen – wissentlich. Das ist vorsätzliche Tötung.« Diese Passage stammte aus Steves Feder, er hatte sie als Begründung für die Errichtung einer Ökodiktatur im ›Warrior‹-Game benutzt. »Es ist von großer Bedeutung, dass wir uns dieser Tatsache im vollen Umfange bewusst werden«, fuhr Omai fort. »Die wichtigste Frage, der wir uns heute noch zu stellen haben, heißt: kollektiver Selbstmord oder geistige Erneuerung. Ich vermute, dass ein überwiegender Teil der Menschheit die zweite Lösung bevorzugt. Dann lasst uns auch gemeinsam an ihr arbeiten!«

Cording warf einen Blick auf die blutgetränkten Tücher, mit denen Rauura seinen Rücken betupft hatte und die sich mittlerweile zu einem Haufen stapelten. Unterdessen bemühte Omai das Beispiel mit der Computersimulation, das Cording ihm gegenüber einmal erwähnt hatte:

»Stellen Sie sich vor, man beschleunigt die letzten hundertfünfzig Jahre im Zeitraffer, also die Epoche, in der das Industriezeitalter ökologisch voll zu Buche schlug. Wir verdichten diese Zeit zu einer Stunde. Angenommen, wir starten 1876 vor der amerikanischen Westküste in eine Umlaufbahn um die Erde. Pusteln bilden sich entlang der Pazifikküste, die an der Ostküste bereits zu bedenklichem Ausschlag herangewachsen sind. Nach der Atlantiküberquerung müssen wir feststellen, dass bereits ganz Europa befallen ist. Es sind die Städte, die wie Metastasen um sich greifen. Schmutzige Schlieren ergießen sich in Flüsse und Meere. Unterdessen schrumpfen die gigantischen Waldflächen zusammen und machen braunen Wüsten Platz. Ein immer dichter werdendes Netz von Straßen und Schienen legt sich um den Globus, ganze Kontinente verschwinden unter einem diffusen Grauschleier. Endlich an den Ausgangspunkt zurückgekehrt, stellen wir fest, dass die Erde zu einer Geschwulst verfault ist, die von den Rauchschwaden unserer Brandschatzungen vielerorts gnädig verdeckt wird.«

Interessant, dachte Cording, da wurde einer seiner wenigen gelungenen Einfälle vor der Vollversammlung der Vereinten Nationen zitiert, und schon prallte der Tätowierungsschmerz von ihm ab, als würde Rauura ihm lediglich die Nägel feilen.

»Unser Verständnis vom Umweltschutz muss sich radikal ändern«, fuhr Omai fort. »Bisher reden die meisten Regierungen von Beständen, wenn sie von der Natur sprechen. Sie machen in allem eine Rechnung auf. Dieses Denken ist nicht dem Leben verpflichtet, sondern einer Haushaltsphilosophie. Unsere Forderung, der natürlichen Mitwelt Respekt zu erweisen und ihren Eigenwert anzuerkennen, ist das Kernstück einer Ethik, die zur Leitlinie der gesamten Menschheit werden muss. Wer könnte dabei behilflicher sein, als die indigenen Völker? Sie verfügen über wertvolle Erfahrungen und großartige Fachleute, wenn es um lebenswichtige Fragen geht.«

Cording war nicht fähig, Omais Worten die rechte Aufmerksamkeit zu schenken. Er kam sich vor wie Moses, der das Gelobte Land sah, aber keinen Fuß hineinsetzen konnte. Er entwickelte kein Gefühl für diesen historischen Augenblick – als sperrte ihn die Geschichte aus. Eingehüllt in Schmerzen war er nicht einmal willens, die Bedeutung dieser Zeremonie zu würdigen. Sein Herz raste, er blutete, er spürte Maeva kaum, die sich doch so reizend um ihn kümmerte. Er war in die Hölle der Folter geraten. Fast hätte er die Ehre aus den Augen verloren, die ihm heute und an dieser Stelle zuteilwurde. Dies hier war nämlich sein historischer Moment …!

»Ich erwarte von der UNO, dass sie die indigenen Völker endlich anerkennt«, sagte Omai und erntete in Rauuras Hütte reichlich Beifall dafür. »Die indigenen Völker müssen die Möglichkeit erhalten, in ihren jeweiligen Gebieten und Regionen mit ihren eigenen Ressourcen und Visionen umzugehen.«

Rauura hielt in seiner Arbeit einen kurzen Moment inne. Vielleicht wollte er Cordings Gestöhne unterbrechen, um Omais Worten mehr Geltung zu verschaffen in der konzentrierten Runde.

»Wenn wir es nicht schaffen, unsere Gemeinden und Regionen autark zu machen, bauen wir auf dem Weg in eine bessere Welt nur Luftschlösser. Das Zauberwort für die Zukunft heißt Dezentralisierung. Wir müssen weg von den seelenlosen, aufgeblähten Staatsgebilden. Das Wissen der Ureinwohner ist die wichtigste Ressource der Menschheit. Nur wenn es gelingt, dieses Wissen mit der modernsten umweltschonenden Technik in Verbindung zu bringen, haben wir noch eine Chance, die fürchterlichen Entwicklungen umzukehren, die unseren göttlichen Lebensraum Erde in einen verrottenden Industrie- und Verkehrspark verwandelt haben. Die Zivilisation ist mit ihrem Latein am Ende. Sie gleicht einem Schiff, das ohne Kenntnis der Naturgesetze gebaut wurde und nun orientierungslos dahinschlingert. Es fehlt ihr an spiritueller Verbundenheit, mit deren Hilfe sie bewusst einen Kurs hätte wählen können, der eben nicht in die Katastrophe mündet.«

Cording biss in den Knebel, den Maeva ihm reichte. Omais Stimme war Teil des Gesangs geworden, den er um sich herum vernahm und in den auch sein kontinuierliches, kaum hörbares Stöhnen einging. Auf den Marquesas ließen sich die Männer sogar die Kopfhaut, die Zunge, die Augenlider und die Nasenlöcher tätowieren. Ihr Martyrium dauerte bis zu einer Woche. Dagegen war das, was er hier für einige Stunden an stechenden Schmerzen einzustecken hatte, das reinste Zuckerschlecken, ein flüchtiger Kuss aus den Tiefen der polynesischen Kultur. Die Gewissheit beschämte ihn, er riss sich zusammen und lauschte den melodischen Worten seines Freundes, die ein wenig befremdlich im Äther schwangen. Omai zitierte einige Beispiele, die verdeutlichen sollten, wie gefährdet die alten Kulturen waren, deren Beistand die Menschheit jetzt so bitter nötig hatte. Unter anderem nannte er den deutschen Arzt und Ethnologen Karl von den Steinen, der 1897 für einige Monate auf den Marquesas weilte, um der fast verschütteten Tradition des Tätowierens auf die Spur zu kommen.

»Ihm verdanken wir eine akribische Beschreibung aller ehemals so gebräuchlichen Muster und deren Bedeutung. Ohne seine Arbeit wäre die Sprache der Tataus für immer verloren gegangen und mit ihnen ein Großteil der polynesischen Identität. Häufig ist es der Initiative einzelner Personen zu verdanken, dass das alte Wissen wieder hervorbricht und jene Strahlkraft entwickelt, die nichts anderes als Frieden zulässt unter den Menschen. Je mehr solcher Friedensinseln wir auf diesem Planeten zulassen, desto harmonischer wird sich das Verhältnis unter den Menschen gestalten.«

Omai erwähnte zwei neunzig Jahre alte Zwillingsschwestern im afrikanischen Busch, die ihre zwanzigtausend Jahre alte Stammessprache gerettet hatten. Die Sprache war verboten worden, nachdem der Stamm von den Weißen entdeckt worden war. Die Menschen, die in der Folgezeit von ihrem Land vertrieben wurden und dabei ihre ursprüngliche Lebensweise verloren, vergaßen schnell. Vor fünfzig Jahren war die Sprache dieses Stammes offiziell für tot erklärt worden. Die beiden Frauen aber hatten sie im Geiste bewahrt und gaben sie nun in mühevoller Arbeit auf langen Spaziergängen an die Kinder des Dorfes weiter. Und diese gaben sie wiederum an ihre Kinder weiter. Inzwischen war sie zu den Buschmännern zurückgekehrt.

»Die Möglichkeiten des Menschen sind unbegrenzt, wenn er sich in den Dienst der Gemeinschaft stellt«, sagte Omai. »Eine solche Gemeinschaft wurde vor zwei Jahren im Amazonasgebiet gegründet. Dort versucht eine kleine Gruppe von Ureinwohnern, ein auf Nachhaltigkeit ausgerichtetes Leben für sich und ihre Kinder aufzubauen. Sie bestimmen die Bäume und denken über ihre Verwendung nach. Sie beschäftigen sich mit den Seen und fragen sich, wie sie Wälder und Wasser schützen können. Sie sorgen dafür, dass sich ihre Heilpflanzen vermehren und schaffen ihre eigene biogenetische Reserve, die es ihnen gestattet, sich unabhängig zu machen von den unerschwinglichen Medikamenten der westlichen Medizin. Wo diese Anstrengungen unterbleiben, sinkt die Selbstachtung der Menschen, erstickt das Leben in Melancholie und Depression. Wie in dem kleinen grönländischen Dorf, von dem ich gehört habe. Dort nimmt sich fast jede Woche ein Inuk das Leben. Diese Menschen finden sich nicht mehr zurecht in dem allgemeinen Chaos unserer Tage. Niemand sagt ihnen, wie wichtig und wertvoll sie sind.«

Cording hatte das Gefühl, im eigenen, von Tränen gesättigten Schweiß ertrinken zu müssen. Zum ersten Mal entwickelte er ein gewisses Verständnis für das Tätowierungsverbot, das die Missionare der ›London Missionary Society‹ Anfang des neunzehnten Jahrhunderts auf Tahiti ausgesprochen hatten …

Omai warnte die unterdrückten Völker der Welt davor, ihrer zum Teil erbärmlichen Situation mit Gewalt zu begegnen. Die Mechanismen, die dann griffen, waren vorhersehbar: die Regierungen würden ihre Militärmaschinerie mobilisieren und den Widerstand gewaltsam brechen.

»Unsere Art, Konflikte und Streitereien zu schlichten, ist eine andere«, sagte er. »Es geht nicht darum, wer recht hat, wer gewinnt oder verliert. Es geht darum, dass entzweite Parteien wieder zueinanderfinden und Frieden schließen. Es geht um das Vergnügen, Frieden zu schließen! Dieser Grundsatz gehört zu den vielen spirituellen Wegweisern, welche die indigenen Völker auf unserer bejammernswerten Erde aufstellen könnten. Nehmen wir diese Hinweise an. Und nutzen wir die technischen Errungenschaften im Geiste einer neuen Ökosophie. Es macht Spaß, die Welt zum Besseren zu wenden! Die Menschen werden die gemeinsame Anstrengung lieben, sie werden es lieben, auf ihrer beschmutzten Erde aufzuräumen und sich neu und gerecht einzurichten in der heiligen Schöpfung. Mauruuru roa … Ich danke Ihnen.«

»Auu!!«, schrie Cording, als Rauura ihm just in diesem Augenblick den letzten Stich versetzte. Die Tahitianer klatschten begeistert Beifall, aber so vermessen, den stürmischen Applaus auf seine Tapferkeit zu beziehen, war er nun doch nicht. Er lag keuchend auf der Matte, das Blut troff ihm von der Haut, er war bedient, aber das schöne Gefühl, wenn der Schmerz nachlässt, wollte sich nicht einstellen.

Maeva streichelte ihm liebevoll über die verschwitzten Haare.

»Liebst du mich?«, fragte sie leise.

»Oia.«

»Liebst du mich wirklich?

»Oia.«

»Wirst du mich lieben, so lange ich lebe?«

»Aita!«

Sie erschrak.

»So lange *ich* lebe!«, flüsterte Cording ihr ins Ohr.

»Gut!«, antwortete sie so laut, dass jeder es hören konnte. »Dann gehen wir morgen ins Tal des Papenoo. Du bist uns noch einen dicken schweren Stein schuldig!«

Cording hatte gar nicht gewusst, wie hämisch und gemein das Volk lachen konnte, dem er nun angehörte …

Zwei Monate nach Omais Auftritt vor der UN-Vollversammlung trafen die Abgeordneten der vier neu gegründeten Parlamente für Politik, Wirtschaft, Kultur- und Grundwerte in Papeete zusammen. Sie trafen sich um sechs Uhr morgens auf Moto Uta, der vorgelagerten und mit der Stadt durch einen Damm verbundenen Insel, die sich in den letzten Jahren von einem gigantischen Rohöldepot zu einer blühenden Parklandschaft gewandelt hatte. Als die ersten Sonnenstrahlen über dem Horizont aufblitzten, enthüllte Tahitis Präsident einen Gedenkstein, auf dem zu lesen war: »In Erinnerung an Professor Thorwald Rasmussen, einen großen Freund unseres Volkes. Die Menschen auf Tahiti und in ganz Polynesien danken Dir«. Der mannshohe schwarze Lavabrocken war Richtung Makatea ausgerichtet.

Da es noch immer keine Informationen über den Verbleib des dänischen Wissenschaftlers gab, musste man dessen Tod zumindest in Betracht ziehen, und die Veranstaltung bewegte sich auf dem schmalen Grat zwischen Euphorie über den erreichten Sieg und Trauer um die Opfer, die er gekostet hatte. Aus diesem Grunde hatten sich die Parlamentarier darauf geeinigt, die üblichen Ansprachen und Tanzdarbietungen auszusparen und den Festakt in kleinem Kreis zu zelebrieren.

Cording empfand diese schlichte Ehrung, die von keiner Kamera dokumentiert wurde, als angemessen. Die Bewohner Tahitis, die Moto Uta längst zu ihrem bevorzugten Freizeitdomizil erkoren hatten, würden noch genügend Gelegenheiten haben, an dieser Stelle des Mannes zu gedenken, der durch seine mutige Entschlossenheit einen erheblichen Teil zum Gelingen des polynesischen Widerstands und zur Rettung Tahitis beigetragen hatte.

Nachdem sich die Versammlung der Abgeordneten aufgelöst hatte, schlug Maeva vor, einen Strandspaziergang zu machen. Schweigend setzten sie ihre Füße in den schwarzen Sand, über deren Abdrücke sich ein Reinigungskommando aus schäumenden Wellen hermachte. Cording, der dem Rat Maevas gefolgt war, sich für einige Zeit dem Informationsfluss der Medien zu entziehen, um seinen Kopf durchzulüften, wurde von Steve per E-Mail dennoch mit dem Nötigsten versorgt. Der Junge war nach London zurückgekehrt, wo er eine Ausbildung zum Verlagskaufmann begonnen hatte. Es war ihm zuzutrauen, dass er es schaffen würde, eines Tages der gigantischen Matlock Media Corporation die Stirn zu bieten, dachte Cording. Gestern hatte ihm Steve eine E-Mail geschickt, in deren Anhang sich ein Kommentar aus der *Washington Post* befand. Darin hatte der gute alte John Knowles die Vereinigten Staaten von Amerika aufgefordert, sich endlich neu zu definieren. Eine Reaktion auf die Wahlniederlage von Ex-Präsident Brandon Selby, der im Rennen um den Gouverneursposten von Montana knapp unterlegen war.

»Robert McEwen ist zurückgetreten«, sagte Maeva plötzlich. »Omai hat es mir vorhin erzählt.«

Cording blieb stehen und blickte sie ungläubig an. Immerhin hatte McEwen dem öffentlichen Druck nach dem Makatea-Desaster und der Bestechungsaffäre bisher relativ gelassen standgehalten.

»Weißt du, was ihm das Genick gebrochen hat?« fuhr Maeva triumphierend fort. »Die Börse! Die Global Oil-Aktie ist auf einen nicht für möglich gehaltenen Tiefstand gefallen …«

»Kaufen!« schrie Cording.

»Kaufen, kaufen, kaufen!«, wiederholte Maeva und begann, sich mit ausgebreiteten Armen wie wild im Kreis zu drehen. Cording folgte ihrem Beispiel. Das herrliche Panorama aus Meer und Bergen verschmolz vor ihren Augen in rasender Fahrt zu einem vagen Strich aus Licht und Schatten. Irgendwann hielten sie inne und fassten sich bei den Händen. Erschöpft aber glücklich taumelten sie zu Boden. Der Sand war von der aufsteigenden Sonne bereits angenehm gewärmt.

ENDE

Glossar

Obwohl *Das Tahiti-Projekt* ein Zukunftsroman ist, sind die in ihm dargestellten technischen Lösungen und sozioökologischen Modelle keine Fiktion: sie existieren bereits heute! Das einzig Fiktive ist die Annahme, dass irgendwo auf diesem Planeten tatsächlich mit konkreten Veränderungen in Richtung einer zukunftsfähigen Lebensweise begonnen wurde.

Alternative Energien
Unter alternativen Energien, auch ›erneuerbare Energien‹ genannt, sind alle nicht-fossilen Energiequellen zu verstehen. Alternative Energien sind dezentral und verbrauchernah erzeugbar. Die meisten davon lassen sich auf die Sonnenenergie zurückführen: direkte Sonnenstrahlung (Solarthermik, Photovoltaik), in Pflanzen gespeicherte Sonnenenergie, aber auch die Windenergie und die Kraft des fließenden oder sich wellenförmig bewegenden Wassers gehen auf die Aktivität der Sonne zurück. In menschlichen Maßen ist diese Energie unerschöpflich.
www.umweltdatenbank.de/lexikon/alternative_energie.htm
www.dgs.de
www.fv-sonnenenergie.de
www.eurosolar.de
www.bioenergie.de

Arbeit
Arbeit dient nicht mehr der Generierung von Einkommen, sondern der Selbstverwirklichung und der Gemeinschaft. Voraussetzung dafür sind eine → Geldreform und die Einführung eines → Grundeinkommens. Fällt der Zwang weg, durch irgendeine bezahlte Tätigkeit seinen Lebensunterhalt zu sichern, so entsteht die Möglichkeit, nach dem Sinn und der Notwendigkeit von Arbeit und ihren Ergebnissen zu fragen. Schließlich geht es darum, ein funktionierendes Gemeinwesen zu schaffen und zu erhalten, in dem alle Menschen ein sorgenfreies, würdevolles Leben führen. Für die dazu nötigen Arbeitsleistungen müssen sich genügend Menschen bereit finden, was bei unbeliebten Tätigkeiten über besondere Anreize reguliert werden kann, die nicht unbedingt rein finanzieller Art sein müssen.

Bambus/Bambuskleidung
Diese äußerst widerstandsfähige und schnell wachsende Pflanze (in einem Monat bis zu 12 Meter) gehört zu den Gräsern. Es gibt über 1300 Arten; manche werden bis zu 30 Meter hoch. Geerntet werden kann Bambus bereits nach 4–5 Jahren. Bambus speichert die vierfache Menge CO_2 wie ein gleich großes Waldstück und setzt ein Drittel mehr Sauerstoff frei.

Bambus ist – neben seiner Verwendung im Textilbereich – auch ein hervorragendes Baumaterial (→ Baubiologie/Architektur).

Aus den Bambusfasern lassen sich Garne spinnen, aus denen seidenweiche Stoffe hergestellt werden. Bambustextilien sind antibakteriell, atmungsaktiv und können in der Maschine gewaschen werden. Und sie sind biologisch abbaubar.
www.mobboa.com
www.lichtenauer.com/wellness/wissenswertes/details/3

Baubiologie/Architektur
Zu den natürlichen (und ältesten) Baumaterialien gehören in erster Linie Bambus, Holz, Lehm und Steine. Hinzu kommen noch für bestimmte Anwendungsbereiche Stroh, → Hanf und → Miscanthus.

Bambus ist leicht, besitzt die Druck- und Zugfestigkeit von Stahl und ist äußerst langlebig. Lehm ist leicht zu verarbeiten, meist regional verfügbar und weist hervorragende Eigenschaften für das Raumklima auf (er reguliert die Luftfeuchtigkeit, wirkt wärmedämmend und wärmespeichernd).
www.shaktihaus.de/bambushaus.html
www.dachverband-lehm.de/de/03_baustoff/03-4_baustoff_projekte.htm
www.filmquadrat.de/Films/Adobe/Adobedeutsch.html
www.eiwa-lehmbau.de
www.3sat.de/specials/95528/index.html
www.naturbauhof.de

Bildungswesen

Bildungsgutscheine versetzen die Eltern in die Lage, Kindergärten und Schulen frei zu wählen bzw. selber zu gründen – sie sind somit quasi die dirketen Arbeitgeber der Lehrer (siehe dazu die Parallele im → Gesundheitswesen). Lehrer und Eltern arbeiten im Bereich Erziehung eng zusammen. Der Unterricht besteht im Anregen und Moderieren; Lernen findet in kleinen, sich immer wieder neu formierenden Gruppen statt. Konkurrenz und Auslese gehören der Vergangenheit an. Zum Grundwissen gehören die Kenntnisse über die Funktionen von Körper, Geist und Seele, über die Abläufe in der Natur sowie über die Grundlagen eines funktionierenden Gemeinwesens. Spezialwissen kann nach Neigung in Kursen erworben werden.

Anregungen für neue Wege im Bildungswesen finden sich immer noch bei Maria Montessori; interessante neue Ansätze bietet z. B. das Konzept der Neuen Schule Hamburg.
www.montessori.de
www.neue-schule-hamburg.org

Biogas-/Bioäthanolanlage
Biogas kann aus der Vergärung von Gülle, Mist und organischen Reststoffen (z. B. Stroh) in einem Fermenter gewonnen werden. In einem Blockheizkraftwerk (BHKW) dient es der Erzeugung von Strom und Wärme. Letztere kann u. a. zur Destillation von Alkohol in einer Bioäthanol-Anlage eingesetzt werden, um diesen Treibstoff dezentral zu erzeugen. Die bei der Alkohol-Vergärung an-

fallende Schlempe eignet sich wiederum hervorragend für die Biogasanlage – ein optimaler Synergieeffekt für jeden Energiewirt!
www.bv-pflanzenoele.de
www.biogas.org
www.biokraftstoffverband.de
www.carmen-ev.de
www.oedp.de/themen/artikel/print_version_new.php?id=99

Bodenrecht, Bodenreform

Der Boden in Privatbesitz wird besteuert, sodass sich rein spekulative Bodenhaltung nicht mehr rentiert. Die Gemeinden erwerben nach und nach den Boden zurück und geben ihn künftig auf Erbpachtbasis zur Nutzung frei. Die Höhe der Pacht richtet sich nach der Nutzungsart (Landwirtschaft, Gewerbe, Wohnhaus) und der Lage. Die Einnahmen wandern in einen Topf, aus dem sie pro Kopf der Bevölkerung u. a. als Bestandteil des → Grundeinkommens verteilt werden. Was über das Grundeinkommen hinausgeht, wird in Form von Gutscheinen, vor allem Bildungs- und Betreuungsgutscheinen für Kinder und alte Menschen, verteilt.
www.sffo.de/sffo/sffotb2003.html

Brennnessel/Brennnesselkleidung

Die Brennnessel ist ein oft als Unkraut angesehenes heimisches Gewächs, das ohne Neuanpflanzung bis zu 20 Jahre lang abgeerntet werden kann. Sie kommt ohne Schutzmittel aus und liefert eine Faser, aus der ein langlebiger, glatter und weicher Stoff gewebt wird.
www.nettleworld.com
www.br-online.de/umweltgesundheit/unserland/landwirtschaft_forst/landw_verbraucher/brennnessel-fasern.shtml
www.3sat.de/nano/cstuecke/37301/index.html

Curitiba

Die Hauptstadt des brasilianischen Bundesstaates Paraná gilt als Muster für intelligente, einfache und kostengünstige Problemlösungen auf den Gebieten Mobilität, Müll, Armut, Bildung und Gesundheit – und das bei enormen Zuwanderungsraten. Curitiba besitzt ein ausgeklügeltes öffentliches Bussystem, eine effektive Müllentsorgung, viele öffentliche Bildungseinrichtungen, eine Vielzahl an Parks. Zu verdanken ist dies in erster Linie dem Einsatz des früheren Bürgermeisters Jaime Lerner, der mit seinem Team Curitibas Probleme (die die gleichen sind wie in den meisten wachsenden Großstädten) immer mit unkonventionellen Ideen anging.
www.brandeins.de/ximages/20354_064dergest.pdf

Elektroauto
Elektroautos fahren leise, abgasfrei und billig, aber sie haben eine geringe Reichweite, niedrigere Höchstgeschwindigkeit und lange Aufladezeiten. Deshalb eignen sie sich bisher nur für den Nahbereich. Der Erfolg dieser Fahrzeuge hängt in erster Linie von den Fortschritten bei den Batterien ab; und da tut sich auf dem Gebiet der Lithium-Ionen-Akkus derzeit viel Hoffnungsvolles. Das spektakulärste Gefährt ist der ›Tesla-Roadster‹, mit dem die Vorurteile bröckeln sollen: 185 kw, 200 km/h und 400 km Reichweite – und nur 3,5 Stunden Ladezeit (www.heise.de/autos/artikel/s/3657). Der fiktive ›Matai‹ im Roman dürfte am meisten Ähnlichkeit haben mit dem Solarmobil SCV-4 der japanischen Firma KYOCERA (http://generationsfutures.chez-alice.fr/vertueux/hypervoitures.htm, Seite 9).
Bereits heute zu haben: der deutsche ›Hotzenblitz‹.
www.hotzenblitz-service.de/page_inhalt.htm
www.binnotec.org
www.solarmobil.net
www.teslamotors.com

Energie → Alternative Energie

Equilibrismus
Das soziökologische Wirtschaftskonzept des Equilibrismus ist ein zukunftsfähiger Ausweg aus unserem heutigen Dilemma, weil er konsequent alle Ursachen der bisherigen Fehlentwicklung angeht und somit nicht nur die Ökokalypse abwenden, sondern der gesamten Menschheit Wohlstand, Arbeit und soziale Sicherheit bringen könnte.

Der Equilibrismus e.V. wurde 1997 in München gegründet. Er setzt sich ein für eine Gleichgewichtung der Bereiche Ökologie, Wirtschaft, Politik, Kultur, Recht und Soziales. Im Unterschied zu anderen Organisationen erwartet der Equilibrismus die Umsetzung seines Konzeptes nicht von oben, von den politisch und wirtschaftlich Mächtigen, sondern von unten: ausgehend von einem regionalen Modellprojekt, das zur Nachahmung anregt – wie in diesem Roman anschaulich dargestellt.

Equilibrismus – Neue Konzepte statt Reformen für eine Welt im Gleichgewicht; mit einem Vorwort von Daniel Goeudevert und einem Geleitwort von Sir Peter Ustinov, Signum-Verlag 2005.
www.equilibrismus.org

Geld/Geldsystem

Wer im Jahr 2022 in die Ökologische Konföderation Polynesiens reist, dem fallen schnell die neuen Geldscheine auf.

Die Scheine weisen besondere Nummerierungen auf, die es ermöglichen, bestimmte Serien in festgelegten Zeitinterwallen zum Umtausch aufzurufen. Beim Umtausch wird eine Steuer (→ Steuersystem) entrichtet. Der Grundgedanke ist, dass die Bereitstellung des Tauschmittels ›Geld‹ eine staatliche Dienstleistung darstellt, die etwas kostet – vor allem aber soll verhindert werden, dass Bargeld dem Kreislauf durch Horten entzogen und das Geld durch diese Verknappung gegenüber Waren und Dienstleistungen unverhältnismäßig aufgewertet wird. Geld soll vom Selbstzweck zum reinen Mittler werden. Bei Geldkarten wird die Steuer über den Chip eingezogen, bei Konten durch Abbuchung. Inzwischen hat sich die Bevölkerung daran gewöhnt, dass es keine Zinsen mehr gibt, aber auch bei der Kreditaufnahme nur Bearbeitungskosten und Risikoprämie erhoben werden.

www.geldreform.de

Gesundheitswesen

Ähnlich wie im → Bildungswesen erhalten die Bürger Heilungs- bzw. bei Bedarf Pflegegutscheine. Vorrang haben präventive Gesundheitsprogramme, die auf den Zusammenhang von Körper und Seele eingehen. Geheilt wird in erster Linie mit naturheilkundlichen Therapien; Apparatemedizin und Pharmaka kommen nur dort zum Einsatz, wo dies unbedingt geboten ist. Wer seine Heilungsgutscheine (für deren Wertigkeit ein Minimum, aber kein Maximum festgelegt wird) nicht vollständig aufbraucht, kann sich den Rest auszahlen lassen. Den gleichen Betrag erhält sein Hausarzt als Prämie. Mit den Pflegegutscheinen ist der Pflegebedürftige in der Lage, sich die Dienste seiner Wahl auszusuchen. Eine Rückerstattung gibt es hier nicht. Die Pflege findet soweit möglich zu Hause statt, indem die Familie durch Ehrenamtliche entlastet und wo es nötig ist professionell unterstützt wird.

G-Com

Diese neue Form der Telekommunikation bedient sich der in der Natur bereits vorhandenen stehenden Gravitationswellen. Darauf wird mithilfe von Oszillatoren Information (z. B. Sprache) aufgebracht. So kann ohne künstlich erzeugte Wellen, ohne einen herkömmlichen Sender, ohne Sendemasten und ohne Elektrosmog übertragen werden.

www.raum-und-zeit.com; dort im Archiv Heft 115 von 2002
www.mbi-mh.de/MBI-Arbeit/Initiativen/Handymasten/G-Com/g-com.html
www.globalscaling.de

www.info.global-scaling-verein.de/info/Global-Scaling/Global-Scaling-Publikationen-Original.htm

Grundeinkommen

Das Grundeinkommen steht jedem Bürger aufgrund seiner Existenz zu; es sichert ihm einen dem Wohlstand des Gemeinwesens angemessenen Lebensstandard, unabhängig von seinen erbrachten Leistungen. Dazu gehören zunächst Nahrung, Kleidung, Wohnung, Mobilität und Energie.

So erfolgt eine Abkehr von der absurden Situation, dass – dank wachsender Produktivität – immer weniger Arbeitskräfte benötigt werden, um das Bruttosozialprodukt zu erzeugen und das Gefälle zwischen Arm und Reich wächst. Nach einer Übergangszeit wird erreicht, dass alle Menschen arbeiten, (im Durchschnitt weniger als früher), und das Geld gerecht verteilt wird.

Befürchtungen, dies würde zu Arbeitsunlust führen, gehen vom alten Menschenbild aus, das → Arbeit als Belastung sieht, die der Mensch nicht freiwillig auf sich nimmt. Ausgehend vom Drang des Menschen, seine Umwelt zu gestalten und seine Fähigkeiten einzusetzen, wird die Mehrheit jedoch bestrebt sein, etwas Sinnvolles für sich und das Gemeinwesen zu tun. Förderlich für diese Entwicklung ist eine Reform des → Bildungswesens.

Der Stellenwert der Erwerbsarbeit wird relativiert, andere Lebensinhalte bekommen mehr Bedeutung. Und die Menschen erlangen die Freiheit, für sie oder andere schädliche Arbeit abzulehnen, die sie früher zum schieren Überleben annehmen mussten.

Davon profitiert auch die Umwelt, weil auch stärker nach dem Sinn von Tätigkeiten gefragt wird und weil eine stärkere Regionalisierung der Wirtschaftstätigkeit erfolgt.

Finanziert wird das bedingungslose Grundeinkommen für alle einerseits durch bereits vorhandene Gelder (die heute als Arbeitslosengeld, Kindergeld, Renten verteilt werden), zum anderen durch die neuen Einnahmen aus der Bodenpacht (→ Boden).

Diese Idee stammt ursprünglich aus Deutschland, doch wie bei so vielen Dingen, bei denen der Prophet im eigenen Land nichts gilt, wurde dort zwar lang und breit über dieses Modell geredet und Modellrechnungen aufgestellt – umgesetzt wurde es allerdings nicht. In Tahiti ist die Rechnung aufgegangen: die Menschen können mit ihrem Grundeinkommen das Lebensnotwendige kaufen – was in einer Weltgegend, die keine Temperaturen kennt, gegen die man sich mit aufwändigen Heizungen und teurer Kleidung schützen muss, natürlich weniger ist als in Ländern jenseits des 30. Längengrades. Doch auch dort wäre die Umsetzung eines solchen Modells denkbar. Die Menschen arbeiten dann nur noch aus Freude

an der Arbeit oder aus Einsicht in die Notwendigkeit einer Aufgabe. Selten ist der Wunsch nach einem höheren Einkommen die Antriebsfeder.
www.grundeinkommen.info
www.archiv-grundeinkommen.de
www.unternimm-die-zukunft.de

Haifischhaut
Die im Roman von Omai benutzte Propellermaschine basiert auf dem Typ ›Adam A500‹. Die zwei Motoren sind vor und hinter der Fahrgastzelle montiert, das Seitenleitwerk ist doppelt und wird von Auslegern getragen. Zusätzlich weist Omais Maschine eine besondere Oberflächenstruktur auf: in Strömungsrichtung verlaufende Rillen in der Haut verringern den Reibungswiderstand. Dies senkt den Kraftstoffverbrauch bei Flugzeugen um bis zu drei Prozent.
www.tu-berlin.de/presse/tui/98apr/haihaut.htm
www.uni-saarland.de/fak8/bi13wn/projekte/umsetzung/fischhaut.html
www.adamaircraft.com

Hanf
Hanf war einst eine der wichtigsten Grundlagen des Fortschritts. Ohne Hanf hätte Kolumbus nie bis Amerika segeln können – für Segel und Taue sowie Dichtmaterial der Schiffe wurde damals Hanf verwendet. Es gibt mindestens 40 000 verschiedene Verwendungsmöglichkeiten der Pflanze, sämtliche Bestandteile sind nutzbar. Hanf wächst schnell, ist anspruchslos und ein guter CO_2-Speicher. Er findet Anwendung in Landwirtschaft und Ernährung, in Medizin und Kosmetik, beim Bauen (Dämmmaterial oder → Hanfbeton), als Textil und Seilwerk sowie als langlebiges Papier.

Die Petrochemie hatte in kurzer Zeit die Verdammung dieser alten Kulturpflanze erreicht; mittlerweile wächst die Einsicht, dass Hanf uns aus der verhängnisvollen Abhängigkeit vom Erdöl befreien kann.

Henry Ford baute 1941 sogar ein ›pflanzliches‹ T-Modell hauptsächlich auf der Basis von Hanf, Sisal und Weizenstroh. Angetrieben wurde der Motor mit Hanföl. Es gibt einen kurzen Film über den im Roman beschriebenen Versuch mit dem Vorschlaghammer unter: www.chanvre-info.ch/info/de/article_prn 1885.html, Film: Gottes Gabe Hanf, ISBN 3-89672-108-9
Weitere Informationen unter: www.chanvre-info.ch/info/de/article_prn769.html
www.thermo-hanf.de

Hanfbeton
Die Hohlblocksteine werden aus einem Hanf- und Kalkgemisch gegossen. Sie sind so leicht, dass beim Bau kein Kran benötigt wird, und isolieren gut (thermisch wie

auch akustisch). Entsorgt werden kann Hanfbeton in Form von Dünger.
www.chanvre-info.ch/info/de/article_prn4000.html
www.chanvre-info.ch/info/de/article_prn4320.html

High-Tech-Gerät → Wassermobil

Hinanomädchen/-Haltung
Hinano ist die Blüte der → Pandanus-Pflanze. Die einzige Brauerei Tahitis trägt ebenfalls diesen Namen und hat als Firmenlogo eine im Schneidersitz hockende Frau in Seitenansicht, die mit einem Pareu bekleidet ist und die Hinano-Blüten im langen schwarzen Haar trägt.

Honu-Tere
Honu-Tere bedeutet wörtlich ›schnelle Schildkröte‹; es ist ein Kunstname für ein fiktives Fahrzeug, das sich an den Elektrofahrzeugen ›Twike‹ (www.twike.de) und den Modellen der amerikanischen Marke GEM (www.gemcar.com) anlehnt.

Kalt gepresstes Pflanzenöl
In Mitteleuropa eignen sich mindestens ein Dutzend Ölpflanzen zur Ölgewinnung, darunter Raps, Hanf, Sonnenblume, Lein, Leindotter und Soja. Weltweit gibt es Tausende weitere Ölpflanzen wie die Kokospalme und den Olivenbaum, aber auch eine Reihe unbekannter Pflanzen wie den Purgiernussstrauch. Oft wird der Fehler gemacht, Energiepflanzen und Nahrungspflanzen in Konkurrenz zu sehen. Versuche mit Mischfruchtanbau haben aber ergeben, dass sich nicht nur der Ertrag steigern lässt, sondern sich auch der Einsatz von Pestiziden erübrigt, weil der Unkrautdruck nachlässt. So eignet sich z. B. Leindotter hervorragend in Kombination mit Gerste, Weizen oder Erbsen. Und unter Kokospalmen lässt sich Reis oder Gemüse anbauen. Kalt gepresstes Pflanzenöl weist eine hohe Energiedichte auf und ist CO_2-neutral; es eignet sich als Lebensmittel, Treib- und Schmierstoff und als Ausgangsbasis für Farben, Kosmetika und Werkstoffe (als Ersatz für Erdöl). Die Pressrückstände bzw. die nicht verwendeten Pflanzenteile eignen sich als Lebensmittel (Samen), als Beimischungen für Teigwaren, als Viehfutter und als Biomasse für die → Biogasanlage. Ölpflanzen sind eine der Grundlagen einer regionalen → Kreislaufwirtschaft.
www.bv-pflanzenoele.de

Klänge → Musikinstrumente

Kreislaufwirtschaft → Permakultur

Landwirtschaft → Permakultur

Lehm → Baubiologie/Architektur

Lithium-Ionen-Akkus → Elektroauto

Matai → Elektroauto

Ming-Pelikan
Diese sogenannten Tiefstflieger nutzen den Bodeneffekt, der bei niedrigem Flug den Überdruck unter den Tragflächen vergrößert. Beim Flug über die Ozeane lässt sich so viel Treibstoff einsparen.
www.spiegel.de/wissenschaft/mensch/0,1518,druck-493724,00.html
www.boeing.com/news/frontiers/archiv/2002/september/i_pw.html
http://de.wikipedia.org/wiki/Ekranoplan

Miscanthuspflanze
Diese auch Chinagras genannte Pflanze wird bis zu vier Meter hoch. Sie wächst sehr schnell, braucht keine Pflege und ist ein hervorragender Baustoff (hohe thermische und akustische Dämmwirkung).
www.miscanthus.de
www.3sat.de/3sat.php?http://www.3sat.de/nano/cstuecke/45358/index.html

Mobilität
Trotz der Überschaubarkeit des Straßennetzes auf Tahiti war der Verkehr schon zu Beginn des 21. Jahrhunderts zu einer der Hauptbelastungen geworden, nicht nur für die Natur, sondern auch für die Menschen selbst, die aber unbeirrt mit der Steigerung des Wahnsinns weitermachten. Im Jahre 2006 besaß jede Familie zwei bis drei Autos; am beliebtesten waren die Pick-ups. Hätte man alle zugelassenen Fahrzeuge auf die 120 km lange Straße gestellt, die einmal um Tahiti Nui, die Hauptinsel herumführt, so hätte sich der Blechwurm eineinhalbmal um die Insel gewickelt. Benötigt wurden die Autos in erster Linie, weil fast jeder Bewohner ständig in die Hauptstadt Papeete musste. Hier lebte zwar nur ein Achtel der Inselbevölkerung, doch Arbeitsplätze, Schulen und Verwaltung waren hier konzentriert. Zusätzlich wirkten der Airport und der Hafen als Magnete.

Diesen unerträglichen Zustand wollte die Regierung – wie die meisten Regierungen dieser Welt – zunächst durch mehr und breitere Straßen beseitigen; ja es war sogar von einer Umgehungsstraße die Rede, die über das Meer hätte führen sollen. Damit wäre der Blick auf Moorea zerstört worden, die größte Attraktion, die Papeete zu bieten hat.

Und wie sieht es im Jahr 2022 aus?

Das Treiben in Papeete ist fröhlicher, gelassener geworden – so wie es dem Naturell der Polynesier entspricht. Die Flächen zwischen den Häusern gehören weitgehend den Fußgängern. Asphalt wurde durch Reiskleie ersetzt; Pflanzenkübel lockern optisch auf und Bäume spenden Schatten. Es gibt weniger Geschäfte, obwohl es mehr Wohnungen gibt als früher. Auch öffentliche Einrichtungen wie Schulen und Verwaltungen sind teilweise aus Papeete herausverlagert worden, sodass der tägliche Zustrom an Menschen drastisch abgenommen hat. Die Stadt wurde wieder den Menschen zurückgegeben. Die Menschen, die außerhalb Papeetes wohnen, werden jetzt ortsnah versorgt, zum größten Teil durch auf den → Reva-Tae-Schienen rollende Läden, die nach einem festen Fahrplan die Dörfer an der Strecke anlaufen. Diese fahrenden Händler bieten eine Grundversorgung; zusätzlich kann man per Telefon oder Internet bestellte Waren in Empfang nehmen, seine Post aufgeben usw.

Eine Flotte von Bussen, die mit kaltgepresstem Pflanzenöl fahren, versorgt die Insel in einem engen Zeittakt und kostenlos. Die zulässige Zahl von Privatautos pro Familie wurde zunächst auf ein Auto begrenzt. Benzin- und Dieselpreise stiegen linear; gleichzeitig wurden Werkstätten eingerichtet, in denen der vorhandene Fuhrpark umgerüstet wurde. Neuzulassungen gab es nicht mehr, alte Autos wurden verstärkt repariert statt sie wegzuwerfen. Wer ein Auto ablieferte, das er noch behalten hätte dürfen, bekam eine Prämie.

Mobiltelefon → G-Com

Musikinstrumente

Die für die traditionellen → Tänze benötigten Musikinstrumente sind: die große Trommel, die Nasenflöte (vivo), eine Meerschnecke (pu), die kleine Trommel (pahu), die Ukulele (Mandoline nach der Art der portugiesischen Bagha) und die Toere (gewölbte Trommel, die vertikal gehalten und mit einem Stab geschlagen wird).

Ökologische Föderation Polynesien

Name von Französich Polynesien im Jahr 2022. Einige Daten (Stand 2007): Bodenoberfläche ca. 4 000 qkm; Wasserfläche fast 5 000 000 qkm (so groß wie Europa). Einwohner: 260 000, davon zwei Drittel auf Tahiti. Es besteht aus fünf Archipelen mit 121 Inseln (davon 76 bewohnte): Gesellschaftsinseln, Tuamotu-Archipel, Marquesas-Inseln, Austral-Inseln, Gambier-Inseln. Entfernung von Neuseeland 4 000 km.

Orientierungslauf
Eine Sportart, die in erster Linie der Lösung von Orientierungsaufgaben dient. Bestimmte, vorher unbekannte Kontrollpunkte im Gelände sollen in möglichst kurzer Zeit angelaufen werden. Ziel ist das selbstständige Zurechtfinden. Hilfsmittel sind vor allem Karte und Kompass.

Pandanus
Diese Pflanze gehört zu den Schraubenbäumen. Sie wird bis zu sechs Meter hoch und treibt Luftwurzeln. Ihre Früchte dienen als Nahrungsmittel, ihre Blätter als Gewürz. Die Fasern der Blätter eignen sich auch hervorragend zum Flechten größerer Flächen und werden u. a. beim Bau von Dächern verwendet.

Parlament, Parlamentsreform
Wichtig für eine echte Demokratie ist die möglichst weitgehende Beteiligung der Bürger; dies ist in den derzeitigen sich demokratisch nennenden Staaten zu wenig gegeben. Die derzeitigen Parteien bündeln Themen, die nicht zusammengehören; Lobbygruppen haben zu viel Einfluss. Einen interessanten Reformvorschlag hat der Sozialökologe Johannes Heinrichs vorgelegt; sein Konzept sieht eine Viergliederung des Parlaments vor (Grundwerte-, Kultur-, Politik- und Wirtschaftsparlament). Das ranghöchste Gremium wäre das Grundwerteparlament, dessen Präsident auch Staatspräsident wäre. Bei Entscheidungen in einem Parlament sind die jeweils anderen betroffenen Parlamente zu hören. Der Bürger würde jedes Jahr ein Parlament wählen, er hätte eine klarere Vorstellung, welcher Kandidat für welche Themen steht. Empfohlenes Buch: Johannes Heinrichs: *Revolution der Demokratie – Eine Realutopie.* Maas-Verlag 2003.
www.viergliederung.de

Pelamis
Der Prototyp dieses Meereskraftwerkes, das sich die Energie der Wellenbewegung zunutze macht, schwimmt seit 2004 vor den Orkney Islands/Schottland. 150 Meter lange Stahlröhren, die in vier Zylinder unterteilt sind, bewegen sich mit den Wellen und erzeugen durch Übertragung auf Kolbenpumpen hydraulischen Druck. Dieser treibt einen Generator an, der bis zu 80 Prozent der aufgenommenen Energie in elektrische Energie umwandelt.
www.oceanpd.com/default.html

Permakultur
Permakulturell gestaltete Lebensräume werden als Systeme aufgefasst, in denen das Zusammenleben von Menschen, Tieren und Pflanzen rücksichtsvoll so miteinander kombiniert wird, dass die Bedürfnisse aller adäquat erfüllt werden. Bei

dem Design solcher Systeme werden insbesondere die integrativen Denkansätze und Erkenntnisse aus Systemtheorie, Biokybernetik und Tiefenökologie angewandt. Dabei richtet sich die Aufmerksamkeit nicht nur auf die einzelnen Bestandteile, sondern insbesondere auf die Beziehungen zwischen den Elementen und deren optimale Nutzung für den Aufbau produktiver Systeme (Quelle: www.wikipedia.de). Wichtige Namen sind hier M. Fukuoka, Bill Mollison, Sepp Holzer.
www.permakultur.de
www.permakultur-akademie.com

Propellermaschine → Haifischhaut

Reiskleie
Sie fällt beim Mahlen oder Polieren von Reis an und besteht aus Samenschale und Keimling. Bisher wurde Reiskleie eher als Nebenprodukt betrachtet und als Viehfutter verwendet. In einem Gemisch mit Naturharzen wird daraus eine poröse, abriebfeste Substanz, die sich hervorragend als Straßenbelag eignet und noch dazu ein guter CO_2-Speicher ist. Sie ist zudem leiser, verhindert Aquaplaning und ließe sich sogar elektrisch leitend machen, wodurch ohne zusätzliche Einbauten eine elektronische Verkehrsleitung denkbar wäre.
www.vistaverde.de/news/Wissenschaft/0401/16_reis.htm;
www.wissenschaft.de/wissenschaft/news/drucken/236471.html
www.scienceticker.info/news/EpZukVpEEkPBXacyQs.shtml

Reva-Tae
Der öffentliche Personenverkehr hat dann eine Chance, attraktiver als der Individualverkehr zu sein, wenn er eine ähnliche Flexibilität vorweisen kann. Dazu gehören die ständige Verfügbarkeit und die direkte Fahrt von A nach B ohne Zwischenstopp. Außerdem müssen die Fahrzeuge kleiner werden, damit eine schnellere Wagenfolge möglich wird. Ist dies gegeben, punktet der ÖPV zusätzlich: er ist preiswerter, weil die Fahrzeuge von vielen und rund um die Uhr genutzt werden, und er verbraucht weniger Fläche. Einige Entwicklungen in diese Richtung, die für das fiktive System ›Reva-Tae‹ auf Tahiti Modell standen, sind der ULTRA in Cardiff und Heathrow und das Rail-Cab-System, das an der Uni Paderborn entwickelt wird. Beide fahren computergesteuert.
www.atsltd.co.uk
www.Railcab.de
www.3sat.de/3sat.php?http://www.3sat.de/nano/cstuecke/41455/index.html (Magnetstreifen)

Skycat
Der englische Skycat will – ähnlich dem deutschen CargoLifter – die Vorteile des Zeppelins wiederaufleben lassen: fast überall ohne Infrastruktur starten und landen und große Lasten transportieren zu können. Der Skycat hat einen Doppelrumpf und ist damit in der Lage, sich am Landeplatz ›festzusaugen‹. Damit fällt das lästige Balastwasser des CargoLifter weg. Nachteil der Luftschiffe: geringe Flughöhe und -geschwindigkeit.
www.worldskycat.com
www.cargolifter.com

Solarpanel
Solarfolien aus Kunststoff gewinnen – ähnlich wie Pflanzenblätter – Energie aus Licht. Sie sind so dünn, dass sie überall aufgedruckt und auch in Stoffe (z. B. Kleidung) eingearbeitet werden können. So gewinnt man eine überall einsatzfähige, billige Stromquelle.
www.ipp.mpg.de/ippcms/ep/ausgaben/ep200604/0406_solarzellen.html

Steuersystem
Niemand muss mehr seine Steuer ›erklären‹; es gibt keine Besteuerung der → Arbeit mehr. Steuern werden auf Verbrauche erhoben: wer Luft, Wasser, → Boden und Rohstoffe, → Energie in Anspruch nimmt, wird direkt an der Quelle besteuert. Zusätzlich gibt es Steuern, die von Unternehmen gezahlt werden müssen, deren Produkte die Gesundheit beeinträchtigen oder hohe Unfallrisiken beinhalten. Eine Verkehrssteuer deckt alle Kosten ab, die durch die → Mobilität entstehen: Flächenverbrauch, Wegeunterhalt, Schäden durch Lärm, Unfälle. Und für die Nutzung der neuen Währung (→ Geld) wird ebenfalls eine Steuer erhoben.

Weiterführende Texte zu einem verbrauchsorientierten Steuersystem ab Seite 180 im Buch Equilibrismus (unter ›Modell für ein zukunftsfähiges Steuersystem‹).
http://userpage.fu-berlin.de/~roehrigw/creutz/steuer/

Stirlingmotor → Sunmachine

Sunmachine
Kleine Blockheizkraftwerke (BHKW), die direkt beim Verbraucher stehen, sind die Zukunft. Sie haben den höchsten Wirkungsgrad, vor allem weil sie Wärme und Strom nutzen. Die deutsche ›Sunmachine‹ besteht aus einem Stirlingmotor, dessen Idee schon fast 200 Jahre alt ist. Gas, das im Kolbenraum erwärmt wird, dehnt sich aus und bewegt einen Kolben, der einen Generator antreibt. Beim Abkühlen des Gases pendelt der Kolben zurück. Der Stirlingmotor arbeitet sehr ver-

schleißfrei, rentiert sich aber nur dort, wo seine Abwärme genutzt werden kann. Bei der Sunmachine kann sowohl direkte Sonnenstrahlung verwendet werden (z. B. mit einem Spiegel von vier Meter Durchmesser), es können aber auch Holzpellets auf einem Keramikgitter verbrannt werden, um den Erhitzerkopf des Stirlingmotors auf 850 Grad Celsius zu bringen.
www.sunmachine.de

Tänze
Die vier großen traditionellen Tänze in Polynesien sind:
Der Otea: Gruppentanz der Krieger: die Tänzer bewegen sich in Kolonnen; sie werden von Schlaginstrumenten begleitet.
Der Hivinau: Tanz in Kreisen, der von Trommeln und einem männlichen Solisten, dem die Tänzer im Chor antworten, begleitet wird.
Der Aparima: Tanz in Kolonnen; harmonischer Tanz, der die Szenen des alltäglichen Lebens darstellt; begleitet wird dieser Tanz von Gesängen, der Gitarre und der Ukulele.
Der Paoa: verführerischer Tanz im Halbkreis, bei dem ein paar Tänzer in der Mitte einen Tanz improvisieren; die anderen knien nieder und schlagen den Rhythmus mit den Händen.

Terra Magique
Dieser Fantasiename steht für die Fortentwicklung des Asphalts auf der Basis von → Reiskleie mit Naturmaterialien, die auf Tahiti heimisch sind.

T-Modell → Hanf

Verkehrskonzept
Das Verkehrskonzept versucht, alle Fortbewegungsarten optimal zu verknüpfen und die günstigsten Voraussetzungen zu bieten: Fußgänger und Radfahrer unterliegen durch den geringen Individualverkehr mit Autos minimalen Risiken. Ein optimiertes öffentliches Verkehrssystem, dessen Rückgrat der die Küstenlinie erschließende → Reva-Tae ist, verringert den Bedarf an Automobilen auf ein Minimum. Die wenigen Autos fahren mit Solarenergie und gehören der Gemeinschaft. Sie können gegen eine Gebühr genutzt werden. Durch die Reduzierung des stehenden Verkehrs werden nicht mehr wertvolle Flächen verschwendet und das Straßenbild verschandelt. Für den Transport zwischen den Inseln sind Schiffe und Flugzeuge im Einsatz, die mit kalt gepresstem Pflanzenöl betrieben werden und weitgehend aus verrottbaren Materialien gebaut sind.

Wassermobil

Die geniale Idee eines ›Flyak‹, eines fliegenden Kanus, hatte ein norwegischer Physiker: www.foilkayak.com

Waterbike

Ein ›Rennrad für den Badesee‹ entwickelte ein deutscher Tüftler; sein ›Waterblade‹ stand Pate für das Waterbike von Steve im Roman.
www.br-online.de/sport-freizeit/artikel/0607/19-wassersport
www.virtual-nights.com/newsflash/sports&fun/id=2593323

Wellengarten

Auch der Wellengarten ist ein Meereskraftwerk (→ Pelamis), jedoch bewegt sich hier eine elegante Plastikmatte aus kleinen kachelartigen Flächen, an deren Unterseite piezoelektrische Sensoren physische in elektrische Energie umwandeln.
http://engineeringways.com/wave_garden.php
http://pruned.blogspot.com/2005/06/wave-garden-by-yusuke-obuchi.html

Windwandler

Diese Windkraftanlage aus zwei identischen Flügeln, die beinahe eine liegende Acht ergeben, nutzt auch schwache und turbulente Winde. Sie kann problemlos in dicht bebauten Gebieten (z. B. auf Hausdächern) eingesetzt werden, da sie weder eine akustische noch optische Beeinträchtigung mit sich bringt.
www.das-passivhaus.de/windwandler.html
www.turby.nl

Wörgl

Auch in der Tiroler Kleinstadt Wörgl war 1932 die Arbeitslosigkeit hoch, die Gemeinde hatte kein Geld – aber Arbeit gab es genug! Da kam Bürgermeister Unterguggenberger, angeregt durch die Schriften Silvio Gesells, auf die Idee, ›Arbeitsbestätigungen‹ anstelle von Geld auszuzahlen. Zuvor hatte er die Bürger überzeugt, diese anstelle von Geld zu akzeptieren: so konnte die Miete und die fällige Steuer gezahlt und eingekauft werden. Damit niemand auf die Idee kam, diese Scheine zurückzuhalten (denn das hatte Unterguggenberger als Hauptübel des Notenbankgeldes erkannt), wurde eine monatliche Entwertung von einem Prozent eingeführt, weshalb der Name ›Schwundgeld‹ aufkam. Die Gemeinde florierte, sodass sich andere Gemeinden anschließen wollten – da trat der Gesetzgeber auf den Plan und verbot das ›Schwundgeld‹.
www.unterguggenberger.org
userpage.fu-berlin.de/~roehrigw/woergl

Nachwort

Meine Freunde sind verblüfft. Sie können nicht glauben, dass ich auch zu positiven Zukunftsvisionen fähig bin. Das *Tahiti-Projekt* ist so eine positive Vision. Radikal positiv. Der Roman *GO! – Die Ökodiktatur*, den ich vor fünfzehn Jahren geschrieben hatte, ist das Gegenteil: radikal negativ. Mit *GO!* war ich in die Zukunft des Jahres 2040 geraten. Das Buch war eine literarische Hochrechnung. Ich hatte mir vorgestellt, wie wohl der letzte politische Notwehrreflex funktionieren würde, wenn der sich anbahnende Ökozid erst einmal jeden und alles auf dieser Erde bedroht. Die Ökodiktatur. Eine schreckliche Vorstellung. Zehn Grundgesetze, die Menschen in Geiselhaft des Staates. War nicht einfach, in dieser Welt zu leben, zu arbeiten und zu träumen.

Ein Jahr nach Erscheinen des Buches rief ein Herr Bihl mich an. Er gestand, dass ihn die *Ökodiktatur* zutiefst erschreckt habe, dass er aber weiterhin fest von einer Wende zum Besseren überzeugt sei. Ich gab ihm zu verstehen, dass ich daran nicht glaubte, im Übrigen war ich der Meinung, meinen Beitrag zum Thema geleistet zu haben. Ich will nicht sagen, dass der Anrufer geschockt war. Geärgert hatte es ihn schon. Er konnte nicht glauben, dass jemand bei allen schönen Lösungsmöglichkeiten, die ja auf dem Tisch lagen, eine derart pessimistische Haltung an den Tag legte.

Wenige Tage später sollte Eric Bihl in Hamburg einen Vortrag halten. Ich begleitete ihn und bewunderte seinen Enthusiasmus, mit dem er einem interessierten Publikum seine realitätsnahen Visionen unterjubelte. Fasziniert hat mich an seinem Vortrag, dass in allen Aussagen das Bemühen erkennbar war, die Dinge im Zusammenhang zu betrachten, Probleme wie Lösungsansätze. Er forderte schlicht ein neues Bewusstsein! Forderte ich zwar auch, aber Eric glaubte daran. Am selben Abend gestand er mir, dass er dabei war, seine alternativen Konzepte zur Gesundung der Welt in einem Sachbuch darzulegen.

Das Buch erschien tatsächlich. Jahre später fand ich es in meiner Post.

Equilibrismus hieß es. *Neue Konzepte statt Reformen für eine Welt im Gleichgewicht*, sauber erarbeitet von Eric Bihl und Volker Freystedt, der auch für die äußerst elegante und verständliche Sprache verantwortlich zeichnet. Nicht selbstverständlich bei einem Sachbuch, das in diesem Fall noch mit einem Nachwort des großen Sir Peter Ustinovs versehen ist. Sir Peter war es auch, der die Idee hatte, einen Roman zu schreiben, um die in dem Buch enthaltenen Ideen einem breiteren Publikum zugänglich zu machen. Eric fragte mich, ob ich mir eine solche Arbeit vorstellen könnte. Ich war nicht sicher. Auf der Basis eines Sachbuches romanhaft tätig zu werden, wo gab es das?

Ich erfuhr, dass der Roman nur ein weiterer Schritt auf dem Weg zu einem praxisbezogenen Projekt sei, mit dem sie demonstrieren wollten, dass ihr umweltorientiertes Gesellschaftsmodell funktioniert. Eric, der in der französischen Armee auf Tahiti gedient hatte, war davon überzeugt, dass die Südseeinsel als *Ökolabor* alle Voraussetzungen bot. Er kannte ihre Probleme und wusste, wie sich diese in Nichts auflösen könnten.

Die meinten es ernst! Ich war dabei. Und so fuhren Eric, Volker und ich nach Tahiti, wo wir uns vollsaugten mit Impressionen und Daten, die für dieses Buch unerlässlich waren. Anfangs war es nicht einfach für mich, die geforderten Sachinformationen so in den Text zu binden, dass der Charakter einer Erzählung nicht verloren ging. Aber ich gewöhnte mich daran. Inzwischen glaube ich, dass diese Form dem Roman angemessen ist. Wir haben etwas zu sagen und der interessierte Leser sollte auch erfahren, was das ist.

Es hat Spaß gemacht, in dieser so positiv ausgerichteten Zukunft zu schwelgen. Die Realität auf Tahiti sieht nämlich erschreckend anders aus. Darüber haben wir in Papeete mit dem Umweltminister George Handerson diskutiert, der sich erstaunlich interessiert zeigte. »Wenn der Roman auf französisch erscheint, lade ich Sie nach Tahiti ein«, versprach der Minister. Er dachte an eine Vortragsreihe, an eine Talkshow im Fernsehen. »So wie jetzt kann es ja auch nicht weitergehen«, gestand er.

Wir werden kommen, Tahiti, wir freuen uns auf ein Wiedersehen!

Die Arbeit hat aber auch noch aus einem anderen Grunde Spaß gemacht. Es war ein echtes Teamwork, was in der Schriftstellerei so gut wie nie passiert. Eric Bihl hat mich vom ersten Tag an mit allen Informationen versorgt, die für das Buch wichtig waren. Er hat sich um die Karte und das tahitianische Wörterbuch gekümmert. Einmal im Monat haben Eric, Volker und ich uns in München getroffen und die aktuellen Ergebnisse miteinander diskutiert. Es waren zum Teil harte Auseinandersetzungen, aber immer fair und fruchtbar. Volker hat das Sachglossar geschrieben, das die Sternchen* im Text erklärt. Die Zusammenarbeit mit den beiden war eine große Freude, dafür möchte ich mich bedanken.

Ein herzlicher Dank geht auch an Susanne Depping, Klaus Schulz-Langendorf, Dr. Wolfgang Fischer und Dr. Harro Schweizer, die mich auf unterschiedlichste Weise vor so mancher Krise bewahrt haben – durch Liebe, Zuspruch und wohlmeinende Kritik. Ebenfalls nicht unerwähnt bleiben soll die äußerst angenehme und anregende Zusammenarbeit mit meiner Lektorin Julika ›Plusquamperfekt‹ Brandestini.

In der Zeit, in der ich dieses Nachwort geschrieben habe, ist der Regenwald auf der Erde um die Größe der Stadt München geschrumpft, sind Gletscher von der Kante gebrochen, die wir im Interesse des Weltklimas besser nicht verloren hätten. Von den anderen Schweinereien, die unseren Lebensbedingungen permanent an die Gurgel gehen, ganz zu schweigen. Denken wir daran, wenn wir ein Gefühl dafür entwickeln wollen, in welcher Situation wir uns befinden.

Dirk C. Fleck

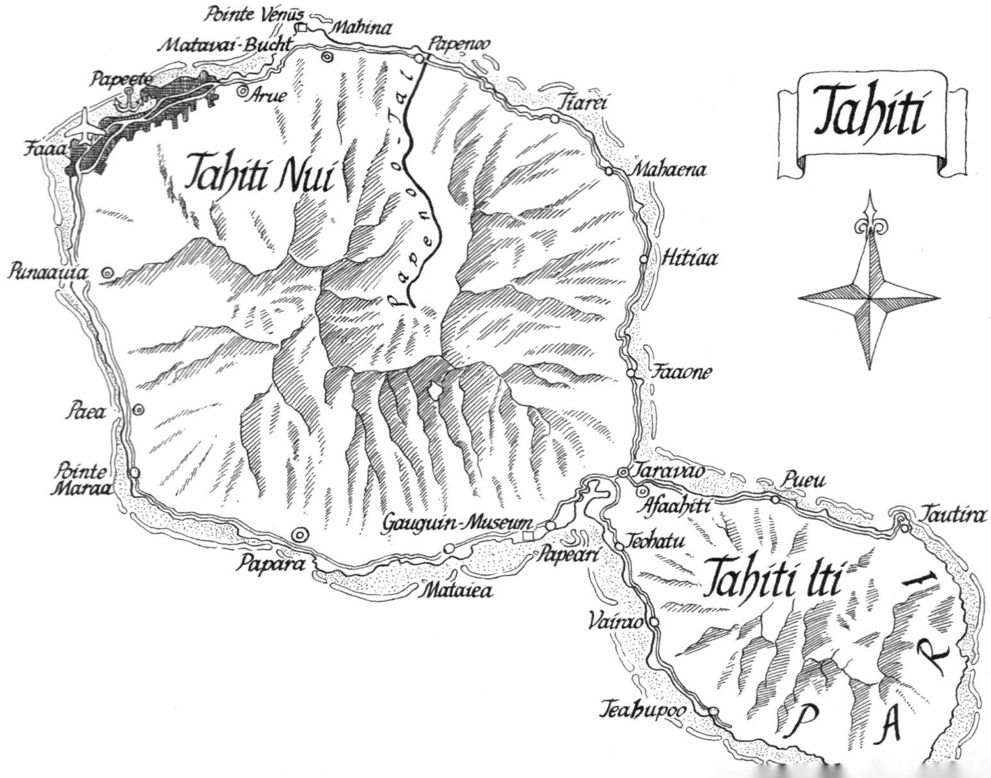
Tahiti
Pointe Vénus
Mahina
Matavai-Bucht
Papenoo
Papeete
Arue
Faaa
Tiarei
Tahiti Nui
Papenoo-Tal
Mahaena
Hitiaa
Punaauia
Faaone
Paea
Pointe Maraa
Taravao
Pueu
Afaahiti
Tautira
Gauguin-Museum
Teohatu
Papara
Papeari
Mataiea
Tahiti Iti
Vairao
Teahupoo
P A R I

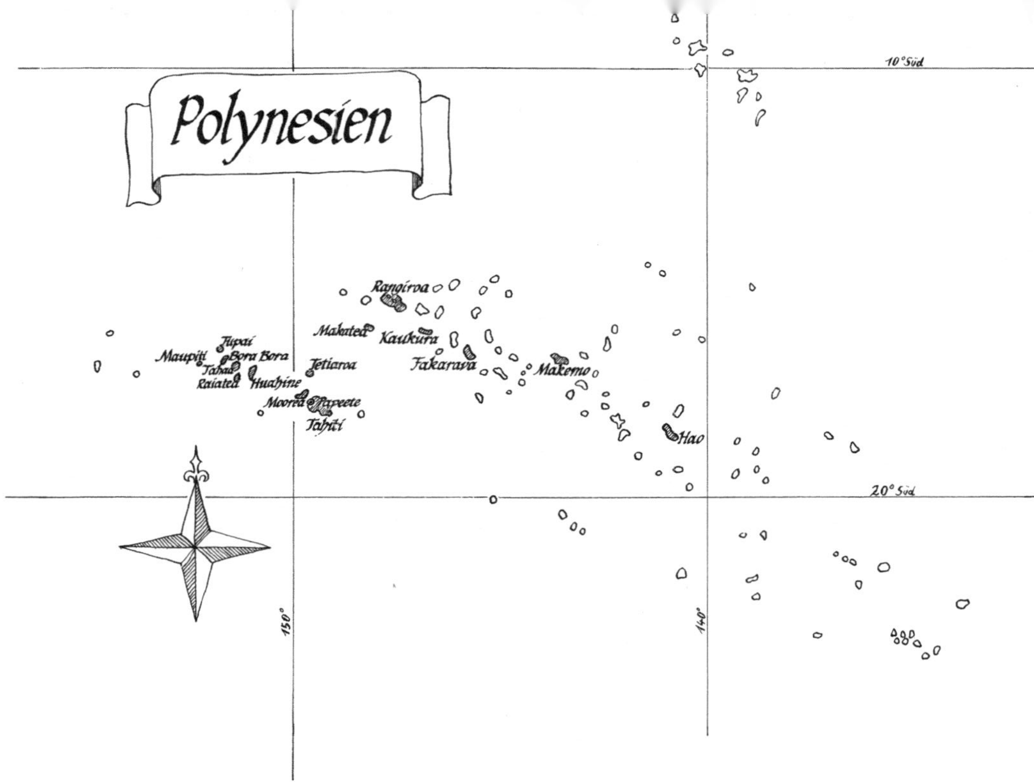

Polynesien
10° Süd
20° Süd
150°
140°
Rangiroa
Makatea
Kaukura
Fakarava
Makemo
Hao
Tupai
Maupiti
Bora Bora
Tahaa
Raiatea
Huahine
Tetiaroa
Moorea
Papeete
Tahiti

Jason Goodwin

Die Weisheit des Eunuchen

Kriminalroman. Aus dem Englischen von Ulrike Wasel und Klaus Timmermann. 368 Seiten. Piper Taschenbuch

Konstantinopel im Jahr 1836: Eine mysteriöse Mordserie bedroht die Ruhe im osmanischen Reich. Yaschim Togalu, der kluge, weltgewandte Eunuch des Sultans, muß den Mörder finden, bevor die Macht seines Herrn ins Wanken gerät. Und so macht er sich auf die gefährliche Jagd nach dem Täter, die ihn durch die engen Gassen Konstantinopels, durch die Serails und prächtigen Moscheen der Stadt bis in die Quartiere der entmachteten, von Rache beseelten Janitscharen führt …

»Eine packende Geschichte aus dem historischen Istanbul, großartig geschrieben und mit einem wundervoll verführerischen und äußerst originellen Detektiv.«
Kate Mosse

05/2247/02/L

John Burdett

Der Jadereiter

Thriller. Aus dem Amerikanischen von Sonja Hauser. 480 Seiten. Piper Taschenbuch

Im brodelnden Bangkok ist der buddhistische Polizist Sonchai auf der Jagd nach den Mördern William Bradleys. Doch ihn interessiert nicht der Tod des skrupellosen Jadehändlers, Sonchai will Rache nehmen an denen, die auch für den Tod seines Partners Pichai verantwortlich sind. Mit fernöstlicher Weisheit und kriminalistischem Gespür – und der attraktiven FBI-Agentin Kimberley Jones an seiner Seite – folgt Sonchai den Spuren durch Bangkoks düstere Halbwelt.

»Das ist der intelligenteste Thriller seit langem – gut eingefädelt und ausgesponnen, atmosphärisch dicht und mit einem Hintergrund, der es in sich hat.«
Buchmarkt

05/2086/02/R

Daniel Silva

Der Engländer

Roman. Aus dem Amerikanischen von Wulf Bergner. 432 Seiten. Piper Taschenbuch

Gabriel Allon glaubt, alles über Verrat und Tod zu wissen. Als der Ex-Geheimagent die Villa des Schweizer Bankiers und Kunstsammlers Rolfe betritt, ist der Tod schon da – Auguste Rolfe liegt ermordet vor ihm. Allon begreift schlagartig, daß er nicht als einziger Rolfes Tarnung gelüftet hat und daß nun sein eigenes Leben auf dem Spiel steht. Der Verrat, den er begangen hat, führt Gabriel Allon zurück in eine dunkle, gewissenlose Vergangenheit …

»Daniel Silva zählt zur ersten Garde amerikanischer Thrillerautoren. Sein neuer Roman übertrifft alle Erwartungen.«

Die neuen Bücher

05/2085/02/L

Arne Dahl

Rosenrot

Kriminalroman. Aus dem Schwedischen von Wolfgang Butt. 400 Seiten. Piper Taschenbuch

Dag Lundmark war Leiter der rasch und effektiv durchgeführten Razzia. Winston Modisane mußte dabei sterben – aber war der Tod des Südafrikaners wirklich unvermeidlich? Paul Hjelm und Kerstin Holm ermitteln in einem Fall, der im Milieu illegaler Einwanderer beginnt und in der trügerischen Idylle eines schwedischen Sommers atemlos endet. Ein Fall, der mehr mit ihnen selbst zu tun hat, als sie wahrhaben wollen …

»Der schwedische Bestsellerautor Arne Dahl zählt unbestritten zu den Größten seines Fachs: Seine Thriller sind nicht nur packend, sondern auch modern, international und sensibel.«

Iris Alanyali, Die Welt

05/2291/02/R

Marina Heib

Eisblut

Thriller. 304 Seiten.
Piper Taschenbuch

Schnittverletzungen am ganzen Körper und Salz in den Wunden: Uta Berger ist das erste von drei Opfern, die vor ihrem Tod offensichtlich grausam gefoltert wurden. Die Zeit drängt, denn der Täter geht mit größter Akribie und Intelligenz vor. Und seine Motive zu verstehen, scheint der einzige Schlüssel zur Lösung des Falls. Daher ziehen die Hamburger Sonderermittler um Christian Beyer auch in diesem Fall die Psychologin Anna Maybach hinzu.

»Höchst unterhaltsam. Mit den vielen verschiedenen Handlungssträngen und Verdachtsmomenten gehört der Krimi zu den besten seiner Art.«
Heidelberg aktuell

05/2345/01/L

Urs Schaub

Tanner

Kriminalroman. 400 Seiten.
Piper Taschenbuch

Die Spur eines ungewöhnlichen Verbrechens führt den suspendierten Kommissar Simon Tanner von Marokko ins romantische Grenzland zur französischen Schweiz: die grausamen Morde an kleinen Mädchen. Mithilfe des dicken Kommissars Michel und des zwergenhaften Butlers Honoré, der bei der reichen und verdächtigen Familie Finidori arbeitet, wühlt Tanner die Provinzidylle schnell auf und gerät dabei selbst in Lebensgefahr … Ein Kriminalroman von hinreißender Üppigkeit und seltener erzählerischer Kraft.

»Ein Debütroman mit einem packenden Mix aus Krimi und Drama.«
Facts

05/2088/02/R